ハイランドの仇《かたき》に心盗まれて

ハイランド・ガード3

モニカ・マッカーティ
芦原夕貴 訳

ベルベット文庫

ハイランドの仇《かたき》に心盗まれて

シャンパンとポンポンと賢明な教えを常備しているアンドレアとアネリースへ――つまり、バーテンダーとチアリーダーとオビ＝ワン・ケノービが合体したすばらしいエージェントであるふたりへ――本書を捧げます。すべてに感謝しているわ。

謝辞

〈バランタイン・ブックス〉のチームのみなさんへ心からお礼を申しあげます。アートからセールス、編集、プロダクション、宣伝まで、ひとつひとつのステップにおけるみなさんのサポートがなければ、本書の刊行は不可能だったでしょう。もちろん、それらすべてを仕切ってくれたのは、敏腕編集者のケイト・コリンズ。彼女の熱意と思慮に富んだフィードバックには本当に助けられました。三年間で六冊の本を刊行したなんて、信じられますか？

　一般に考えられているのとは違って、執筆活動とは作家ひとりの努力ではありません。幸運にもわたしには、構想を練ったりプロットの問題を解決したりキャラクターに肉付けしたりする必要が出たときに頼れる、すばらしい作家仲間がいます。普段の電話の相手（ジェイミー・アーデン、起立）にしろ、ランチ仲間やメール仲間（今度はあなたたちの番よ、ベラ・アンドレ、ヴェロニカ・ウルフ、バーバラ・フリシー、キャロル・カルヴァー、ペネロペ・ウィリアムソン、トレイシー・グラント、アン・ハーン）にしろ、あなたたちなしではとてもやっていけないでしょう。わたしは作家仲間にどこまでも恵まれています。キャサリン・コールターは史上最高のロマンス作家ですが、もてなし役としてもすばらしいです。おいしい食事と美しい眺めと素敵な仲間をありがとう——あなたのランチは最高！　大西洋の向こうに出かける必要を感じたときは、誰に電話をすればいいかもわかっています——〝オニカ〟ことヴェロニカ、ママ業放棄ツアー〝アメリカ人ふたたび来たる〟（パブ・クイズで名誉を挽回する機会もふたたび来るわね）が、待ちきれないわ。作家という仕事のビジネス面を処理したり、業界について学んだりするにあたって、アメリカロマンス作家協会《RWA》は、お酒を飲みながら最高の教師から学べる楽しい教室になりました。バーバラ・サミュエルにクリスティ・リッジウェイ、もう来年が楽しみです！

素敵なウェブサイトを作ってくれたうえに、わたしの代わりに情報を更新してくれる〈ワックス・クリエイティブ〉のエミリーとエステラに感謝します。

それから最後に、いつもインスピレーションのもとになってくれているデイヴと（本当よ、笑っているわけではないわ……満面の笑みが浮かんでいて声が出ているだけ）、いつも書店で「ママ、ママの本があるよ！」と大声をあげてわたしの作品の宣伝をしてくれる、リードとマクシーンに感謝したいと思います。

〈ハイランド・ガード〉のメンバー（1307－1308、冬）

《スコットランド王ロバート・ブルース側で活動する者》

トールモッド（トール）・マクラウド	“チーフ”、ハイランド・ガードのリーダー、剣の達人
エリク・マクソーリー	“ホーク”、航海と泳ぎの達人
グレガー・マグレガー	“アロウ”、弓の名手
オーエン・マクリーン	“ストライカー”、海賊戦術に精通
ユーウェン・ラモント	“ハンター”、追跡の名手
ラクラン・マクルアリ	“ヴァイパー”、盗みや侵入や脱出が得意
マグナス・マッカイ	“セイント”、山地案内、武器作りの達人
ウィリアム・ゴードン	“テンプラー”、錬金術と火薬に精通
ロバート・ボイド	“レイダー”、強靱な体の持ち主、素手による戦いが得意
アレクサンダー（アレックス）・シートン	“ドラゴン”、短剣と白兵戦が得意

《イングランド側で活動する者》

アーサー・キャンベル	“レンジャー”、斥候と偵察が得意

※太字は、今作に登場の人物。

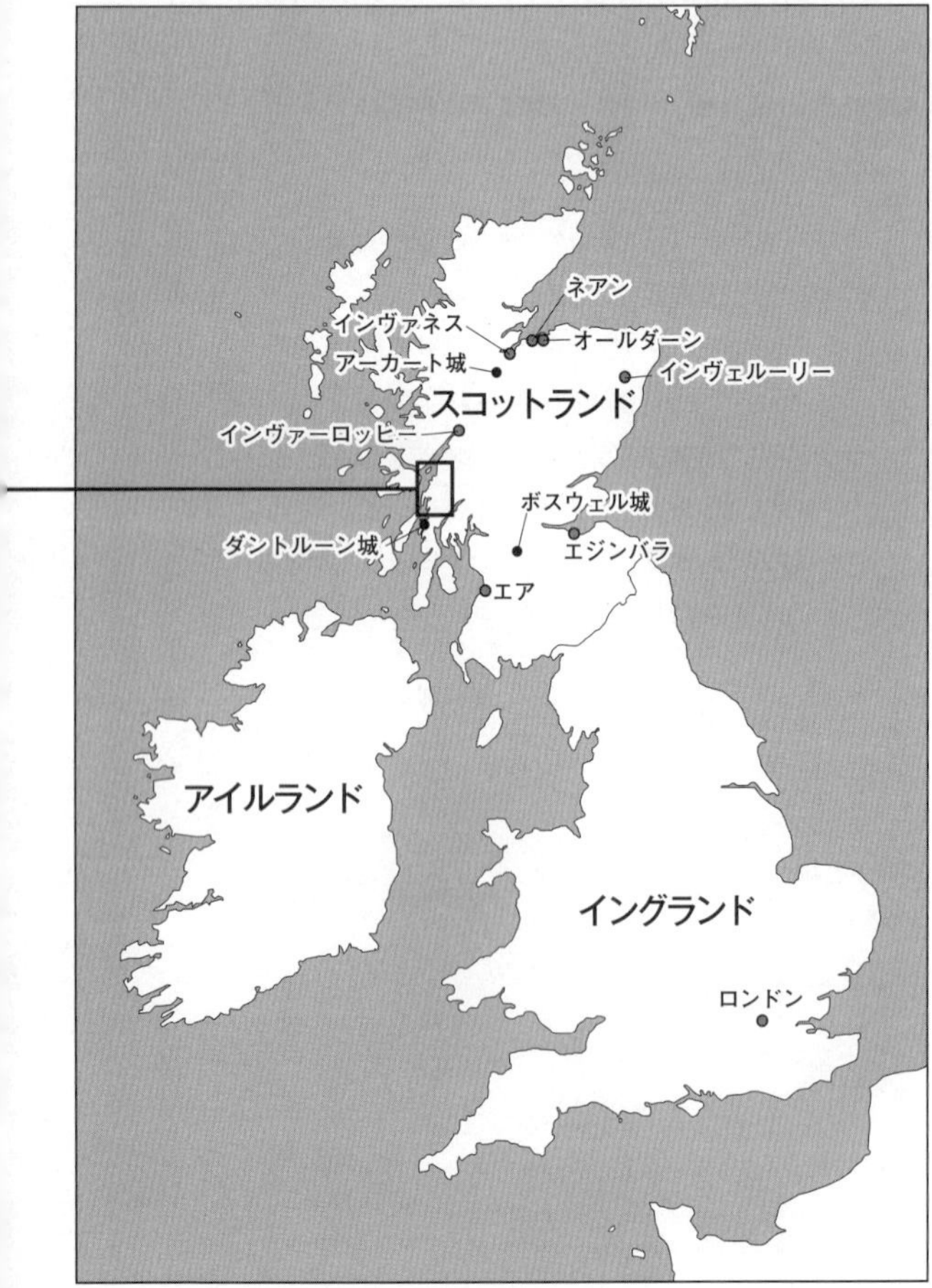
ネアン
インヴァネス
オールダーン
アーカート城
インヴェルーリー
スコットランド
インヴァーロッビー
ボスウェル城
ダントルーン城
エジンバラ
エア
アイルランド
イングランド
ロンドン

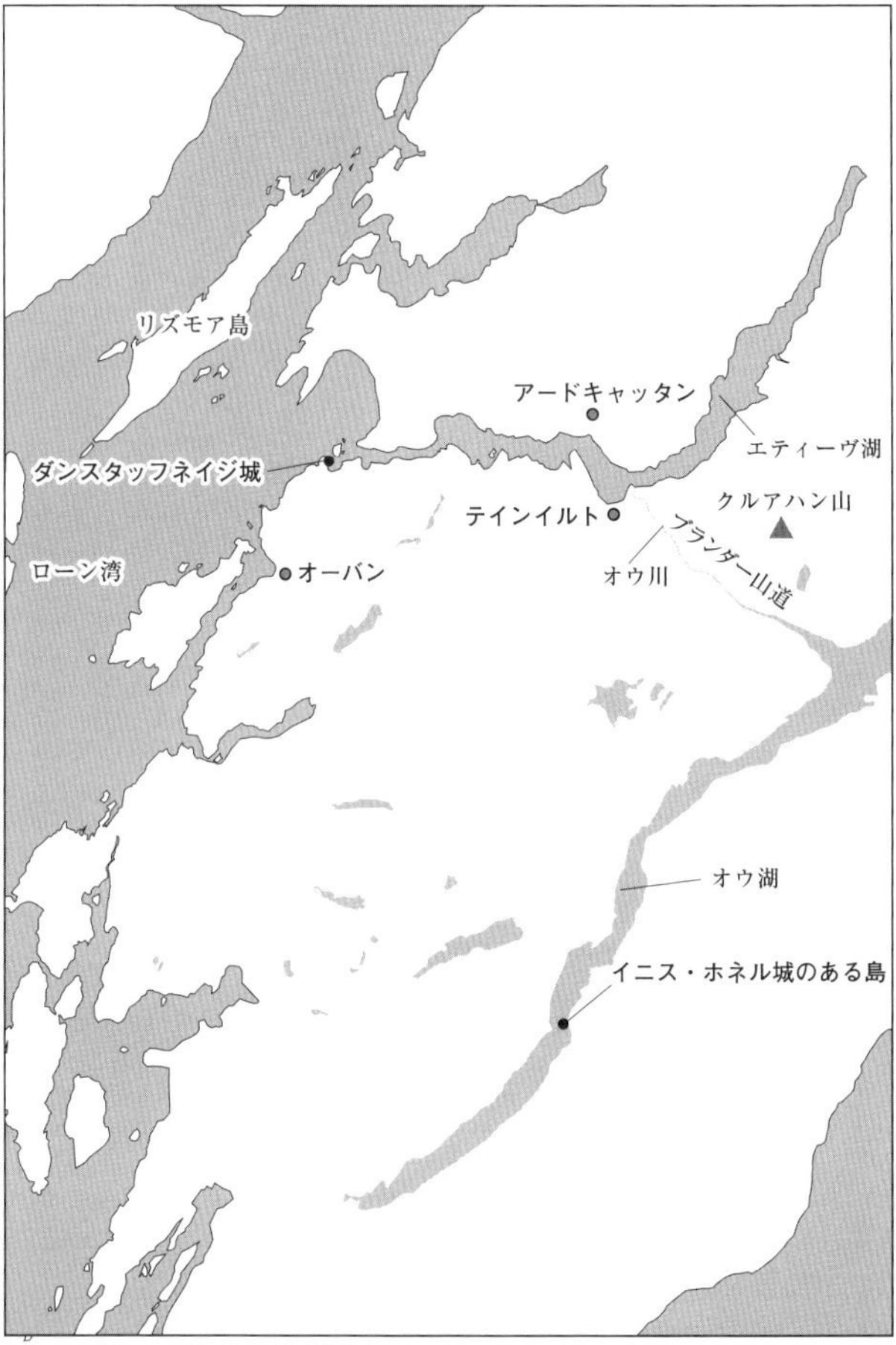

スコットランド東南沿岸部

まえがき

一三〇七年。潮目が変わったとはいえ、ロバート・ブルースはスコットランド王座奪回の冒険で成功したとはまだとても言えない状況にある。

最大の敵であるイングランド王エドワード一世の死後、かの国が混乱するなか、ブルースはスコットランド国内の敵へ目を向け、彼らを打ち負かそうとしている。スコットランド人の多くはいまだにブルースと敵対していて、なかでも手強《てごわ》いのはカミン一族、マクダウウェル一族、マクドゥーガル一族、そしてロス伯だ。

ブルースはハイランド・ガードという秘密精鋭戦士団の力を借り、革命的な〝海賊〟戦術を使いつづけ、敵地を破壊してまわっている。その様子は何世代もの人々の記憶に残ることになる。

ブルースはスコットランド南部のギャロウェイ方面でマクダウウェル一族を征服し、北へ進軍してハイランドへ入る。ロス伯とマクドゥーガル一族と一時的な休戦協定を結んだあと、インヴァーロッヒーとアーカートとインヴァネスとネアンで、カミン一族を襲撃《しゅうげき》する。

ところが、勝利をつかんだように思えたとき、ブルースは得体の知れない病にかかり、死の淵《ふち》をさまようことになる。敵が寒さと飢えに苦しむなか、ブルースの部下たちは不安な気持ちで待機し、冬を過ごす。

以前、すべてが失われたかのように見え、ブルースが自分の王国から逃亡せざるを得なくなったとき、彼はハイランド・ガードの戦士たちの手を借りて生きのびた。そして今、行く手に立ちはだかる有力な貴族たちを倒すために、ブルースはその戦士たちをかつてないほど必要とすることになる。

プロローグ

一三〇七年四月二十日
スコットランド　エア　聖ヨハネ教会

アーサー・キャンベルはそこにはいなかった——少なくとも、いないことになっていた。今夜、この教会で銀貨の受け渡しがあり、それが北へ、ボスウェル城に駐屯《ちゅうとん》しているイングランド軍のところへ運ばれることはブルースに伝えてある。任務はそれで完了していた。

木立のなか、ブルースの部下たちがアーサーから五十メートルほどの場所に身を潜め、馬に乗った者たちが銀貨の受け渡しに現れるのを待っていた。アーサーはここにいる必要はなかった。それどころか、いてはいけなかった。正体を知られずにいることこそが重要だ。エドワード王に仕える忠実な騎士のふりをして一年以上が経つ今、アーサーとしては、これまで注いだ努力を思えば〝いやな予感〟に賭けることはできなかった。心配しなければならないのは、ここにいた事実をイングランド軍にどう説明すればいいかというだけではない。ブルースの部下に見つかった場合、彼らはアーサーをまさに見かけどおりの者だと考えるだろう――敵だと。

アーサーが本当は誰に忠誠を誓っているのかを知る者は、ひと握りしかいない。

それでもアーサーは、教会の裏手の丘の斜面を覆う木立の陰に隠れていた。何かまずいことが起きるという予感を振り払えずにいたからだ。何年ものあいだ、予感に頼ってきた以上、今さら無視しはじめることはできなかった。

教会の鐘の音が、闇の墓場を切り裂いた。終課《しゅうか》――夜の祈りの時間。そろそろだ。

アーサーは微動だにせず、馬で近づいてくる者の気配を感じとろうと五感を研ぎ澄ました。最初にこの付近を偵察したため、ブルースの部下たちが教会へつづく道沿いの木立のなかにいることはわかっていた。そこは来る者がよく見える場所なのに、教会――イングランド兵用の間に合わせの救護所――にいる連中に襲撃を気づかれれば、すばやく逃走できる程度には教会から離れている。

明らかに、聖ヨハネ教会は襲撃の場所として理想的ではない。なかにいる負傷したイングランド兵がたいした脅威にならないとしても、一キロも離れていないエア城にいるイングランドの駐屯兵のことを思えば、ブルースの部下もためらうはずだ。

もっとも、彼らは手にした情報だけで動かねばならない。アーサーは、銀貨の受け渡しが今夜教会で行われることを知ったが、そのあとどの道を使って運ばれるかは知らなかった。エアからボスウェルへ行く経路は少なくとも四つ考えられるが、馬の乗り手たちがどの道をとるかは確信できなかった。

今回は、危険を冒すだけの見返りはある。ボスウェル城で駐屯軍に支払われる五十ポンドほどの銀貨があれば、ギャロウェイの森に身を潜めているブルースの戦士四百名を数カ月間養える。

また、銀貨を手に入れることによってブルースは恩恵を得るだけでなく、イングランド軍に打撃を与えられる——まさにそのために奇襲は計画された。激しい急襲を何度もかければ、敵を動揺させておけるうえ、敵同士の連絡を邪魔し、ブルース側よりも兵の数と武器と甲冑《かっちゅう》で優っているという優位性を弱められる。何よりも、敵の心に恐怖を植えつけられる。つまり、ブルースの戦士たちはアーサーがこれまでしてきたように戦うということだ。ハイランダーのように。

効果は出ている。イングランドの臆病者どもは、軍隊の護衛をつけずに少人数で移動するのを嫌うが、ブルースと戦士たちに相当悩まされたため、銀貨をひそかに運ぶのに使者数名と神父を使うという目立たない方法を使わざるを得なくなった。

アーサーはふいに身を凍りつかせた。音はしなかったものの、何者かが近づいてくるのを感じたのだ。すかさず道を見て闇のなかへ目を走らせた。何もない。誰かが馬で近づく気配もなかった。しかし、アーサーのうなじの産毛《うぶげ》は逆立ち、それは違うと直感が告げていた。

と、音がした。かすかだが、背後から誰かの足の下で葉が踏み潰《つぶ》される音が、確かに聞こえてくる。

背後。

アーサーは毒づいた。銀貨を運ぶ者たちが、村からではなく海岸からの道を通って近づいてくる。ブルースの部下たちには彼らの姿が見えるだろうが、望んでいた場所よりも教会の近くで襲撃することになる。予期せぬ事態を想定するよう訓練されてはいても、これは際どい事態になりそうだ……とても。

アーサーは神父が様子を見に出てこないことを心から願った。この魂にとって今何よりもいらないものは、神父の死だ――もう十分に黒い魂だから。

アーサーはさらに耳を澄ました。ふたり分の足音。片方は軽く、もう片方は重い。小枝が折れ、もう一本折れた。近づいてくる。

ほどなくアーサーの眼下の道に、頭巾をかぶったふたりのうち先頭の者が現れた。長身で横幅がある男で、あとから来る兵士のために枝を押しのけながら、曲がりくねる道を力強い足取りで歩いている。重そうな毛織の外衣の下から、きらめく鋼《はがね》と色鮮やかな陣羽織《じんばおり》がのぞいた。騎士。

よし《アイ》、銀貨を運ぶ使者だ。

二番目の人物も近づいてきた。前にいる男よりも背が低くて体が細く、はるかに優雅な足取りだ。アーサーはその者がたいした脅威にならないとすばやく判断すると、先頭の男へ視線を戻しかけ、はたと動きを止めた。そして、目を凝《こ》らして二番目の者を見た。闇と頭巾のせいで細かいところまでは見えないが、何かがおかしいという感覚をぬぐえなかった。その兵士はアーサーの眼下の道をすべるように進んでいるかのように見えた。腕の下に何かある。かごらしい――。

アーサーは胃が沈んだように感じた。ああ、くそっ。銀貨を運ぶ者ではない、娘だ。きわめて都合の悪いときに現れた娘。

勘は間違ってはいなかった。やはり、まずいことになりそうだ。娘がこの場から去らないと、ブルースの部下たちはアーサーと同じように勘違いをするだろう。だが、彼らには思い違いに気づく時間はない。娘と供の騎士が視界に入るや、攻撃をしかける――いつそんな事態になってもおかしくはない。

娘が近くを通り過ぎたとき、アーサーは身を硬くした。かすかな薔薇《ばら》の残り香が漂ってきた。

〝引き返せ〟アーサーは娘に向かって念じた。娘が立ち止まり、顔をアーサーのほうへわずかに向けたとき、アーサーは口に出さなかった願いを娘が聞いたのかもしれないと考えた。しかし、娘はかぶりを振り、道を進み、死の罠《わな》にまっすぐに向かっていった。

ちくしょう。困ったことになった。任務がめちゃくちゃだ。ブルースの部下たちが本物の使者に奇襲をかけられなくなるうえ――女をひとり殺すことになりそうだ。

アーサーは介入するわけにはいかなかった。人に姿を見られるという危険は冒せなかった。陰に留まり、闇のなかで活動することになっている。かかわってはいけない。正体を明かさないためには、あらゆる手を尽くすことになっている。

アーサーはブルースに頼りにされていた。ハイランド・ガードという精鋭戦士団に入団するほど優れた斥候《せっこう》の腕前が、今ほど役立つときはなかった。アーサーが物陰に身を潜め、敵地の奥深くで地形や物資の供給路や敵の勢力や配置に関する情報を集められるかどうかが、ブルースの代表的な戦術となった奇襲をかけるために、かつてないほど重要になっている。

娘ひとりのために危険を冒す価値はない。

まったく、だいたい自分はここにいないことになっている。

ほうっておけ。

娘がブルースの部下たちに近づくにつれ、アーサーの鼓動は速まった。かかわりはしない。暗がりに留まる。こちらの問題ではないのだから。

鋼鉄の重いかぶとの下の額に汗が浮かんだ。決断するのに一瞬しかない……。

くそっ。

アーサーは木立のなかから出た。長いこと騎士のふりをしつづけていたから、自分でも騎士だと思いこんでしまったに違いない。どうしようもない愚か者だが、罪なき娘が死ぬのを何もせずに傍観することはとてもできなかった。ふたりがブルースの部下たちの視界に入る前に、彼らを止められるかもしれない。その可能性はある。もっとも、アーサーはブルースの部下全員の配置を把握しきれていなかった。

アーサーは音を立てずに暗がりを進み、娘の背後へ行った。なめらかな動きで娘の口に手をあてがい、悲鳴をあげられないようにした。もう片方の腕を娘の腰にまわし、ぐっと引き寄せた。

その勢いがやや強すぎた。娘の体の柔らかくて女らしい丸みが、アーサーの体に押しつけられる――とりわけ、丸い尻はアーサーの下腹部に密着した。

薔薇。またあの香り。さっきよりも強い。アーサーは頭がくらくらとするなじみのない感覚に襲われた。思わず息を吸いこみ、別のにおいも感じた。バターのような香りにりんごのかすかな香り。そうか、パイだ。娘のかごのなかだ。

娘がもがいたので、気が散っていたアーサーは我に返った。「危害を加えるつもりはない、娘《ラス》」そう囁《ささや》いた。

ところが、アーサーの体はそれとは逆の解釈をされそうな反応をし、野火のように燃えあがっていた。全身が強く彼女を意識した。娘のウエストは細いが、アーサーは腕にとても豊満な胸の重みを確かに感じた。彼の下腹部に熱が集まった。

最後に女を抱いたのがいつのことだったか、アーサーは思い出せずにいた。

今はそんなことを考えている場合ではないというのに。

娘を護衛している騎士が、物音を聞きつけたに違いない。振り向いてこう言った。「マイレディ？」

騎士は娘がアーサーにとらえられているのを見て、剣に手を伸ばした。

「しーっ……」アーサーは小声で警告した。ブルースの部下たちに聞こえないよう、そして素性を隠すためにも、低い声を出した。「手を貸そうとしている。ふたりともここを離れなければだめだ」娘の口を塞《ふさ》いだ手から力を抜いた。「今から解放するが、大声をあげないように。連中に襲いかかってほしいなら、話は別だが。いいか？」

娘がうなずき、アーサーはゆっくりと彼女を解放した。

娘はすかさず振り返った。木々が月光をほとんど遮《さえぎ》っているため、見えるのは、頭巾の奥からアーサーを見あげている、娘の大きな見開かれた目だけだ。

「誰が襲いかかるというの？　あなたは誰？」

娘の声は穏やかで優しかった。ありがたいことに低く、遠くまで聞こえそうにない。

アーサーはそうであることを願った。

娘はアーサーへ目を走らせた。任務のときは常にそうだが、今夜、アーサーは軽装備で移動してきた。身につけているのは、黒い鎖《くさり》かたびらと、鎖頭巾（兵士が鎧の下に着用する金属性のかぶりもの）と中綿入りの革のタイツだけだ。とはいえ、上等なものだったし、かぶと（深くかぶって顔を隠してある）と武器から、騎士であることは一目瞭然《いちもくりょうぜん》だった。「あなたは反逆者ではないわね」娘が言う。アーサーが思っていたとおり、娘がイングランド軍の支持者であることがわかった。ブルースの味方ではない。

「この方の質問に答えろ」供の騎士が言った。「さもないと、わたしの剣先の感触を味わうことになるぞ」

アーサーは笑いたいという衝動に抗《あらが》った。その騎士は腕力だけはありそうだが、動きはぎこちない。しかし、アーサーは今の状況をわかっているので、騎士の間違いを証明するのに時間を割《さ》きたくはなかった。ふたりをできるだけ早く静かに、この場から去らせる必要がある。

「味方だ、マイレディ」アーサーは言った。「エドワード王に仕える騎士だ」

少なくとも今のところは。

アーサーはふと身をこわばらせた。状況が変わった。なぜわかったのかは説明できない。意識と感覚の奥深くがざわめき、空気が動くのを感じたとしか言えなかった。

ブルースの部下たちがやってくる。見つかった。

アーサーは悪態をついた。まずい。娘を穏やかに説得する時間はなくなった。「今、立ち去らねばならない」アーサーは反論を許さないようなきつい口調で言った。

娘の目に警戒の念が宿るのが見えた。彼女も危険を察知したに違いない。

しかし、遅かった。ここにいる全員にとって。

アーサーが娘を押し、最も近い木のうしろへ行かせるや、複数の矢が夜気を切り裂く小さな音がした。娘に向けて放たれた矢は、彼女が今身を隠している木に刺さったが、もう一本の矢は的《まと》に命中した。護衛の騎士がうめき声をあげる。狙いの完璧だった矢が鎖かたびらを貫き、騎士の腹に刺さったのだ。

反応する時間はほとんどなかった。アーサーがすんでのところで身をひねると、心臓を狙って放たれた矢は肩に刺さった。歯を食いしばり、矢の軸をつかんで折った。矢じりが深く刺さったとは思えないが、今は引き抜く危険を冒したくはない。

ブルースの部下たちは、アーサーが銀貨を運ぶ使者のひとりだと考えたのだろう。間違えるのも無理はないが、おかげでアーサーは我が身を守るために同胞と戦わなければ正体を知られてしまうという、恐ろしい窮地に立たされた。

だが、まだ逃げられる。

彼らは相手が娘だとわかっているかもしれない。とはいえ、確信はできなかった。アーサーがこの場を去れば、娘は死ぬ。

アーサーがゆっくり考える暇もなく、つぎの瞬間には修羅場《しゅらば》になった。ブルースの部下たちが、地獄からやってきた悪魔よろしく闇のなかから襲いかかってきたのだ。矢を受けてまだふらついていた護衛の騎士は、脇腹を槍《やり》で刺され、頭に斧《おの》を振りおろされた。騎士は樫《かし》の巨木さながらに、大きな音を立てて倒れた。

背後から驚きの悲鳴があがる。アーサーは娘が倒れた騎士に駆け寄って助けようとすることを予想し、娘の行く手を塞いだ。騎士は救いようがない。

だが、ブルースの部下のひとりがその動きを目にしたに違いなかった。

槍が娘めがけてまっすぐに飛んでくる。アーサーは考えるより先に反応した。腕を伸ばし、娘の頭まであとほんの一メートルほどのところで槍をつかみとった。すかさず槍を膝《ひざ》に打ちつけてふたつに折り、地面に投げ捨てた。

娘が息をのむ音がしたものの、アーサーは駆け寄ってくる二十名ほどの戦士から目を離さずにいた。「その木のうしろにいろ」娘に向かって怒鳴り、右手から振りおろされた剣をかわした。相手は隙《すき》を見せたが、アーサーはそれに乗じなかった。

アーサーは毒づき、もう一度相手の攻撃をかわした。どうすべきだろうか。名乗る？信じてもらえるのか。戦いながら逃げることもできるが、娘のことを考えなければ……。

ほどなく、決断する機会はなくなった。

男の声が木立のなかから響く。「待て！」戦士たちは当惑したようだったが、あらたにやってきた男の命令にすぐに従い、動きを止めた。まもなく、見覚えのある人物が暗がりから姿を現した。「レンジャー、いったいここで何をしている？」

アーサーは信じられない思いでかぶりを振りながら前へ出て、木々のあいだから現れた黒ずくめの戦士を迎えた。グレガー・マグレガー。さっきの矢の狙いが完璧だった理由が、これでよくわかった。マグレガーはハイランド一の弓の達人で、矢を意味する〝アロウ〟という暗号名《ノム・デ・ゲール》をまさに体現している。ブルースが選んだその暗号名は、ハイランド・ガードの団員である彼の素性を守っている。

アーサーはかつての敵であり、その後ハイランド・ガードでの相棒となり、そして友に最も近い存在だったことがある男に会えたことを喜んでいいのかわからずにいた。ふたりの関係は、一年以上前にアーサーがハイランド・ガードを去らざるを得なくなったときに変わった。あのときは、マグレガーも含めてハイランド・ガードの同胞のほとんどが、真実を知らなかった。彼らはアーサーが敵軍に合流したと聞き、アーサーを裏切り者だと考えた。やがて彼らはそれが偵察のためだという真実を知ったが、アーサーは任務のせいで仲間とは離れ離れになっていた。

ふたりは前腕をつかみ合った。アーサーは最初ためらっていたにもかかわらず、かぶとの下で思わず満面の笑みを浮かべていた。ああ、本当に会えてよかった。「そのきれいな顔を、まだ誰も台無しにしていないようだな」アーサーは言った。マグレガーがその有名な美しい顔をうとましく思っているのを知っていたからだ。

マグレガーが笑った。「努力している者はいるが。会えて嬉《うれ》しいよ。だが、ここで何を？　槍をつかんだところをぼくが見ていて、きみは運がよかったな」

アーサーは槍をつかんで、マグレガーの命を救ったことがあった。見かけほど難しくはない――恐怖心さえ乗り越えられれば。たいていの者は乗り越えられないが。

「その矢、済まなかったな」マグレガーはアーサーの左肩を指で示した。まだ数センチほど軸が残った矢が刺さっている傷口から、血がにじみ出ている。

アーサーは肩をすくめた。「なんてことはない」もっとひどい傷を負ったことはある。

「この反逆者を知っているのですか、隊長？」戦士のひとりが尋《たず》ねた。

「ああ《アイ》」アーサーが警告する前に、マグレガーが言った。「反逆者ではない。仲間だ」

しまった。娘。娘のことを忘れていた。アーサーは娘がマグレガーの話を聞いていないか、ことの深刻さを理解していないことを願った。しかし、彼女が鋭く息を吸いこむ音がしたとき、その願いは打ち砕かれた。

マグレガーにも聞こえたようだった。彼は矢へ手を伸ばしたが、アーサーがその手を払いのけた。

「大丈夫だ」アーサーは言った。「もう出てきてもいい、ラス」

「ラス？　娘《ラス》がここに？」マグレガーは小声で悪態をついた。「そういうことか」

娘は木のうしろから姿を見せた。アーサーが手を伸ばして彼女の肘をとったとき、娘は触れられて不愉快であるかのように身をこわばらせた。ああ、娘は話を聞いていたらしい。

　騒ぎのあいだに娘の頭巾がとれ、輝かしい金茶色の長い豊かな髪が波打つように背中へこぼれ落ちていた。その純粋な美しさがあまりにも場違いに見えて、アーサーは一瞬はっとした。銀色の月光が娘の顔を照らしたとき、アーサーはぐっと唾をのんだ。

　なんと美しい。ハート形の小さな顔を、まつ毛が濃い大きな目が占領しているように見えた。鼻は小ぶり、顎《あご》は尖《とが》っていて、眉はゆるやかに弧を描いている。唇はピンクで完璧な弓の形で、肌は……クリームのようになめらかで柔らかそうだ。娘はふわふわとした小動物――仔猫かウサギ――さながらに傷つきやすそうに見えた。

　アーサーはこんな場所で汚れのない乙女を目にするとは思わなかったし、戦いの場には似合わないように見えた。

　唖然《あぜん》として見つめることしかできずにいると、マグレガーが――このくそ野郎――前へ出て、鼻まであるかぶとをとり、騎士のように娘の手をとってお辞儀をした。

「申しわけない、マイレディ」マグレガーはハイランドの半数の女たち――あと半数にはまだ出会っていない――の胸を張り裂けさせてきた微笑《ほほえ》みを浮かべて言った。「人違いだった」

　娘はハイランド一ハンサムだと言われているマグレガーの顔を見たとき、案の定息をのんだ。しかし、すばやく落ち着きをとり戻し、意外なほど冷静な様子を見せた。普通は、マグレガーにはじめて会った女なら、今頃は舞いあがって意味が通らないお喋《しゃべ》りをしているところだ。「そのようね。フッド王は女性に戦いを挑むようになったのかしら」娘はイングランド人が口にするブルースへの蔑称《べっしょう》を使った。そして、前方の教会へ目をやった。「それとも、神父様だけを攻撃するのかしら」

敵に囲まれている者にしては、娘は驚くほど物怖《ものお》じしない。上等なアーミン（オコジョ）の毛皮からは身分の高さがわからなかったとしても、アーサーはその誇り高いふるまいから、娘が貴族であることを悟っていただろう。

マグレガーは顔をしかめた。「さっき言ったように、人違いだったんだ。我らが王ブルース様は、王が正当に所有しているものを認めない者だけを攻撃する」

娘は短い声を漏らし、不賛成を示した。「もう用は済んだかしら、わたしは神父様を迎えにきたんです」倒れている護衛の騎士へ目をやった。「わたしの供にとってはもう手遅れだけれど、神父様はお城で待っている者たちから重荷をとり除けるもの」

臨終の者への秘跡（神の恵みにあずかる儀式）のことか、とアーサーは悟った。一週間ほど前のトルール峡谷《きょうこく》の戦いで負傷した者たちのためだろう。

アーサーはかぶとで顔を隠しているものの、さらに素性を隠すために声を低く保った。すでに十分危険を冒している——娘にあとで見分けられることが絶対にないようにしたかった。

娘はブルースを仕留めるためにエアへ招集された貴族の身内に違いない。城から離れておかなければ――遠くへ。「マイレディ、きみの名は？　だいたい、なぜ頼りない護衛と旅をしている？」

娘は身を硬くし、顎をあげて冷ややかにアーサーを見た。小さな鼻がかわいらしく上に向けられているから、滑稽《こっけい》に見えてもおかしくはなかったが、娘は意外にも軽蔑《けいべつ》をうまく表している。「神父様を迎えにくるのは、普段は危険な用事ではないもの――斥候にもできるでしょう」

アーサーは口もとをこわばらせた。感謝の気持ちはないのか。娘を運命の手にゆだねるべきだったのかもしれない。

マグレガーが前へ出た。「この男はきみの命の恩人だろう、マイレディ。この男が介入していなければ――」倒れた護衛を顎で示す。「ふたりとも死んでいた」

娘は目を見開き、小さな白い歯で柔らかそうな下唇を噛《か》んだ。またもやアーサーは、ベルトの下に歓迎できないこわばりを感じた。

「ごめんなさい」娘は小声で言い、アーサーのほうを向いた。「ありがとう」

美しい女からの礼の言葉には効果があった。アーサーの下腹部のこわばりがまた少し強まり、彼女の歌うような囁き声のせいで、アーサーはベッドと裸身と歓喜のかすれ声のことを考えた。

「その肩……」娘は心配そうにアーサーを見あげた。「ひどく痛む？」

返事をする間もなく、物音がした。アーサーはすかさず木立の奥の教会へ目をやり、何か動きがありそうなことに気づいた。

ちくしょう。教会にいる者たちが、攻撃の音を聞きつけたに違いない。

「行くんだ」アーサーはマグレガーに言った。「連中が来る」

マグレガーはアーサーの勘のよさを目のあたりにしてきたため、ためらわなかった。部下に手振りで去るよう伝えた。ブルースの戦士たちは、来たときと同じくあっという間《ま》に木立の闇へ消えた。

「またの機会に」マグレガーは言い、彼らのあとを追った。

アーサーは理解し合ったのを確認し、マグレガーと目を合わせた。今夜は銀貨はなしだ。ほどなく、教会は兵士だらけになり、かがり火のように明るくなり、近づく者に危険を知らせるだろう。

ひとりの娘のために、ブルースが部下を養うための銀貨を手にできないとは。つぎの機会が訪れるまで、彼らは辺鄙《へんぴ》な場所で狩りをし、食べられるものをあさるしかなくなる。

「あなたも行ったほうがいいわ」娘は硬い口調で言った。アーサーがためらうと、娘の態度は軟化したように見えた。「わたしは大丈夫。行ってちょうだい」娘はひと呼吸置いたのちにつづけた。「ありがとう」

闇のなかでふたりの目が合った。アーサーはばかげているとわかっていたが、一瞬、素顔を知られたような気分になった。

だが、見えないはずだ。かぶとで顔を覆っているから、あいているのは、目の部分の細い隙間ふたつと、息をするための小さな複数の穴だけだ。

それでも、アーサーはなじみのない感覚を覚えた。たいして分別がなければ、絆《きずな》を感じたと言っていただろう。だが、見知らぬ女との絆などない。だいたい、誰ともつながりなど感じていない。そのほうが物事をより単純に保てる。

アーサーは何か言いたかったが――何かはさっぱりわからなかった――言う機会はなかった。教会の外に松明《たいまつ》の火明かりが現れたのだ。神父と負傷したイングランド兵数名がやってくる。

「どういたしまして」アーサーは言い、自分が属する闇へとすべりこんだ。亡霊。存在なき者。それでいい。

神父の腕のなかに飛びこんだ娘の安堵《あんど》の泣き声が、闇のなかにいるアーサーを追ってきた。

アーサーは今夜起きたことを悔やむべきだとわかっていた。娘の命を救った過程で、銀貨を犠牲にしたばかりか、おのれの正体をも危険にさらした。とはいえ、後悔はできなかった。銀貨を得る機会はまたある。それに、娘と再会する可能性は低い——二度と会わないようにしよう。

秘密は安全だ。

1

一三〇八年五月二十四日
スコットランド　アーガイル　ダンスタッフネイジ城

お願い、あの人を死なせてください。もう終わりにして。

アナ・マクドゥーガルはかごを置き、父の足もとにひざまずくと、生まれてからの毎日に影響を与えてきた戦争に、ついに終止符を打ちそうな知らせを聞けるよう祈った。

まさに、生まれてからの毎日だ。

アナはスコットランドの歴史にとって重要な日に生まれている。一二八六年三月十九日。スコットランド王アレクサンダー三世が家臣の助言に耳を貸さず、嵐の夜に若き花嫁に会いにファイフのキングホーンへ急いだ日だ――アレクサンダー三世はその道中で崖《がけ》から転落死した。王の欲望のせいで国は王の直系の跡継ぎがいない状態となり、玉座をめぐる争いと戦いが二十二年つづくことになった。

玉座を手に入れようとする者が十四人いた時期もある。けれども真の戦いは、ベイリオルおよびカミン派と、ブルース派との戦いだった。二年前、ロバート・ブルースは最大の敵であるジョン・〝ザ・レッド〟・カミンを手にかけた。カミンはアナの父であるジョン・マクドゥーガルの親戚だったから、マクドゥーガル一族はブルースを強く敵視するようになった。一族にはマクドナルド一族という親戚もいるが、マクドゥーガル一族はこの親戚とも仲が悪いため、イングランドと仕方なく同盟を結び、ブルースが玉座につくのを阻止することにした。

ブルースがスコットランド王になるよりは、イングランド王エドワード・プランタジネットに支配されるほうがまだましだ。

アナが今、神に祈っているのはブルースの死だった。ブルースが北部での軍事作戦の途中で、原因不明の病にかかったという知らせが届いて以来、アナはブルースがその病で命を落とすよう祈っていた。自然が敵を打ち負かすことを。当然、人の死を願って祈ることは恐ろしい罪だ。それがどんな者であってもそうだ。ロバート・ブルースのように災難の元凶になる人殺しであっても。大修道院の修道女が知ったらぞっとするだろう。

けれども、アナはかまわなかった。ブルースの死が、神に見捨てられたこの血みどろの戦いを終わらせることになるのなら。この戦争はすでに、アナの弟と婚約者の命を奪ったうえ、年老いた祖父アーガイル卿《きよう》アレクサンダー・マクドゥーガルだけでなく、その息子――アナの父ローン卿ジョン・マクドゥーガルに大きな負担をかけてきた。

ジョン・マクドゥーガルは、ついこのあいだ胸の痛みの発作をふたたび起こしてから回復しきっていない。ジョンがあとどれほど耐えられるか、アナにはわからなかった。最近ブルースの作戦がうまくいっているせいで、その病状は悪化するばかりだ。ジョンは負けるのが嫌いだ。

〝フッド王〟ロバート・ブルースが一年ほど前には勝つ望みをほとんど失い、わずかな支持者と逃亡中だったとは、とても信じられなかった。ところが、逃げていたフッド王は戻ってきたうえ、おもにイングランドのエドワード一世の死のせいで、スコットランドの玉座を奪回しようとしている。

だから罪深いことであろうとなかろうと、アナはこの敵の死を願って祈った。父と氏族《クラン》を破滅させようとする男から彼らを守れることになるなら、そうして邪悪な考えを抱いたことに対する罰は甘んじて受けるつもりだった。

修道女に何度も言われたように、自分はどのみち修道女として生きる運命にはない。歌を歌いすぎだし、笑いすぎだ。だいたい、家族を大切に思うほど、神を大切に思ったことはない。

アナはジョンの顔を観察し、手紙を開封して読んでいるときの反応を探った。早く読みたいために、ジョンは書記を呼ぶ手間さえ惜しんだ。アナは、会議を終えて上階の部屋にひとりでいるジョンに会えて幸運だった。アナの母は普段、父のそばで気を揉《も》んでいるが、薬草を摘む者たちの様子を見に庭へ行った。その薬草で、すっきりしないジョンの肺をきれいにするために、神父が勧めた新しい薬を作ることになっている。

アナにはすぐに悪い知らせだとわかった。ジョンのしわだらけの顔が危険なほど赤くなり、目が熱に浮かされたかのように光ったのだ。唇は引き結ばれて白くなった。鍛《きた》え抜かれた戦士にも恐怖心を抱かせるような表情だが、アナは心配になるばかりだった。荒々しい戦士という外見の下の、愛情深い父親の姿を知っているからだ。

アナはジョンがすわっている玉座に似た椅子の肘かけを握った。彫刻が手のひらに食いこんだ。「どうしたの、お父様。何があったの？」

ジョンがアナを見た。父の怒りがわきあがるのを目にして、アナは一抹の恐怖を感じた。ジョンが激怒する姿を見ると、アナは昔からぞっとしたが――父は悪名高いプランタジネット朝の王たちに匹敵するほど短気だ――発作が起きて以来、とくにそうだった。前回、怒りがジョンの腕と胸の痛みの原因となったからだ。ジョンは痛みの発作で動けなくなり、呼吸困難に陥《おちい》り、二カ月近くベッドで過ごした。

ジョンは羊皮紙をしわくちゃにして握った。「バカン伯が敗走した。カミンの軍が負けたということだ」

アナは目をぱちくりさせた。あり得ない話に思えて、ジョンが言ったことを理解するのにしばらくかかった。バカン伯ジョン・カミン――ブルースに殺されたバデノッホ卿ジョン・カミンの親戚――は、スコットランド屈指の有力者だというのに。

「だけど、なぜ負けたの？」アナは尋ねた。「ブルースは死にかけていたでしょう」

ジョンは子どもたちに、以前から質問することを奨励《しょうれい》してきた。女の無知をも嘆き、自分の娘たち全員が女子修道院で教育を受けるべきだと主張した。しかし、アナは今の質問を聞いたジョンが、怒りで身をこわばらせるのを見て、質問をとり消したくなった。

「病床にいても、あの災いの元凶は奇跡を起こせるようだ」ジョンはうんざりした様子で言った。「人々はすでに、あの男が英雄か何かだと思っている――いまいましいことに、アーサー王とその王国キャメロットの再来であるかのようにな。バカン伯はイングランドのエルーリーの近くであのろくでもない男の進軍を止めたが、〝ブルースその人〟が軍の先頭にいるのを見て、バカン伯の兵士たちがひるんだらしい」ジョンが脇のテーブルをこぶしで叩《たた》くと、ゴブレットからワインがこぼれた。「カミンの軍は、病人が担がれて戦場へやってきたのを見て、臆病者よろしく逃げたというわけだ。病人から逃げるとは！」

ジョンの顔が真っ赤になり、こめかみの血管が浮きはじめた。

アナは恐怖に胸をつかまれた。怒りが怖いからではなく、それがジョンの健康を脅かすからだ。わきあがった涙をこぼすまいとした。どこまでも誇り高きジョンは、アナの涙を見て、娘が父を弱いと考えたしるしだと思うだろう。父は力強い戦士であり、優しくあつかわれる必要はない。

けれども、この戦争が、効き目の遅い毒薬のように確実にジョンを殺しつつあった。アナがブルースとの争いを切り抜けさせることができれば、何もかもがうまくいく。偽物の王が、普通に病に負ければいいだけではないか。そうすれば、すべてが終わる。

父を落ち着かせなければ。アナは涙と懇願という方法を使わずに、ジョンの手をとり、からかうような笑みを無理に浮かべた。「わたしの前でそんな話し方をしているのを、お母様に知られてはいけないわ。お母様はわたしが〝娘らしくない〟言葉を使うのは、お父様のせいだと思っているもの」一瞬、話を聞いてもらえないのではないかと心配したが、父の怒りの靄《もや》は少しずつ消えていった。ジョンがまっすぐにアナの顔を見たとき、アナは無邪気そうに言い足した。「お母様を呼んでくるべきかしら」

ジョンは短い笑い声をあげ、苦しそうに咳《せ》きこんだ。「やめてくれ。また、あの吐き気をもよおす薬をのどに流しこまれる。よかれと思ってしているようだが、うるさく心配しすぎるから、あれでは聖人をも地獄に追いやってしまうぞ」ジョンは首を横に振り、愛おしそうにアナを見た。今、アナが何をしたかを正確に理解しているような表情だ。「なあ、怖がることはない。わたしはぴんぴんしている」訝《いぶか》しそうに目を細めた。「だが、おまえは抜け目のない娘だな、愛しいアニー。ほかの子どもたちよりもわたしに似ている。前からそう言っているだろう?」

その褒《ほ》め言葉に、アナはえくぼを作って微笑んだ。「ええ、お父様」

ジョンはアナが答えなかったかのようにつづけた。「おまえが親指をしゃぶりながらよちよちとわたしの部屋へ入り、戦場の地図をひと目見て、兵を攻撃に最適な場所へ動かしたときから、そう言いつづけている」

アナは笑った。その日のことは何も覚えていないが、何度も聞かされている。「彫《ほ》り物の兵士たちがおもちゃだと思ったんでしょうね」

「ああ、しかし純粋に本能のままに動かしていた」ジョンが息を吐く。「もっとも、今回はそれほど単純にはいかない。バカン伯の手紙によれば、イングランドへ亡命するそうだ。カミン一族が破れたとなると、ブルースは我々に目を向ける」

〝我々〟? アナはぐっと唾をのんだ。恐怖がアナを包んだ。「だけど、休戦協定は?」

数カ月前、ブルースは北部へ進軍しはじめた頃にアーガイルのマクドゥーガル軍と戦おうとしたことがあり、陸と海から脅かした。ジョンは病気だったうえに兵力不足だったため、休戦に合意した――北部のロス伯も同じようにブルースと休戦している。そのときアナは、休戦協定が戦いの終わりになることを願ったのだった。

「八月十五日に休戦の期間が終わる。その翌日以降は、あの悪魔がこの城の門に現れかねない。やつはギャロウェイからマクダウェル一族を追い払ったし、カミン一族がいないとなると……」ジョンはふたたび嫌悪感もあらわに顔をしかめた。

ジョンの怒りがまたもやわきあがるのを感じて、アナは思い出させるように言った。

「バカン伯は指揮官として優秀だったことはないのよね。お父様が何度も言ったとおり。お父様が相手なら、フッド王はそれほど運に恵まれないでしょう。だから休戦を提案したのよ。フッド王にとって、ダル・リーの戦いの記憶はまだ相当に鮮明なのね」

口もとに浮かんだ微笑みから、ジョンがアナの言葉に喜んだことがわかった。「確かに。だが、前回我々が勝ったからといって、あの男は思いとどまりはしない。スコットランドの玉座とブルースのあいだにあるものは、我々だけだからな」

「でも、ロス伯はどうなの？　当然、一緒に戦ってくださるでしょう？」

ジョンの口もとがこわばった。「ロス伯は頼りにできない。守る者がいない状態では領地を離れたがらないだろう。だが、フッド王を完全に打ち負かすには、力を合わせなければならないと説得するつもりだ」

ジョンはちっとも非難がましい態度をとらなかったが、アナは一抹の罪悪感を覚えた。昨年、アナがロス伯の息子ヒューの求婚を受け入れていたら、ジョンがロス伯を説得するのは今よりも簡単だったかもしれない。

「諸侯と騎士を招集して、エドワード王に援軍を要請する。陛下には父王の半分の実力もないが、カミン一族が敗北したとなると、兵士をもっと北へ送らねばならないと、しまいには気づかざるを得ないだろう」

とはいえ、ジョンの口調からは希望が感じられなかった。アナもエドワード二世からの援軍をたいして期待できないとわかっていた。イングランドのこの新王は自国での問題を抱えすぎていて、スコットランドの心配などしていられない。イングランド兵はスコットランドじゅうの主要な城の多くに――とりわけ国境付近の城に――まだ駐屯しているものの、エドワード王はペンブルック伯になったばかりのエイマー・ドゥ・ヴァランスを含む、何人もの指揮官をイングランドへ召還《しょうかん》している。

アナは唇を噛んだ。「もし援軍が来なかったら?」

ジョンに降伏するのかどうかと尋ねるほど、アナは愚かではなかった。ジョンはブルースのような男にひざまずくよりは、マクドゥーガル一族全員が息絶えるほうを選ぶだろう。ジョンの胸では〝征服か死か〟というマクドゥーガルの家訓が強く息づいている。

部屋があたたかいにもかかわらず、アナは身震いをした。

「その場合は、わたしがひとりであのろくでなしを倒してやろう。ダル・リーではもう少しでとらえられた――殺すまであと一歩だったんだ。今回は最後までやり遂げる」ジョンは目を恐ろしげに細めた。「夏が終わる頃には、ロバート・ブルースの首がこの城の門に乗り、禿鷹《はげたか》に目をつつかれていることだろう」

アナはかすかな不快感を無視した。ジョンがそうした話し方をするときは、嫌でたまらなかった。残酷で無情な男に見えるからだ――愛する父ではなく。

アナは目をあげ、白いものが交ざる無精ひげに覆われた父の顔を見た。そこには強い決意が浮かんでいて、アナは一瞬たりともさっきの言葉を疑わなかった。ジョンはスコットランド随一の偉大な戦士であり指揮官でもある。運命が悪い方向へ流れていても、ローン卿ジョン《ジョン・オブ・ローン》ともあろう男なら、それを止めるだろう。

結局のところ、終戦はすぐそこなのかもしれない。不安、死、破壊、欺瞞《ぎまん》——何もかもが終わる。ジョンの命を奪おうとしている毒も消える。家族の身は安全になる。アナは結婚し、家庭を築き、子を持つ。すべてがありがたいくらい普通になる。

アナはあえてそうではない将来を思い描かないようにした。けれども、滝をざるで止めようとしているか、みなを——両親、兄や妹たち、幼い甥や姪たちを——引きずりこもうとする渦《うず》の流れに逆らって泳ごうとしているかのような気分になることがあった。引きずりこまれてはならない。絶対に家族を守る。「わたしに何ができるかしら」

ジョンは微笑み、アナの頬を優しくつねった。「おまえはいい娘だ、愛しいアニー。わたしの親戚の司教を訪ねてもらえるだろうか」

アナはうなずき、立ちあがろうとした。

「そうだ、アナ」ジョンはいったん言葉を切り、かごを手にしたアナを愉快そうに見た。「パイを忘れないように」笑い声をあげる。「司教の大好物なのは知っているだろう」

アバディーンシャー　インヴェルーリー近郊

満月が古《いにしえ》の立石の上にのぼっていたものの、近くの焚《た》き火の紗《しゃ》のような煙が、月光を亡霊のようにかすませていた。アーサーにとって勝利の味は辛《から》く、のどの奥が焼けつくようだった。真夜中に近いが、遠くから聞こえる酒盛りと荒々しい破壊の音が煙臭い夜気を満たしている。ブルースはウィリアム・ウォレス（イングランドへの反乱を指揮したが失敗し、一三〇五年に処刑された）から得た教訓を心に刻み、すべてを焼き払い、敵に利用されかねないものは何も残さなかった。バカン伯カミンはスコットランドから追い出したが、バカン領への侵略はすぐには終わりそうになかった。

開けた場所に立つ、その花崗岩《かこうがん》の細長い立石は、何かを意図しているとしか思えないような角度で天を示している。それが何かは、アーサーには推測することしかできなかった。あまりに多くの歳月が過ぎ、神秘的なドルイド（古代ケルトの宗教）の立石にこめられた意図は失われている。しかし、立石は辺鄙な場所に立てられていることが多いため、待ち合わせには都合がいい。

アーサーはその空き地を囲む木立の陰から様子をうかがいながら、待ち合わせをしている男たちが現れるのを、柄にもなくいらだちながら待った。身分をいつわるのが、これでようやく終われればいいのだが。いつわりの生活にはうんざりだった。何年かイングランドの支持者のふりをしてきたため、どちらの味方かわからなくなることがあった。

戦場で顔を合わせたのは別として、アーサーが二年以上も戦って貢献してきた支持者ブルースに会うのは、ハイランド・ガードの団員として訓練を離脱し〝敵に合流〟せざるを得なくなったとき以来はじめてだ。ブルースがアーサーと直接会う危険を冒すという事実を知って、アーサーは密偵《みってい》としての日々が終わるのではないかと考えたのだった。

任務はそつなく遂行してきた。アーサーがインヴェルルーリーの戦いの前に重要な情報を提供したおかげで、ブルースの部下たちはバカン伯カミンを破ることができ、その結果、バカン伯は負け犬よろしくイングランドへ慌てて逃げることになった。カミン一族が敗北した今、アーサーはハイランド・ガードのほかの団員たちとともに活動したいと願っていた――彼らは、ブルース自身が、戦闘にかかわる様々な領域からそれぞれ優秀な者を選んで結成した選りすぐりの精鋭戦士団だ。

アーサーは動きを止め、右手の木立の切れ目をすかさず見た。ウサギかリスが逃げるかすかな物音が、彼らの到着を示す最初の兆候だった。アーサーはどこまでも細かいことに敏感で、鋭い観察力がある点で、ほかの者たちと一線を画している。音を立てずに木々のあいだを斜めに進み、背後から彼らへ近づいた。

彼らの身元を確認したあと、自分だと知らせるためにフクロウの鳴き声を真似て音を立てた。

三人の男が振り向きざまに剣を抜いた。見るからに驚いている。アーサーの兄ニールが、最初に驚きから立ち直った。「まいったな、予想よりもうまかった。あの空き地から、まだ五十歩は離れているというのに」ニールはとなりにいる長身の恐ろしげな風貌の男のほうを見てにやりとした。「一シリング払ってもらおう」

ハイランド・ガードの団長トール・〝チーフ〟・マクラウドが、不満げな声を漏らし、悪態の言葉をつぶやいた。

ニールはマクラウドを無視し、前に進み出て喜びを隠そうとせずにアーサーを迎えた。「腕をあげたな、弟よ」アーサーがもの問いたげにマクラウドを見たところ、ニールが説明した。「この強情で野蛮な男と賭けをしたんだ。どれほど静かに進んでも、空き地に着く前におまえに見つかるとおれは賭けた。おまえは彼のハイランダーとしての鋼のプライドに、少しばかり傷をつけたというわけだ」

アーサーは微笑みを噛み殺さなければならなかった。トール・マクラウドはハイランドと西部の島々で最強の戦士だから、プライドが傷つきはしない。とはいえ、アーサーが団長を――そして兄を――感心させたのは明らかだった。

ニールはアーサーの一番上の兄で、ほぼ二十四の年の差があり、様々な意味で父親のような存在だ。今はアーサーが十五センチほど兄よりも長身だが、兄に対する尊敬の気持ちは尽きない。今日《こんにち》の自分があるのが誰かのおかげだとするなら、それはニールだ。

アーサーがほかの兄たちから戦士になる訓練を受けていたとき、ニールは覚えきれないほど何度も、アーサーを泥のなかから抱きあげてくれたものだ。自分の能力を隠さずに磨けと励ましてくれたのは、ほかならぬニールだった。ほかの家族全員が気味悪がる能力を誇りに思うように、と。

ニールには、返しきれないほどの借りがある。けれども、アーサーは返す努力をやめるつもりはなかった。

マクラウドが挨拶《あいさつ》をしに歩み寄り、ニールがしたようにアーサーの手と前腕を握った。「これまで、きみの働きに感謝する機会がなかった」その表情は異様に真剣だ。「きみの介入がなければ、妻は――」トールは言葉を切った。「きみには借りがある」

アーサーはうなずいた。二年ほど前、ブルースが玉座を手に入れる直前に、アーサーはマクラウドの妻が殺されるのを防いだことがある。あのときはハイランド・ガードを〝追い出された〟ばかりで、適時に適所にいたのだった。

「おめでとうと言わなければならないようですね、チーフ」アーサーはマクラウドの素性を守るための暗号名を使って言った。

硬い表情をしていたマクラウドが、珍しく破顔一笑した。「ああ《アイ》。娘ができた。娘のおば君《ぎみ》にちなんで、ベアトリクスと名づけた」

ニールは笑った。「生まれてから一週間、彼は赤ん坊を抱かなかったようだぞ――壊すんじゃないかと怖がって」

マクラウドは顔をしかめてニールを見たが、反論はしなかった。

三人目の男が前へ進み出た。ほかのふたりより背が低く、体格はがっしりとしている。肩幅が広く、最近、病に伏せって健康を損《そこ》なっていたにもかかわらず、体は戦士らしい分厚い筋肉で覆われている。鎖かたびら一式と、うしろ脚で立つ獅子《ライオン・ランパント》の紋章が赤で描かれた金色の陣羽織を身につけ、暗色のマントを羽織っている。たとえ無骨な風貌と黒っぽい先細りの顎ひげが、鋼鉄のかぶとに隠れていて見えなくても、威厳ある雰囲気から、アーサーにはそれが誰なのかがわかっただろう。

アーサーはロバート・ブルース王の前でひざまずき、頭《こうべ》を垂《た》れた。「陛下」

ブルースはアーサーの誠実な態度を見てうなずいた。「立て、サー・アーサー」アーサーに近寄り、前腕をつかんで振った。「インヴェルルーリーでのきみの貢献に礼を言えるように。きみの情報がなければ、すぐに反撃できなかっただろう。きみの言ったとおりだった。バカン伯とその軍は準備不足で、少しつついただけで総崩れになった」

アーサーはブルースの顔を眺め、青白い肌と苦労によるしわを見てとった。マクラウドが静かにブルースの横へやってきて、さりげなく彼を支えたが、アーサーはそもそもブルースが歩いていることに驚いた。野営地へ戻るのに手を貸す兵士が、そう遠くない場所で待機しているのだろう。「お加減はいかがですか、陛下」

ブルースはうなずいた。「カミンに対する勝利は、神父が煎《せん》じる薬よりも、はるかに効き目があった。ずっとよくなったよ」

「陛下は、直接きみに礼を言いたいとおっしゃったんだ」マクラウドはどことなく非難がましい口調で言った。

しかし、ブルースは気に留めなかったようだった。「きみの兄君とチーフは、老婆のように過保護でね」

マクラウドはブルースを導き、低い岩にすわらせ、反省する様子もなく言った。「それがおれの任務ですから」

ブルースは反論したそうに見えたものの、無駄だと悟ったらしくアーサーのほうを向いた。「任務といえば、我々がここにいる理由はそれだ。きみに新しい任務があってね」

ついに来た。待ちに待った瞬間。「ハイランド・ガードとふたたび合流しろということですか」アーサーは代わりに言った。

気まずい沈黙があった。

ブルースが顔をしかめる。言わんとしたのは、それではなかったらしい。「いいや、まだだ。きみの技能はあまりにも貴重で、敵側で働いてもらうには惜しいと証明された。だが、あらたな機会があることがわかった」

あらたな機会。自分はハイランド・ガードには戻らない。ブルースの知らせを聞いて落胆したとしても、アーサーはそれを口には出さなかった。

ひとりで活動しつづけたほうがいい。いずれにしろ、集団のなかで居心地がよかったことはないのだから。アーサーはひとりで決断する自由が気に入っていた。人に自分の立場を説明したり、弁明したりする必要がない自由を。兄ドゥガルドの屋敷に騎士として滞在しているアーサーは、ほぼ好きなときに出入りできる。

スコットランドの家族の多くが似たような状態だが、キャンベル家も戦争によって引き裂かれていた。アーサーの兄、ニールとドナルドとダンカンはブルースを支持し、ドゥガルドとギレスピーはロス伯とイングランドを支持している。

家族がそうして分裂しているため、アーサーは敵の野営地にごく簡単に潜りこめた。

「どんな機会ですか？」アーサーは訊《き》いた。

「敵の真っただなかに潜入する機会だ」

潜入。つまり、近づくこと。アーサーが避けようとしてきたことだった。ほとんどの騎士とは違い、特定の貴族に仕えようとしなかったのは、そのせいだ。「ひとりで動いたほうが、いい仕事ができます、陛下」外で。背景にまぎれこみ、そこに留まれる場所で。誰にも気づかれずに動ける場所で。

弟をよく知るニールは微笑んだ。「今回は、おまえがいやがるとは思わないんだが」

アーサーは兄の目をすかさず見た。その目に宿る満足感を見て、アーサーはどういうことかを理解した。

「ローン?」そのひとことが、鍛冶屋《かじや》のハンマー並みの勢いで飛び出した。

ニールはうなずき、唇の端をあげて期待の笑みを浮かべた。「これまで待っていた機会だぞ」

マクラウドが説明をする。「ジョン・オブ・ローンが、諸侯と騎士に招集をかけた。きみの兄君たちはそれに応じるだろう。きみも一緒に行ってくれ。マクドゥーガル一族の企《たくら》みと、兵の数と、誰が合流するのかを探り出すんだ。連中は使者に我々の部下たちのあいだをかいくぐらせているから、きみにそれを止めてもらいたい。休戦の期間が終わるまで、あの一族をできるだけ孤立させておきたい。ホークに海路を見張らせているが、きみには陸路を見張ってもらう必要がある」

アーサーが精通しているのは陸だった。アーガイルはキャンベル一族の土地だ。アーサーはオウ湖に浮かぶ島にあるイニス・ホネル城で生まれ、マクドゥーガル一族に城を盗まれるまでそこで暮らした。

アーサーは純粋な期待が、勢いよく体をめぐるのを感じた。これこそが、長いこと待っていた瞬間だった。厳密には十四年。ジョン・オブ・ローンが卑怯《ひきょう》な方法で、アーサーの父を息子の目の前で刺殺したときから数えて。アーサーはあの瞬間を予見できなかった。勘が働かなかったのは、あのときだけだ。

ニールに頼まれていなかったとしても、戦う見返りとして、ブルースから土地と裕福な花嫁を約束されていなかったとしても、アーサーはジョン・オブ・ローンとマクドゥーガル一族を破滅に追いこむためにブルースと一緒に戦っていただろう。血には血をというのがハイランド流だ。父親を救うのには失敗したが、兄の期待を裏切るつもりはなかった。

アーサーの沈黙を拒否だと誤解したらしく、マクラウドはつづけた。「きみはあのあたりの土地をよく知っているから、きみほどの適任はいない。きみはまさに今回のような任務のために、二年以上もかけてイングランドに忠誠を誓っているという立場を築いてきた。ローンはキャンベルの者がそばにいるのを嫌うかもしれないが、しばらく前にエドワード王が両家の抗争を終わらせ、きみの兄君のドゥガルドがローンと和解しているから、ローンにとってきみに裏があると考える理由はないはずだ」

「だいたい、ローンのおじは我々とともに戦っている」ブルースは言い足し、ドノリーのダンカン・マクドゥーガルに言及した。「家族が分裂するのは珍しくない」

「ジョン・オブ・ローンは、きみがあれを見たことを知らないんだ、弟よ」ニールは静かに言い、父親が殺されるところを、アーサーが目撃したことに触れた。「いつもしていることをすればいい。目立たないようにふるまい、観察する。体がでかいから、それなりにな」あたたかい笑みを浮かべる。アーサーの体が昔から大きいほうだったわけではないことを思い出しているのだろう。「おまえは人に気づかれずにふるまうのが驚くほどうまかった。ローンのすぐそばに行かなければいい。それに、気をつけろよ――ローンが最初おまえを怪しむかもしれないから、あいつに背中を見せないように」

アーサーはそのことを誰よりもよくわかっていた。けれども、説得してもらう必要はない。アーサーが敵の城へ潜入することに抵抗を感じていたとしても、ローンの名が出たときに消えた。

「どうだ?」ブルースは言った。

アーサーはブルースと目を合わせ、すごみを利かせてゆっくりと微笑んだ。「いつ出発すればいいですか?」

ジョン・オブ・ローンが破滅する姿を見て、その一瞬一瞬を楽しんでやろう。

誰にも邪魔はさせない。

2

一三〇八年六月十一日
スコットランド　アーガイル　ダンスタッフネイジ城

立石の近くでブルースと会ってから三週間も経たないうちに、アーサー・キャンベルはそこにいた。獣《けもの》の腹のなか、獅子の巣のなか、悪魔のすみか――マクドゥーガル一族の難攻不落の牙城、ダンスタッフネイジ城に。

アーサーは招集に応じたほかの騎士や兵士たちと大広間に集合し、高座《こうざ》の前で順番を待ちながら、じきに訪れる状況の重要さを考えないようにした。ジョン・オブ・ローンに注目されるようなことがあれば、すべてが終わる。

アーサーはいつものように意識を集中して大広間に目を走らせ、出入り口になり得る場所をすべて確認した。逃げることになると思っているわけではない。ローンに企みを知られれば、ここから生きて出るのに相当苦労することになるだろう。とはいえ、直感を大切にするのは習慣にもなっている――準備しておくほうがいい。何に関しても。

大広間の隅々を確認したあと、アーサーは感心したことを認めるしかなかった。これまで目にしたなかでも、ほかに類を見ないほどすばらしい城だ。八十年ほど前に建てられたダンスタッフネイジ城は、エティーヴ湖の南岸とローン湾が出会うところにある小さな岬《みさき》の上という攻めにくい場所にあり、海からスコットランドへ入るための、主要な西の入り口を守っている。岩の土台の上に立つ、漆喰《しっくい》が塗られた威圧感のある城壁は、地面から十五メートルほどの高さがあり、四つの角のうち三つに丸い塔が立っている。最も大きな塔――大広間の建物のとなりの塔――は主塔としての役割を果たしている。

この城の設計と構造は建設した者の力を反映している。建設当時、あたりはまだノルウェーの一部だったが、この城を建てた偉大なサマーレッド（ヘブリディーズ諸島やマン島を治めた十二世紀の王）の息子ドゥガルドの息子ダンカンは、〝諸島の王《リ・インス・ガール》〟という称号を与えられた。マクドゥーガル一族が、いまだに心に刻んでいる称号だ。

この城は、確かに王の役に立つ。大広間は東館一階全体を占めていて、幅三十メートル奥行き九メートルほどの広さだ。木造の天井の最も高いところまで十五メートルは高さがありそうだった。東側の入り口の壁は凝った彫刻がほどこされた板張りで、教会の身廊《しんろう》（入り口から祭壇の前までの中央部分）に使われてもおかしくはない雰囲気だ。ほかの壁は、色とりどりの垂れ幕や上等なタペストリーで飾られている。

城の内側に面した長いほうの壁にある巨大な炉が熱を放ち、外側に面した壁にある二対のランセット窓（上端が尖っている細長い窓）が並外れた量の自然光をとり入れている。広間の床には架台式テーブル（組んだ脚に天板を載せたテーブル）とベンチが並び、入り口から遠いほうに一段高い高座が設けてある。高座を占めるほど大きい木のテーブルの中央付近には、城主用の立派な木の椅子が置いてある。

クラン・マクドゥーガルを率いる族長のアーガイル卿アレクサンダー・マクドゥーガルが、いまだにその椅子にすわっているものの、権力を行使するのは、そのとなりにいる冷酷なろくでなしだ。アレクサンダー・マクドゥーガルは年老いていて——七十にはなる——何年も前に実権を長男で跡継ぎのジョン・オブ・ローンに譲っている。

昔、自分の父を殺した男にここまで近づいたのは、はじめてのことだ。アーサーは強い憎悪を感じたことを意外に思った。普段はこれほど激しい感情を抱かないのに、今は憎しみで胸が焼けつくようだった。

この瞬間を何年ものあいだ待ちつづけてきたから、拍子抜けするかもしれないと思っていた。実際は違った。それどころか、アーサーは復讐《ふくしゆう》を遂げたいという思いの強さに驚いた。不意を突いて背中を短剣で刺すのは簡単だろうし、ひどくそそられる考えだ。しかし、アーサーはあの男とは違い、面と向かって殺すつもりだった。戦場で。

とはいえ、ローンの殺害は任務に含まれていなかった。今のところは。

アーサーはローンが老いたことに気づいた。今、黒っぽい髪には白いものが交じり、引きしまっていた顔の輪郭はたるみはじめている。病の噂《うわさ》は聞いていたから、噂の一部は本当なのかもしれないと考えた。もっとも、目は変わっていなかった。冷ややかで計算高そうな目。勝つためには手段を選ばない暴君の目だ。

アーサーは無意識のうちに感情が顔に出てしまうのではないか、あるいはマクドゥーガルが脅威を感じとれるのではないかと不安になり、高座から無理に目をそらした。慎重にふるまわなければ。絶対に何も顔に出さないようにしなければ。正体を知られれば、よくて即死だろう。最悪の場合は、時間をかけて死ぬことになる。

もっとも、心配でたまらないというわけではなかった。ここにはローンの招集に応じた騎士が大勢いるし、その何倍もの数の兵士がいる。気づかれはしないだろう。ニールが言ったとおり、アーサーは人に気づかれずにふるまうのがうまかった。

ただ、ドゥガルドもそうだったらよかったのだが。アーサーは顔をしかめてこの兄を見た。ドゥガルドが大声をあげて笑い、従者の顎を手の甲で叩いたのだ。その従者の唇から血がしたたり落ちた。

アーサーは従者にかすかな同情を覚えた。幼い頃、兄たちのこぶしを数えきれないほど受けたからだ。しかし、同情しても従者のためにはならない。戦士になりたいのなら。ドゥガルドがしていることは、従者を鍛える訓練の一環だ。いずれ従者は、今のような仕打ちにも反応しなくなるだろう。何も感じなくなるまでは、もっとかかるが。

「どんな娘が、おまえのような若造に目を留めるというんだ、このおれがそばにいるというのに」ドゥガルドは笑った。

従者が顔を真っ赤にしたので、アーサーは余計に哀れになった。感情を制御できるようになるまで、この少年は惨めな思いをすることになる。ドゥガルドは従者の弱みを集中して攻撃し、叩き出そうとするだろう。父がそうだったように、戦士に――強い戦士に――なることが、重要だと考えているのだ。女たちにはあてはまらないが。

ドゥガルドはときに尊大なうぬぼれ屋かもしれないが、根拠がない自信ではない。アーサーほど長身ではないとはいえ、たくましく、手強い戦士であることは間違いない。また、六人兄弟のうち最もハンサムだと言われていて、その立場を楽しんでいる。

「注目してもらえると思っていたわけではありません」従者は髪と同じくらい赤い顔のまま言った。「ただ、彼女たちが評判どおりお美しいのかなと思いまして」

「誰が？」アーサーは言った。

「これはまた驚いたな、弟よ」一瞬、ドゥガルドはアーサーのことも殴りたそうな顔をした。しかし、アーサーはもはや少年ではない。仕返しをするだろう。アーサーは、最初は自衛本能から、今は同胞に対してそれを使わないために、自分の技を慎重に隠してきたが、ドゥガルドが兄と弟の力関係が変わったことに気づいているのだろうかと考えた。ドゥガルドはさらに言い足したが、さほど執拗《しつよう》ではなかった。「おまえはどこに住んでいたんだ？　フッド王と洞穴のなかにでもいたのか？」そう言ってさっきよりも大きな声で笑い、数人の目をこちらへ向けさせた。「ローン卿の令嬢たちは、稀《まれ》に見る美女だという噂だ――とりわけまんなかの令嬢、金髪のレディ・メアリーは」

アーサーはちっとも興味を引かれなかった。貴族の女の美貌にまつわる噂は、よく誇張される。だいたい、トールの妻クリスティーナほど美しい女がいるとは思えなかった。彼女に会ったのは一度だけだが、あれほど美しい女は見たことがないと思ったものだ。

目の前に、別の顔――古典的な美女というよりは、かわいらしい雰囲気の美女の顔――が浮かんだが、アーサーは顔をしかめてそれを振り払った。あれから一年以上経ったというのに、教会のそばで会った娘のことをいまだに思い出すとは妙だ。銀貨を得る機会を逸して、ブルースは腹を立て、考えていた量の二倍の銀貨があったと知ったときは激怒したものの、アーサーが介入した理由は理解してくれた。

「令嬢たちには致命的な欠点がある」アーサーは指摘した。

従者は当惑顔を見せたが、ドゥガルドは察したようだった。落胆した表情をし、唇を引き結んだからだ。野心家のドゥガルドは彼女たちに出会えるのは、ロス伯とエドワード王の――そして必然的にマクドゥーガルの――味方をすることによって得をする点だと考えたかもしれないが、アーサーと同じくらいローン卿を嫌っている。「ああ、おまえ《アイ》の言うとおりだ、弟よ」

「令嬢たちにどんな欠点があるというのですか？」従者は思いきった様子で尋ねた。アーサーはどんな展開になるかわかっていたので、勇気がある少年だと考えた。ドゥガルドがまたもや従者を叩いた。「目が悪いという欠点であることを祈ったほうがいい、彼女たちに注目してもらいたいなら」

さらに一時間ほど、ドゥガルドが大声で喋ったあと、キャンベル家の順番が来た。アーサーはマクドゥーガルに忠誠を誓うため、ついに兄のあとをついていった。ドゥガルドは、少なくともイングランドとロス伯にとってはキャンベルの家長なので（ドゥガルドの三人の兄は反逆者だと宣言されている）、一家を代表して話をした。アレクサンダー・マクドゥーガルが誓いの儀式に対応したが、アーサーはジョン・オブ・ローンがすぐさま興味を持つのを感じとった。

「サー・ドゥガルド・オブ・トーサ……」ローンは考えこむように言葉を切った。「コリン・モアの息子のひとりだな」まじまじとドゥガルドを見つめる。「だが、長男ではない」

気性が荒く怒りっぽいドゥガルドが、驚くほど冷静に答えた。「はい、閣下。兄三人は反逆者とともに戦っています」ローンがよく知っているとおりだ。「閣下のおじ君もそうですよね」ドゥガルドは適度な皮肉をこめて言った。

ローンが唇を引き結ぶ。裏切り者の親戚のことを口に出されて、不愉快だったようだ。

「きみの兄君ニールを覚えている」ローンはまっすぐにドゥガルドの目を見つめた。「レッド・フォードでの戦いぶりは見事だった」

レッド・フォード。オウ湖あたりの土地をめぐるマクドゥーガル一族とキャンベル一族の戦いだ。アーサーたちの父が冷酷にも刺殺された戦い。ローンの手で。

ジョン・オブ・ローン――このろくでなしめ――は鎌《かま》をかけている。ドゥガルドはわかっているようだった。アーサーも。ただ、そのためにローンを殺したいと思ったのはアーサーだけだろう。ドゥガルドはアーサーが目にしたものを見ていないからだ。偉大なコリン・モア・キャンベルは戦士らしく戦場で死んだが、卑怯な方法で殺されたのを目撃したのはアーサーだけだ。当時のローンの説明に対して、アーサーならそう反論していたところだった。しかし、それを止めてアーサーを守ったニールは正しかった。アーサーが反論しても、誰も信じなかっただろう。

「きみはあそこで戦うには幼かったのだろうな」ローンはあっけらかんと言った。

ドゥガルドはうなずいた。「当時は、従者としてマクナブ一族と一緒におりました」

言いたいことはローンに伝わった。ドゥガルドが、マクドゥーガル一族と最も友好的な同盟関係にあり、領地が近いマクナブ一族との絆を思い出させただけで十分だった。

ローンは満足そうな顔をし、アーサーは思わず肩の力を抜いた。

最も厄介な場面は過ぎた。キャンベル兄弟は最初の精査に合格し、仲間として迎え入れられた。運がよければ、ローンがアーサーの存在に気づくのはこれが最後になる。

ふたりが立ち去ろうとしたとき、ドアが勢いよくあき、笑い声が大広間に漂った。娘の笑い声。軽やかで単純な喜びでいっぱいの声。そんな笑い声をしばらく耳にしていなかったので、アーサーはなじみのない切望のような感覚に満たされた。

振り返ったが、武装した者たちが大広間を埋めていたため、笑い声の出どころはわからなかった。

突然、モーゼの前で割れた紅海のように群衆がふたつに分かれ、大広間の中央に通路ができた。男たちの騒々しい話し声が消え、あたりは静まり返った。

ほどなく、娘がふたり高座に向かって早足でやってきた。先頭には、このうえなく美しい女がいた――トールの妻といい勝負の金髪の娘だ。娘がつけている金の飾り輪と水色のベールは、背中に流れ落ちるプラチナ・ブロンドの豊かな巻き毛を隠しきれてはいない。白い肌と完璧な顔立ちと明るい青の目が、娘を天使のように見せている。

アーサーはドゥガルドが息を吸いこみ、祈りとも悪態ともとれる言葉をつぶやくのを聞いた。兄の気持ちが完全に理解できた。

ところが、アーサーの目を引いたのは、二番目の娘だった。娘の何かがどうも気になる……。

その娘がふたたび笑って顔をのけぞらせると、薄いピンク色のベールの下から金茶色の長い髪がのぞいた。アーサーは娘の顔を見た。寒さのせいで頰はピンク色に染まり、大きな藍色《あいいろ》の目は愉快そうに光っている。自分にはあんなふうに幸せそうだったことはあっただろうか、とアーサーは考えた。あれほど屈託がなかったことが。

つぎの瞬間、アーサーは娘に見覚えがあることに気づいた。心が急に沈んだような気がした。まさか、そんなはずはない。

だが、確かに彼女だ。教会の近くにいた娘。

ジョン・オブ・ローンの声が聞こえた。「メアリー、アナ、戻ったんだな」冷酷なローンの声に、間違いなく喜びの響きが混ざっていた。

娘たちはふたりとも高座に駆け寄ったが、アーサーはそのうちのひとりしか見ていなかった。その娘はローンの首に腕をまわし、頰に大げさにキスをした。

「お父様！」娘は嬉しそうに言った。

お父様《いい》。アーサーは短剣で腹を刺されたような気分になった。

あのとき救ったのが、ローンの娘だったとは。これほどの大惨事でなければ、アーサーは皮肉なめぐり合わせを笑っていただろう。

アーサーがあのときの男であることに娘が気づけば、この首は夜になる前に城門の上に飾られているだろう。死ぬのはかまわなかった。しかし、任務の失敗は困る。

アーサーは立ち去ろうと手振りでドゥガルドに伝えた。ところが、ドゥガルドは放心状態にあるようで、雲間からおり立った人物を見るかのように、メアリー・マクドゥーガルを見つめている。

アーサーは娘たちから目をそらしたが、二番目の娘がはっとするのが視界の片隅に映った。彼女ははじめて大広間を見まわし、大勢の人々の目が自分たちに向けられていることに気づいたようだった。

娘は唇を噛んだ。無邪気だが官能的な表情で、ローンの娘だと気づく前なら、アーサーは影響を受けていたかもしれなかった。ともあれ、アーサーは剣の位置を調節した——鋼でできているほうの剣の位置を。

「お邪魔だったようね」二番目の娘が姉らしき娘のほうを向く。「行きましょう、メアリーお姉様、旅のことはあとでお父様にお話ししましょうよ」

ローンは首を横に振った。「いや、その必要はない。もうすぐここでの用事が終わる」

アーサーは動かずにいた。胸のなかで心臓が暴れている。娘が兵士たちの群衆へ目を走らせたあと——まずい——アーサーへ視線を戻すのがわかった。

アーサーはとっさに剣の柄《つか》を握る手に力をこめた。冷たい汗が背中をすべり落ちる。

今回は顔を隠すかぶとはないので、アーサーは娘の探るような真剣な視線をひしひしと感じた。彼女の額に小さなしわが寄ったとき、アーサーはぎくりとした。

鼓動が一度刻まれたそのの長いひととき、アーサーは娘があの男だと暴露するのを待った。アーサーに死を……そして失敗を宣告する言葉を、娘が発するのを待った。

ところが、娘の額のしわが深まっただけだった。

アーサーは一瞬大胆になり、何をすべきかを悟った。確かめなければ。

ゆっくりと視線をあげ、娘の目を見た。

身動きはしなかった。呼吸も。はじめて何にも遮られることなしに目と目が合ったとき、アーサーはまばたきもしなかった。海を思わせる娘の暗い藍色の目をのぞきこみ、溺《おぼ》れるような感覚を味わい、いっときだけだとしても我を忘れた。

娘が息をのんだとき、アーサーはすべてが終わったと確信した。

ところが、娘はすばやく目を伏せ、頬全体を薄いピンク色に染めた。

アーサーは安堵の息を吐きそうになった。娘はアーサーの正体に気づいたわけではなかった。じっと見つめているところを見つかって、恥ずかしくなっただけだ。

しかし、その安心感は長くはつづかなかった。娘はアーサーが密偵だと訴えなかったかもしれないが、アーサーが避けたかったことを意図せずにした――父親にアーサーを注目させたのだ。

「きみはキャンベル兄弟の何番目だ?」ローンが尋ねる。その黒っぽいビーズのような目は、ふたりのやりとりを少しも見逃さなかった。

ドゥガルドがアーサーの代わりに答えた。「末の弟、サー・アーサーです、閣下。その横はサー・ギレスピーです」

アーサーもギレスピーも軽い会釈《えしゃく》をしたものの、ローンはアーサーをまじまじと見ていた――肉つきの骨を前にした犬のように。「サー・アーサー……」記憶を呼び覚ますようにそうつぶやいた。「きみは陛下から直々に騎士に叙任されたのだったな」

アーサーははじめてローンと目を合わせつつも、胸のなかで燃える憎悪をおくびにも出さないようにした。「はい《アイ》、閣下、エドワード王がメスヴェンの戦いのあと、騎士に叙任してくださいました」

「ドゥ・ヴァランスが――ペンブルック伯が――きみをたいそう評価している」

アーサーは褒められて喜んでいるかのようにお辞儀をしたが、ちっとも嬉しくはなかった。イングランド軍の指揮官ペンブルック伯が褒めたということは、アーサーの同胞が犠牲になったということだからだ。アーサーはブルースの部下と戦う事態をできるだけ避けたものの、避けられないときもあった。命を落とさずに正体を隠しておくためには、自衛するしか道がなかったのだ――ときには相手を殺しても。それは普段考えることはなくても、アーサーについてまわる任務の一部だった。

ローンは長々とアーサーを見つめたあと、ようやく目をそらした。

つぎの集団が前へ進み出たので、ドゥガルドは弟たちを連れて高座から離れた。しかし、そのあいだじゅうアーサーは背中に視線の重みを感じていた。娘たちの視線であって、ローンのではないだろう。しかし、いずれにしろ任務のためにはならない。

ひとつだけ確かなことがあった。あの娘には近づかないようにする必要がある。アナ・マクドゥーガル。嫌悪感でアーサーの口もとがこわばった。アーサーの血を滾《たぎ》らせた女が、父親を殺した男の娘だったと知ることほど、意に反して感じた欲望をきれいに消すものはなかった。

3

アナは前方に注意を払っていなかった。城へ戻ったあと、宴《うたげ》のために入浴してドレスを着替える時間がどうにかあるくらいだった。その宴は、ジョン・オブ・ローンの招集に応じてダンスタッフネイジ城へ集まった諸侯や騎士や兵士を歓迎するために、アナが提案した。

　戦争がすぐそこまで迫っている今、楽しい行事の開催を奇妙に思う者——たとえばアナの兄のアラン——もいるかもしれないが、ひと晩でも暗い雰囲気を脇へ押しやることがいかに大切かをアナはわかっていた。なんのために戦っているのかを思い出すこと。ほんのひとときでも、平常心——戦乱の世での平常心——でいることが。

　運よくジョンは同意し、宴はいい案だと考えた。病から完全に回復したことをみなに見せたいという理由もあるからではないかと、アナは推測した。ジョンが同意した理由がなんであれ、アナはこのうえなくわくわくしていた。贅沢《ぜいたく》な量の食べ物と飲み物が供され、音楽が流れ、吟遊詩人がクランの歴史の詩をみなに披露し、ダンスの時間がある。ダンス！　前回踊ってから、もうかなりの時間が経った。

アナは姉妹で何時間もかけて着る服を選び、細かなところまで予定を立てた。それなのに、遅刻だなんて。

とはいえ後悔してはいなかった。友人のベスの生まれたての赤ん坊は愛らしかったし、最近夫を亡くしたベスがどれほど助けを必要としていたかはわかっていた。アナは父親を知ることがない赤ん坊に同情した。そんな子は、胸が張り裂けそうなくらい大勢いる。それも、いやな戦争が終わるのが待ちきれない理由のひとつだった。

竪琴《たてごと》の最初の和音が聞こえ、アナは父が気に入っている悪態の言葉を小声で言った。陽光のなかから大広間の建物の暗い入り口へ飛びこんだとき、頭から壁にぶつかった。

少なくともアナは壁だと思っていたが、その壁は手を伸ばし、アナがうしろへ倒れないように支えた。おかげで、アナは勢いよく尻もちをつかずに済んだ。

アナは驚きのあえぎ声を漏らした。最初は衝撃で、つぎに力強い筋肉質の――どこまでも筋肉質の――腕に抱かれ、頭がくらくらしたせいだ。

「大丈夫ですか?」

まあ、いい声。それは腕と同じくらいしっかりとアナを包んだ。深みがある豊かな声で、ちょうどいい具合にかすれている。大広間や丘の頂《いただき》から響き渡りそうな声だ。ギルバート神父がこんな声の持ち主だったら、アナは今朝の神父の説教をもっと熱心に聞いていたかもしれない。

「ええ」アナはぼんやりとしながら言った。実際は軽いめまいを覚えていた。上を見て、目の前の星々を消そうとまばたきをし、またもやあえいだ。

何日か前に、アナが目を留めた若い騎士だ。アナがじっと見つめているのに気づいた人。サー・アーサー・キャンベル。

アナの頬は熱くなった。あの日、何に目を引かれたのかはわからないが、またもやあのときとまったく同じ感覚がした。脈が小さく跳ねるような奇妙な感覚。肌に火照《ほて》りが広がる感覚。みぞおちがざわめく感覚。

アーサーにはほかの人と違うところがある。この気持ちをうまく説明できなかった。秘められた強い感情が、彼から放たれているような感じだった。

アーサーは間違いなくハンサムなのに、アナはそのことにすぐには気づかなかった。彼はもの静かだから、派手さはない端整な顔が、兄とは違ってすぐには目に留まりにくいのだろう。兄のほうは顔の造作が大きい美男子だから、どうしても人の目を引く。

一年ほど前、教会のそばで会ったあの魅力的な男――アナの〝救い主〟の正体に気づき、攻撃を中止した男もそうだ。彼の顔には黒っぽいものが塗られていたが、アナはあれほど容姿端麗《ようしたんれい》な男は見たことがなかった。もっとも彼は反逆者だったから、その魅力はあっという間に消えた。

またあの夜のことを考えるなんて、おかしなものだ。一週間で二度目だった。あの恐ろしい出来事は過去のものとして忘れ、男を見るたびに、あの人かもしれないと思って眺めるのはもうやめたと思っていた。反逆者であり、アナの救い主でもある男。〝レンジャー〟。なんておかしな名前だろう。それは地方をめぐり、法と秩序を守り、それらを人々に教える男を指す言葉であって、密偵にはふさわしくない。

だけど、そうだろうか？　アナがあの夜の出来事をジョンに説明したところ、父は、その男たちがブルースの秘密の亡霊戦士団の団員かもしれないと言った。子どもさらいだの、神がかった英雄だの、とも言われる戦士たちは、エドワード王を支持するイングランド人とスコットランド人のあいだに恐怖の波を送りこんだ。

今、アナの頭を占めているのは、彼女に腕をまわしている男のことだけだ。アーサーは神々しいにおいがした。ぬくもりを感じさせる石鹼《せっけん》のような香りがするということは、水浴びをしてきたばかりに違いない。その黒っぽい髪はまだ湿っていて、首や顎のところでゆるやかにカールしている。ひげは剃ってあるものの、彫刻したような力強い顎にひげの剃り跡が見てとれた。

彫刻したようなという言葉は、アーサーの容貌をよく表現している。骨ばった荒削りの顔。アナはどこから見ても雄々しい顔立ちに、それまでは魅力を感じたことはなかった。ふるまいも外見も、もっと洗練された男のほうが好きだった。

普段、戦士をまじまじと見ることはない。戦争のことを余計に考えてしまうからだ。

けれども、アーサーは間違いなく戦士だ。腕の硬い筋肉が参考になるなら、体は攻城兵器みたいに頑丈そうだ。最初に彼を目にしたときに、背の高さとたくましさに気づかなかったのが、おかしく思えてくる。ただ、騎士は鎖かたびらと武器を身につけていると、誰もが同じように見えるものだ。

アナは女のなかでは背が低いほうではないのに、アーサーの顔を見るのに上を向かなければならなかった。驚いた、身長が一九〇センチはあるに違いない。しかも、肩幅が、大広間への入り口の幅と同じくらいある。

ふたりの目が合った。

アナの体に衝撃が走った。そんな色の目は見たことがない。金色の斑点がある琥珀色《こはくいろ》。茶色ではなさそうだ。それに、ばからしくなるほど長く柔らかそうな彼のまつ毛を見れば、どんな女も妬《ねた》ましく思うだろう。

どことなく見覚えがあるような気がしかけたとき、アーサーがアナから手を離した。というより、アナを落とした。あまりにも突然だったので、アナはもう少しで勢いよく尻もちをつくところだった。うしろによろめき、落ち着きがない鶏《にわとり》のように腕を振りまわすと、ありがたいことに、どうにかバランスをとり戻した。

これではとても、優雅なふるまいでアーサーを感心させられはしない。彼の表情からすれば、感心しそうな可能性は少しもないけれど。

若い男がアナをそこまで……あからさまに無関心な表情で見たことはなかった。虚栄心がなくてよかった、とアナは考えた。少なくとも、虚栄心は強くないと思っていたが、今、なんとなく傷ついたことは認めざるを得なかった。

アナは自分が女子修道院からやってきてぽかんとしている娘のように彼を見あげていることに気づき、急いで視線をさげた。アーサーはアナに興味がないことを、これ以上ないほどはっきりと示している。ひどいことに、アナを下へ落としたようなものなのだから。ひょっとしたら、騎士の訓練のときに礼儀を学びそこねたのかもしれない。

アナはうわべだけでも落ち着きをとり戻そうと、微笑んで言った。「ごめんなさい、あなたがそこに立っていたことに気がつかなくて」

アーサーはアナをじっと見つめた。どことなくいらだっているような尊大な表情だ。

「そのようですね」

アナは微笑むのをやめた。眉間《みけん》にしわを寄せ、つぎになんと言おうかと迷った。気まずいひとときは、アナにとって未知の海だった。アーサーが話し上手ではないことは明らかだ。「遅くなってしまって」アナは説明した。

アーサーは一歩うしろへさがり、アナが通れるようにした。「だったら、これ以上引き止めないようにしましょう」

その口調にはなんの感情も出ておらず、表面上は言葉にもおかしなところはなかったが、アナはなんとなく冷ややかな印象を受けた。

〝この人はわたしのことが嫌いなんだわ〟

アナはふいに自分がばかみたいに感じて、急ぎ足でアーサーの前を通り過ぎた。彼に好かれようが嫌われようが、どうだというのか。戦士にはまったく興味がないはずだ。戦争はもう一生分経験した。平和。静寂。幸せな家庭と、話題の中心が戦いや武器ではない夫。子どもたち。それがアナの未来だ。

大広間に集まった人々にのまれる前に、アナはうしろを振り返った。

アーサーは目をそらした。しかし、それまでアナを見つめていたようだった。


アーサーは立ち去れるときが来るのを、一分一分、数えていた。

普段から、宴も祝いの酒盛りもあまり好きではないが、アナ・マクドゥーガルのおかげで、くつろぐふりをするのも楽しむふりをするのも難しかった。

強く意識しなくても感覚を研ぎ澄まさなくても、アナの視線が感じられる。アーサーは大広間の後方の隅にすわっているから高座から最も遠いと言えるのに、アナに観察されているのを感じて、彼女のすぐとなりにいるような気分だった。女としての興味、それよりはるかに危険なもの――好奇心。アーサーはそれが気に入らなかった。

なぜこちらを見るのをやめないのか。もっと悪いのは、見つめ返さずにいるのが、なぜこれほど難しいのか。

アナはきれいだ——美しいとも言える。しかし、美しい女はそう珍しくはないのだから、彼女を無視するのにこれほど苦労するのはおかしい。アーサーにとって、アナの姉メアリーのほうを見ずにいるのは難しくはなかった。あれほど美しい女には滅多《めった》に出会ったことがないというのに。

ところが、アナ・マクドゥーガルにはなぜか目を引かれた。大広間は浮かれ騒ぐ何百人のクランの男たちと、注目されようとやっきになっている娘たちでいっぱいだというのに、アナはガラス玉のなかにまぎれたダイヤモンドのように輝いていた。

少なくとも、美しいからではなく——というより、それがすべてではなかった。アナの魅力はもっと奥深い。つられそうになる笑い声、愛らしい微笑み、人の心をとらえる藍色の目の輝き、えくぼのいたずらっぽい魅力。えくぼ。まったく、えくぼまであるとは。魅力的な者にはえくぼがあると決まっているわけでもあるまいに。

アーサーは一、二度ちらりと目をやったほかは、アナを見るのを懸命に避けた。我慢強さ。自制心。自己鍛錬《じこたんれん》。アーサーがプライドを持っている資質だ。それらのおかげで、選《よ》り抜きの戦士になれた。

ところが、ダンスがはじまったとき、そのプライドが打撃を受けた。アナの紅潮した頬と楽しそうな目を見たとたんに、アーサーは残りの男たちと同じように陶然《とうぜん》としていたのだ。アナは輝き、生き生きとしていて、若々しい強さと活力があふれていた。

陳腐《ちんぷ》な言い方だが、生きる喜びがアナの顔に表れていた。剣を持てるようになって以来、死と破壊と動乱のほか何も知らない男、何年も陰に潜んで暮らし、アナが楽しんでいるような注目を避けてきた男、生まれてこの方、生きる喜びを経験したことがない男。そんな男にとって、アナは目がくらむほどまぶしかった。

アーサーはアナの粗探《あら》しをしようとした。ところが、残念ながら、ひとすじの髪の乱れも、肌のなめらかさを損なう醜いほくろも見つけられなかった。鼻は微妙に小さいかもしれない。口はやや大きすぎる。顎は少し尖っている。とはいえ、それらすべてがアナを魅力的に見せていた。

魅力的、というのが第一印象だったにもかかわらず、アーサーはアナがわがままで高慢ちきかもしれないと自分に言い聞かせた。あるいは、父親と同じように計算高くずる賢いかもしれないと。

そう確信しはじめたとき、アナがよろめくのが見えた。アーサーは思わず立ちあがりそうになったが、自分を抑えた。アナは足をすべらせ、勢いよく尻もちをついた。

音楽が鳴りやみ、あたりが静まり返った。

アナの背後にいるマクドゥーガルのクランの若者のぞっとしたような顔を見て、アーサーはその若者がぶつかったせいでアナが転んだことがわかった。

アーサーは、恥をかかせた男に対して、彼女が泣くか怒って文句を言うのを待った。そうすれば、アナに失望するのだが。

アナ・マクドゥーガルは床に尻をついた自分を見て、笑い出した。ダンスのパートナーに助け起こされたあと、アナはさっきの若者をからかい、彼のぞっとしたような表情を消し去った。

どこがわがままで高慢ちきだ。アーサーはふいに酒を飲みたくなり、エール（ビールの一種）が入ったゴブレットをとりあげ、ぐっと飲んだ。

何時間でもアナを見つめていられそうだった。しかし、炎と戯《たわむ》れていることを自覚し、無理に目をそらした。じっと見つめているところを、アナには絶対に気づかれたくない。アナが何者かを考えると、アーサーは彼女に魅了されていることに腹が立った。彼女の名前を聞いただけでも、嫌悪感を覚えるべきだ。まったく、相手はローンの娘だというのに。

とはいえ、さっき、よろめいたアナに腕をまわしたとき、アーサーはちっとも嫌悪感を覚えなかった。

下腹部が硬くなるのを感じた。興奮し、体が熱くなるのを。

あの柔らかさに身を沈めたかった。アナの体を抱き寄せたかった。その胸の豊かさを自分の胸で、彼女の尻を下腹部で感じたかった。あのときアーサーは、そんな反応の強さに驚き、意に反してすぐに手を離した。

ただ、欲望は厄介でも簡単に制御できる。アナに興味を持たれる危険に比べれば、なんでもなかった。

アーサーは密偵として長く活動するあいだに、どの任務についてもひとつだけ確実なことは、想定外の事態が起きることだとわかっていた。それでも、美しい娘からの意に反する注目を避けるのは、まったく予期せぬ問題だ。

女にまつわるアーサーの経験は、もっと肉体的な関係にかぎられていた。マグレガーのような、ばからしくなるほど美しい顔は持ち合わせていないが――神よ、感謝します――その気になれば、ずっと多くの女の関心を引けるだろう。しかし、アーサーは女を遠ざけるような態度をとった。そのほうがいいと思っているからだ。

女は概して男よりもはるかに勘が鋭い。アーサーがほかの男と違うことを感じとり、本能的に近づかないのだ。

たいていの女は。ところがアナ・マクドゥーガルに対してアーサーは、もっときつい手を使わざるを得なかった。しかし、アナに興味を失わせようとしているにもかかわらず、今のところ成功していない。自分がまぬけになったような気がするのを、成功と呼ぶのなら話は別だが。アーサーは魅力ある高潔なふるまいを自然にはできないかもしれないが――それはドゥガルドの担当だ――あからさまに無礼な男というわけでもない。

アナに冷たい態度をとるのは気まずかった。たとえそうする必要があったとしても。

アーサーはかぶりを振った。いったいどうなっているんだ？　アナ・マクドゥーガルは、最も気にかけてはいけない娘だ。ここへ来た目的を思えば、ぶっきらぼうな言葉を彼女にかけたところで、どうということはない。

彼女の世界は、近々崩壊するのだから。

まわりの者たちの明るい笑顔からは、崩壊することはとてもわからないが。連中は、潮目が変わったことを知らないのだろうか。最強の味方に——カミン一族とイングランドに——見捨てられたことを。休戦の期間が終わるや、ブルースが攻めてくることを。まったく、ドゥガルドでさえ、世のなかにはなんの心配事もないかのようにふるまっている。ほかの者たちと同じように部下と一緒になって笑い、大声で冗談を言っている。いや、ドゥガルドのほうが声は大きいかもしれない。

「エールはお好きではないのですか、サー・アーサー」

アーサーは同じベンチでとなりにすわっている、ドゥガルドの従者のほうを向いた。「好きだが」アーサーはにやりとして言った。「兄ほど好きではないというだけかな」

従者は微笑んだ。アーサーに顔を寄せて声を落とす。「あの令嬢がつい気になってしまいました」従者が誰を指しているのかは、見るまでもなかった。「あなたのことをずっと見てましたよ。ダンスに誘ったらどうです？」

不運なことに、従者は十分に声を落とさなかった――あるいは、思っていたよりもドゥガルドは酔っていなかった。大声で会話に割りこんできたのだ。「そんなことを言って時間を無駄にするな、ネッド。弟は年頃の令嬢よりも、おのれの剣と踊るだろうさ」ほかの者たちが下品な冗談を聞きつけて笑った。

ドゥガルドは食事を終えていたにもかかわらず、いまだに食事に使った短剣の角製《つのせい》の柄を握っていた。アーサーは従者が身をこわばらせ、不安そうに目を見開いたのに気づいた。そのとき、ドゥガルドが短剣を上へほうり投げ、落ちてきた短剣の柄を片方の手でつかんだ。従者は無意識のうちにか、手をこすり合わせてベンチの上でテーブルのほうへ体を寄せた。

アーサーは従者のこの反応を、わかりすぎるほどわかっていた。自分の手――短剣による傷痕《きずあと》がいくつもある手――を見おろせばその理由がわかる。ドゥガルドが考えついたゲームだ。彼は短剣か剣か槍を上へほうって柄をつかむ動作を繰り返したあと、突然、誰かに向かってそれを投げ、柄をつかませようとしたものだった。それが反射神経を鍛え、警戒心や注意力や反応のよさを高めると期待して。

実際にそのとおりになった。何度も何度も痛い思いをし、血をたくさん流したが。

ああ、あのいまいましい短剣がどれほど怖かったことか――従者の蒼白な警戒した顔を見れば、彼も同じ気持ちだとわかる。

「弟はおまえくらいのひよっこ従者だった頃以来、娘を口説いたことがない」ドゥガルドはつづけた。「あの娘はなんという名だったかな、弟よ」

アーサーはゴブレットの縁《ふち》にさりげなく指をすべらせた。ドゥガルドは挑発しているが、その手には乗るまい。「キャサリン」

「何があったんですか、サー」従者がアーサーに尋ねる。そのあいだも、ドゥガルドのほうを横目で盗み見て、十三センチほどの短剣の刃から完全には目を離さずにいた。

アーサーは肩をすくめた。「相性が悪かった」

ドゥガルドが笑う。「おまえがあの娘をひどく怖がらせたからだよ。まったく、おまえは奇妙な若者だった」ありがたいことに、ドゥガルドは詳しい話はせず、従者のほうを見た。すばやく手を動かして短剣を投げるふりをし、従者がひるむのを見て笑った。「弟はおまえよりも不運なやつだったんだ、信じられないだろうが」ほかの者たちが驚いたようにアーサーを見たことから、彼らには信じがたかったのがわかった。「小さくて弱かった。十二歳になるまで、剣をなかなか持ちあげられなかったんだ。我々みなが、こいつを戦士にするのは絶望的だと考えた」

ニールを除いて。ニールは昔からアーサーを信じた。

「だが、今の弟を見てみろ」ドゥガルドが言う。「父が生きていたら、誇りに思うような騎士だ」曲芸よろしく短剣を高く空中へほうってつかみとり、すぐさま従者のほうへ投げた。アーサーはそれをはたき落とそうかと思ったが、従者は構えていた。彼は光る刃から目を離さず、どうにか柄に十分手をかけてつかんだ。ドゥガルドは腹の底からの笑い声をあげた。「は！　結局のところ、おまえにも望みはありそうだな」

ほかの者たちが笑った。

アーサーにとって、戦士としての技術をドゥガルドにそっけなく褒められたことは、意に反して重みがあった。アーサーが今後、ドゥガルドと親しく付き合うことはなくても、ふたりは兄弟だ。敵と味方に分かれた兄弟ではあるが。

従者は離れていき、ほかの者たちはふたたび酒を飲みはじめたものの、ドゥガルドは黙ってあたりを見まわした。アーサーは兄が何を――というより誰を――探しているのかがわかっていた。ドゥガルドはレディ・メアリー・マクドゥーガルに興味津々なのだ――彼の興味を引いた娘は珍しい。

「美しい令嬢たちなのに残念だな、もったいないことだ」ドゥガルドは語気荒く言った。

アーサーはうなずいた。「そうだな《アイ》、兄上、確かに残念だ」

ジョン・オブ・ローンの娘たちは、ふたりには向いていない。

4

自覚していなかった欠点がある、とアナは考えた。今日という日を過ごしたあと、傲《ごう》慢《まん》さと虚栄心を欠点のリストに加えなければならないだろう。そこにはすでに、有名な強情さと（起きあがろうとすればベッドに縛りつける、と父親を――優しく――脅したのはアナだ）、はっきり意見を言うところと（女は意見を持ってはいけないし、ましてやそれを口に出してはいけないことになっているが、この欠点はアナひとりのせいではないと考えていた。意見を言うよう仕向けた父も悪い）、父や兄弟のお気に入りの悪態の言葉を真似するという乙女らしからぬ傾向（例をあげて罪を増やすつもりはない）が並んでいる。

そして今、アナは人に好かれたくてたまらないという、変わった欠点も見つけた。どんな者にでも好かれなければいけないと思うのは、傲慢このうえないことではないのか。当然そうだ。たいていの者に好かれるとしても。若い騎士がアナのほうを一度も見ないからといって、気にするべきではない。一度も。ひと晩じゅう。

とはいえ、気になった。こちらが彼ばかり見ているときにはとくに。

アナは笑い転げ、足が痛むまで踊り、腹が痛くなるほど食べ、頭がふらつくほど酒を飲みながらも、気づけばあたりへむやみに目を走らせ、黒っぽい髪のハンサムな騎士を探していたのだった。彼はアナに関心がないことを、これ以上ないほど明確に示していたのに。

アナは顔をしかめた。なぜアーサーに嫌われているのだろう。

完璧に愛想よくふるまい、微笑み、人とお喋りをしていた。鼻にいぼがあるわけではないし、顎から毛が生えてもいないし、歯がぼろぼろなわけでもない。それどころか、メアリーほど美しくはないが（そんな女はいるはずがない）とても見目麗しいと、これまで何度も家族以外の人々に言われてきた。

こうして、思いあがった娘に身を落としたというわけだ。

昔、キャンベル一族とマクドゥーガル一族のあいだに抗争があったことから、いまだに彼は敵意を抱いているのだろうか。当時、アナは子どもだったため、状況をほとんど知らなかった。それについては父にいつでも訊ける。それにしても、彼にあからさまに無視されている理由を探そうと、なぜこれほど躍起《やっき》になるのか、アナは自分でもわからなかった。

どうだっていいはずだ。そもそもアーサーのことはよく知らない。しかも、彼は戦士だ――洗練されたところなどひとつもない。どうでもいい理由はそれで十分だ。

男ひとりがどうだというのか。大勢の男が好いてくれている。そのなかには、とびきり感じがいい学者のトマス・マクナブもいた。トマスはちょうど今、アナが大好きな甘いワインをとりにいってくれている。彼と陽気なダンスを踊ったあと――そして恥ずかしい転び方をしたあと――アナは窓辺で元気をとり戻そうとしていた。普段はあんなふうにぎこちないふるまいをしないと言いたいものの、言えなかった。あれは欠点というより、ある種の病気だ。

アナは石の窓台にもたれ、新鮮な空気を吸い、大広間のなかを見まわした。室内は泥炭《ピート》の炎のほか、動きまわる参加者の陽気な活力でうだるように暑かった。微笑み、笑い声をあげる男女の顔を見るかぎり、宴は大成功だったようだ。

微笑んでいたアナは真顔になった。そう思っていない人がひとりいるけれど。

見るのをやめなさい……。

けれども、やはり見てしまった。欠点のリストに、ぞっとするほど自制心がないと書きくわえるべきなのだろう。アナの目は、大広間の向こう側の右端にいる人物へすかさず向けられた。彼はまだいる――去りたくてたまらないかのようにドアを見ていることを思うと、驚きだった。これまでの経験によれば、戦士はたいてい立ち去りたがる。つぎの戦場に行きたいのだ。

まわりの男たちとは違い、アーサーはマクドゥーガル自家製のワインとエールを飲んでいなかった。彼の前に置いてある酒入りの瓶《びん》はほとんど動いていない。

アーサーは壁を背にし、なんの表情も浮かべずに、大広間全体が見える位置にすわっている。わざとそうしているのだろうか。すっかりくつろいでいるようには見えるが――壁にもたれ、たまに仲間の誰かに微笑みかけている――アナは彼が警戒しているような気がした。彼はいつもまわりの様子を確認し、用心しているように見える。とてもさりげないので、最初、アナはそれに気づかなかった。けれども、やはりそうだ。視線を同じように走らせていることと、居場所が変わらないことからわかる。

アーサーは初日に一緒にいた兄弟ふたりと、ほかの戦士たちとすわっているものの、会話に積極的に参加しておらず、むしろ傍観者のように見える。心ここにあらずという雰囲気だ。孤立している。アナはそれがなぜか気になった。

アナはひとりでいる人を見たくはなかった。声をかけてみようかしら――。

考えがまとまらないうちに背後から抱きあげられ、空中でくるりと横にまわされた。

「踊る相手がいないのか、このいたずらっ子」からかうような声がする。「部下のひとりに相手をさせようか？」

アナは誰に抱きあげられたかを悟り、嬉しくなって笑った。彼がそんな声を出すのを聞いたのは、ずいぶん久しぶりだった。「やめて。ダンスの相手くらい、ひとりで見つけられるわ」アナは彼の太い腕を押し、熊を思わせる抱擁《ほうよう》から逃れようと身をよじった。

「離してちょうだい、無骨者」

彼はアナを床におろし、自分のほうを向かせた。厳しい表情をしている。「無骨者だと？　目上の者をきちんと敬わなければだめだぞ、おちびさん」

「無骨者なんて言ったかしら？」アナは無邪気に目をしばたたいた。「無骨者様って言いたかったの」

彼は小さく笑った。瞳の色はアナと同じ藍色で、目尻にはしわが寄っている。兄のアランの顔に笑みが浮かんでいるのを見て、アナは胸がいっぱいになった。一年ほど前、アランの妻が三人目の子を産んで他界したあと、兄のここまで嬉しそうな顔は見ていなかった。

アランはアナよりほんの十歳年上だが、この数カ月で急に老けこんだように見えた。妻に抱いていた愛情の分、アランの顔にはしわが深く刻まれている。金茶色の髪はこめかみのあたりが後退していて、頭頂部が少し薄くなったかもしれないが、アランは今もハンサムだった。微笑んだときはとくにそう見える――ローン卿とアーガイル卿の真面《まじ》目《め》な跡継ぎであるアランが、微笑むことは多くはないが。

アランは手を伸ばし、親指と人差し指でアナの鼻をつまんだ。アナが子どもの頃、よくそうしたものだ。「おまえの言ったとおりだったな」

「今、なんて言った？」アナは耳に手を添えた。「騒がしくて聞こえないわ」

アランはかぶりを振った。「いたずらっ子め。しっかり聞こえていたくせに。宴だよ。我々がまさに必要としていたものだ」

アナは満面の笑みを浮かべた。抑えきれなかったのだ。兄に褒められると嬉しくてたまらない。昔からそうだった。「本当にそう思う？」

アランはうなずいた。「ああ」顔を寄せ、アナの頭のてっぺんにキスをする。アランはどこかの若い騎士ほど長身ではないが、恐ろしげに見える。身長は一八〇センチ以上あり、体つきは祖父や父と同じく胸板が厚くてたくましい。ほかの兄たち、ユーウェンとアラステアは、アランよりも背が高くて細い。

アナは悲しみに襲われた。二番目の兄のソーリーの体格はその中間だった。長身で肩幅は広く、身は筋肉で引きしまっていたから、とても立派に見えたものだ。戦士のなかの戦士だった。アーサーとは違って（なぜあの人のことばかり考えてしまうの？）。ところがソーリーは、ほぼ十年前のフォルカークの戦い（一二九八年エドワード王がスコットランド軍を破った戦い）でウィリアム・ウォレスとともに戦って命を落とした。そのとき彼は二十歳だった。

アランが珍しく機嫌よく過ごしているため、アナはそれを損ねまいと、悲しい思い出を頭の外へ追い出した。

「今夜、おまえにずっと群がっていた男たちはどこにいるんだ？」アランは過保護な様子で目を光らせた。

アナはあきれて天井を仰いだ。「いたとしても、お兄様が近づくのを目にして、散り散りになったはずよ」

アランは唇の端をあげ、満足そうに微笑んだ。「それでいい」

アナは咳払いをした。「トマス・マクナブが、ワインをとりにいってくれているの。お兄様がわたしから離れたら、戻ってくると思うわ」

アランが太い腕を組み、眉根を寄せる。「あのきれいな顔の――」そう言いかけてやめた。「無害な兄ひとりと顔を合わせる勇気がない男など……」

アナは鼻を鳴らした。「三人の威圧的な荒くれ男たちでしょう。さっき、お兄様たちがそろってトマスをにらんでいたのが見えたわよ」

アランは非難がましくアナを見たが、何も言われなかったかのようにつづけた。「……おまえにはふさわしくない。おまえを守るためなら竜を倒し、業火《ごうか》のなかを這《は》って進む男でないと」

アナはアランの胸に腕をまわし、強く抱きしめた。アランはアナが、トマス・マクナブのようにおとなしい学者肌の男を――剣を持てても使い方をまったく知らない男を――好む理由がわからないのだ。立派な騎士であるサー・ヒュー・ロスがアナとの結婚を望んだというのに。「アランお兄様とお父様とアラステアお兄様とユーウェンお兄様が私を守ってくれるから大丈夫よ」

アランが抱擁を返す。「ああ、愛《アイ》しいアニー、そうだとも」アランは身を離してアナを見つめた。「あの学者のほかに、気になる男はいないのか？」

アナは思わず大広間の片隅へ目をやり、アーサー・キャンベルをちらりと見た。それだけで十分長く、敏感なアランは気づいた。「誰を見てた？」

「誰も」アナはすかさず言った。

早すぎたようだ。アランは怪訝《けげん》そうに目を細め、アナが目をやった方向を眺めた。「キャンベル？」

いやだわ、この白い肌。アナは頬が熱くなるのを感じた。

アランは驚いた顔をした。「サー・ドゥガルドか？　いい戦士だ」顔をしかめてつづける。「やや娘たちにもてすぎるきらいがあるがな」

アナは訂正するつもりはなかった。訂正しても意味はない。アーサーに少し惹かれている、それだけのこと。彼が無関心なせいで、女の虚栄心を刺激されただけだ。

「気をつけるんだぞ、もしあいつがおまえに何かしようとしたら――」

アナはアランを追い払うように押しやった。「誰を呼べばいいかわかってますから。さあ、あそこへ行って、モラグにダンスを申しこんできたらどうかしら。モラグったら、ずっとお兄様のことをちらちらと見てたわよ」

アナはすぐに反論されるだろうと思っていたが、アランが考えこむように目を光らせたので驚いた。

「本当か？」アランは夫を亡くした美しい女へ目をやった。それ以上何も言わなかったが、興味を持ったのが垣間見え、アナは兄の永遠の眠りについているような状態が終わるのではないかという希望を持った。アランは妻の死を深く悼《いた》んだ。その悲しみは、彼女を愛していたという証しだが、アランは一緒に死んだわけではない。

アナはトマスの姿を探して群衆へ目を走らせ、三十秒ほど経ってから大広間の隅へふたたび目をやった。すると、ちょうどマクドゥーガル一族の娘三人が——偶然三人とも美しく、胸が豊かで、軽薄な娘だと城で悪名高い——キャンベル一族のテーブルへ近づくのが見えた。

アナはスカートの柔らかいベルベット地を握った。なんとなくいらだちに似たものを感じる。いや、とても強いいらだちだ。すじが通らないとわかっていても、その気持ちは治まらなかった。あの娘たちが彼らに興味を持つのは当然だ。持たないはずがない。新しくやってきた男たちは騎士であり、ハンサムであり、アナの知るかぎり独身なのだから。未婚の娘にとっては、抗えない組み合わせだ。

あの娘たちが歓迎されたことにも、アナは驚かなかった。けれども、そのうちのひとり——クリスティアンという名の、漆黒《しっこく》の髪と青い瞳の美女で、ジョンの部下の娘——がアーサーのとなりにすわったとき、アナは背すじをこわばらせた。室内がさらに暑くなったような気がする。頰が火照り、鼓動が急に乱れた。自分には関係がないと心のなかで言ったものの、目をそらせなかった。

ただ、心配する必要はなかった。アーサーと戯れようとするクリスティアンの試み――なまめかしい微笑み、豊かな胸を彼によく見せるための、さりげないとは言えない前のめりの体勢など――はどれも評価されず、クリスティアンはあきらめて、アーサーの仲間のひとりに注意を向けた。

アナは認めたくないほどほっとしたが、そのやりとりを見て眉をひそめた。早とちりをしただろうか。自分が嫌われているわけではないのかもしれない。アーサーには失礼なふるまいをするつもりはなくて、単にアナの父のようにぶっきらぼうな男なのかもしれない。あるいは、兄のユーウェンのように女の前では内気になるとか？

アナはアーサーのことを忘れられるよう、そうに違いないと納得したかったが、できなかった。ぶつかったとき、アーサーは恥ずかしそうなそぶりをまったく見せていない。それどころか、迷惑そうだった。むっとしていたと言ってもいい。まるでアナが煩《わずら》わしいかのように。夏の虫や足もとのあつかいにくい仔犬であるかのように。

確かにこちらから彼にぶつかったものの、あれは事故だった。それに、アーサーが女に少しぶつかられても、耐えられるくらい強そうに見えるのは確かだ。いいえ、大槌《おおづち》の一撃にも耐えられそうなのに。

はじめてアーサーの姿を目にしたとき、そのたくましさを意識しなかったかもしれないが、今は意識していた。ゆったりとした分厚い毛織のチュニックを着て、くつろいだ体勢をとっていても、アーサーが岩のような体の持ち主だとわかる。鋼のような硬く引きしまった筋肉で覆われているのだろう。だいたい、アナが突進してぶつかったときも、アーサーはぐらつきさえもしなかった。

それに、アナはアーサーに腕をまわされたとき、安心感と確かな感触に圧倒された。この大きな力強い男の腕のなかにいれば、何にも危害を加えられることがないと感じた。それは、アーサーに落とされる前の話だけれど。

アーサーが立ってテーブルから離れ、身をかがめて兄のドゥガルドに何か言った。彼がドアのほうへ向かったとき、アナの心臓が変なふうに飛びはねた。アーサーが行ってしまう。行ってしまう。まだ暗くなってもいないのに。宴はこれから何時間もつづく。

行ってはいけない。ダンスもしていないのだから。

アナは左側へ目をやり、人々のあいだを縫うようにして近づいてくるトマスを見たあと、もう一度アーサーを見た。

アナは無意識のうちに、まっすぐにドアのほうへ歩いていった。走りはしなかったが、厳密には歩いているとも言えない。

さっきふたりがぶつかった入り口まで、あとほんの数歩というところで、アナはアーサーの前に立った。

アナの姿を見た彼は、嬉しそうではなかった。

威嚇《いかく》するようににらまれ、アナは一瞬ためらったが、もう引き返せなかった。以前から、人に何かを働きかけるときは正攻法が好きだったけれど――今頃になって恥ずかしさで顔を火照らせながら考えた――普段はよく知らない男を追いかけはしない。

追いかけているのではない……正確には。宴への招待客全員が楽しめるようにするのが務めだからだ、そうでしょう？　それに、アナはアーサーを誤解していたかもしれないという考えを捨てきれなかった。

そこで、アーサーの表情を無視して微笑んだ。「わたしのせいで、早めに退出するのでなければいいのだけれど」

アーサーの片方の眉があがったのを見るかぎり、驚かせてしまったようだった。

アナはからかうように微笑んで説明した。「さっきのわたしの粗相のせいで、あなたに痣《あざ》ができているかもしれないと心配になって」

アーサーは唇の片端をあげたが、一瞬だけだった。「そのうち治りますから」そっけなく言った。

ああ、微笑んだ彼はハンサムな悪魔そのものだ。アナはまたもやみぞおちが妙にざわめき、鼓動が速まるのを感じたが、アーサーのすぐそばに立っていると、その状態はひどくなった。生まれてからずっと、長身で筋肉質の男たちに囲まれていたのに、これほど誰かの男らしさと、自分が女であることを強く意識したのははじめてだった。

アーサーの前にいると、動揺してしまう。不安にもなる。混乱させられる。理解できない衝動に襲われて顔が熱くなる。たとえば、アーサーに近づきたくなる。その胸に手を置いて力強さを感じたくなる。彼の顔を見つめ、角張ったところや、あらゆる部分の輪郭や、傷痕すべてを記憶したかった。我ながらばからしくなるほど、どうかしている。

過去にも、アナがハンサムな男に惹かれたことはあったものの、今回はこれまでの体験とはまったく違った。元婚約者のロジャーに抱いていた好意とは似ても似つかない。もっと深い。もっと強くて激しい。それはアナの心に届き、アナを引っぱり、アーサーに近づかせようとする。

アーサーはアナが何か言うのを待っているようだった。簡単にことを済ませられるようには、してくれないらしい。「だったら、お料理や余興のせいではないといいわ」

アーサーは首を横に振った。「すばらしいご馳走でした、マイレディ」ドアへ目をやり、去りたいということをあからさまに示した。

アナはもう一歩横に動き、アーサーの行く手をしっかりと遮った。「ダンスはお好きではないの？」

アーサーがふたたび片方の眉をあげたとき、アナは今の質問が、積極的な問いかけに聞こえたことに気づき、頬が熱くなるのを感じた。まるで彼にダンスに誘ってもらいたいかのようだ。実際に誘ってほしかったものの、そんなふうに厚かましい誘い方をするのは貴婦人らしさに欠ける。

けれども、アーサーにはダンスが必要なのかもしれない。アナは誰かが楽しいことに参加せずにいるとは、思いたくはなかった。

「好きなときもあります」アーサーがためらったので、アナはダンスに誘われるかもしれないと考えた。ところがその後、アーサーは高座のほうへ目をやり、身を硬くした。彼をよく見ていなければ、アナはその目が冷ややかに光ったのを見逃していただろう。

アーサーはふたたびアナを見て、体へ視線を這わせた。

アナは息をのんだ。そうして大胆に見つめられたことはなかった。彼の視線が冷《さ》めていなければ、もう少し嬉しかったかもしれない——まるで市場で馬を見るような目だった。しかも、駄馬を。

「だが、今日は気が進みませんね」アーサーが言いたいことは、これ以上ないほど明白だった。アナと踊りたくないわけだ。やはり、アナは判断を誤っていたわけでも、誤解をしていたわけでもなかった。彼がアナに冷たいのは、もともとぶっきらぼうな戦士だからではなかった。

アーサーに拒絶されたときの胸の痛みは、会ったばかりの者に対して感じるにしては驚くほど鋭かった。興味を持つべきではない男に対して感じるにしては。

ここまで難しいなんて、どうかしている。そう思っても、紙に書かれた言葉のように読みやすい感情が、アナの顔に浮かぶのを立って見ていると、アーサーは万力で締めつけられているか、拷問台に寝かされているかのような気分になった。

アナを傷つけたくはなかった――どんな女も、と心のなかで訂正した。しかし、ふたりを見つめるジョン・オブ・ローンの姿が目に入ったとき、アーサーはこれを終わらせなければならないと悟った。これがどんなことであろうとも。

実際にアナと踊ろうかと迷っていたことが、信じられなかった。アナの純粋な人懐《ひとなつ》っこさと無邪気な仔猫を思わせる表情には、それなりの効果があった。とはいえ、ローンが興味を持っているのを見て、アーサーは容赦なく現実へ引き戻された。

アナがロマンチックな幻想を抱いているなら、アーサーは自分の冷ややかな視線によって、それが消えることを願った。

そのとおりになった。アナが目を見開き、愕然《がくぜん》とした顔をする。アーサーはアナの白いふわふわの尻尾を踏んだ愚か者になったような気がした。

「そうよね」アナは小声で言い、恥ずかしそうに頬をピンク色に染めた。「邪魔してごめんなさい」

アナは視線をさげ、一歩うしろへさがった。

アーサーはまたもやあの感覚を覚えた。教会の近くで感じた奇妙な衝動。立ち去る彼女をほうっておけないという衝動だ。

髪をかきあげて、その衝動に抗おうとし、急に胸のなかで広がった落ち着かない気分を静めようとした。うまくいかなかった。

ああ、くそっ。アーサーは手を伸ばした。「待ってください」アナの腕をつかんだ。

アナは触れられて身を硬くし、目を合わせようとしなかった。頬の色はまだピンク色のままだ。

アーサーは手をおろした。

黙っていると、アナはようやく顎をあげて、彼のほうへ少し顔を向けた。アーサーは蠟燭《ろうそく》の柔らかい光が、その顎の震えを隠してくれたらよかったのだがと考えた。

「はい？」アナは言った。

ふたりの目が合い、アーサーはとんでもない愚か者だとおのれを呪った。いったい、何を言おうと思っていたのか。〝気持ちは嬉しいが、我々はうまくいかない。おれはきみの父君を破滅させるためにここにいる〟あるいは、〝きみと踊れないのは、教会のそばできみを救ったブルースの密偵であることに、気づかれたらいけないからだ〟とでも言うつもりか。

アナは期待するような目を向けた。

「しなければならないことがあるんです」アーサーはまぬけになった気分で言った。うっかりまずいことを言ったわけではない。それなのになぜ、弁解しているんだ？

アーサーはアナの射貫くような視線を感じ、見られたくないものをあれこれと見られているのではないかと考えて気まずくなった。

「それでいっぱいいっぱいだ、と」アナは補足するように言った。

アーサーは肩をすくめた。「ほかのことをする時間がほとんどなくて」

アナはにんまりと微笑んだ。「騎士は一日も遊んで楽しんではいけないの？」

彼女の口調は朗《ほが》らかだった。アーサーのほうは違った。「ああ、少なくともおれはそうですね。戦争が迫っているときには」

感情豊かなアナの大きな藍色の目を驚きがよぎるのが見え、アーサーは正直に答えたことを後悔しかけた。アナは父親が厳しい状況に置かれているという現実については、考えたくないのだろう。彼女はそれほど純真なのか、それとも、幻想の世界に生きているのだろうか。宴と祝いごとの世界で家族に囲まれて幸せに暮らしているのか。門の外は混沌《こんとん》とし、戦争が広がっているときに。

その言葉は、はじめから狙っていた効果をもたらした。アナにふたたび見つめられたとき、アーサーは彼女の目つきから、女としての興味を少しも感じなかった。ローンに仕えるためにやってきた、騎士のひとりを見るような目で見ている。さっきの目つきが消えてはじめて、アーサーはどれほど違ったふうに見つめられていたかに気づいた。

「任務へのあなたの献身ぶりは、評価されるでしょう。父はあなたのような騎士に仕えてもらって、きっと幸運なんでしょうね」

アーサーは笑い出したくなった。アナが真実を知ってさえいれば。こっちにはジョン・オブ・ローンに幸運をもたらすつもりはさらさらないということを。

そもそも騎士ではなく、騎士のふりをしているに過ぎなかった。アーサーはハイランダーだ。従う掟《おきて》といえば、勝つことだけ。殺すか殺されるか。

そのとき急に、アナの姉レディ・メアリーに年をとらせてふっくらとさせたような女が、アナの脇に現れた。

「ここにいたのね、アナ。探しまわっていたのよ」

「どうしたの、お母様」

アーサーはアナの心配そうな声が気になった。彼女は悩んではいけない。

「みんながまた、あの恐ろしいロバート・ブルースの話をしているの」いまだに美しいその年配の女性は、組み合わせた手を不安そうにひねった。「お父様が怒っているわ」

その声に恐怖がにじんでいる。「どうにかしてちょうだい」

アナは小声で何か言ったが、アーサーには〝まいったな〟と聞こえた。母親が眉をひそめたのを見て――どことなくアナの表情と似ている――アーサーは正しく聞きとれていたことがわかった。「心配しないで」アナは言い、母親の手を軽く叩いた。「わたしが対処するわ」

アナは様々なことに対処しているようだった。

アナの母はアーサーへ目をやり、ふたりの邪魔をしていたことを悟ったらしい。申しわけなさそうに微笑んだ。「ごめんなさいね、サー、つぎのダンスまで待ってちょうだい」

今回、アナがアーサーを見たとき、恥ずかしそうに頬をかすかに染めることはなかった。「ダンスはないわ」きっぱりと言った。「サー・アーサーはお帰りになるところだったんだもの」

無礼な口調ではなかったが、アーサーは立ち去っていいと伝えられたことを悟った。アナはアーサーへ目をやることもなく、母親を追って人々のあいだへ入った。

アーサーは必要以上に長くアナの姿を目で追い、嬉しく思うべきだとみずからに言い聞かせた。こうなることを望んでいたじゃないか。これが最善の展開だ。

ところが、ちっとも嬉しくはなかった。もっと分別がなければ、この気持ちを後悔だと考えただろう。

アナがジョン・マクドゥーガルの部屋のドアをノックしたのは、それから数時間後のことだった。

ジョンは入室を許可し、入ってきたのがアナであることを見ると、族長の護衛兵団《ルフティ》の兵士たちをさがらせた。

アナは彼らが去るのを待ってから、前へ進み出た。「ご用ですか、お父様」

ジョンは木の大きなテーブルの前にすわり、向かい側の椅子にすわるよう手振りで示した。アナは宴のあとで疲れていたため、喜んですわった。もう真夜中近くに違いない。

その夜、アナが休もうとしたとき、ジョンの使用人が呼びにきたのだった。アナは目をあけているのがやっとだったし、体のあちこちが痛かったが、断ることは考えなかった。父親に呼び出されたら無視するわけにはいかない。そこで、毛皮の裏打ちがあるベルベットのガウンをシュミーズの上から羽織り、遅い時間に会いたいのはなぜだろうと思いながら城主の部屋へ急いだ。アランと同じく、今夜の努力を褒めてくれるつもりだろうか。

ジョンは長々とアナを見つめた。「おまえに頼みがある」

アナは落胆を感じまいとした。ジョンは悩みが多いうえ、様々な人々のことを心配しているから、宴のことなど気にかけないのだ。感謝されているのはわかっている。伝えてもらう必要はない。この夜更けに呼び出されたのは大事な用があるからに違いない、と悟っておけばよかった。

「なんなりと」アナはためらわずに言った。「お父様のいとこのアーガイル司教をもう一度訪ねましょうか?」

ジョンは首を横に振り、にやりとした。「いいや、今回はいい」ひと息つき、わけ知り顔でアナを見る。「今日、おまえが新参者の騎士と話をしているのに気づいてな」

アナは当惑して唇を噛んだ。「いろいろな方とお話ししたわ。何か粗相をしたかしら? お父様はわたしに、新しく来た方を歓迎するのを手伝ってもらいたがっていると思っていたのだけれど」

ジョンはアナのとまどいを払いのけるように言った。「何も粗相はしていない。お母様がおまえを寄こして、ばかげた質問でわたしの気をそらそうとしただろう、その前に……」ジョンはしかめ面をしてにらんだが、アナはただ微笑み、否定はしなかった。確かにばかげた質問だったけれど、料理の話以外は、とっさに思いつかなかったのだ。

「……おまえがキャンベル家の者に話しかけているのが見えた」

アナは微笑むのをやめた。あの新参者の騎士。「サー・アーサー」抑揚《よくよう》のない声で言った。

しかし実際は、ジョンに何を望まれているのかを推測しながら、気まずさを感じていた。

た。アナは剣を振りまわせるわけでも、兄弟とともに戦場へ行けるわけでもないが、自分にできる別の方法で戦争を終わらせる手助けをしている。たとえば、ジョンが信用していない騎士や諸侯を見張ることもあった。アナは密偵ではない……厳密には。

「あの男をどう思う？」

アナはその質問に驚かなかった。ジョンは訪問者や新参者の兵士の印象をアナによく尋ねる。たいていの指揮官は、進んで女に意見を求めないものだが、ジョンはたいていの指揮官のなかには入らなかった。使える手段はすべて使うのがいいと信じている。女は男よりも勘が働くものだと考えているから、女の勘を利用するのだ。

アナは小さく肩をすくめた。「少ししか話してないわ。ふた言三言話しただけ。あの方は……」無礼。よそよそしい。冷たい。「任務に真面目にとり組んでいるみたい」

ジョンは同意するかのようにうなずいた。「ああ《アイ》、有能な騎士だからな。兄ほど評価は高くないかもしれないが、腕のいい戦士だ。ほかには？」

アナは父親に観察されているのがよくわかり、熱くなりそうな頬を火照らせまいとした。アーサーがハンサムで岩のような体の持ち主であることには気づいたが、それを報告するつもりはない。宴のときのことを思い返そうとした。「ひとりで過ごすのが好きみたい」

ジョンはアナが興味深いことを言ったかのように目を輝かせた。「どういうことだ？」

「宴のとき、あの方があまり人と話さないことに気づいたの、自分のお兄様たちとも。ほとんどお酒も飲まなかったし、どの娘と戯れることにも、踊ることにも興味がなさそうだったし、可能なかぎり早めに立ち去ったわ」

ジョンは唇をすぼませ、片方へ寄せた。「いろいろなことに気づいたようじゃないか」

今回、アナは顔が熱くなるのを防げなかった。「そうかもしれない」素直に認めた。「だけど、意味はないわ」

「なぜだ？」

「あの方はわたしのことをあまり好きではないみたい」

ジョンは愉快に思ったことを隠せないらしく、アナは、この状況でその反応は少し冷たいのではないかと考えた。

「実は、それでおまえをここへ呼んだ」

「あの方がわたしを嫌いだから？」

「いいや、その正反対だと考えていてな、なぜあの男がおまえを好きではないふりをするのか不思議に思っている」

アナはジョンが状況を大きく読み間違えていると考えたものの、あえて反論はしなかった。たいていの父親と同じくジョンは、愛する娘を拒絶する男がいるのを信じられないのだ。「昔のクラン同士の抗争のせいかもしれないわ」アナは提案した。「サー・アーサーのお父様はわたしたちのクランとの戦いの最中に亡くなったんでしょう？」

ジョンの顔に奇妙な表情がよぎったあと、ジョンはたいしたことではないと言わんばかりに手を振った。「ああ《アイ》、何年も前にな。それも理由の一部かもしれないが、すべてではないと思う。あの男がどういうわけか気になるんだ。なぜなのかはわからないが、おまえにあの男を見張ってもらいたい。しばらくでいい。なんでもないと思うが、休戦が終わるからには、危険を冒したくはないから。だが、相手を怒らせる余裕もない。キャンベルの者は強い戦士ばかりだし、協力してもらえるなら、どんな者でも必要だ」

アナは胃が沈んだような気がした。恐れていたとおりだ。アーサー・キャンベルと最後にあんな会話をしたあとに、彼を見張るのは最もしたくないことだった。「お父様、あの方ははっきりと態度で示し――」

「あの男は何も示してはいない」ジョンがきつい調子で言う。「キャンベルがおまえに興味を持っているかどうかについて、おまえは誤解している」その後、口調を和らげてつづけた。「あの男を誘惑しろと頼んでいるわけではない、ただ見張ってもらいたい」ジョンは険しい顔でアナを見た。「おまえがためらうのが理解できない。役に立ちたがっていると思っていたのに。おまえを頼れると思っていた」

アナはたしなめられ、慌てて言った。「頼っていいわ」

ジョンは訝しげに目を細めた。「何か話していないことが起きたのか？　あの男はおまえに触れた——」

「いいえ」アナは強い口調で言った。「すべて伝えたわ。もちろん、お父様の指示どおりにします。ただ、簡単にはできないかもしれないと言いたかったの」

どんな不安も、戦争を終わらせてマクドゥーガル一族を勝たせるためにはなんでもするという決意の前では弱まった。たとえ、追われたくない男を追うことになるとしても、かまわなかった。プライドがひどく傷つけられることになるとしても。

ジョンは微笑んだ。「おまえが考えているよりも、はるかにたやすいと思うぞ」

アナは父が正しいことを願ったが、アーサー・キャンベルには単純なところはひとつもないような気がした。

5

あともう少しだった。城門まであと十五メートルもない。あと一分あったなら、アーサーは馬で城を出て、ブルースのためのさらなる情報集めに向かっていただろう。

「サー・アーサー！」

女の柔らかく甘い声がして、アーサーの全身の筋肉がこわばった。またか。アーサーは城門までの距離へ目をやった。馬を走らせればたどり着けるだろうか。

すでに、まわりの男たちの忍び笑いの声が聞こえはじめ、いやになるほど見慣れた顔がアーサーの横に現れた。

アナは微笑んでいた。いつだってそうだ。いったいなぜ、それほど微笑むのか。それになぜその微笑みが、ゆるやかに弧を描く鮮やかなピンク色の唇から、きらきらとした藍色の目まで、彼女の顔全体を輝かせなければならないのか。恋煩《こいわずら》いの吟遊詩人のように、目の色を詩的に表現しがちな男なら、色濃いサファイアのようだと言っていただろう。しかし、はるかに大事な務めがあるアーサーにとっては、アナの目は藍色だった。

サファイア……。

アーサーは目をそらした。アナの顔を見ていればよかったものを、視線を落とすというあやまちを犯し、下腹部の痛みによるうめき声を嚙み殺すはめになった。うずきつづけていた下腹部がこわばったのだ。この状態には、つらい思いをしながらも慣れた。ドレスを見たとたん、アーサーはひざまずいて神に慈悲を乞いたくなった。

アナはこの自分を殺そうとしているのか？

恐らくそうなのだろう。彼女の行動はますます大胆になり、無視するのが難しくなっていた。アナは食事のときにアーサーを探したり、数日前、アーサーが剣の一撃を腕に受けたとき（庭をうろつき、姉妹で笑いさざめいているアナのせいで、気が散っていた）、治療師に手当てを手伝うと言い張ったり、アーサーが朝、馬で出かける時間に厩《うまや》に現れたりした。そして、今はこれだ。アナの黄金色のドレスは厄介な場所で体にぴったりと沿っている。よくも息ができるものだ。生地は入り江で濡らしたかのように、胸や細い腰に張りついていた。

とはいえ、最悪なのはそのことではない。四角い襟《えり》もとが、胸のほうまで深くくれていることだった。よだれが出そうなほど、並外れて豊かな胸のほうまで。

くそっ、ボディスの上で盛りあがっている――いや、こぼれかけている――柔らかそうな白いふくらみから目が離せない。〝熟れた〟と〝みずみずしい〟というふたつの言葉が脳裡《のうり》に浮かんだ。しかしそれらは、すばらしい胸の完璧さを表現するには到底足りなかった。

　その胸をすべて見るためなら、左腕を差し出してもいいくらいだった。そして、その様子を想像するだけで、ひどくつらかった。その味を想像するだけで。胸が弾む様子を……。

　ちくしょう。アーサーは彼女から目をそらした。鎧《よろい》の下の体は燃えあがっている。そう、欲望からだったが、わけのわからない怒りを感じたからでもあった。アナがアーサーのものだったら、公の場でそのドレスを着ただけで、部屋に一週間閉じこめていただろう。ドレスをむしりとって燃やしたあとで。

　最後に女のことでこれほど……悩ましい思いをしたのはいつだっただろうか。

　アーサーの過激な思考を知らないアナは、熱心な目つきで彼を見あげた。「追いついてよかったわ」アナは息を切らしている。それを聞いて、アーサーは男女の交わりのことを考えた。まったく、アナのすることなすことすべてのおかげで、思考がそちらへ向かってしまう。

　アナは厩から馬で出てきたアーサーを見かけ、塔から駆け出してきたに違いない。今回がはじめてではなかった。アーサーは宴の夜に、アナの気持ちをくじいたと思っていたが、間違っていたようだ。完全に。それどころか、彼女は倍の努力をしはじめた。

　この一週間、いつアナが現れるかわからず、アーサーは神経を尖らせつづけていた。

どこへ行こうと、アナがそこにいるように思えた。それを愉快に思ったのは、アーサーの兄たちだけだ。

アーサー自身は、あまり愉快ではなかった。

望んでいるほど、アナの魅力に抗えなかった。彼女を好きにならずにいるのは難しい。アナはとても……清々《すがすが》しい女性だ。春一番に咲く花のように。

アーサーは心のなかで悪態をついた。いったいこの身に何が起きている？　まるで吟遊詩人のようではないか。

「少しお時間があるのなら、お話したいことがあるの」アナは言い足した。

アーサーは微笑もうとしたが、歯を食いしばっていたので、どちらかというとしかめ面になったように思えた。「一日じゅう、馬で出かける予定です。待ってもらわなければならない」

アナの笑顔が消えた。アーサーは心の準備をして、もうあの気持ちにはなるまいと自分に言い聞かせたが、やはり同じだった。これではまるで愚か者だ。今週のほとんどを、そんな気持ちで過ごしたものだ。仔猫のふわふわの尻尾を踏むのは、やはりつらかった。

「そうよね、ごめんなさい」アナが目をしばたたいて無邪気な様子で彼を見あげたので、アーサーは心に仔猫の爪を立てられたような気分になった。「ご迷惑をかけたくはないんだけれど、大事なことで――」

「かまわないぞ、アーサー」ドゥガルドが笑みを隠しきれずに言う。「お嬢様がおまえにご用事があるわけだから。また別の機会に一緒に行こう」

ドゥガルドを殺してやろうか、とアーサーは考えた。兄はわざとあんなことを言った——弟を隅へ追い詰め、拒絶できないようにしているのだ——悩む様子を見るためだけに。

ローンの娘たちに対するドゥガルドの態度は、宴のあと一週間のうちに軟化した。しかしアーサーは、いまいましい兄が、気まずそうにするアーサーを見て楽しむためだけにああ言ったとわかっていた。ドゥガルドは弟がアナに注目されて居心地が悪い思いをしているだろうと推測したのだ。もっとも、今はもう推測するまでもなく、明らかだろうが。

生まれて以来、すでに最も長い一週間になりつつあった。こうしてあと一日過ごすくらいなら、トール・マクラウドによる数週間の戦士の訓練——〝地獄〟と呼ばれたが、冗談ではなかった——を受けるほうがましなくらいだ。

アナの目が輝き、顔に微笑みが戻った。「本当にいいの？」アナはアーサーの反論を待たなかった。「そうしてもらえるなら嬉しいわ。どこへ行く予定だったの？」

「たいした用ではありません」アーサーは嘘《うそ》をつき、怒りをのみこんだ。エティーヴ湖の北側の地域を偵察する最初の機会だった。これで、別の口実を見つけなければならなくなった。この一週間でアナが任務の邪魔をしたのは、今回がはじめてではない。

この一週間、アーサーは数人の神父をどうにか尾行し、城の礼拝堂と近くの修道院をざっと調べることができたが、アナを避けるのにほとんどの時間を費やした。

この状況を変えなければ。

「楽しんできてくれ、弟よ」ドゥガルドは愉快そうな口調を隠そうともせずに言った。「戻ったときに会おう」

アーサーは出かける一行を見守った。普段は、兄につまらない仕返しはしないことにしているが、今は考え直していた。

馬から飛びおり、軽武装騎兵《ホブラーズ》の名のもととなった敏捷《びんしょう》なアイリッシュ・ホビー（馬の品種）を、厩へ導きはじめた。

アナは弾む足取りで嬉しそうに横をついてくる。アーサーはふたりのあいだに慎重に一定の距離を置いた。アナは話しかけるときにアーサーの腕に触れる癖があり、そのたびにアーサーはどぎまぎしてしまうのだった。純粋な防衛戦だが、恥だとは思わなかった。ここまで来ると、任務に差しつかえるから生き残れるかどうかの問題だ。

アーサーはスコットランド一の精鋭戦士になるための訓練を受けた。素顔を隠すためならどんなことでもする、破滅的な秘密兵器そのものだ。敵陣のなかへ忍びこむことも、敵の野営地のなかをすり抜けることも、ひとりで十人以上の戦士を倒すことも、音を立てずに人を殺すこともできる。ところが、訓練を受けていないことがひとつあった――自分に執心《しゅうしん》する娘を避けること。

理解できなかった。女はたいていアーサーを警戒し、危険を察知して、何かがおかしいと感じとるというのに。しかし、アナは違った。アナはアーサーを普通の男であるかのように見つめる。

そのことに、アーサーはひどく動揺した。

まっすぐ前を見て、陽光が絹さながらの長い金茶色の髪を照らす様子が目に入らないようにした。アナの柔らかい肌も。彼女のすばらしい香りに気づくまいとした。アナは薔薇の花びら入りの湯で入浴しているに違いない。

だめだ。入浴のことなど考えるべきではない。そんなことをすれば、一糸まとわぬ姿のアナと、その胸のことを考えるはめになる。しかも、考えるのをやめられなくなる。

アーサーはこの一週間、視線が何度も行ったアナの胸へ目を落とした。ボディスからはみ出てこぼれ落ちそうになっている、柔らかそうなクリーム色のふくらみへ。

その見事な胸を手で包むところを考えてしまいそうだった。それを自分の唇まで持ちあげ、口に含むところを。

いい加減にしろ。アーサーは下腹部が熱を帯びて硬くなるのを感じ、目をそらした。

「馬で出かけられなくて、がっかりしていなければいいのだけれど」アナはよどみなく話しかけた。

アーサーは肩をすくめ、曖昧《あいまい》な声を出した。

アナはアーサーの熱意のなさに気づかないようだった。彼女がアーサーのあからさまに無関心な様子をわざと無視しているのか、機嫌と性格がいいから気づかないのかがわからなかった。

アーサーは馬を厩番の少年に引き渡し、アナのほうを向いた。「話ってどんなことですか？」

アナが眉間にしわを寄せた。「大広間へ入らない？　何か冷たい飲み物を持ってこさせてもいい――」

「ここでけっこうです」アーサーはきっぱりと言った。

防衛戦だ、とみずからに言い聞かせた。この時間、大広間は静かだ。大勢の人々が行き来している庭のほうが、ずっと安全だ。

マグレガーとマクソーリーがそばにいて、これを見ていなくて助かった。見られていれば、いつまでもその話をされるだろう。

どうやら、自分には臆病なところがあったらしい。つぎにニールに会ったら、伝えておかなければ。

アナは唇をすぼめ、不満そうな顔を作ろうとしたようだった。しかし、それはまったくの失敗に終わり、鼻にしわがかわいらしく――ちくしょう、アナめ――寄っただけだった。

「いいわ」アナの声は満足そうではなかった。「あなたのお兄様が、あなたは槍の名人だっておっしゃったの」

　ドゥガルドはアーサーのその技については半分も知らない。アーサーは味方を傷つけたくないため、槍がどこまで得意かを慎重に隠していた。相手が敵のときは槍をうまく使った――しかし、誰かに気づかれるほどの技は出さなかった。斥候に関しては、なおさら能力以下の仕事をした。ドゥガルドはいまだにアーサーが少年の頃に見せた〝奇妙な〟能力のことでからかいたがる。その能力が消えておらず、むしろ磨かれていることを知っているのは、ニールだけだ。

「おれの槍の技が、何にどう関係あるんですか？」やや刺々《とげとげ》しい声が出た。

「明日の競技会で、技のテストをするのを手伝ってもらえるかもしれないと思って」

　アーサーは眉をひそめた。「競技会？」

「今年はハイランド・ゲーム（ハイランド地方で行われる競技会）を開催できないから、みなさんにいろいろな技に挑戦してもらおうと思って。クラン同士ではなく、お互いに競い合えばいいでしょう。父はとてもいい案だと考えているの」

　アーサーは信じられない思いでアナを凝視した。「そんなことが大事だと思ったんですか？」このために、アナは馬で出かけるのを阻止したのか？　遊びのために？　競技会のために？　アーサーは癇癪《かんしゃく》を起こさないようにしたが、自制心が消えていくのを感じた。ちくしょう、癇癪持ちではないというのに。にもかかわらず、アーサーはこぶしをきつく握っていた。この娘は幻想の世界に暮らしていて、父親が置かれている状況がいかに危ういかをまったく知らずにいる。「今年はなぜ、ハイランド・ゲームが開催されないのか知っていますか？」

アナは見下したような口調を聞きとり、むっとした様子で目を細めた。「もちろん知ってるわ。戦争のせいでしょう」

「それでも、競技会を企画していると？　男たちが戦いの準備をしようとしているときに？」

アナの目が怒りできらめくのが見えた。それでいい。アーサーはアナが怒ればいいと思っていた。戦争のことを考えたくないのだろうが、無視もできまい。この話がいかにばかげているかが、わかるかもしれない。

羽根を思わせるアナの長いまつ毛や、繊細な弧を描く眉に目を留めた自分も、ばかげているが。

「訓練であることは確かなのよ。競技会は活気づける手段に過ぎないの。競争はためになるでしょうし、きっと楽しいわ」

「戦争に楽しいところなんてありませんよ」アーサーは語気荒く言った。

「そうかもしれないけれど――」アーサーの口調の変化に気づいたらしく、アナが穏やかに言う。それから、また例の行動に出た。アーサーに触れたのだ。腕に優しく手を置かれ、アーサーの神経という神経がウィリアム・〝テンプラー〟・ゴードンの火薬のようにはじけた。ふたりの目が合い、アーサーは彼女の同情を見てとった。そんなものはほしくはなかった――必要なかった。彼女はアーサーではなく、父親やクランの者たちのことを心配すべきだ。「だけど、戦争で大切なことは、戦いに向かうことばかりじゃないときだってあるわよね。兵士たちの士気は？　それも大切でしょう？」

アーサーは黙っていた。完全に同意してはいないが、完全に不賛成というわけでもなかった。

アナがアーサーの顔を眺めまわすのがわかった。「手を貸したくないのなら、ほかの方に頼むわ」

アーサーは歯を食いしばった。断らなければだめだ。アナはほかの哀れな愚か者をさいなめばいい。しかし、その考えはもっと気に食わなかった。いつのまにか、アーサーは歯噛みをしながらこう言っていた。「何をすればいいんですか？」

アナが満面の笑みを浮かべる。その力が、こぶしの一撃のように胸を打ち、アーサーはよろめきかけた。

頼みたいことを説明するアナの嬉しそうな声を聞きながら、機会があるうちに逃げておくべきだったと考えた。

競技会当日は、よく晴れた明るい日となった。それが競技会のよい前兆だったことがわかった。

思ったとおりになった、とアナは微笑みながら考えた。少し得意げな笑みになったかもしれない。男たちにとってこれでよかったのだ。あの人がなんと言おうと。

これまでのところ、競技会は大成功だった。競技に挑戦した騎士や兵士だけではなく、城の住人と村人たちにとってもそうだ。何百人ものクランの人々が、騎士や兵士の技や強さの進歩を認めて、勝敗にかかわらず、自分たちの応援する出場者に声援を送った。

朝、見物人はジョン・オブ・ローンの船が入っている船小屋の近くへ集まり、城の裏手の湾で開催された船の競漕《きょうそう》と競泳を見物した。つづいて中庭へ移動し、剣と弓の競技を見物したあと、豪華な昼食になった。今は城門を出てすぐのところにある、岩だらけの斜面のそこここにある草地などに集まって、今日最後の競技である槍投げを見ようとしている。

「あなたの騎士があそこにいるわ」メアリーがからかうように言い、眼下に並ぶ騎士や兵士たちの一団を指で示した。

アナは顔をしかめた。メアリーが気づいたのなら、誰もが気づいているに違いない。いつもはおめでたいほど物事に気づかないメアリーは、男より女のほうが勘が鋭いというジョンの説にはあてはまらない。

「わたしの騎士じゃないわ」アナは反論した。

一番上の姉ジュリアナの笑みを見るかぎり、強い口調で言いすぎたようだった。「あなたがあの人に、あなたの騎士になってもらいたがっているのは確かなようね。だけど、姉としてちょっと助言をさせてもらうなら――」ジュリアナが笑いをこらえているのがわかる。「その、もう少し……さりげなくふるまったらどうかしら」

アナは唇を引き結んだ。そうしようと努力はした。けれども、うまくいかなかった。顎をあげ、ジュリアナがなんの話をしているかがわからないふりをした。「わたしはいいもてなし役としてふるまおうとしているだけ。お父様の招集に応えた騎士全員に愛想よくしてるもの」

それを聞いて、ふたりの姉がヒステリックに笑い出した。「まあ、あなたが全員にあんなに愛想よくふるまっていないといいのだけれど」ジュリアナが言う。姉たちに挟まれてプレード（タータンチェックの長い肩かけ）の上にすわるアナのほうへ身を乗り出し、メアリーに向かってつづけた。「昨日、この子が着たドレスを見た？　五年前のものに違いないわ。マリオンの体にでさえ、合わないわよ」ジュリアナが言ったのは、十二歳の小柄な姪のことだ。

「お母様はかんかんだったわよ」メアリーはうなずき、いたずらっぽく目をきらめかせた。「アナが昼食の場に現れたときのお母様の顔は、見ものだった。お父様が病に伏せったとき以来、あれほど怒った顔を見たのははじめてだったわ」

アナが恥ずかしいふるまいをした結果、よいことがひとつはあったわけだ。悩みを忘れた母の姿を見ることができて本当によかった。たとえそれが、アナを叱っていたあいだだけだとしても。ほかに利点があったかどうかは、神のみぞ知ることだ。アーサーはアナの服を気に留めていなかったから、麻袋を着ていても同じだったかもしれない。

彼に注目してもらうために品のないドレスを着るというふしだらなことをした自分を、恥じ入るべきだとわかっていた。けれども、溺れる者がわらにすがったということだ。追われたくない男を追いかけて一週間笑いものになったあと、アナは万策尽きていた。

アーサー・キャンベルは、最初にぶつかったときからほとんど変わらない、謎《なぞ》めいた男だった。任務ひとすじの有能な騎士であり、内向的な男だけれど、それは最初からわかっていたことだ。

アーサーは感情が少しも読めない男だった。まったく、彼と同じ部屋に入るのさえ不可能だ。アーサーのそばに行く口実を見つけるのは容易ではなく、彼を見張るうちに、アナのいらだちはつのった。これまで見張ったことがある者たちには、ここまで苦労させられなかった。彼らはアナを避けようとしなかったからだろう。

今のところ、彼を怪しむ理由になるようなことは目にしていない――そっけなくて無口なところがその理由にならないかぎりは。これまでアナが会話をしようと試みた者のうち、間違いなくアーサーはそれが最も難しい男だ。短い返答の達人だし、言うまでもなく、冬眠から覚めた熊と同じくらい不機嫌で怒りっぽい。あれでアナに興味を持っているというのなら――アナは父が言ったことを信じているわけではないが――興味がないときのアーサーの様子は想像がつかなかった。

ところが昨日、アナは大事なことを発見した。アーサーに話をさせる方法を見つけたのだ。つまり、怒らせること。これまで、接し方を間違えていたのかもしれない。

アナは怪しく思って目を細め、謎めいた騎士アーサーを見つめた。彼は今、ほかの出場者とともに野原の向こう端へと歩いている。今までアーサーは怪しい行動をとっていないものの、アナは彼が何か隠しているのではないかという思いをぬぐいきれなかった。それが女の勘によるのか、自尊心が傷ついたからそんな気がするだけなのかはわからずにいた。ともかく、アーサーにはほかの者とは違うところが確かにあった。

姉たちはようやく笑うのをやめ、ジュリアナがこう言った。「あの騎士に対するあなたの愛想のよさには驚いたわ」またもや笑いをこらえる。「とてもハンサムだけれど、あなたはいつも、あの手の人たちを避けるわよね」

ジュリアナはアナが戦士を避けると言いたいのだ。そのとおりだった。

「あの方のお兄様のほうが、ずっとハンサムだわ」メアリーが横から言い、体格が立派なドゥガルドへ目を落とした。

アナは同意しなかったが、それ以上からかいの種を与えるつもりはなかった。

「しかも、サー・アーサーは、あのお兄様ほど女性に人気はないわ」ジュリアナはメアリーに警告するような口調で指摘した。

ジュリアナは経験から話をしていた。彼女の夫は何年も前に他界しているが、結婚生活は幸せなものではなかった。ジュリアナによれば、夫だったイングランドの領主ゴッドフリー・ドゥ・クレアは、跡継ぎができないのはジュリアナのせいだと責め、それを証明しようとあらゆる女に手を出したという。

アナはジュリアナがつぎに夫になる者を愛せるよう一心に願っていた。結婚の縁組において、一般に愛は無関係だが、アナたち姉妹は恵まれているほうだ。土地を増やし縁故を強めたい貴族にとって、結婚適齢期の姉妹三人は貴重な宝物だったものの、ジョンは理不尽ではなかった。夫の候補を探すときに、娘たちの望みを考慮してくれた。

ジュリアナはサー・ゴッドフリーとの結婚を望んだ――少なくとも最初は。アナがロジャーとの結婚を望んでいたように。

サー・ロジャー・ドゥ・アンフラヴィルは、アンガス老伯爵の弟の三男だった。ふたりが出会ったのは、数年前、アナが議会に出席するジョンの供で、スターリング城へ行ったときのことだった。アナは、愛嬌《あいきょう》ある微笑みと皮肉が利いたユーモアのセンスを持つ、もの静かな若い学者にすぐに惹かれた。

　ケンブリッジ大学で教育を受けたロジャーは、偉大な学者であり将来性のある政治家だとみなされていた。彼は流血沙汰を嫌悪していた。三男だから戦争へは行かずに済むはずだった。ところが、兄ふたりが死に――ひとりはフォルカークの戦いで、もうひとりは熱病で――ロジャーは剣をとらなければならないと感じた。ロジャーがメスヴェンの戦いでちょっとした傷を負い、その化膿《かのう》がもとで亡くなったとき、アナの胸は張り裂けた。

　メアリーはほかの姉妹とは違い、夫を決めていなかった。ジョンが急《せ》かさないのは、美しいメアリーを利用して重要な同盟を――できればイングランド人と――結びたいと思っているからではないか、とアナは考えていた。ジョンはひとたびブルースを制圧したなら、娘たち全員に夫を見つけられるようになるだろう。

　アナの胸がうずいた。戦争が終わったときに。

「フッド王ブルースが服従したあと、お父様はサー・トマスか誰か、優しくて真面目なイングランド人の領主との縁談の話をとりつけるつもりなのではと思ってたけれど」ジュリアナはアナに言った。

「そんな、ジュリアナお姉様、今回のことは結婚とはなんの関係もないわ。わたしはあの騎士のことを、ほとんど何も知らないのよ」アナは正直に言った。彼に惹かれているのは確かだ――彼が無関心なせいで、ひねくれた興味を抱いてさえいる――けれども、ハイランドの戦士は自分の夫には向かない。子どもたちが父親を知っている、静かで平和な生活。それがアナの望みだった。

それにしてもなぜ、トマス・マクナブの顔が急に……女性っぽいように思えてきたのだろう。〝きれいな顔の〟とアランはトマスを形容した。アナは唇を嚙みながら、ふいに兄の言ったとおりだと考えた。

アナは真実を姉たちに伝えたくなったものの、父はふたりの秘密にしておきたがっていた。母に知られないようにするためなのだろう。

姉たちがアナの説明を信じたのか、すぐに競技がはじまるからなのかはわからなかったが、ふたりがアナをからかうのをやめ、眼下の野原へ目を向けたとき、アナはほっとした。ここ、岩だらけの丘の中腹の崖の上は、下に広がる野原が完璧に見渡せる場所だった。

出場者が遠近様々な場所にある的を狙ってただ槍投げをするのではなく、鎧を着て、疾走《しっそう》する馬から投げるという案を思いついたのは、アーサーだった。

アーサーはあの冷めたそっけない口調で話しながら、様々な種類の競技をすばやく効率的に企画するのを手伝ってくれた。それはできるだけ早くアナとかかわるのを終わりにしたかったからではないかと、アナは考えている。一日じゅうかかればいいと思っていた作業が、数時間で終わった。彼はまた、兵士たちによく手伝ってもらったが、それはきっと、アナとふたりきりになるのを避けるためだったのだろう。

アナは息を吐き、野原へ意識を戻した。男たちはひとりずつ、馬を走らせて小道を進み、棒に固定された干し草のかたまりを狙って槍を投じた。本物のハイランド・ゲームであれば、槍投げと槍突き両方の競技があっただろう。後者のためには、投げるのよりも長い槍が使われ、馬上槍試合と同じく、騎手は槍を脇に挟むように持つ。

槍投げは見た目よりも難しいらしく、その証拠に、槍は的を大きくはずれたり、的に届かなかったりした。しかし、かなり優秀な出場者が数名いて、アナの兄アランもそのなかに入っていた。アランの槍が的の中央に命中したとき、アナは姉たちと一緒に歓声をあげた。イングランド王が所有する、オウ湖のフレハラン城の城守アレクサンダー・マクノートンも見事だった。

アーサーが馬でスタート地点へ行き、アナは岩場の上で思わず身を乗り出した。アーサーはほかの出場者と同じように、鋼のかぶとと、鎖かたびら一式と、楯《たて》に描かれたのと同じ紋章が描かれた陣羽織を身につけている。キャンベル家の者たちの紋章にはどれも、金色と黒のジャイロニー（放射状に等角で分割した模様）――要は金と黒の三角形が八個交互に並んだパイのようなものだ——が使われているが、アーサーの紋章にはその中央に熊が描かれている——アーサーという名はゲール語の熊《アルトス》に由来するからに違いない。

アーサーは左手で槍を、右手で手綱を持ち、馬を走り出させた。左利きということは、少し不利になるだろう。ほかの出場者とは違って、身ひとつ分遠いところから槍を投げなければならない。

アーサーが馬を速く走らせるにつれて、アナの脈は速まった。アナもよく馬に乗るため、彼が優れた乗り手であることがすぐにわかった。力強さをみなぎらせ、驚くほどなめらかに動いている。馬と一体になっているかのように。

アーサーは的へ近づいた。

アーサーがためらうことなく、流れるような動きで的へ向かって槍を投じた。それは確かな音とともに的の中央から何センチか下へ突き刺さった。アナは詰めていた息を吐き出し、ほかの人々とともに興奮の声をあげた。すばらしい一投だった。アランやマクノートンにはおよばないが、まだ一巡目だ。

順番がひとめぐりするたびに、出場者は減っていった。けれども、三順目が終わっても結果は最初と同じだった。アナは根拠がないとわかっていながら、一抹の落胆を覚えた。どういうわけか、アーサーが勝つと思っていたのだ。ばかげた話だった——そういう気がしたからという理由しかないのだから。アーサーはとても優秀で、マクノートンとアランにつづく第三位で終わった。

それでも、どこか奇妙だった。毎回、正確に同じ長さだけ的をはずしているように見えた――アランやマクノートンが命中させたところから、何センチかずれているのだ。

男たちはかぶとをとり、馬を厩番の少年たちへ渡し終えていた。アーサーはその辺に留まり、人々から祝福を受けるのではなく、馬につづいて厩へ行こうとしているようだった。

アナはすばやく立ちあがった。下へ急いでおりていき、アーサーがどこかへ行く前に追いつきたかったのだ。今夜の晩餐《ばんさん》のときに、優秀な出場者を高座にある城主のテーブルへ招いてもいい。そうすればアーサーは腹を立てて、少なくともふた言三言くらいは話してくれるはずだ。

アナはプレードからゆっくりと立ちあがっているメアリーをまわりこんだ。

「そんなに急いでどこへ行くの？」メアリーが訊く。

アナの頬は熱くなった。「アランお兄様にお祝いを言いたいのよ、お姉様もそうでしょう？」

アナは下へ目をやらないようにしながら崖近くの岩だらけの道を歩き、見物客がもっと早く丘をおりるよう心のなかで念じた。

「祝福したいのは、本当にキャンベル家の青年じゃないのね？　愛しいアニー」背後からジュリアナがからかう。「今、そっちを見ないでね――」ジュリアナは声を落としたが、人々が騒がしかったので、そうするまでもなかった。「でも、彼があなたを見つめているると思うわよ」

当然、アナはそちらへ目をやった。

左肩のほうへ顔を向け、下を見た。

そして、息をのんだ。ジュリアナが言ったとおりだ。アーサーがまっすぐにアナを見つめている。ふたりの目が合った瞬間、強いショックを受けたように震えがアナの体を走った。アーサーがはじめて、無関心な目でアナを見ていなかったのだ。それどころか、はっとしているように見えた。

アナはアーサーの様子を見るのに気をとられていて、前を見ていなかった。

「アナ、気をつけて！」メアリーが注意した。

しかし、遅かった。

アナは石ころを踏んだ。足首がねじれ、バランスを失いかけた。うしろへ倒れそうになり、足をそちらへ出して体勢を立て直そうとした。崖の縁におらず、足もとの岩が崩れなければ、それでよかっただろう。

「アナ！」メアリーが悲鳴をあげ、手を伸ばした。

ああ！　どうしよう！　そのぞっとするような一瞬、体が空《くう》で浮き、時間が凍りついたように思えた。

そのあと、落ちた。

姉たちの恐怖の表情が頭上で揺れるのが見え、アナは勢いで背中から落ちていった。空気が流れる音で人々の叫び声はかき消され、しばらく不気味なほど静かだった——空気がない不思議なトンネルにいるかのように。

三メートル。

六メートル。

足での着地を試みるために、体勢を変える時間はない。

アナは地面に激突する衝撃を覚悟した。

ところが、地面に激突はしなかった。

アナははっとした。自分が、よじれた四肢と折れた骨の痛みを感じながら横たわっているわけではないことに気づいたのだ。そう、アナはアーサー・キャンベルのハンサムな顔を見あげていた。

なんと、アーサーが抱き止めてくれたらしい。だけどどうやって？　なぜ、それほど早くここに来られたのだろう。

「大丈夫ですか？」

アナは話せなかったのでうなずいた。口が利けなかったのは落下の恐怖のせいではなく、別の理由からだった。

アーサーの声。素敵な目に浮かぶ感情。

それは無関心ではなかった。

彼の鋼のような表情にはじめてひびが入ったのを見て、意識のさざ波がアナの体に広がった。結局のところ、父は間違っていなかったのかもしれない。

6

アーサーは深く息を吸い、鼻につんとくるにおいの空気で肺を満たした。たとえ牛の糞《ふん》のにおいがしても、自由の香りは甘かった。城から離れて五日間、ローンの領地の東側の境界付近を巡回してきたが（アーサーの場合、内緒で偵察もしてきた）、ある修道士の厚意により、アーサーは二日余分に自由を得たのだった。

つまり、あの碧眼《へきがん》と蜂蜜色の髪を持つ魅力的な女から――無邪気に戯れようとしてアーサーをさいなみ、我慢の限界へ追いこんだ女から――丸一週間も自由になれるわけだ。

崖から落ちたアナを抱き止めてはじめて、アーサーは城を出なければと悟ったのだった。まったく、人に気づかれずにふるまう計画はどうなったのか。城じゅうがあの一件の噂で持ちきりだった。当日の夜、悪魔の申し子ローンでさえアーサーを讃《たた》えようとして、高座の城主用テーブルで横にすわるよう言い張った。あのときは釘《くぎ》を食べていたようなものだ――そんな味しかしなかった。長い食事中、憎悪を隠すために、人を欺《あざむ》く技を総動員しなければならなかった。

冷酷なローンには、明らかに弱みがあった。娘たち。あの悪魔のような男にでさえ、大切にしているものがあるらしい。アナが崖から転落した話を伝えられたとき、ローンの目に恐怖が浮かんでいたし、ローンはアーサーに心から感謝しているように見えた。

ローンはあの日の事故の説明を受け入れたが、アナ・マクドゥーガルは簡単には騙《だま》されなかった。アーサーは彼女が〝お嬢様が転落したときに、おれがちょうどいい場所にいて幸運でした〟という話を信じなかったことをわかっていた。アナはともかく勘が鋭いが、それは危険を意味する。ドゥガルドに――もっとまずいのはローンに――様々な質問をされる事態は、今、アーサーにとって最も必要のないことだった。

厄介なことになった。不運に不運が重なった。まず、命を救った娘は――アーサーの正体を見破りかねない唯一の女は――偶然にも、アーサーが破滅させようとしている男の娘だった。つぎに、どういうわけか彼女に気に入られてしまった。さらに悪いことに、アナが崖から落ちて、アーサーは自分の能力を人前で見せざるを得なくなり、意に反して人々の注目を集めかねない事態となった。そのうえ、マクドゥーガル一族にとって最新の英雄となった――男たちにまたアーサーをからかう種ができたことは言うまでもない。今回の旅で、同行者の誰かが何度岩にのぼり、落ちるふりをしながら、〝わたしをつかまえて、サー・アーサー！〟と甲高い声で大げさに叫んだことか。

愉快なことこのうえない。エリク・マクソーリーが恋しくなるくらいだ。

競技会自体は、思っていたほど時間の無駄ではなかった。アナが正しかったということとだ。競争は騎士や兵士の士気を高めるのに有効だった。それだけでなく、アーサーは敵兵の力量をよく把握できたから、ブルースにその情報を伝えられるだろう。

しかし、アナのまわりでは慎重にふるまう必要がある――彼女から遠く離れていればなおいい――とわかって、アーサーは城から離れる最初の機会に飛びついた。それが、ブルースのためにローンの領地を偵察する機会にもなったことは、なおさらよかった。

任務に意識を集中させなければならなかった。アーサーは高度な訓練を受けたスコットランド屈指の戦士であり、これまでにないほど重要な任務を遂行中だというのに、若い娘の茶番劇で芝居をしているような気分になることがあった。

過去にこの手の問題を抱えたことがなかった。だからひとりで任務をこなすほうがいいのだ。敵地の外で。潜入は人とのかかわりが多すぎる。人との距離が近すぎる。

アーサーの幸運なひとときは、兄たちや巡回に参加したほかの兵士――たいていがマクナブ一族かマクノートン一族の者だった――と城へ戻る途中に、タインドラムの近くでジョンという修道士に出会ったときもつづいていた。その修道士は、セント・アンドルーズからやってきて、リズモア島へ行くのにローンの領地を徒歩で横断しているところだった。リズモア島はローンの領地の海岸沖にある細長い小島で、昔からアーガイル司教の管轄下にある――偶然にも司教はマクドゥーガル一族の者で、ローンの親戚だった。

アーサーは、マクドゥーガル一族が教会を通して伝言をやりとりしているのではないかと以前から疑っていたので、修道士が渡し船に乗るという地、オーバン――ローンの城のすぐ南――まで送ると申し出た。いずれにしろ同じ方面へ行くから、と強く言った。馬に相乗りすればいい、ほかの者たちよりもずっと遅い速度で移動することになるが、急いでいないから、と。アーサーがそう言ったとき、忍び笑いをした者が数名いた。

修道士が断ろうとしたとき、アーサーは修道士がやはり何か知っているのではないかと希望を持った。マクドゥーガルの伝言の発信者を見つけたのではないかと。

アーサーは顔をしかめた。唯一運が悪かったのは、最後の最後にドゥガルドが同行すると決めたことだった。槍投げの競技の話をしつづけて、アーサーを死ぬほど悩ませるためかもしれない。

「わたしが教えたとおりに、もう少し高いところを狙って、手首のスナップを利かせれば、おまえが勝っていたかもしれないんだぞ」

アーサーは歯を食いしばり、目の前の道を見つづけた。「最善は尽くした」嘘をつきつつ、なぜドゥガルドに技術の助言をされると気に障るのだろうと考えた。

その気になれば、アーサーはほかのふたりを負かすことができた。けれども、本当の姿を隠すことが、ともかく重要だった。

これまでにも〝負けた〟ことは何度もある。だから、そんなことを気にする今の自分がどうなっているのか、アーサーにはわからなかった。若い娘たちを感心させることには興味がないはずだ――特定の娘を感心させることにも。プライドのせいで命を落としかねない。

「だが、勝つには至らなかった」ドゥガルドはアーサーが忘れているといけないとでも思ったのか、そう指摘した。

アーサーは忘れてはいなかった。

「つぎの教会はこの川を渡ったところです」修道士が言う。話題が変わるのは歓迎だった。

アーサーたちは、片側が急傾斜になった狭いブランダー山道――ブランダーはゲール語でブランライド、待ち伏せの場所を意味する――を通り、アーガイルで最も高いクルアハン山を抜けてきたところだった。適切な名だ、とアーサーは考えた。川の対岸、エティーヴ湖の南岸には、比較的平らな野原が広がっている。

「キルスピックリルですか？」アーサーは尋ねた。テインイルトにあるその古い教会は、アーガイル司教の本拠地だったことがある。

「ああ、ご存知なんですか？」

アーサーはドゥガルドと視線を交わした。この修道士は、キャンベル一族とマクドゥーガル一族の歴史を明らかにわかっていない。「少し」アーサーは控えめに言った。テインイルトはエティーヴ湖にあるオウ川の河口に位置し、オウ川の上流から約五キロ先にはオウ湖がある。そこはローンの領地だが、キャンベルの領地に近い。アーサーは口もとをこわばらせた。もともとキャンベルの領地だったのだから。

「暗くなる前にオーバンまで行きたければ、のんびりしてはいられませんね。まだ二十キロはある」

このペースだと、あと二日はかかりそうだった。タインドラムとエティーヴ湖のあいだにある教会に一軒一軒立ち寄ったかのように思える。文句があるわけではない。アーサーにとっては、その分、あたりを偵察する機会があるということだ。ブルースとその兵士たちが、ローンと対峙《たいじ》するために西のダンスタッフネイジ城へ進軍するとき、この地域を通るだろう。旅の進みが遅いということは、アーサーにとって、城へ帰るのがそれだけ遅れることにもなる。

しかし、修道士と道中をともにしても、ブルースが張りめぐらせた監視の網を、ローンの使者がどのようにすり抜けているのかは、ちっともわからなかった。使者は教会関係者に違いないのに、今のところ、この修道士ではないようだ。彼が腰につけた革のスポーラン（キルトの前にベルトから吊る小物入れ）からそっと何かを出し入れしているところは目にしていない。また、昨晩アーサーは、修道士が眠っている隙に確かめたが、何も見つからなかった。

「ローリー神父は、ハイランド一おいしいポタージュを作るんです」修道士が言う。

「食べないともったいないですよ」

最後に寄った教会には、ミートパイがあり、その前の教会にはジャムがあった。様々な教会に立ち寄るのは信者の役に立つのが目的ではなく、修道士が地元の名物を味わうためではないかとアーサーは考えた。もっとも、槍のように痩《や》せた修道士の体つきからは、確信が持てなかった。修道士はがりがりで、肩幅よりも心が広いような男だった。

オウで橋を渡って川を越え、川沿いに森の外側を南へ進んだ。質素な灰色の石造りの小さな家がまばらに点在していたが、村に近づくにつれて家々のあいだの距離が近くなり、家の数も増えていった。

数分後、小高い土地にあるのどかな村の中央にある、古い石造りの教会が見えてきた。あたりには数名の人々の姿もあり――ほとんどが女だ――軽やかな笑い声と子どもが遊ぶ声が聞こえてくる。

アーサーはかすかな歌声を聞きつけて身動きを止めた。女の声。蜂がうなじをかすめ飛んだかのように、神経がざわめいた。

「どうかしましたか？」

修道士はすぐうしろに乗っていたので、アーサーの反応に気づいた。アーサーは待った。視線をあちこちへ走らせたが、変わったことが起きるきざしはなかったし、危険な雰囲気が確実に感じられるわけでもなかった。

アーサーは首を横に振った。「いえ、なんでもありません」

一行は教会の敷地へ入り、奥にある小さな建物へ向かった。神父はここに住んでいる。ジョン修道士の言ったとおりだった。ローリー神父のポタージュは、これまで味わったことがないほど美味だったのだ。二杯食べたあと、アーサーは神父の館の庭のベンチにすわり、爽《さわ》やかな夏の午後を楽しみたいところだったが、出発しなければならなかった。

テーブルの前で立ちあがったとき、またもや聞こえた。歌声。さっきよりも大きい。甘い歌声は驚くほど美しく、アーサーは自然の驚異を目にしたときと同じような畏敬の念で満たされた。完璧な日没。あるいは、夜明けの湖面に広がる霧を見たときのように。

「どなたですか？」アーサーはうやうやしいとも言える口調で訊いた。

ローリー神父に奇妙な目つきで見られ、アーサーは我に返った。何も考えず、鋭い聴覚をごまかさずに話してしまったとは。

ローリー神父は耳を澄まし、アーサーが聞いたものを聞いたようだった。「ああ、今日はお城から貴婦人が訪問なさっているんです。ダンカンのために歌っていたに違いない——ダンカンは戻ってから、彼女の歌を聞くのを何より楽しみにしていましてね」

アーサーは身を凍りつかせた。神経はもうざわめいてはおらず、大騒ぎをしている。

そんな、まさか。

神父はアーサーの反応を気にする様子もなくつづけた。「その貴婦人の訪問を、誰もが楽しみにしてるんですよ。元気を届けてくださるから」誇らしそうに胸を張る。「彼女は我々のことを忘れずにいてくださる。彼女のおじい様に仕えた者たちのことも」

「なんという貴婦人ですか？」ドゥガルドが訊いた。

「レディ・アナ。ローン卿の末の令嬢です。天が遣わした天使ですね、彼女は」

アーサーをさいなむために悪魔が遣わした、と言うほうが正しい。

ドゥガルドがアーサーの顔をひと目見て笑い出した。「どうやら、彼女はおまえを見つけ出したようだな」

アーサーはとても信じられなかった。見つけ出したはずはない……違うのだろうか。昨日、ほかの者たちが城へ帰っただろうに。

アーサーはその考えを振り払った。そう、そんなことは不可能だ。偶然だろう。不運な偶然。

ローリー神父はドゥガルドの冗談に困惑しているようだった。「レディ・アナは隔週の金曜日にいらっしゃいます。山頂の霧のように確実だ。彼女をご存知ですか？」

「少し」ドゥガルドが答える前に、アーサーは言った。

アーサーはよりいっそう出発したくなり、馬をつないである庭の杭《くい》のところへ急いだ。

運悪く、アナはこのときを選んだかのように、訪問していた小さな家から出てきた。

小道の五十メートルほど先で入り口のほうを振り返り、そこに立つ女と幼いふたりの子どもに手を振った。太陽がアナの髪を照らし、金色の輪が見える。

アーサーは心臓が変なふうに跳ねるのを感じた。認めたくないほど頻繁《ひんぱん》に、アナのことを考えたのだから、彼女の姿を見たって何も感じるものか……。

くそっ。これは幸せな気持ちか？　まるでアナを恋しがっていたみたいじゃないか。もちろん、恋しかったはずはない。アナは厄介者だ。魅力的な厄介者。

アナの視線がアーサーのほうへ向けられた。

はっとしたのを見るかぎり、アーサーの姿が目に入ったらしい。しかし、彼女は見なかったふりをし、背を向けて湖のほうへ急いで向かった。

アーサーは顔をしかめた。無視されたからというだけではない、とみずからに言い聞かせた。そう、護衛兵のせいだ。ひとりしかいない護衛兵。

アーサーはとっさに大声を出した。「レディ・アナ」

彼女の肩が耳のところまであがるのが見える。なぜその仕草にいらだったのかは、アーサーにはわからなかったが、ともかくいらだちを覚えた。

アーサーはにやついている腹立たしいドゥガルドを無視し、馬を杭に結び直すと、アナのほうへ行った。

アナは身をこわばらせたように見えた――くそっ、こわばらせたとは――背すじを伸ばし、かごを引き寄せ、まるで戦いに備えているようだった。

「サー・アーサー」アナはあのかすれ気味の優しい声、アーサーが忘れていた声で言った。そういえばこんな声だ。アナはアーサーの背後にいるドゥガルドへ目をやった。「サー・ドゥガルド、驚いたわ」

嬉しい驚きには聞こえなかった。いったいアナはどうしたのか。すでにアーサーへの興味がなくなったのだろうか。

それが望みではあったが、ちくしょう。

アーサーはアナのすぐ前に立った。近すぎたかもしれない。自分のことをよく知らなければ、アナを怖がらせようとしていると言えただろう。体の大きさを利用して、逃げ道を塞ごうとしていると。けれども、野蛮な男ではないから、その手のことはしない。

「ほかの護衛兵はどこなんですか」アーサーはきつい調子で言った。

アナは眉をひそめ、鼻の上にいつものように小さなしわを寄せた。「ほかの護衛兵って？」

アーサーは落ち着いた声を出そうとして失敗した。「護衛兵がひとりしか見あたらない」その若い兵士にうなずきかけた。

アナは微笑んだ。「ロビーは金曜日にはいつも、わたしのお供をしてくれるの。この村の出身で」

アーサーは短気な男ではないはずなのに、またもや怒りがわきあがるのを感じた。ロビーは長身だが、せいぜい十八歳で、彼女に危害を加えようとする者を阻止できないだろう。

なんということだ、戦争中だというのに。こうしてほっつき歩くのを娘に許すとは、いったいローンは何を考えているのか。

アーサーはドゥガルドのほうを向いた。「おれは修道士をオーバンへ送っていく。兄上はレディ・アナと城へ戻ってくれ」

くそっ。アーサーはドゥガルドが何かを企むように目を細めるのを見て、またアナのせいで失敗したことを悟った。彼女のせいで考えもせずに行動してしまう。たった今、目上の者に命令してしまった。普通はそうした失敗をしないというのに。

「わたしが修道士を送る」ドゥガルドが刺々しい声で言う。「おまえがレディ・アナを送るんだ」

問題の貴婦人は、兄弟のあいだの空気が急に張り詰めたのを感じとったようだった。

「どなたにも送っていただく必要はないわ。ロビーがいれば十分だもの」

アーサーはふたたび隅に追い詰められたような気がした。ドゥガルドのことはわかっている。一度言い出したからには、一歩も譲らない男だ。アーサーはドゥガルドの権威を試すようなことをしたから、これ以上口論はできなかった。誰かがアナの供をするなら、それは自分でなければならない。

しかし、そうなると、ジョン修道士がローンの使者なのかどうかを見極める機会をあきらめることになる。

アナをこのまま行かせるべきだ。恐らく大丈夫だ。

恐らく。

日は長い。アナが城へ帰る頃、まだあたりは明るいだろう。

きっと。

アーサーはこぶしを握った。胸のなかでいらだちが渦巻いている。「きっと大丈夫だと思います」アーサーは若いロビーのプライドを傷つけないように言った。「ただ、城まで送らせてもらえたら光栄です、マイレディ」

アナはアーサーに会えて、ちっとも嬉しくなかった。

何週間も避けていたくせに――最初の機会に城を離れて――今になってこのひねくれ者は、忠実な護衛兵になると申し出たわけ？

もちろん、アナはアーサーがしてくれたことを忘れてはいなかった。あの見事な琥珀色の目をのぞきこみ、アーサーに抱き止めてもらい、命を救ってもらったことに気づいたとき、そして、彼の腕に包まれていることに気づいたとき……。

あれは人生で最もロマンチックなひとときだった。

ロマンチックな一瞬だった。というのは、つぎの瞬間、アーサーはアナを地面におろし、慎重にふるまうよう言い、ぽかんとしているアナをその場に残して去ったからだ。アーサーはなぜ、あれほど早くアナのところへ来られたのか。アナは彼の目を危機感がよぎったのを覚えていた。まるでアナがほどなく転落するとわかっていたかのようだった。当然、そんな話はばかげている……はずだ。

とはいえ、アナはかごを脇に引き寄せた。アーサーはあまりに注意深い。彼の気を散らすことを考えなければ。

「そう言い張るのなら、どうぞ」アナは踵《きびす》を返し、ふたたび小道を進みはじめた。

ところが、アーサーは肘をつかんでアナを止めた。アナの心臓まで一瞬止まり、急に鼓動が速まった。強くつかまれているわけではないのに、彼の指が肌を焦がすようだった。彼を意識して、アナの肌が火照った。

アナはこれまで、アーサーへの反応を大げさに考えすぎていると、自分に言い聞かせてきた。けれども、大げさではなかった。なぜ彼なのだろう。アーサーに惹かれる理由が説明できなかった。

「馬はどこです？」アーサーは強い調子で尋ねた。「城は逆方向だ」

「まだお城へは戻らないわ。訪問予定の村が、いくつか残っているの」

「もうじき暗くなります」

まあ、怖い顔。アナは彼の手からそろそろと肘を引き抜いた。「暗くなるまでに、あと四時間はあるでしょう。時間はたっぷりありますから」

アーサーが何か言い返す前に、アナは先へ急ぎ、ローリー神父とドゥガルドに手を振って手短に別れを告げた。

落胆した表情から、アーサーが誰を送るかというとりきめに満足していないことがわかったが、彼は暗い無愛想な影よろしく、アナの横をついてきた。

三人はさらに三軒の家を訪問した。最初の家はマルコムの家だった。彼はトルール峡《きょう》谷《こく》で反逆者と戦ったときに利き手をなくし、戦場から離れた生活への適応に苦労している。

アナはマルコムが傷痕だらけで片方の腕がなくても、戦場に戻れるなら残りの腕を差し出すだろうことが、わかっていた。一部の男たちが抱いている、戦いを愛する気持ちはアナにには理解できなかったし、これからもできないように思えた。傷痕や、腕がない者や、夫を亡くした妻や、父のいない子にはうんざりだった。

アナは鼻にしわを寄せ、部屋の隅にいる男を盗み見た。傷痕すべてにうんざりしているわけではないようだ。なかには……魅力的な傷痕もある。

アーサーにはいくつも傷痕があった。歯を食いしばるときに目立つ顎の傷痕——アナのそばにいると、彼はよく歯を食いしばる——それから、右頬の小さな傷痕。手は傷痕だらけだ。腕にもあるのだろう。胸にも。

筋肉質のたくましい胸が脳裡に浮かび、アナの体は火照った。裸の胸。

いったいぜんたい、どうしてしまったのだろう。昼間、怪我人《けがにん》に本を読み聞かせようとしているときに妄想するなんて——これが妄想だとするなら——まったく不適切だ。

戦争を止められないかもしれないが、アナはどんな小さなことでも、できるだけ人の役に立つつもりでいる。マルコムの妻のショネードによれば、本を読み聞かせたあとは、彼が飲む命の水《ウシュキア・ベーハ》（ウイスキーのこと）の量が減るという。このため、アナは詩人であるブリテンのトマ作『トリスタン』の貴重な本を毎回持っていった。老いたマルコムはアナと同じく、騎士とアイルランドの姫君との悲恋の物語をとても気に入っている。

アナはドアのそばで何やら考えこんでいるアーサーを無視したが、観察されているのが感じられた。

その家を離れてはじめて、アーサーは言った。「字を読めるんですね」

アナは肩をすくめた。ハイランドで文字を読めるのが一般的ではないことはわかっている。「父は子どもたち全員に教育を受けさせてくれたの」アナは意見があるなら言えと挑むように、アーサーと目を合わせた。「女の子にも」

アーサーは長々とアナを見つめたが――また険しい表情だ――何も言わなかった。

つぎの訪問先は、村の治療師の家だった。アフレイグは老いつつあり、以前ほど楽には野山を動きまわれない。このため、アナはここを訪問するときはいつも、ダンスタッフネイジ城近くの森で集めた薬草などを持ってくるようにしている。

最も重要な訪問先は、最後に残しておいた。最近夫を亡くしたベスは、五人の子とともに残された。そのなかには、三カ月前に生まれたばかりの赤ん坊のカトリーヌ――ケイト――もいる。ケイトの哀れな父親は、その半年前にインヴァーロッヒー城のそばでブルースの兵士たちに奇襲をかけられて殺され、城はその直後に反逆者たちの手に陥落したのだった。

夫の死により、ベスはますます決意を強めた。アナと同じく、フッド王を打ち負かして戦争を終わらせるためなら、なんでもするつもりでいる。

アナはアーサーが、女たちのお喋りに退屈して、ほかにすることを見つければいいのにと願ったが、ロビーと一緒にドアのそばにすわって待つことに満足しているように見えた。あの真剣で注意深い琥珀色の目でアナを観察している。アナが何か企んでいることを知っているかのようだ。

アナは年長の子どもたちが外でボールを蹴る様子を、石壁にあいた小さなふたつの窓から眺めた。木の鎧戸はあけられ、夏の爽やかな微風が仕切りのない細長い建物のなかへ入ってくるようになっていた。ふいにボール遊びが止まり、アナに好機が訪れた。

アナは腕のなかで眠る赤ん坊の頭越しにアーサーを見た。「子どもたちのボールが、納屋の屋根に載ってしまったみたい。悪いけど――」

「ぼくがとってきます」ロビーが立ち去る口実ができるのを待っていたかのように、勢いよく立ちあがった。アナはその熱心な様子を見て笑いを噛み殺さなければならなかった。ケイトの服についた様々な色のしみのことを含めて、ケイトのおなかの調子についてベスにあれこれ尋ねすぎたかもしれない。

狙いどおりの事態になったけれど、相手は違った。

「そろそろ行かなきゃいけないかしらね」アナは、眠っているケイトをベスの腕に戻すつもりで立ちあがった。

しかしそのとき、別の案を思いつき、微笑みたいのをこらえた。アーサーの気を散らす方法がわかったのだ。

「忘れるところだったわ」アナはベスに言った。「パイを持ってきたの」

「わたしも、あなたにお砂糖をまぶした焼きたての甘いパンを用意してあるのよ」ベスは察して言った。

アーサーに意図を気づかれる前に、アナは眠っている赤ん坊を彼の膝に乗せ、かごをとりあげた。

アーサーが呆然《ぼうぜん》としたような恐怖の表情を浮かべたので、アナは笑い出さないようにするのに必死だった。そんな表情を見ることができて、アーサーの気を散らすという手間をかけさせられた価値はあったような気がした。

かろうじて。

アーサーはすかさず赤ん坊をアナに戻そうとした。「おれは何も知ら――」

「知らなくていいのよ」アナは甘い声で言った。「ケイトの頭を、そうして腕に乗せといてあげれば、機嫌よくしてるわ」

ところがアーサーは、どう見ても不機嫌だった。

押しつけ合ったせいで、ケイトが目覚めてぐずり出した。

兵士の一団を腕一本で倒せそうに見える厳《いか》めしい騎士が、慈悲を乞わんばかりにアナを見あげている。

アナは愉快に思ったものの、長身でたくましい戦士が、ぎこちないが優しい手つきで小さな赤ん坊を抱く様子は不思議と印象深く、アナの心臓は奇妙な小さいスキップをした。

彼と目が合い、なじみのない何かが行き交った。相手に惹かれているとなんとなく感じて、その意識がふたりのあいだで熱を放っている。男と女には赤ん坊という恵みが訪れる可能性があるのだ。ふたりの子をアーサーが抱くところを見るのは、どんな感じなのだろう。

アナは思考が突飛《とっぴ》な方向へ行ったことを恥ずかしく思い、目を伏せた。赤の他人同然の男とのあいだに生まれるかもしれない子どもを想像したのは、間違いなく新しい経験だった。

「優しく揺らしてあげて」アーサーがやや気の毒になり、アナは励ますように言った。「ケイトはそうされるのが好きなの。すぐに戻るわ」

アナはそう言い残してベスと部屋の反対側の奥にある台所へ行った。

ケイトは――かわいい天使に祝福を――役割を果たした。小さなぐずり声やだんだん大きくなった泣き声で、アナとベスがすばやく交わした言葉はかき消された。

ベスがケイトを受けとりに戻る頃には、アーサーは悪魔の二輪戦車のうしろにつながれて、地獄を引きずりまわされたような顔をしていた。

「そんなに大変じゃなかったでしょう？」アナは小さな家をあとにしながら言った。

アーサーが威嚇するように目を細めた。アナの首を絞めたそうだった。アーサーから反応を引き出すのは、やはり楽しい。

アナは子どもたちに別れを告げ、近いうちにまた来ると約束した。ロビーが馬を連れてきていたので、一行はほどなく帰途についた。

アナはこの機に乗じて、アーサーのことをもっとよく知ろうとしなければいけないとわかっていたが、村で過ごした長い一日のせいで疲れていたし、正直言って拒絶されてもいいという気分ではなかった。

ベスの家での、あのなじみのない一瞬のせいで、アナは……傷つきやすくなったように感じていた。そんなふうにアーサーを意識したくはなかった。心の迷いを感じたくなかった。父親のためにアーサーを見張っているだけであって、言い寄るために追いかけているわけではない。

一行は、はじめの何キロかを一列になって進んだが、道幅が広くなったとき、先頭にいたアーサーは速度を落とし、アナの横に並んだ。

アーサーが口を開いたとき、アナは驚いた。会話をはじめるつもりだろうか。はじめてのことだ。

「なぜこんなことを？」アナが質問を理解できずに彼を見ると、アーサーは説明した。「こんな……」言葉に詰まっている。「環境に身を置くんですか？」

「戦争の結果のことを言いたいの？」アナは挑むように言った。

アーサーが目にしてきたものを言葉にできなくても、アナは驚かなかった。戦士は物事が間違った方向へ進んだときの結果ではなく、栄光に、戦場での名誉に焦点をあてる。男は腕や脚を失うことや、父親のいない子どものことを考えながら、戦いへ行きたいとは思わないものだ。アナはそれらを意識しない必要性は理解しているが、だからと言ってそれが現実ではないということにはならない。

「戦いは嫌いなのだと思っていましたが……」アーサーは肩をすくめた。

「大嫌いよ」アナは語気を強めた。「終わるのが待ちきれないけれど、だからって、自分の役目を果たしたくないというわけではないの。これがわたしにできること。歌を歌ってお話を読み聞かせたり、わたしがしばらく子どもを抱っこしたりすることによって、その子の母親が静かなひとときを過ごせるなら、少しのあいだでも元気が出るなら、わたしはそうするわ」

アーサーは険しい表情で探るようにアナを見た。「優しいんですね」それをいいことだと思っていないような調子だった。「あの兵士に時間を割くのはもったいない。酒を飲んで命を縮めているのだから」

アナはアーサーの口調から嫌悪を感じとった。あの兵士は軟弱だと考えたのだろう。「そうかもしれないわ」アナは認めた。「でも、マルコムはわたしの父のために高潔に忠実に、何年ものあいだ戦ってきた。マルコムが払った犠牲に対して、わたしが少し時間を割いてあげてもいいでしょう？」

「戦うのはあの男の義務だ」

「これはわたしの義務よ」

「あなたが義務にしているんでしょう」

今回肩をすくめたのはアナだった。

アーサーはふたたび顔をしかめてアナを見た。「ずいぶん疲れているようですね」彼の厳めしい表情に慣れたに違いない、とアナは考えた。アーサーの問いかけに対して笑ったからだ。「ええ」

「お友だちと何をひそひそ話していたんです？」

急に話題が変わり、アナは虚を突かれた。驚いたものの、すぐに落ち着きをとり戻した。「女ならではの話よ」

「女ならでは、とはどんな？」

アナは目をきらめかせたあと、鋭い目つきでアーサーを見た。「本当に知りたいの？」挑戦するように言った。

アーサーはすかさず顔をそむけた。「知りたくないかもしれない」

まあ、彼が顔を赤らめているなんて。アナはそんなことがあり得るとは思っていなかった。けれども、鋼のような表情に入ったごく細いひびは、アーサーをいっそう素敵に見せただけだった。魅力的だった。アーサーは魅力的だ。優しくふるまい、アナの心を奪う求愛者を思わせる魅力ではなく、もっとさりげない魅力。彼がカーテンを少しあけて、人にしょっちゅう見せることはない自分の一部を見せたかのようだった。かすかな少年らしさがとても意外で、アナはそこに惹かれた。

胸のなかのかたまりが、また少し縮こまった。

アナは厄介な事態になったことを自覚していた。アーサーに興味を引かれているが、それは危険だ。彼は単なる戦士であり、わかりやすくて――気にならない男だと考えたほうがいい。アーサーのことを知りたくはなかった。違う面を見たくもない。好奇心を持ちたくもなかった。それに、彼に強く惹かれたくもなかった。

人生の予定はすべて立ててある。戦争が終わったあと、父が夫にふさわしい人を見つけてくれる。アナとその夫は、子どもたちでいっぱいの、できればハイランドの家族のそばで家庭を持ち、平和で幸せで静かな人生を送る。なじみのあることや愛するすべてのものが破壊されるのではないかと心配する必要もない。安定。アナが求めているのはそれだ。

アーサーに不意を突かれたかもしれないが、根本的な問題は、変わらない。アーサーが戦士であること。剣を手に生まれてきたように見える男――そうして死ぬであろう男。アナが求めるものを、アーサーが与えてくれることはない。去りたそうにドアを常に見ている男は、いずれは必ず出ていくものだと、アナはわかっていた。

アーサーはアナ・マクドゥーガルについてわかってきた情報が気に入らなかった。アナは周囲で起きていることをほとんど理解せずに幻想の世界に住んでいる、天真爛漫《てんしんらんまん》な甘やかされた姫だと考えて、相手にしないほうがずっと簡単だった。

ところが、まったく違った。アナは周囲の出来事を把握している。アーサーよりもよくわかっている可能性もあった。ほとんどの戦士と同じく、アーサーは戦争の影響から距離を置いている。戦いのあと何が起きたかは考えたくなかった。アナの目を通して戦争を見ると……。

死。荒廃。腕や脚がなく、酒で痛みを和らげる男。自力で生きていかざるを得なくなった女。父がいない子ども。現実。

アーサーは眉根を寄せた。何度それらのそばを通り過ぎておきながら、見ずにきたことか。何度焼け焦げた城や農場から馬で立ち去り、そこで暮らしていた人々のことを思わずにいたか。

アーサーは生まれてからずっと戦ってきたようなものだったが、どっと疲れに襲われた。

「どうしてわたしを嫌うの？」

アーサーは質問の率直さに脱力感を覚えた——とはいえ、それはまずいことなのだろう。アナは何に対しても尻ごみをしない。率直で明るくて、自信を持って気持ちを言葉にするが、それは生まれたときから愛され大切にされ励まされてきたからにほかならない。アナの性格のなかでも、とても珍しいところであり、魅力的なところでもある。

アーサーはどう答えたものかと考えてためらった。「嫌ってはいません」アナの表情から、アーサーの言葉を信じなかったことがわかった。「以前も言ったように、ここへは任務のために来た。そのほかのことに費やす時間はありません」

「氏族間の抗争のせい？」

アーサーは話の向かった方向が気に入らず、身をこわばらせた。誰が相手であっても、その話をしたくはなかった――とりわけアナとは。「もう何年も前に終わったことです」

「つまり、すべては過去のものというわけ？　土地やオウ湖のお城のことで、怒ってはいないの？」

アーサーは急に速まった鼓動をなだめようとした。怒ってはいる。だが、アナに対してではなかった。「抗争がなくても、あの土地は兄のニールのものになっていました――おれではなく。それに、その場合、メスヴェンの戦いのあと没収されていたでしょう。エドワード王は我々の損失を補ってくださったし、兄たちとおれの忠誠心に対する褒美《ほうび》もくださった」

「だったら、あなたのお父様のこと？」

アーサーは体を硬くした。まったく。本能的に弱点を突くとは、マクドゥーガル一族の者の特徴に違いない。悪気はなさそうだったが、アーサーはアナの言葉に傷をえぐられたように感じた。「父は戦死しました」

「わたしの父の手にかかったんでしょう」アナは静かに言った。「そのせいであなたがわたしを憎んでも、仕方がないと思っているわ」

いっそのこと憎めたらよかったのだが。しかし、父親の罪について、アナに責任はない。「憎んではいません」まったく違う。アーサーはアナがほしいと思っているのだから。生まれてこの方、これほど女をほしいと思ったことはなかった。「もう過去のことだ」

アーサーはアナの視線を感じたものの、前に視線を向けつづけた。「なぜあなたはここにいるの？」

「どういう意味ですか？」

「あなたの望みは何？」

正義。復讐。これに関しては、そのふたつは同じことだ。「騎士のほとんどにとって、戦う動機となるもの。土地と褒美ですよ」

今回、ブルースはイニス・ホネル城がふたたび兄ニールのものになるようにすると約束し、アーサーには裕福な花嫁を約束してくれた――ハイランド一裕福な諸島の女領主、クリスティーナ・マクルアリを。

「それだけ？」

「それから、戦争の終結」

「だったら、わたしたちは同じものを望んでいることになるわ」

それがどれほど間違っているかを、アナはわかっていない。アーサーにとって、戦争の終結とは、ブルースが玉座にすわり、マクドゥーガル一族が破滅することだ。

アーサーは横目でアナを見た。彼女は胸が痛むほど美しい。しかし、アーサーを騙していた美しさだ。その顔立ちのあどけなさと、微笑みの甘さは目に入っていたが、強さは見えていなかった。敏感さと観察力には自信があったから、そこまで間違っていたことに動揺した。

今日、目にしたことを考えると、この二週間のアナの行動――宴と競技会――は違ったふうに見えてくる。幻想の世界ではなく、身を守る手段のひとつなのかもしれない。アナは、まわりで崩壊していく暮らしを守るために、できることをしているのだろう。

アーサーはアナに感心する一方で気の毒にも思っていた。アナは負け戦を戦っている。彼女の強さには、どこかもろいところがあるため、アーサーはアナ自身もそれをわかっているのではないかと考えた。

アナを守れたらよかったのだが。アーサーがここにいるのは、アナが必死でしがみつこうとしているものを壊すためなのだから、そう思うのは皮肉な話でもあり、ばかげた話でもある。

アーサーは、それを自分がどれほど気に病んでいるかに気づいて驚いた。

好むと好まざるとにかかわらず、アナ・マクドゥーガルは敵だ。

7

一行が何キロかを沈黙のうちに進んだあと、アーサーはふたたび口を開いた。「少し先に小川があるから、そこへ寄って馬に水をやって、空腹なら何か食べましょう」キャラメルとバターと砂糖のにおいを吸いこんだ。「そのパンのにおいのせいで、腹が減ってきた」

アナの頬が少し青ざめたように見えたが、暗くなりつつあるからだろう。「お願い、わたしのために止まらないで。馬は大丈夫でしょう、わたしたちが――」

アナは途中で言葉を切り、前方の木立の奥、小川の土手のほうへ目をやった。「あの少年たちは何をしているのかしら」

アーサーは音がこもった激しい吠《ほ》え声を聞いた。ひとりの少年の肩からさがっている袋が動いていることから、推測はできた。「行きましょう」アーサーは言った。「つぎの小川に寄ればいい」

アナは訝しげに目を細め、つぎの瞬間にぞっとしたように見開いた。何が起きているかを悟ったらしい。「だめよ！」大声で言い、馬を走らせた。少年たちは、袋を水のなかへおろした。「やめなさい！」

十歳から十五歳くらいまでの少年たちは顔をあげ、驚きと畏敬の念を浮かべた。戦場にいるワルキューレ（北欧神話に登場する、神に仕える武装した乙女）さながらの妖精が、森から突然現れるのを見て、信じられない気持ちでいるのだろうとアーサーは想像することしかできなかった。

「袋に何が入っているの？」アナは、ぽかんとして見あげる少年たちに向かって尋ねた。

最年長らしき少年が、最初に言葉を見つけた。「単なる仔犬ですよ、マイレディ。病気だし、生まれたばかりのちびだし」

アナののどから、絶望の泣き声のような音が漏れ、アーサーは強く胸をつかれたような奇妙な感覚を覚えた。

「見せてちょうだい」アナは強い調子で言った。

年下の少年が言った。「こんな犬、いらないでしょ、マイレディ。母犬もほしがらなかった犬なんだから。ぼくらが始末してやらないと、飢え死にしますよ」

アナがまたもやあの悲鳴を漏らし、アーサーの胸の痛みは強まった。その声を聞かずに済むなら、なんだってしてしまいそうな気がした。

「こちらの貴婦人に見せるんだ」アーサーは厳しい口調で言った。

少年たちは、悪さをしているところを見つかったかのように、もじもじとしはじめた。もっとも、彼らは仔犬のためになることをしているつもりだったのだが。

最年長の少年が袋を地面におろし、ひもをゆるめた。袋の縁を折り返すと、アーサーが見たこともないほど痩せっぽちで不細工な仔犬が現れた。

「かわいいじゃないの！」アナは声をあげ、アーサーやロビーが手を貸す前に馬から飛びおりた。

少年たちは、頭のおかしい女を見るようにアナを見つめている。

アナは地面に膝をつき、灰色と黒のもじゃもじゃの毛で覆われたみすぼらしいボールのような犬を腕に抱いた。「かわいそうに、怯《おび》えているわ」同情を求めるかのように、アーサーを見あげる。「見て、すごく震えているでしょう」

アーサーには、ディアハウンド（スコットランド原産で鹿狩りによく用いられた犬）の仔犬の命が長く持ちそうにないことがすぐにわかった。体が小さく、哀れなほど痩せている。生まれたときから、母親に乳をもらえずにいたようだ。

「彼らは、その犬がもっとかわいそうな死に方をせずに済むようにしているんですよ」アーサーは穏やかに言った。「そいつは生き延びられないでしょう」

アナはむっとしたように目を細め、口を引き結び、強情な面を見せた。恐らく、アーサーと同じくらい強情なのだろう。

「連れて帰ります」

アナは優しい心のせいで、現実が見えないようだった。「どうやって餌を与えるんです？」

アナは顎をあげ、現実的な話をしたアーサーを責めるような目を向けた。「何か考えるわ」

アーサーはアナの声から決意の固さを聞きとり、説得できそうにないことを悟った。アナは仔猫のようにか弱く見えるが、間違いなく強情だ。

「そんな手間をかける価値はないのに、マイレディ」少年のひとりが言った。「いい猟犬になりはしないですよ。犬がほしいのなら、そいつの兄弟のどれかをもらえばいい」

擁護者《ようごしゃ》が見つかったことを知ったかのように、仔犬がアナの腕に顔をうずめた。アナはかぶりを振って微笑んだ。「ほかの犬なんてほしくないわ。この子がほしいの」

〝この子がほしい〟――アーサーには、その言葉が鳴り響いたように聞こえた。くそっ、一瞬その犬がうらやましくなったとは。

その少年は、〝どうしようもないな〟と言わんばかりに肩をすくめた。アナを頭の弱い女だと思ったことは明らかだが、領主の孫娘だから、反論しないようだった。

アーサーは腕のなかの仔犬に甘い声で話しかけるアナを一瞥《いちべつ》し、少年の意見に同意したくなったが――仔犬に生き延びてもらおうと骨を折るアナを見たくないというのがおもな理由だ――できなかった。

遠い昔、アーサーもあんなちびだった。

そんなことを考えるのが、妙だった。当時のことをこうして思い返したことはないというのに。少年時代の苦労があるから、今の戦士の姿がある。ほかの者たちよりも努力をしてきた。訓練をしてきた。他人にはない能力を磨き、特別なものにした。自分で運命を形作った。生まれながらの戦士ではなかったかもしれないが、自力で最強の戦士の仲間入りをした。

長いあいだ、そのことだけに意識を集中させてきたから、ほかのことは考えなかった。だが、昔からずっと強かったわけではなかった。

アーサーは、腕のなかの小さな情けない様子の仔犬をちやほやするアナを見て……何かの感情が目覚めるのを感じた。

無理に顔をそむけ、アナの仔犬への同情によって、胸をうずかせる感情がかき立てられたことにいらだった。彼女は敵だと心のなかで言った。しかし、その言葉はおのれの耳にさえむなしく響いた。

アーサーは沈黙と無関心という楯の向こうへ引っこんでしまったが、アナは腕のなかでもぞもぞと動く黒っぽい毛玉をなだめるのに忙しく、彼のことを気にしまいとした。本当は気にしているかもしれないけれど、悩んでいる暇などない。仔犬は危険を脱したと察したらしく、恐怖の震えは空腹を訴える鳴き声へと変わった。

城まであとほんの数キロのところで、アナは一行に止まるよう頼んだ。仔犬に何か食べさせなければならない。その悲しそうな鳴き声を聞いて、アナの胸は張り裂けかけていた。

日没まで少なくともあと三十分はありそうだったが、ダンスタッフネイジ城の東側にある鬱蒼《うっそう》とした森の奥にいると、すでにあたりは暗かった。アナは夜の森が好きではないから、アーサーが供をすると言い張ってくれたことが急にありがたく思えてきた。

アーサーとロビーは馬の世話をし、アナは新しく手に入れた仔犬の世話をした。夏の夜の冷えこみに備えて持ってきたプレードで仔犬をくるみ、それで小さなベッドを作り、何か食べさせるものを用意しにいった。薄い革の手袋をとり、小川の水を入れて手首のところを縛った。かごから出した針を使い、一本の指の先の部分に穴をあけた。それから、パンを小さく二、三個ちぎり、仔犬のほうを向いた。

ちっ！　アナはアランがよく使う行儀の悪い言葉をつぶやいた。仔犬がベッドからいなくなっていたのだ。アナは手袋とパンのかけらをプレードの上に置き、必死で周囲を見まわした。

いた。アナは微笑んだ。仔犬は遠くへは行っておらず、大木の向こう側にいるのが見えた。

声をかけたが、仔犬はアナから逃げた。いまだに怯えているらしい。落ち葉や泥の上で、小さな前足を木の杭のようにせわしなく動かしている。けれども、仔犬は弱っていて遠くへは行けず、アナは数分でつかまえた。

アナは仔犬を腕にすくいあげ、胸の前で抱いた。「いたずらっ子ね」甘い声で話しかけた。「わたしは危害を加えないのに。何か食べたくないの?」

仔犬がアナの鼻の先をなめて応えたので、アナはくすくすと笑った。

「だったら、もとの場所に連れていかなきゃ」アナはあたりを見まわし、思っていたよりも遠くへ来たことに気づいた。小川のところへ早く戻りたくて歩調を速めながら、さっきよりも陰が暗く恐ろしくなり、森が四方から迫ってくるように見えることを気に留めまいとした。

アーサーが急に目の前に現れたとき、アナの心臓は跳ねあがった。驚いた、どこから現れたんだか。音ひとつ聞こえなかった。

「いったいどこへ行ってたんですか」アーサーが強い調子で言った。

アナは目を見開いた。アーサーの目の光り方よりも、語気の荒さに驚いた。気にかけているように見える。心配そうに。無関心では断じてない。アナを抱き止めたときと同じ表情だ。あれは想像だった、と思いこみそうになった。

アナは腕のなかの仔犬に鼻先を押しつけ、頭に優しくキスをした。「何か餌をとってこようと思ってこの子を地面に置いたら、どこかへ行ってしまったのよ」

驚いたことに、アーサーは手を伸ばし、仔犬の顎の下を撫《な》でた。その何気ない優しさに、アナの鼓動は乱れた。

アーサーに触れられるとしたら、あんなふうに優しい手つきなのだろうと考えたとき、切望で胸がうずいたことに、アナは我ながら驚いた。それまで、男に触れられたいと思ったことはない。それなのに、彼の傷痕がある大きな手を、たこのある手を肌に感じてみたかった。顔に。首に。それから……。

胸に。

頬が熱くなった。まったく、どこからそんな考えが来たのだろう。

ふたりの目が合ったものの、アナはすばやく目をそらした。アーサーにふしだらな考えを読まれるのではないかと心配になったのだ。

「次回は行き先を知らせてください」アーサーはざらついたような声で言った。どことなく口調がこわばっていて、声もかすれているが、アナには理由がわからなかった。「危ないですから――」

何かを耳にしたかのように、アーサーがふいに言葉を切り、身を凍りつかせた。アナは耳を澄ましたものの、音ひとつ聞こえなかった。それどころか、あたりは妙なほど静まり返っていた。

アナはアーサーの腕をつかみ、思わず身を寄せた。「なんなの？」

「馬のところへ戻らなければなりません。仔犬のせいだ」

アーサーは剣を抜き、アナに腕をまわした。心臓が急に早鐘を打ちはじめたものの、アナは守られているように感じた。何か別の感覚も覚えた。アーサーの体の感触になじみがあったのだ。

「どうしたの?」アナは彼におくれをとらないようにしながらも、かすれ声で訊いた。「仔犬のせいってどういう意味?」

アーサーは答えなかったが、アナをいっそうせき立てた。「急いでください。連中が来る」

「何が来るんですって?」アナの声に恐怖がにじみ出た。「何も聞こえないわ」

「狼《おおかみ》」

アナは息をのみ、慌てて周囲を見まわした。「見えないけれど……」仔犬をしっかりと抱き寄せた。「置いていかないわよ」

アーサーはあきれ顔でアナを見た。「わかっていますよ」ところがその後、彼は悪態をついた。アナを大きな木の幹に押しつけ、腕のなかの仔犬を奪いとると、アナを体という楯で守るように前に立った。「おれのうしろにいるように」命令口調で言う。「走れと言ったら走ってください」

「わたしは――」

アーサーは鋭い目つきでアナを一瞥した。「走るんだ。最善を尽くして仔犬を守るが、仔犬のためにあなたが殺されるのを許すつもりはない」

アナは理解できなかった。アーサーはなぜ、狼が来ると確信できるのか。何も聞こえないし、何も見えないのに。

そのとき、聞こえた。何かが動く、ごくかすかな音。走っている。近づいてくる。

アーサーはなぜわかったのだろう……？

狼の一群が、ふいに木立から現れた。血が凍るほどのすばやさだ。そもそも狼は用心深く、普段は人間を避ける。〝仔犬のせいだ〟アーサーが言ったのはそういうことだ。狼は仔犬を狙っている。

アナははじめ、十匹以上いるのかと思ったが、数えられるほど冷静になったあと、その半分に過ぎないことがわかった。

「ロビー？」アナは言った。

アーサーが首を横に振る。「馬のところにいるように指示しました」

アナは安堵の息を吐いた。ロビーが知らずに狼の前へ現れ、驚いた狼に襲われるという事態は避けたかったのだ。

アーサーは剣を構え、右へ左へと体の向きを変えた。狼は毛を逆立て、アーサーが腕の下に抱えている仔犬を凝視している。心なしか、アナには狼が飢えているように見えた。

狼の一群は前へ出てこずに、抜け目なく敵を吟味し、弱点を見つけるか、飛びかかる瞬間を待っているかのようだった。アナにはアーサーの顔が見えなかったが、彼も同じことをしているのがわかっていた。

最も大きな狼が、一歩前へ出た。アーサーに前へ出るよう誘いかけているように見える。実際にそうであることに、アナは気づいた。ほかの狼はアナたちを囲むように背後にまわった。ああ、本当に頭がいい。狼はうしろから攻撃できるように、アーサーに前へ出てほしいのだ。

しかしアーサーは仔犬の首のうしろをつかんでそれを差し出し、一番大きな狼に前へ来るようそそのかしていた。

「何をしているの？」アナは泣き声で言った。

「リーダーを始末したい。そのつもりで」アーサーは警告した。

アナが答えずにいると、アーサーはアナへ目をやった。「アナ！」

アナは急いでうなずき、アーサーの気を散らすまいとした。彼が前へ視線を戻したとたんに、その大きな狼が襲ってきた。身をよじる仔犬めがけて飛びかかってきたのだ。アーサーはあり得ないほどすばやく動いた。アナはそれほど反射神経のいい者を見たことがなかった。悲鳴が漏れないようアナが手で口を押さえたとき、アーサーは仔犬を持った手を安全な位置まで引っこめ、剣を持つ手で空《くう》を切った。

狼ののどに赤い線が現れるや、アナは目をそらした。一秒後、狼の体が地面に落ちる音が聞こえた。リーダーがいなくなった群れは、あとずさったように見えた。アーサーは何歩か前へ出ると、仔犬のせいで片方の腕しか使っていないにもかかわらず、見事な大剣を軽々と体の前後へ振った。それが右手であることに、アナは気づいた。利き手でさえないなんて。

狼がもう一匹、ためらいがちに前へ出たが、アーサーはすかさず剣の側面で叩き、その狼から勇気を奪った。一群は現れたときと同じくらいすばやく逃げ出し、闇のなかへ消えた。

狼が現れてから一分くらいしか経っていないのに、アナにとっては人生最長の一分間だった。アーサーは剣をおろし、アナのほうを向いた。

どちらが最初に動いたかわからなかったが、アナは彼の腕のなかにいて、硬い胸にぴったりと身を寄せていた。一瞬だけ彼の胸に顔をうずめ――もう片方の腕のなかにいる仔犬の体勢と似たり寄ったりだ――恐怖を体の外へ追いやった。

「大丈夫ですか？」

アナはアーサーを見あげた。その顔には、なんの感情も浮かんでいない。彼が今の一件に影響を受けたしるしは、心臓の重い鼓動だけだった。アナは大丈夫、このうえなく安心していると言いたかったが、アーサーの口がすぐそばにあって、どんなに彼にキスをしてほしいかということしか考えられなかった。彼のキスがどんなに必要か。

アーサーは本当にハンサムだった。癖のあるこげ茶の髪、金色の斑点が散っている不思議な琥珀色の瞳。アナは彼の割れた顎と、骨折したらしき、少しゆがんだ鼻が好きだった。しかし、アナが目を離せないのは、間違いなく官能的な大きな口だった。ほかの部分はどこまでも力強いのに、唇はとても柔らかそうに見える。

彼は強い。一緒にいると安心だ。

アーサーはのどの奥から鋭い音を漏らし、アナをさらに抱き寄せた。アナの唇へ目を落としたことから、アナは彼がキスをするつもりだと悟った。

アーサーがアナの顔に触れた。ごつごつした手のひらで顎を包む。アナの心臓は竪琴の弦のように高鳴っている。信じられないほど優しい触れ方。想像したとおりだ。

彼の目が熱を帯びて翳《かげ》り、アナの体の恥ずかしい部分がざわめいた。アーサーはむさぼりたいと言わんばかりの目でアナの唇を見つめている。その感覚は強烈で――明白で――アナはふたりの唇が重なるのをもう少しで感じられそうだった。唇の優しい愛撫。宙返りをする胃。頭がくらくらするようなスパイスの味。

キスをされると確信していたので、彼がそうせずに抱擁を解いたとき、アナの脚は震えた。

アーサーはしばらく目をそらした。見えない闘いをしているかのように、全身を弓の弦さながらに緊張させている。

ふいにアナへ視線を戻したときには、目のなかの熱は消えていた。アーサーは仔犬をアナに返した。「帰らなければ」

今回は、よそよそしい無関心な様子にアナは傷ついた。体の反応の激しさと、自分の弱さに困惑していたため、アーサーの冷静さを見て、殴られたような気がした。アーサーに求められているかもしれないが、彼には欲望のままに行動するつもりはないらしい。欲望。アナが感じていたのはそれだった。だからキスをされると思ったとき、脈が速まって体が火照ったのだ。そして、今襲いかかっているのは、失望の念だ。

アナは腕のなかの仔犬を抱きしめ、あたたかいもじゃもじゃの頭に鼻を押しつけた。少なくとも、この子は好いてくれている。

目頭が熱くなったが、アナは怒りを感じながら涙を抑えた。感情的になるのは、狼のせいだとみずからに言い聞かせた。傷つきやすいのは狼に襲われたからであって、アーサーに拒絶されたからではない。

アナは深く息を吸い、乱れた心を落ち着けようとした。アーサーと同じく、あの瞬間がなかったかのようにふるまう決意をした。

またもやアーサーが命を救いにきてくれたのに、礼を言うのを忘れるところだった。

アーサーはアナを連れて歩き出そうとしていたが、アナは彼を止めた。「ありがとう」

アーサーは感謝の言葉をいなすように肩をすくめた。「たいしたことではありません」

謙虚な騎士？　アナはそんなものが存在するとは思っていなかった。とはいえ、アーサーのそうしたふるまいを推測すべきだった。彼はどうしても人に注目されたくないようだ。

「信じないかもしれないけれど」アナは言った。「普段から、こんなに人に助けてもらう必要があるわけではないのよ」

アーサーが唇の片端をあげる。「今回は、あなたのせいではない、こいつのせいでしょう」アナの腕のなかの仔犬を指し示した。

「あなたに目を配ってもらえて、わたしたちは幸運だったわ。輝く鎧を身に着けたわたしたちの騎士様」

アナはからかっているつもりだったが、アーサーが真顔になった。「おとぎ話を信じないほうがいい、レディ・アナ。落胆するだけです」

アナは警告の言葉を聞いたものの、アーサーは間違っていると考えた。「あなたはすばらしかったわ。あれほどすばやく反応する人を、見たことがないもの。まるで……」

アナは眉根を寄せた。狼に攻撃される前のひとときを思い出す。崖のときと同じだった。まるで彼は、何が起きるかを知っていたかのようだった。不自然にも、事前に感じとったかのように。

　なんてこと、実際に感じとっていたのだ。アナは目を見開き、アーサーを見た。だから、彼の外見の奥に不思議な集中力が垣間見えたような気がしたのだろうか。アナはそれを、アーサーが敏感で観察眼が鋭いからだと考えていたが、ほかに理由があるのか。

　アナは一歩うしろへさがり、手で口を覆った。「あなた、知っていたのね」

　アーサーは身を硬くした。筋肉をこわばらせ、怖がられるのを覚悟した。誰かが珍しく彼の特殊な能力に気づいたときに、いつも抱く嫌悪感に備えて身構えた。両親でさえ、そんなふうにアーサーを見たものだ。

　少年の頃、アーサーはほかの人と同じだというふりをするよう心がけていた。説明をつけようとした。気味の悪い人間ではないと、理解してもらおうとした――五感が鋭いから、意識していたから、観察力があるから、ほかの人より敏感だから、それだけだ。未来が見えるわけではない。予知能力などないと。

　そんな気がしただけだと。

　しかし、そのうちにアーサーは説明をやめた。対応せずにいるほうが楽だった。だから人と接するのを避け、人を近づけないようにして、能力を推測される機会を与えまいとした。

今は、ほかの者とは違うことを自覚している。特別な能力に恵まれているのだと。ひとりで過ごすのは苦にならなかった――ふん、そのほうが気に入っている。

しかし、アナ・マクドゥーガルはひとりにさせてくれない。アーサーは抵抗しようとしているが、アナはかかわろうとしつづけた。そして今、見てはいけないものを見てしまった。

アーサーはアナの反応を覚悟してはいたが、彼女がさりげなくあとずさったことに傷ついた。肺が炎で満たされたように感じる。アナの質問が聞こえなかったふりをして、馬のところへ戻りはじめた。

彼女にどう思われようと、関係ないじゃないか。厄介払いができることを喜ぶべきだ。

「待って」アナが追いかけてきた。「どうして怒っているの？」

アーサーはアナを見ずに歩きつづけた。「怒ってはいません」

怒った口調に聞こえるだけだ。

「待って」アナは繰り返し、アーサーの腕をつかんだ。「さっき起きたことについて話がしたいの」

いったいなぜ、アナはこうして触れてこなければならないのか。アーサーは彼女の手を振りほどいたが、顔へ目をやるという間違いを犯した。

「くそっ、そんなふうに見るのはやめてください」アーサーは語気を荒らげた。

口調の激しさにアナは驚いたようだが、アナの胸の痛みを消したのだから、それでよかった。

「どんなふうに見ていたというの？」

「おれがその仔犬を踏んだかのように」

アナは顎をあげ、目に危険な光を宿した。「許してちょうだい。わたしに触れられるのがいやでたまらないなんて、知らなかったの。今後は覚えておくようにするわ」

この娘は頭がおかしいのか？　激怒していなければ、アーサーは笑っていたところだった。アナに触れられるのがいやでたまらない？　逆のはずだ。アナがアーサーから離れようとするのが自然だ。触れるのではなく。当然、手を振りほどかれて傷ついたような表情をするのはおかしい。いったいこの娘はどうなっているのか。

アナは予想どおりのふるまいをしない。アーサーに愛を告白したことがあるキャサリンという女でさえ、彼女の頭上から持ち送り積み（壁から突き出した構造物）の石が落ちてきたときに、アーサーが彼女を押しのけたあとは、同じ部屋に入るのを拒んだくらいだ。

アナは気づかなかったかもしれない。

「気まずい思いをさせるつもりはなかったの。ただ、さっきの場所でのあなたの行動はすばらしかったと思って」

やはり気づいている。だが、アナの目に浮かんでいるのは称賛のはずはない。

アーサーは口もとをこわばらせた。「おれは狼二、三匹と戦って追い払った――誰だってその程度のことはできていた。騒ぎすぎです。さあ。我々の身に何が起きたのかと、ロビーが不思議に思ってしまう」

アーサーがアナの気をそらせたと思ったとしても、失敗だった。「それ以上のことだし、あなたもそれをわかっているでしょう。狼たちは音が聞こえないほど遠くにいた。それなのに、あなたは群れがやってくるのを知っていた。普通の人が感じる前に――」

アーサーはひるんだ。二十年以上経った今でさえ、いまだにぎくりとする。そのことに、何よりも怒りを覚えた。アナの腕をつかんで引き寄せ、口と口を数センチの距離まで近づけた。怒っていても、胸をえぐられて頭が働かなくなるような、強烈な欲望を感じた。

アナはあらゆる方向からアーサーを追いこもうとするが――常に戯れようとする態度、かわいらしい顔と罪深い体、誘いかけるような香り、いまいましい質問――自分が求めているものをアーサーがもう少しで与えそうになっていることを知らない。アーサーは女と戯れない男だ。ダンスもしない。様々な女にちょっかいも出さない。女が身を差し出せば、受けとる。単純で簡単な話だ。

それがアーサーのやり方だった。

「いいか」アーサーは硬い口調で言った。アナをとことん奪ってやりたいという衝動と闘っているせいで、言葉遣いが乱暴になった。あの木にアナを押しつけるのが、魅力的に思えてならなかった。「いったい何を見たのかは知らないが、あなたは間違っている。狼がやってくる音が聞こえたから反応した。あなたが聞こえなかったからといって、あれこれ想像しないでもらいたい」

「聞こえっこなかったわ」アナは食いさがった。「かなり遠くにいたもの」

「あなたにとっては、でしょう。あなたは様々な兆候を探す訓練を受けていない。あの不自然な静寂。風が運んだ狼のにおい」

しかし、アナはアーサーの説明を聞き流しているようだった。アーサーは顔にアナの視線を感じて、距離を詰めたことを後悔した。「何を隠そうとしているの？」

「何も」アーサーは彼女を解放した。優しいとは言えない手つきで。

さらにまじまじとアナに見つめられ、アーサーは顔をそむけたい衝動を抑えなければならなかった。ちくしょう、何からも顔をそむけるような男ではないのに。

「あなたは嘘をついていると思うわ」アナが静かに言う。「ひとりでいるのは、わたしがさっき見たものを人に見られたくないからでしょう。今、わたしを遠ざけようとしているのも、同じ理由からだと思う」

アーサーは動きを止めた。胸の奥深くの小さな部分を除いて、全身が冷たくなった。その一カ所だけは、燃えるようだったが。

アナの同情などいるものか、くそっ。救ってもらう必要がある仔犬ではないのだから。アーサーはよく知っている唯一の方法で反応した。目と目が合った。「あなたを遠ざけようとしているのは、あなたを求めていないからだと考えたことはないんですか？」アナは息をのみ、露骨に残酷な言葉を聞いてひるんだ。彼女がすばやく目をしばたたくのを見て、アーサーは胸のなかの燃えている部分が縮んでいくのを感じた。だが、慰《なぐさ》めるものか。こうするしかない。

それでも、アナの弱々しい微笑みを見て、アーサーの胸は張り裂けそうになった。「恥ずかしいことに、思い至らなかったわ。あなたに恥ずかしい思いをさせたなら、ごめんなさい」

アナはどんな女王よりも堂々と踵を返し、歩いていった。

そしてアーサーは、炎に胸を焼かれているにもかかわらず、アナを行かせた。

8

アナにとって、馬での移動がここまで長く感じられたことはなかった。過去にこれほど恥ずかしい思いをしたこともない。しかし、城へ戻る頃には、その恥ずかしさは怒りへと変わった。

〝……あなたを求めていない〟

嘘つき。

アナはアーサーに腕をまわされていたときに、彼の目のなかに欲望を見てとった――彼は確かにアナを求めていた。それなのに、なぜかアーサーはそうだと考えてもらいたくないらしい。

アナはあれが想像ではなかったことを証明しようと心に決め、ロビーが馬からおりようとするアナに手を貸しにきたとき、仔犬を渡した。

「サー・アーサー」アナは大げさな甘い口調で言った。「手をお借りできるかしら」

アーサーは顔になんの感情も浮かべずにアナのほうを向いたが、彼の〝無表情〟から感情を読みとれるようになってきたアナは、かすかな疑念を見てとった。

疑念を抱くのは当然だ。

アーサーがアナの手をとって馬からおろそうとしたとき、アナは必要以上に前のめりになり、落下を防ぐために、アーサーが抱き止めざるを得ないようにした。

心臓がゆっくりと鼓動を一度刻むあいだ、アナはアーサーの体に密着し、首に腕をまわし、見かけどおり絹さながらに柔らかい豊かな彼の巻き髪を手でかすめた。そこに指を差し入れ、彼の顔を引き寄せたくなった。

触れ合ったとき、彼の鋭い声が聞こえた――うめき声だ。そうに違いない。低い男らしいうめき声。それに、アナは彼の目をのぞきこんで、アーサーがやはり嘘をついていたことを知った。アナを確かに求めている。彼の口の両脇の白いしわと、顎の下が引きつっているのが兆候ならば、その気持ちは強いはずだ。

アナ自身も、影響を受けていた。アーサーに密着したのは驚くことではないというのに、アナは息をのんだ。冷たい鋼そのものの彼の胸――鎖かたびらなのか、肉体なのかはわからなかった――のそばで、アナの心臓は激しく脈打った。

頭がふらつくような感覚がおさまったあと、アナは彼の首から腕をはずし、彼の体をすべりおりるようにして離れた。アーサーの体は岩のように硬くて揺るぎなく、筋肉という筋肉が張り詰めている。そこから緊張感が、焚き火の熱のように放たれているのが感じられた。

「本当にごめんなさい」アナはにこやかに言った。「わたしったら、何をしてるんだか」

アーサーはむっとしたように目を細めたが、アナは気に留めなかった。自分の考えを証明したのだから。思っていたとおりだったし、それよりも大事なのは、彼に自覚があるということだ。

「気をつけてください、マイレディ」アーサーはあのかすれ気味の暗い声で注意した。「愚かなことをして、傷つきたくはないでしょう」

「心配してくれるなんて、とても優しいのね」アナはアーサーの頰をごく軽く叩きそうになったが、しつこいかもしれないと考え直した――勝利の感覚を味わったのだからい い。「でも、ご心配なく。自分が何をしているかは、きちんとわかっているもの」

アナはロビーから仔犬を受けとって城に入った。振り返りたくなったものの、そうはしなかった。もう何度も見たから、あの険しい表情はよくわかっている。

アーサーに好奇心をかき立てられていなければ、何もせずにいたかもしれない――女のプライドが無傷なままで。なぜ彼は、断固としてアナを近づけまいとするのか。隠し事があるのか、それとも人とかかわるのをただ避けようとしているのだろうか。

森のなかでは、わざと冷酷なふるまいをしようとしているかのように見えた。アナに痛いところを突かれたかのようだった。アナはアーサーの行動に感謝したかっただけだ――それからアーサーが見せた、あのすばらしい能力に。ところが彼は、アナに不自然だと非難されたかのようにふるまった。

アナは唇を噛んだ。それが理由なのか。アーサーはほかの人々の反応を恐れているのだろうか。無理もないのだろう。今の世のなかでは、人の特異な部分は不安や嫌悪感を抱かれ、あまり受け入れられない。

アーサーは何も変わったことをしていないかのようにふるまった。あのときは、彼が不思議な行動をとったように思えた。すべてがめまぐるしく起きた。アーサーは、アナが読みとれなかった兆候を読みとっただけなのか。それとも、それ以上のことをしたのか。

いずれにしろ、アーサーは特別なことをしたと人に認められたくないようだ。あのあと彼は崖からの転落の一件と同じく、ジョンに対して、アナが見たことの顚末《てんまつ》を相当に省略して、簡単な説明で済ませた。ジョンは犬のせいで危険な状況に身を置いた娘を叱り、今回もアーサーに感謝した。

アーサーが起きた出来事を軽くあつかう理由が、アナにはわからなかった。彼の能力は、反逆者たちに対して有効に使えそうだというのに。あの勘の鋭さがあれば、ブルースと部下の海賊たちは、奇襲中心の戦術を使うのに苦労するだろう。

けれども、アーサーの能力を活用して彼を追跡に使ったらどうか――斥候のほうがもっといい――とアナがジョンに提案したとき、アーサーはまるで寝室の掃除を命じられたかのような反応をしたのだった。アナに激怒していた。そのあと数日、アーサーと目が合うたびに、アナは射貫くような強い視線でにらまれた。

あれから、彼を見張るのが少し楽になった。それは城にやってきたばかりのスクワイアに感謝しなければならない。この仔犬は、自分を救ってくれたアーサーに懐いていた。アナが背を向けるや、スクワイアは――やっと従者《スクワイア》ができたのか、と言って男たちがアーサーをからかうのを聞いたあと、アナは仔犬をそう呼ぶようになった――まっすぐにアーサーのところへ行く。彼が庭で男たちと武器の稽古をしていようが、大広間で食事をしていようが、あるいは兵舎にいようが、スクワイアはアーサーを見つけ出す。アーサーが一日じゅう馬で出かけようものなら、スクワイアは彼が戻るまで城門のところで悲しそうな声で鳴く。

スクワイアがアーサーに会うたびに興奮しておしっこをするのでなければ、状況はそれほど悪くはなかっただろう。前回、スクワイアは彼の足におしっこをかけそうになった。

スクワイアがアーサーにとって迷惑だというのは、控えめな表現だ。彼はスクワイアを無視し、しっしと言い、叱るが、どれほど追い払ってもスクワイアはめげなかった。

邪険にされるのが好きでたまらないのだろう。

アナは犬の気持ちがわかった。癖のあるこげ茶の髪と金色の斑点が散った琥珀色の目を持ち、顎に割れ目がある荒々しい雰囲気のハンサムな騎士に、スクワイアもアナも弱いようだった。

アナはアーサーに引きつけられる。ひょっとしたらスクワイアもアナも、彼が誰かを必要としているのを感じとっているのかもしれない。アナは人と距離を置く彼は孤独なのだと考え、彼のよそよそしさは楯なのだと考えている。その楯を、なんとしてでも壊すつもりだった。

もっともアナは、アーサーのどんな部分を発見したがっているのかは、自分でもよくわからずにいた。彼を疑う動機もなく日々はすぎていき、見張る理由はどんどん減っていった。父のためにアーサーを見張っているのでなければ、いったい誰のためだろう。夕食をとりに大広間へ向かったとき、アナはそう自問していた。ジョンは近々報告を期待するだろうから、何か報告しなければならない。発見は何もなかった。アーサーの一番の罪は、ひとりで過ごしがちなところだ。アナを無視するのがうまいところだ。

アーサーを見張るのをやめる頃合いだとわかっていた。なのになぜ、彼をほうっておきたくないのだろう。

アーサーは、アナが普段惹かれるような男とはまったく違う。けれども、彼に惹かれていることを否定できなかった。生まれてこの方、男にここまで魅了されたことはなかった。アーサーがどれだけ自分にはふさわしくないかを忘れそうなくらいだった。

そう、もうこんなことをやめる頃合いだ。

アナが主塔のらせん状の階段から、大広間につづく廊下へおりようとしたとき、灰色と黒の毛玉が甲高い声で吠えながら、アナの足もとを走り過ぎていった。アナはつまずきそうになり、貴婦人らしからぬ悪態をついた。さっき、姉たちと共有している寝室のドアをきちんと閉めなかったに違いない。だからスクワイアが逃げ出したのだ。

もっとも、ありがたいことに、階段の下にあるドアのせいで、スクワイアは足止めを食らっていた。アナがいたずらな仔犬に追いついた頃には、スクワイアはドアの前に立って吠え、興奮して尾を振っていた。

アナがスクワイアを抱きあげると、スクワイアはアナの顔をなめた。「どこへ行くつもり？」アナは訊いた。「あてましょうか、サー・アーサーのところでしょう？」スクワイアが肯定するように吠えたので、アナは笑い声をあげた。「おばかさんね、おちびさん。サー・アーサーに煙たがられているのを、いつになったら受け入れるの？」

スクワイアは不満げな声を漏らし、耳を疑うかのように首を傾《かし》げた。

アナは息を吐き、かぶりを振った。自分こそ、その助言に耳を傾けるべきかもしれない。「はいはい、わかったわ、ごめんね」スクワイアをおろし、ドアをあけた。「だけど、警告はしたわよ」

スクワイアは大広間のほうへ行くのかと思いきや、中庭へつづく階段へ向かった。

アナはふたたび息を吐き、スクワイアを追って外へ出た。ひんやりとした海風と広がりつつある霧が、薄い毛織の夏のドレスを通り抜けてきて、アナはプレードを持ってくればよかったと考えた——食事へおりていくときに、外を歩くとは思っていなかったけれど。あたりは暗く、城壁に沿って配置された番兵を除けば、中庭には人気《ひとけ》はなかった。誰もが建物のなかで食事をしている。

なのになぜ、アーサーはそうしていないのだろう。

スクワイアは中庭の中央付近にある井戸と厨房の脇を小走りで通り過ぎ、北西の建物へ行った。アーサーはこの兵舎にいるらしい。スクワイアはドアの前でアナを待った。

静かだった。不気味なほどに。しかも、中庭の北西の隅は暗かった。建物の入り口近くの松明には、まだ火が灯《とも》されていない。

アナは建物に近づくにつれ、一抹の不安を覚えた。ここへ来てよかったのか、急にわからなくなった。昼間に兵舎までアーサーを追ってくるのと、夜にひとりでそうするのとではわけが違う。スクワイアもためらっているようだった。その証拠に、吠えるのをやめ、迷った様子でアナを見た。

「おまえがはじめたことよ」アナは小声で言った。「今さら、臆病にならないでちょうだい」犬に話しかけているのか、みずからに言い聞かせているのかわからなかった。

アナはドアを少しあけ、なかをのぞいた。そして、暗い部屋へ目を走らせた。奥の壁にある炉のなかの、泥炭の燃えさしが唯一の明かりだ。

スクワイアは勇気が出たらしく、アナの足もとをさっと駆け抜け、からっぽの部屋へ入った。アナはまたもや悪態をついた。スクワイアを置いていきたくなったものの、そうはせずになかへ入った。

背後でドアが閉まり、その音にアナはひるんだ。

速まる脈を静めようとした。なぜこんなにびくびくしているのだろう。「スクワイア」押し殺した声で言ったが、声を落とす理由が我ながらわからなかった。誰もいないというのに。

スクワイアはアナを無視し、細長い木造の建物の奥へ向かって駆けていき、アーサーのものに違いないわら布団の寝床に跳び乗った。

そこに近づくにつれて、寝床の上に散らばった私物が見え、アナの脈はふたたび速まった。アーサーがどこへ行ったにせよ、戻るまで長くはない。

アナは唇を噛んで考えた。アーサー・キャンベルのことをよく知る機会がほしかったのだとしたら、今がそのときだ。罪悪感を押しやり、何を探しているのか定かではないまま、アーサーの所持品を慎重に調べはじめた。あったのは、鎖かたびらと中綿入りタイツのほか、数着の服、替えのプレード、見たことがない銀のブローチくらいだった――個人的なものは見あたらない。騎士は身軽な旅をする。アナは自分が何を見つけたがっているのかわからなかった。謎を解く鍵になるものかもしれない。

スクワイアは寝具の下にある何かを探りあてようと、鎖かたびらの上着を前足でいじっている。しかし、アナがそこを調べる時間はなかった。ちょうどそのとき物音がして、アナの血は凍りついた。

ドアが開いて閉じた。

足音。蠟燭の明かりが明滅する。

どうしよう、アーサーが戻ってきた。

アナはうしろめたくなって慌てた。兵舎にいるもっともらしい言いわけをその場で考えるのではなく、スクワイアを寝床から抱きあげて隠れる場所を探した。部屋の隅に大きな木の柱があるのを見つけて、そのうしろへ隠れるや、丸い火明かりが視界に入ってきた。

呼吸が止まったような気がした。アナは隠れることの愚かさに気づいたが、もう手遅れだった。スクワイアのせいで、いつ見つかるかわからない。とはいえ、不思議なことにスクワイアはアナの緊張感を察知したらしく、アナの肘の内側に顔をうずめた。

アーサーが寝床の脇に蠟燭を置くと、アナには彼の行動がよく見えた。

彼が首にかけていた体を拭く布を、わら布団の上へほうったとき、アナは目を見開いた。アーサーの髪もシャツも濡れている。遅まきながら、アナはアーサーが何をしていたのか、なぜ鎖かたびらや所持品がわら布団に散らばっていたのかを悟った。水浴びをしていたのだ。

アーサーが濡れたシャツの裾《すそ》をつかんで頭の上から脱ぎ、体を拭《ふ》く布のそばにほうったとき、アナは驚きの声を噛み殺した。

アーサーの肩から腰までを覆う、波打つような筋肉を見て、アナの口のなかはからからになった。

ああ、なんて素敵なのだろう。広い肩、細い腰、太い腕、何層にも重なっているように見える、腹の筋肉。あり得ないほど見事な……体つきの者を、それまで見たことはなかった。岩を削って創られたとしてもおかしくはないほど、彫像のように完璧な体。ただ、アーサーは生身の人間だ――熱い肉体と血でできている。

アナは彼の体には、騎士らしいしるしがあるだろうと思っていたが、それは正しかった。傷痕が腹と腕に文字どおり散らばっている。脇腹に走る大きな傷痕と、肩にある星のような形の傷痕が、一番の深手だったようだ。

アナは眉をひそめた。上腕の傷痕の下に、奇妙な黒いしるしがある。闇のなかで目を凝らしても、刺青《いれずみ》のようなそのしるしの模様を確認できなかった。戦士たちのあいだでは、そうしたしるしをつける者は珍しくはないが、近くで見たことはなかったので、好奇心に駆られた。

好奇心が強すぎた。アナが前に身を乗り出すと、スクワイアはそれを誘いと受けとったらしかった。スクワイアは腕から跳びおり、半裸のアーサーに駆け寄った。

アーサーはひとりではないと気づき、無性に腹が立った。誰がいるのかがわかり、彼女がアーサーの警戒心の網をそっとくぐり抜けたことを知って、激しい怒りを覚えた。ここ何年も、こうして誰かに虚を突かれたことはなかったが、それよりはるかにまずいのは、相手がアナだったという事実だ。

これはまさに、アナのせいでいかに注意散漫になっているかという証拠だ。彼女にちょっかいを出されるから人々に大いに注目され、この身はすでに危険にさらされている。アナは何にかかわっているのかをわかっていない。まったく、アナのせいで、ローンの斥候になってしまったとは。

アーサーは足もとで跳ねまわる迷惑な仔犬を無視し、闇のなかへ目を凝らすと、見つけたことをアナに知らせた。

ほどなく、アナは柱のうしろから出てきた。「サー・アーサー」明るい声だったが、スカートのひだのなかで組み合わせた手をよじっていることに、気持ちが表れている。

「驚いたわ。スクワイアと散歩をしていたら……その、ドアがあいていて、この子ったらあなたに会いたかったのね、だって、わたしが止める前にここへ入って――」

言いよどみ、アーサーを見あげた。アナの頬は一瞬青ざめたあと、緊張で赤くなった。そのときになって、アーサーはシャツを着ていないことを思い出した。

しかしアナには、顔をそむける良識も、せめて気づかないふりをする良識もないようだった。彼女はアーサーをあからさまに見つめていて、アーサーはアナが考えていることを正確に読みとれた。

なんということだ。

ふたりのあいだの空気が熱くなる。アーサーはアナに意識されているのを感じた。彼女は恥ずかしがっているのではなく、もっと強い気持ちを抱いている。欲情。

アナは立ち止まり、仔犬を抱きあげた。「い、忙しいようね。わたしたち、帰ろうとしてたところ――」

「待て」アーサーはアナの腕に跳びあがろうとした仔犬に命じた。この犬め、二度と人に尿をかけようとしないほうがいい。

アナと仔犬がそろってアーサーの声に反応し、身を凍りつかせた。そして、どちらもあのいまいましいほど邪気のない顔でアーサーを見つめた。アーサーはどちらがより厄介な存在かわからなかった。

とはいえ、今はアナのことが不安だった。アーサーはアナの腕をつかんで引き寄せた。

「本当はここで何をしていたんですか、レディ・アナ」

「何も。わたし……」アナはわら布団に散らばったものへうしろめたそうに目をやった。

アーサーの血が凍った。地図を置いていった場所を一瞥し、そこが乱されていないのを見てほっとした。しかし、ほかのものは場所がずれていた。

アーサーはふいに悟った。そういうことだったのか？　アナは興味があるという口実で、自分を見張っていたのだろうか。ああ、今になってみると、完璧につじつまが合う。ローンが娘を密偵として使っていたとは。激怒していなければ、その皮肉な状況に笑っていたところだ。

「おれの動きを調べていたわけですね」アーサーはそっけなく言った。「だからおれがここへ来るや、追いかけまわしてたんですか？　父君におれを見張るように言われたんですか？」

アナは息をのんだ。頬がピンク色に染まる――罪悪感のせいか怒りのせいかは不明だった。「なんのことだか、わからないわ」アナが不安そうに唾をのむ。「あなたを追いかけまわしていないし、もちろん見張ってなんかいなかったもの」

アナは嘘をついている。アナが男だったなら、これまでしてきたことのせいで、今すぐに死んでいただろう。アーサーがその気になれば、片方の手で彼女の首を折れそうだった。ちくしょう、これが駆け引きか何かだと思っているのか？　もし彼女が事実を知った可能性があるのなら……。

自分の任務はなんとしてでも正体を隠すことなのだから、その可能性がなかったかを確かめておかなければ。アナに危害を加えることはとてもできない。

アーサーがアナをさらに引き寄せると、彼女の体の震えが伝わってきた。怒りの靄のなかにいても、アナの肌から香水の酔いしれそうな優しい香りがする。欲望が万力のようにアーサーを締めつけた。

アナには、どんな危険に足を突っこんでいるかという自覚がない――嗅《か》ぎまわったせいだけではない。今、アーサーは彼女を完全に意のままにできる。アーサーがもう少しでこの状況を利用しそうになっていることを、アナはわかっていない。ふたりきり。蠟燭の火明かりのなかで。アナの胸はアーサーの裸の胸に押しつけられていて、寝床はすぐそこにある――倒れこめる状態だ。アーサーにそれを使う気があればだが。今は壁のほうがよさそうに思えた。

アーサーの筋肉が張り詰めた。自制心を働かせるのがどんどん難しくなっていった。

「だったら、あなたがおれの寝床にいる理由が、ほかにあるとでも?」

アナは目を見開いた。「あなたの寝床にいたわけではないわ」憤慨《ふんがい》したように言う。「あなたはここにいなかったでしょう。スクワイアがあなたに会いたがっていて、わたしは好奇心に駆られただけ」顎をあげてつづけた。「あなたがこそこそしていなければ、興味を持たなかったかもしれないわ」

アーサーは唖然とした。アナは私物を調べたのを、人のせいにしているのか？　女の論理の都合のよさには、いつも驚かされる。

「好奇心は満たされたんですか？」

アナはアーサーの皮肉な口調を無視した。「いいえ」彼の腕へ目を落とす。「腕のそれって刺青？」

頭に浮かんだ罰あたりな言葉が口からすべり出なかったのは、アーサーの自制心の証しだ。アーサーの腕にある、うしろ脚で立つ獅子の刺青は、ハイランド・ガードとのつながりを示す唯一の目に見えるしるしだった。戦士同士の絆として、また、万が一必要に迫られた場合の身元確認のためにある。アーサーは質問されないよう、それを隠しつづけ、ほかの者たちがまわりにいないときに身を清めて下着を替えている。

今、何よりも必要ないのは、アナ・マクドゥーガルにそれを見られることだというのに。

だが、見られてしまった。アーサーはとり返しがつかないとわかっていたので、こう言った。「ええ《アイ》。従者時代の名残《なごり》です」

「刺青って見たことがないの」

それ以上まじまじと見られる前に――それから、アナはまたもやアーサーに触れようとしているように見えるが、そうされる前に――アーサーは彼女を解放し、服の山からきれいなシャツをとりあげると、頭からかぶった。

肌を隠したことで、張り詰めた空気がいくらか和らいだはずなのに、無邪気なアナは失望を隠すという分別を持ち合わせておらず、アーサーの血はふたたび滾《たぎ》った。

「ここにいてはいけない」アーサーは語気荒く言った。

「サー・アーサー、あなたがわたしに何かしたとみんなが思う状況に、陥れられるのを心配しているの？」

アーサーはそれが冗談だとわかっていたが、ゲームをする気分ではなかった。アナはアーサーの騎士としての高潔さを過大評価している。だいたい、アーサーはハイランダーで――独自のルールでゲームをする。それに今は、男の自制心に限界があることをアナに示さないよう、最大限の努力をしなければならない状態だ。

「質問に気をつけてください、レディ・アナ。そのとおりになってしまうかもしれない」

アーサーの真剣なまなざしを見れば、今の言葉の意味に疑問を抱く余地はないだろう。

「おれが招かれていないのに、あなたの寝室に現れたわけじゃありませんから」

アナの首の小さな脈が速まったのがわかり、その頬がほのかなピンク色に染まった。しかし、彼女の目には――美しい藍色の目には――まだ挑戦が宿っていた。「確か、あなたはわたしを求めていなかったでしょう？」

アーサーは身をこわばらせた。体のなかで本能という本能が目覚めていく。アナが問違っていることを、もう少しで証明しそうだった。

ところが、アナはアーサーの表情を見て虚勢を張るのをやめ、慌てて帰る支度をはじめた。「それに、ここへ来たがったのはスクワイアだもの」かがんで仔犬を撫でた。仔犬はアーサーのわら布団の上で転がっている。「そうよね、スクワイア？」

仔犬はじゃれるように吠え、ブレードのなかへもぐりはじめた。

まずい。仔犬は遊んでいるのではなく、何かを探りあてようとしている。

「どいてくれ」アーサーは厄介な犬を追い払おうとした。しかし、手遅れだった。アナに見られた。

「何を見つけたの？」アナは仔犬に尋ねた。

アーサーが止める前に、アナは仔犬が寝具のあいだから見つけた、小さな羊皮紙の端をつまんで引き抜いた。

アーサーは毒づいた。それをアナの手から奪いとりたかったものの、無理に平然としているふりをした。ローンの土地の地図が出てきたのを、なんと説明すればいいのか。弁解を考えたほうがいい。

「絵のようね」アナはアーサーを見あげた。「あなたが描いたの？」アーサーは何も言わずにいた。アナはふたたびそれへ目をやり、羽根ペンで描かれたインクの線を指でたどった。「すばらしいわ」

アナの声ににじみ出た称賛に、アーサーは意に反して心を動かされた。幼い頃、母のために石灰で描いた絵を、とても気に入ってもらえたことを思い出した。戦士の訓練をはじめたあとは、そんなことをする時間はなくなった。その後、母は亡くなり、絵はどうでもよくなった。

アーサーは思い出を振り払った。まったく、またアナにやられた。気を散らされた。言い逃れをする方法を考えずに、アナの迷惑な仔犬よろしく褒められて喜んでいたとは。

「なんてことはない」アーサーは強い口調で言った。

アナはアーサーを見つめた。厄介なほど観察力があるその目は、望ましくないほど多くのことを読みとっていそうだった。アーサーは感情を表さず、険しい表情のままでいたが、彼女はアーサーの居心地の悪さを感じとった。

そして運よく、それを誤解した。「恥ずかしがることはないわ」アナは小さく微笑み、アーサーの腕に手を置いた。

なぜアナはそんなふうに優しく接して笑顔を見せなければならないのか。アーサーは単調な生活を送っている。そして、それでいいと思っている。アナに惹かれたくはなかった。けれども、彼女のあたたかさ優しさは抗い難かった。

「上手だと思うわ。田舎の風景のとらえ方……全体の構図と細やかなところに、芸術的なセンスを感じるわ」

アーサーは胸が締めつけられたように感じた。ほっとしたからだ、と自分に言い聞かせた。明らかにアナは、それがただのスケッチで、アーサーが戦士らしからぬ道楽に耽《ふけ》ったのを見つかって恥ずかしがっていると考えている。地図を描きはじめたばかりで、本当に幸運だった。だからこそ、スポーランに入れずにそんなところに置いてあったわけだが。しかし、それを裏返されたら……。

兵士と騎士と馬と大量の武器の数を書き留めた言いわけを考えるのに、苦労することになるだろう。

アーサーは入り江へ行く前に羊皮紙をきちんとしまわなかったおのれの軽率さを呪った。誰も寝床へ来ないと思っていたのだ。それでも、もっと慎重にふるまうべきだった。アナから自由になれる場所はどこにもないらしい。

険しい顔でアナに一歩近づき、手を差し伸べた。

アナがためらい——地図を渡したくないらしい——ふたたびそれを見て、アーサーが寝床の脇のテーブルに置いた蠟燭の光にかざした。「このしるしは何かしら」

アーサーは胃が沈んだような感覚を覚えた。アナが見ているのは、地図の裏に書かれた文字の陰影だ。アーサーは彼女の手首をつかみ、アナがそれを裏返せないようにした。

「それにかまわないでください」

〝おれにかまわないでくれ〟

彼女はアーサーを見あげた。揺れる火明かりのなかでふたりの視線がからみ合う。「いやよ」アナはアーサーと同じくらいその言葉に驚いたようだった。アナが当惑した様子で眉をひそめる。「あなたは何も感じないの?」

アーサーはアナの話を聞きたくなかった。不可能なことを認めたくはなかった。彼女はローンの娘だ。敵同士だ。ちくしょうアナめ、こっちは何も感じていない。「村から馬で戻ったときに、おれの気持ちははっきりさせたはずだ」

アナの目がきらめいた。「あなたの言葉は聞いたわ。でも、感じとったのは違うことだった」

アーサーはかっとし、アナを勢いよく引き寄せた。「あなたが感じたのは欲望だ」体と体を密着させ、自分の硬い肉体の力強さを感じさせた。「これがほしいのか、アナ」

アナは息をのみ、かごのなかで羽ばたく小鳥さながらに抱擁から逃れようとしたが、アーサーは彼女を放さなかった。今回は放すものか。もう十分に悩まされた。これがゲームではないことを、アナは知っておかねばならない。首を突っこむのは、様々な意味で危険なのだということを。任務が脅かされるだけではなかった。アナは貴婦人だから、アーサーが求めているものを与えることはできない。

「放して」アナは必死の面持ちで、アーサーの表情を目で探っている。「怖いわ」

アーサーは彼女の首に手をすべらせ、激しい脈を親指でなだめようとした。「それでいい」アーサーがアナのせいでひどく怖い思いをしたことは、神だけが知っている。

それから、アーサーは彼女の唇に唇を寄せ、解き放たれるのを待つ渦巻きさながらに、体のなかで暴れていた欲望に屈した。

9

アーサーは勢いよくアナの唇に唇を重ね、激しいキスをした。こんなことをさせたアナを罰したかった。誘惑した罰。注意散漫にした罰。愛らしさへの罰。アナに思い知らせてやりたかった。

ところが、彼女の唇に触れたとたん、アーサーは胸を槌で殴られたように感じた。強烈な快感が一撃で怒りを消し、欲望がアーサーの体を駆け抜けて強い切望で満たした。

すばらしい。アナは楽園の味がする。なんと柔らかい唇。なんとかぐわしい肌。それにその髪――ああ、輝かしい髪――アーサーは絹さながらの波打つ髪に指を差し入れた。この世のものとは思えなかった。

アナ自身が、この世のものとは思えなかった。アーサーをさいなむために遣わされた天使。

アーサーはうめき声を漏らした。腕から力を抜き、優しくキスをし、ふたたびそっと唇を合わせた。今回は力を抜いてゆっくりと。アナを抱きしめ、ごく優しく唇を押しつけた。吸い、味わい、唇の下で動くアナの唇の、すばらしい感触を楽しんだ。

信じられなかった。これほどの甘さは想像できなかった――みずからに想像を許したことがあるならばの話だが。アナ・マクドゥーガルに目を留めた瞬間から、アーサーは彼女を求めていたが、手に入れられると考えないようにしてきたのだった。

くそっ、あり得ない。間違っている。危険だし、絶望的だ。こんなことをしてはいけない。それなのに、やめられないとは。

これはただのキスだ、とアーサーは心のなかで言った。何度もしたことがあるじゃないか。制御できないことではない。

しかし、これまでのキスとはまったく違う感覚だった。

感覚。違いはそこだ。いつもは何も感じないのだから。アーサーにとって、キスは目的を遂げる手段のひとつに過ぎない――おもな行動の前にすることであり、それ自体が悦びをもたらしはしない。

しかし、アナとのキスは悦びをもたらしていた。過剰に。

自分のどこかがおかしいように思えた。アーサーの体は単なるキスに対する普通の反応をしていない。燃えあがっていた。しかも、いったいなぜ鼓動がこれほど速まっているのか。

欲望は制御できるはずだった。管理が。ほかの女に対して燃えあがったことはあるものの、従者だった頃、はじめて女と寝たときでさえこんなふうに欲望にのまれてはいない。アーサーの下腹部は硬くなっていた。うずいていた。これほど熱くなったことはなかった。

　少なくとも、欲望を抱くのは理解できた。理解できないのは、もうひとつの感覚だ。胸のなかで何かがふくれあがり、心臓がはじけそうになるこの感覚。アナを守ってやりたいという圧倒的な衝動をもたらすこの感覚。彼女を大切にし、世話を焼きたいという衝動。

　アナを抱きしめ、二度と放したくないという感覚。

　反応の強さに、警戒すべきだった。それなのに、アーサーは悦びを感じ、アナの香水の甘い香りを吸いこみ、絹さながらの髪に指を差し入れ、自分の肌に重なるアナの肌の柔らかさを楽しむのに忙しくて、心の声に耳を傾けなかった。

　アーサーが考えることといったら、腕のなかでとろけている、手に入らない女のことだった。

　鼓動が止まったように感じたその一瞬、アナはアーサーを追い詰めすぎたかと心配になった。キスをする前の彼の目つきを見て、怖くなったのだ。見たことがない男の姿が垣間見えた。よそよそしい冷静な騎士ではなく、野性的で猛々《たけだけ》しい戦士の姿。思ったよりもはるかに危険な男の姿。

アーサーのキスの激しさに、アナは衝撃を受けた。表面下でくすぶり、抑えつけられていた暗い活力が、一度の破壊的な抱擁によって噴き出したかのようだった。アーサーの罰するような荒々しい唇の動きから、怒りが感じられた。

それも怖いと思って当然だったのに、いくらアーサーが怒っていて自制心を失っていても、アナは危害を加えられることはないとわかっていた。なぜ確信できたのかは知らないが、ともかくそう思っていた。

アナが反応する前に、四肢から衝撃が消える前に、彼の味――クローブのような、謎めいていて間違いなく男らしい味――がすばらしいと思う前にすべてが一変した。

アーサーがうめき、彼から怒りがすべて流れ出たように感じられたのだ。罰するためのキスは、懇願のキスになった。アナを潰さんばかりの抱擁は、赤ん坊を抱くようなごく優しい抱擁になった。アーサーは情熱的にアナを奪おうとしていたのに、この体の大きな猛々しい戦士からは想像できないような優しさで、衝撃を与えた。

完璧だった。アーサーは完璧だ。

唇による愛撫のひとつひとつが、あらたな快感の炎を解き放った。ロジャーと何度か交わした短いキスとは、比べものにならない。ロジャーとキスをしても、パン窯《がま》に足を踏み入れたような気分にはならなかった。考えるのもはしたない場所がうずいたこともない。心がざわめくことも、膝から力が抜けることもなかった。それに、彼のシャツを引きちぎりたい、むき出しの肌に手を置いて永遠に記憶に留めたいとはちっとも思わなかった。

アーサーは大きくて力強く、筋肉質の体は硬くて立派な岩壁のようだった。戦士である証拠が、鋼そのものの肉体のそこここに刻まれている。ともかくアナは、体に押しつけられた鋼の感触がこれほどいいものだと想像したことがなかった。男の胸がここまであたたかいものだとも、安全で守られている感覚がするとも、想像したことがなかった。彼の体に身を沈めて、決して離れたくないと思うだろうとも。

それに、アーサーが口でしていることときたら……。

夢のような感触だった。彼の唇はどこまでも柔らかかった。彼のキスはいやというほど優しかった。あのアーサーと同一人物のはずがない。関心がなさそうにアナを見ていたとっつきにくい戦士が、なぜこんなふうに感情をこめてキスができるのだろう。

アーサーは夢のようなにおいさえした。石鹼と、かすかな潮の香り。

けれども、夢ではなかった。夢のなかでは、こうしたなじみのない感覚はしない。アナは我が身に何が起きているのかわからなかった。気を失いそうだった。熱に包まれている。感覚が敏感になって体がうずいている。神経という神経が尖っている。体が自分のものではないようだった。

快感がアナをとらえて放さなかった。考えられるのは、どれほど気持ちがいいかということだった。アーサーのたくみな口。顎にこすれる彼の顎。腰にまわされた彼の手の重み。彼の指の優しい愛撫。からかうように唇で唇をかすめられて、快感は増すばかりだった。どんどん強くなってくる。アナはもっとほしくなった。何がほしいのかわからないのに、ほしくてたまらなかった。

アーサーはゆっくりとキスをしようとしたが、アナが漏らす小さな声を聞いて、気が変になりそうだった。アナに身を沈めたかったものの、それよりも彼女に悦びを与えたかった。そこで、むやみに唇を奪わず、のんびりと時間をかけて唇で唇を愛撫した。

すると、アナが応えた。

ああ、反応してくれた。はじめはおずおずと、その後、アーサーがうながすと、より大胆な反応を見せた。

アナはアーサーの下腹部にまっすぐに届く情熱的な声を漏らしながら、彼の首に腕をまわし、唇を開いた。

アーサーはとっさに、男としての純粋な満足感からくるうなり声を出した。

口のなかへ舌を深く差し入れて、アナが差し出したものを受けとりたかったが、彼女が無垢《むく》であることを意識して、アナの唇と唇のあいだに舌の先端だけを入れてすぐに引っこめた。アーサーはアナが驚くのを感じたものの、考える時間を与えなかった。ふたたび舌を入れ、今度はさっきよりも長く留まり、アナがその感触に慣れるようにした。

アナが体の力を抜いたのがわかったので、アーサーは自分が求めていることを示した。舌を彼女の舌にからませ、奥へ奥へとすべりこませた。

アナが熱心に応えるのを感じて、アーサーはどうかなりそうだった。長いこと押しとどめてきた欲望が、突然の嵐よろしく解き放たれる。胸にあたっているアナの胸の頂が硬くなり、アーサーを突き、駆り立てた。

アーサーは低い声を漏らし、下腹部が欲望でこわばるのを感じながら、アナの口の奥へ舌を沈めた。

アナはキスを返し、甘美で小柄な体をぴったりと寄せてきた。本能のままに彼自身に腹を押しつけて動かしているらしく、アーサーは耐えられなくなりそうだった。あまりにも気持ちがよかった。血が勢いよくめぐっている。アーサーの心臓は早鐘を打っている。欲望にのまれ、自制心が崩れはじめた。

アーサーのキスはさっきよりも荒々しくなっていった。より激しく、執拗になっていく。アーサーが乳房を手で包むと、アナは驚いて息をのんだが、アーサーのうめき声でかき消された。信じられないほど嬉しかった。アナの乳房のことを何週間も夢見たあと、ようやくこの手で包めたとは……。

すばらしい胸だった。大きくて柔らかく、手のひらを満たしている。アーサーが親指で硬くなった胸の先端をこすり、さいなみ、攻めていると、やがてアナが柔らかい声を唇のあいだから漏らし、アーサーの手に胸を押しつけるように背中を弓なりにした。裸。アーサーはアナを裸にしたかった。

ああ、彼女はなんと愛らしいことか。とても反応がいい。アーサーはまだまだ満足できそうになかった。

アーサーは快感のトンネルへまわりながら落ちていった。あっという間に、戻れない場所へ向かって進んでいく。アナを悦びの頂へ連れていきたかった。秘めやかな場所に触れ、口で味わい、そこを彼自身で満たしたかった。アナの体から力を奪い、彼女を濡らしたかった。

我がものにしたかった。

あとから思えば、きっかけがなくても冷静になっていたはずだと考えたかった。それまで失ったことがなかった自制心をとり戻していただろうと――しかし、わからずじまいになった。

仔犬がそのきっかけを作ったからだ。仔犬は長いあいだほったらかしにされたと思ったのか、悲しそうに鳴きはじめたのだった。アーサーの頭のなかの靄を貫くのは、それで十分だった。

現実に戻るのは衝撃的で、手桶《ておけ》で冷水を浴びせられるようなものだった。アーサーは自分がとんでもないふるまいをしていたことに、すぐに気づいた。キスをやめ、意図していたよりも乱暴にアナを押しやった。

アナは驚いて息をのんだ。

しばらくのあいだ、ふたりは蠟燭の火明かりのなかでただ見つめ合っていた。ふたりの呼吸の荒さは、それまでしていたことの証明だった。

なんということだ。アーサーのなかで、疑問と信じられない思いが混じり合った。いったい今、何が起きた？　これまでそんなふうに冷静さを失ったことはなかったというのに。

ちくしょう、単なるキスだ。それだけのはずだった。アナに思い知らせるためのただのキス。深い意味のないキス。これまで大勢の女とキスをした。影響を受けるようなことではないし、これほど……動揺させられるようなことではない。

それなのに、アーサーは動じていた。認めたくないほどに。アナに触れたのが間違いだった。何を考えていたのか。

何も考えていなかった。怒っていた。さいなまれていた。アナにからかわれ、戯れられて、ひどく追い詰められていた。

とはいえ、愚か者といくら自分を責めても、アナの腫れた唇と紅潮した頰を見ると、またキスをしたいとしか思えなかった。

アーサーはそのことに余計に動揺した。だから、これが二度と起きないようにしておくことにした。「好奇心は満たされただろうか、マイレディ」

アナは当惑顔で目をぱちくりさせた。「ど、どういうこと？」

アーサーは震える息を深く吸い、激しく脈打つ心臓をなだめようとした。「つまり、あなたが無垢なままでここを去れることを、犬に感謝したらいいということです」アーサーは険しい目つきでアナの目をまっすぐに見た。「だが、あなたがそのゲームをつづけるなら、次回はそれほどの運に恵まれないだろうと請け合ってもいい」

アナは叩かれたかのようにひるんだ。「どうしてそんなことが言えるの？　あんなキスをしておきながら、なんの意味もなかったようにふるまえるの？　まるであなたが何も感じ――」

「おれが感じていたのは欲望だ。それ以上のものだと、誤解しないでもらいたい」

アーサーは誤解をしないつもりだった。

する余裕はなかった。

アナは彼から一歩離れ、目に涙を浮かべた。アーサーは胸がうずき、焼かれているような気がしはじめた。

「なぜこんな仕打ちを？　どうしてわざと残酷なふるまいをしようとするの？」

アーサーは彼女を慰めたいという、抑えがたい衝動に駆られてこぶしを握った。こうするのはアナの――自分たちの――ためであり、アナを厄介な状況から守っている。「警告をしているだけだ。あなたのゲームは終わった。ここで何をしていたのであろうと、今、終わらせてくれ」

アナは黙ってアーサーを見あげ、決して見つからないものを探した。

「犬を連れて――」アーサーは言った。声が妙に枯れている。「――帰るんだ」

アナは何も言わずに仔犬を抱きあげて走り去った。アーサーはアナを見つめながら、部屋が突然暗くなったような感覚にとらわれていた。

今頃になって地図のことを思い出し、下を見た。足もとに落ちている。アナの手からすべり落ちたに違いない――見られるとまずい面が上になっている。アナが下へ目をやっていたら、裏面に書かれたメモが見えていただろう。しかし、アーサーがまぬがれたその災難は、さっき遭遇《そうぐう》した災難ほど厄介ではないように思えた。

アナがどうにかドアを出たとき、傷心と恥辱《ちじょく》の涙が、プライドというダムを決壊させてあふれ出た。深く傷ついたことを、アーサーに知らせるつもりはなかった。アナは打ちのめされて――キスのせいだけではなく、そのあとの残酷な拒絶によって――自室へ逃げこんだ。とても人に会える状態にはなかったものの、運よく誰もが夕食の席にいるようだった。侍女に頭が痛いと訴え――彼女はアナの顔をひと目見てそれが嘘だと悟ったはずだが、親切にも話を合わせてくれた――姉たちが戻ったときには眠っているふりをした。今、最もしたくないのは、何があったのかという質問に答えることだ。さっきの出来事のことを考えるのさえいやだった。

まったく、アーサーの言ったとおりだ。ぞっとするほど正しい。あと紙一重でとんでもないことをするところだった――あの場合、紙一重というより犬の鳴き声ひとつの差で、だけれど。

アーサーのキス。舌。ああ、胸に触れたアーサーの手の素敵な感触。あまりにも気持ちがよかった。やめてほしくなかった。経験したことがないほど強い欲望にのまれて抗えなかった。本能が警戒心に、悦びが理性に打ち勝ち、彼とひとつになりたいという原始的な衝動がすべてをのみこんでいった。

あのとき、体はアーサーを求めてうずいていた。火照り、彼の手を求めていた。脚のあいだは――今、アナの頬は熱くなった――濡れていた。

アーサーがその気になれば、ほとんど抵抗されずにアナの純潔を奪えていただろう。アナの目から涙があふれ、胸の奥から嗚咽《おえつ》がこみあげた。いいえ、なんの抵抗もされずに、だ。

その恐ろしい事実を思い、アナは心臓が縮んだような気がした。あのとき、アーサーがほしかった。ほしいあまりに、信じられないことをしようとした。性急で愚かでとり返しがつかないことを。

ただ、欲望だけに駆られていたわけではなかった。少なくとも、アナはそうだ。アーサーに腕をまわされてキスをされたとき、アナは感情に圧倒された。彼への思いは強烈だった……力強くて……何かが違った。

それなのに、アナにとって大きな意味があったキスを、アーサーは残酷にもただの教訓だと考えていた――アナに〝彼を追いかけまわす〟のをやめさせる手段でしかなかった。

的を射た非難だったから、余計に恥ずかしかった。確かに彼を追いかけまわしていたし、ジョンに頼まれたというだけの理由だったら、あれほどしつこく追わなかったかもしれない。けれどもあんなことがあったあと、アナは認めざるを得なかった。追いかけまわしたのは、ジョンに頼まれたうえに、アーサーに興味があったからだ。むしろ、そちらの理由のほうが大きかったかもしれない。

アーサーの残酷な教訓は生かされた。翌朝、アナは涙を過去のものにして――涙の原因となった傷心はともかく――ジョンにわかったことを報告しにいった。アーサー・キャンベルは、見たとおりの人物だと。有能で意欲がある騎士で、来たるべき戦いに目を向けていると。アナは心にまだ残っていた、アーサーが何か隠しているという疑念を脇へ押しやった。

ジョンはアナの判断に満足し、見張るのをやめるよう指示した。アナがアーサーに注目していることに人々が気づいていたため、ジョンはアーサーを怪しませたくなかったのだった。

それは手遅れだということを、アナはジョンに伝えなかった。

アナは任務から解放されてほっとし、その日は夜まで自室にいた。普段は家族に囲まれることも、クランの者たちでいっぱいの大広間も大好きだが、今日は珍しくひとりになりたかった。意気消沈しているのが顔に出ているのではないかと心配でもあったし、悪気のない母と姉たちから、無用な心配をしてもらいたくなかったのだ。それに、あのキスのあと、まだ心が不安定だったから、アーサーと鉢合わせするのも避けたかった。

臆病かもしれないけれど、考える時間が必要だった。頭のなかで、あの出来事を何度も再現した結果、そのたびに自分は間違っていなかったという確信が強まった。

あんなキスをしておきながら、アーサーが何も感じなかったはずはない。彼は欲望だけのキスだった、とアナに考えてもらいたかったのだ。しかし、アナはそれ以上の理由があったとひそかにわかっていた。

それでも、どういうわけか、アーサーはアナを突き離そうとしていた。彼の冷たい残酷な言葉は、そのために計算された言葉のように感じられた。

だけど、いったいなぜ？

それよりも重要なのは、なぜこうしてその理由を見つけようと躍起《やっき》になっているかだ。

それはやはり彼が気になるからだし、アーサーが本気であぁ言ったのではないという、ばかげていて子どもじみた希望を抱いているからだろう。彼も気にかけてくれているのではないかという希望を。

どうだっていいはずだ。いずれにしろ、アーサーは自分にはふさわしくないのだから。つぎの戦いに参加すること以外、なんのことも誰のことも気にかけない、冷たくてよそよそしい戦士。

アナはそうしてアーサーを型にはめたかったものの、彼ははまりきらなかった。アナが考えようとしているほど、アーサーは無情ではない。崖から転落したアナを受け止めたとき、アーサーの感情が垣間見えた。彼がアナとスクワイアを狼の一団から救ったときも。それに、アナにキスをした様子から、彼が間違いなく深い感情を抱ける男だとわかった。

アナはこれまで戦士に惹かれたことはなかったものの、アーサーには強く惹かれた。生まれてから、ここまでひとりの男に——あるいはその男の体に——魅了されたことはなかった。筋肉を見てこれほど……興奮するだなんて、誰が知っていただろう。戦いで鍛えられたアーサーの体は、アナが嫌いな戦争のすべてを象徴しているはずなのに、彼の腕のなかにいたとき、これまでにないほど安心し、守られているように感じた。

それに、あのスケッチ。あれには最も驚かされた。破壊的な威力で剣や槍を使うその手で、あれほどたくみに美しい絵が描けるなんて……。

アーサー・キャンベルは典型的な戦士ではない。もっと奥が深い。アナは最初から、彼はどこか違うと感じていた。ひとりで過ごしたがるからというだけではなく、彼の内面で妙に激しい何かが燃えているからだ。

アーサーのどこか孤独で悲しそうなところにも、アナは興味を引かれたのかもしれない。兄やほかの男たちと一緒にいても、アーサーはひとりで満足しているはぐれ者――誰のことも必要としていない男のように見えた。

けれども、どんな者も誰かを必要とするものだ。本当にひとりでいたいと思っている者はいないはずだ。

アーサーはわかっていないだけなのかもしれない。

アナは一抹の可能性が傷心を突き破るのを感じた。腿《もも》の上で丸まっていたスクワイアを胸に抱きしめ、ふわふわの頭にキスをした。スクワイアのように、アーサーも誰かに機会を与えられる必要があるのだろう。ささやかな愛情を。

翌朝までには、アナは普段の自分らしさを少しとり戻した。朝食は、大広間の高座にあるアランのとなりの席でいつものように食べた。

誰かが大広間へ入るたびに、アナの脈は速まった。アーサーに会う心の準備はできている。自分の考えが正しいかどうかを確認したかった。つぎにアーサーと目が合ったとき、彼がアナを気にかけてくれているかがわかるはずだ。残酷なふるまいは、アナを――ほかの人々と同じく――遠ざけておくための方法に過ぎないのかどうかも。

食事が進んでもアーサーが姿を見せないので、アナの焦りは強まった。アーサーの兄たちとキャンベルのクランの者たちが現れたとき、高鳴っていた心臓がすとんと落ちたような気がした。

運悪く、アナの奇妙な態度が気づかれずに済むことはなかった。

「あの男はここにいない」アランがアナの手に手を重ねた。

アナはひるみ、入り口から目を離した。「誰がいないというの？」しかし、頬が火照ったせいで、胸の内が伝わってしまった。

アランがアナの手を優しく握る。「キャンベルだ」

アランがどのキャンベルかを正しく把握しているのは明らかだった。

アナはどうにか微笑み、意味がわからないふりはしなかった。アナがアーサーに興味を持っていることは、過保護な兄にはとっくに気づかれている。「あの人にお願いしたいことがあっただけ。今朝、ずっとスクワイアの元気がなかったから、サー・アーサーが馬で出かけるときに、連れていってくれたらいいと思っていたの」

アランは説得力がない言いわけには騙されないと言わんばかりの目でアナを見た。

「ほかの者にあたって、あの猟犬をしばらく散歩に連れていってもらわなければだめだ」

アナは気分が悪くなり、みぞおちのあたりが落ち着かなくなった。声が震えた。「どういうこと？」

アナは覚悟をしたが、アランがなんと言うのかは、どこかでわかっていた。

「キャンベルはユーウェンと一緒に、グラッサリー城とダントルーン城のあいだの南の境界あたりを巡回しにいった――父上は、マクドナルド一族がまた何か企んでいるのではないかと疑っている。キャンベルは何日も戻らない。恐らく何週間も」

行ってしまったなんて。アーサーが行ってしまった。

ふたりのあいだにあんなことがあったのに、よくもひとことも言わずに出かけられるものだ。アナの胸は締めつけられていき、その強さではじけてしまいそうだった。

「そうなの」アナは小声で言った。

愚かだった。あのひとときが特別だと思えたから、アーサーもそう思っているに違いないと確信していた。どんな人かわかっていたはずなのに、違うかもしれないと思いこんでいた。

アランが訝しそうに目を細めた。「何かあったのか？　あいつが何かした――」

アナは首を横に強く振った。「何もないわ。何も起きてない」

重要なことは何も。アナはアランの手の下から手を引き抜き、腹の前で腕を組んだ。ボールのように体を丸めて、壊れてしまいたかった。けれども、だめだ。アーサーにはそんなことをする価値はない。

「愛しいアニー、おまえにとって、あいつはなんなんだ？　あの男が好きなのか？　父上の頼みを聞いているだけかと思っていたが」

アランがアナの特別な活動のことを知っていることに、アナは気づいていなかった。とはいえ、驚くことではないのかもしれない。祖父は年老いているうえ、父は病気だったから、アランがより多くの責任を負うようになったのだろう。アランはどこまで知っているのだろうか。すべては知らないはずだ。そうでなければ、こんなふうに落ち着いてはいないだろう。

「それだけよ」アナは請け合うように言った。深く息を吸い、肺に無理に空気を入れた。「わたしにとって、あの人はなんでもないわ」アナは本気で言った。

出会ったばかりの頃に受けた印象は正しかった。アーサー・キャンベルは出口から片方の足を出しているような男だ。アナが心から求めている安定を与えてくれることはない。気を許せば、アーサーはこの胸を張り裂けさせるだけだろう。

10

「くそみたいに見えるぞ、レンジャー。いったいどうしたんだよ」

アーサーは迷惑そうな顔をしないようにしたが、無作法なエリク・〝ホーク〟・マクソーリーは、人の傷口に塩を塗るのが異様にうまかった。どうもしていない、ちくしょう。ひと晩ゆっくり寝ても治らない傷などあるものか。

しかし、ダンスタッフネイジ城をあとにしてからのこの十日間、ひと晩もぐっすり休んでいなかった。どの夢にも、大きな藍色の目と蜂蜜色の髪を持つ娘が入りこんできた。アーサーは、兵舎を逃げ出したときの彼女の表情を、いまだに忘れられずにいる。

アナはいつもやけに幸せそうだ。アーサーが最初から彼女に惹かれた理由のひとつがそれだった。それなのに、悲しい思いをさせてしまった。実際、アナはアーサーに潰されたかのような表情をしていた。アーサーはアナがもう自分への想いを残していないことを心から願った。残しているとすれば、ばかげている。とても、とアーサーは自分に言い聞かせた。

口もとがこわばった。明らかにアナはアーサーの夢だけに侵入したのではなく、思考のなかにも入りこんだ。アナ・マクドゥーガルにはまったくいらだたせられる。

なぜ彼女のことを考えるのをやめられないのか、アーサーは理解できなかった。アナのもとから離れたのに――女が寝室以上のことを考えはじめたときはいつもそうしていた――今回は効果がない。それどころか、城にいるときよりもいらだっている。ほかのことに集中できないというこの腹立たしい状態は、アナに会って彼女が大丈夫だと確認できさえすればなくなるはずだ。

そうしたら、アナを脳裡から追い出せるはずだ。そして、任務に集中できる。今、それができないことに、アーサーは猛烈に腹が立った。

しかし、マクソーリーにはそれを伝えるつもりは絶対になかった。そんなことをすれば、いつまでもからかわれる。

「挨拶くらいしろ、ホーク」アーサーは月明かりのなかで、この大柄な島の住人《アイランダー》を眺め、顔に塗られた灰の下に緊張によるしわがあることに気づいた。ハイランド・ガードの戦士は、黒い鎧と暗色のプレードを身につけるほか、肌を暗い色に塗り、夜の闇にまぎれてひそかに活動できるようにする。「きみにも同じ質問をすべきかもしれないな」

マクソーリーの脇にいる男が鋭い音を漏らした――笑い声に似ているが、愉快そうというよりは軽蔑が混じった声だ。「ホークは奥方にタマをつかまれているようなものだ。赤ん坊がいつ生まれてもおかしくない。だから物音がするたびに、使者が来たのかと思ってひるむ」ハイランド・ガードの団員にはヴァイパーという暗号名で通っているラクラン・マクルアリが、あきれたように首を横に振った。「まったく、哀れなものだ」

マクソーリーはにやりとした。「妻は好きなときにぼくのタマをつかんでいいんだよ。おまえがこうなったときに、いかに落ち着いていられるかを見てやろうじゃないか」

マクルアリの顔が険しくなった。細めた目で鋭くにらむ様子は、月光のなかの山猫を思わせる。人々がこの男を差し置いて、アーサーを不気味だと考えるとは。

「地獄に寒い日が訪れでもしないかぎり、そんなときは来ない。おれには妻がいたことがある。また妻を娶《めと》るくらいなら、タマを切りとられて鼻に詰められたほうがましだ」

ハイランド・ガードの団員のうち、アーサーが気に入らないのは――あるいは信用していないのは――マクルアリだけだ。諸島の王、偉大なサマーレッドのハイランド西部の末裔《まつえい》であるマクルアリは黒い心を持ち、気が荒く、口が悪い。暗号名のもととなった残忍な蛇と同じく、音を立てずに人を攻撃して命を奪う。

最初に出会ったとき、アーサーの五感がざわめき、この男には用心しろと告げた。特別な能力がなくても、マクルアリから放たれている激しい怒りは感じられるが、アーサーが気になるのは怒りとともに感じとれる闇だった。マクルアリが警護していた、ブルースの奥方、令嬢、妹君、そしてイザベラ・マクダフがイングランド軍にとらえられて以来、その闇は深くなるばかりだった。イザベラはイングランド王に刃向い、ブルースに戴冠した女性だ。マクルアリは彼女たちをとり戻すことしか考えていない。数カ月前、マクルアリがベリック城の高所に吊るされた檻《おり》かごからイザベラを救出しようとしたが、それがハイランド・ガードの精鋭戦士にとっても不可能であることが判明した。最近になって、イザベラはその残酷な牢獄から解放されたが、彼女の居場所を知る者はいなかった。

ともあれ、マクルアリも有能だった。交差させて背中に携えている剣二本をたくみに使えるほか、どこへでも侵入し脱出できる。良心がない点も、不愉快な任務のときには好都合だった。この戦争に勝つためには、全員が手を汚す必要がある。マクルアリの手は、たいていの団員よりも汚れている。

ハイランド・ガードのなかで、アーサーよりもよそ者のような団員はマクルアリだけだ。敵意むき出しのアイランダーであるマクルアリを、団員のほとんどが警戒している――無理もない話だが。団長のトール・マクラウドは、以前は宿敵だったマクルアリとなんらかの折り合いがついたらしく、彼を大目に見ているが、ウィリアム・ゴードンとマクソーリーだけは、純粋にマクルアリを好いているようだった。

「何が起きるかわからないだろう、親戚よ」マクソーリーは言った。「問題は、きみが間違った女と結婚したことだ。いずれ、理想の女と出会うさ」マクソーリーは間を置き、茶化すようにマクルアリを見た。「もう出会っていなければの話だが」

アーサーは、マクソーリーがイザベラ・マクダフとの出会いをほのめかしているのだろうと考えた。イザベラは悪名高いマクルアリに会うなり彼を毛嫌いした。互いに嫌い合っているとアーサーは考えていたが、ふたりのあいだにはほかにも何かあるらしい。しかしアーサーはマクソーリーの言ったことが事実かどうかがわかるほど長く、ふたりのそばにはいなかった。

ともあれ、アーサーがマクソーリーだったら、今から数日は背中に気をつけて過ごすだろう。マクルアリはマクソーリーを殺してやりたいと言わんばかりの顔をしていた。

「たわごとを言いやがって、くそ野郎」

マクソーリーはただにやりと笑った。「言葉遣いが汚いな。神経に障るようなことを言ったか？」

数日どころではない、とアーサーは考えた。自分なら一週間は背中に気をつける。マクルアリは今にもマクソーリーに襲いかかりそうだった。「その話を聞くのは、心底うんざりしている。きみはまるで異教徒を改宗させようとしている神父だな。結婚の喜び云々《うんぬん》という毒は、ほかでまき散らしてくれ。おれは興味がない」

マクソーリーの満面の笑みは、マクルアリを怒らせるだけだった。

アーサーはマクソーリーが結婚や〝理想の女〟の美点を讃えているのが信じられなかった。彼の豪快なところや大胆で魅力的なところは、マグレガーの美しい顔と同じくらい大勢の女を引きつけた。マクソーリーは女を愛し、女たちも彼を愛した。彼がひとりの女と一緒になったとは、信じがたいことだ。すばらしい女に違いない。以前の彼は、容姿が派手で豊満な美女たちにかしずかれていた。

マクソーリーが喧嘩《けんか》になるまでマクルアリを冷やかすのをやめないのがわかっていたので、アーサーは話題を変えた。「なぜおれに会う必要があったんだ。こんなふうに危険を冒して会うからには、大事な用事なんだろうな」

アーサーが正体を隠しつづけられるように、ブルースは細心の注意を払った。アーサーと会うのは必要に迫られたときのみで、今夜集まったストーンサークルのように、田舎に数多く散在する立石のどれかに暗号化した伝言を残して待ち合わせをする。ブルースはスコットランドの古代とのつながりを好むうえ、神秘的な立石は、スコットランドの秘密精鋭戦士団をひそかに象徴するようでふさわしいからだ。

アーサーは、連絡は使者を通してとり、団員に会う危険は滅多に冒さない。マクドゥーガル一族のなかへ潜入したあと、団員に会うのはますます難しくなっている。アーサーはひとりで動いていたときに得ていた自由をほとんど失った。今夜は、夜中にダントルーン城を忍び出なければならず、城にいないのを誰にも気づかれないことを願うしかなかった。

マクソーリーが真顔になった。「ああ《アイ》、先週、きみが南へ来るという伝言を受けとった。こっちの伝言を読みとってくれてよかったよ」

アーサーは立石をできるだけ頻繁に確認するようにしていた。ストーンサークルの中央に、小さめの石で三角形が作られているのを見たとき、アーサーは伝言を見てとった。それはできるだけ早く来い、という意味の暗号だった。アーサーが南へ来る前、ドノリー城の北側にある洞窟《どうくつ》に残したのと同じ伝言だ。海から出入りできる洞窟だから、ブルースの部下が出向くのにはどこよりも安全なうえ、ダンスタッフネイジ城からほんの数キロ南にある。「きみらが伝言の置き場所を知ったということは、おれの伝言を受けとったということだな?」

マクソーリーはうなずいた。「きみがダンスタッフネイジ城を離れると聞いて驚いた」

アーサーは澄ました表情をし、うしろめたさを顔に出さなかった。任務を忘れてはいなかった、ちくしょう。城から離れる必要があっただけだ。

「南へ来ざるを得なかった」アーサーは詳しい説明はしなかった。「ローンはアンガス・オグが何か企んでいるのではないかと心配している。で、おれはローンの息子のユーウエンの供をして、情報を探りにきたんだ」

「ぼくの親戚はいつも何かを企んでいるさ」マクソーリーは有力なマクドナルドの族長アンガス・オグについてそう言った。「マクドゥーガル一族と戦うために、船隊を動かしている」

「やはりな」マクドゥーガル一族を海から攻撃することは、あらゆる点で陸からの攻撃と同じくらい重要だ。ブルースはローンを二方向から攻めるだろう。それが、マクソーリーの船乗りとしての腕が高く買われている理由のひとつだ。マクソーリーが海からの攻撃の指揮をとることになる。

「ローンは情報をよく把握している」マクルアリは言った。

アーサーは顔をしかめた。「ああ《アイ》、そうだ。しかし、ローンがどうやって情報を得ているのかを、おれは探り出せずにいる。怪しい神父が城でうろついているわけでもないし、使者の姿を見たこともない」

マクソーリーは微笑んだ。「だからきみに来てもらった。ローンへの伝言を携えて北へ向かっていたエドワードの使者を、ぼくがとらえたんだ。ローンはその伝言を待っていたはずだが、内容はあの男が望んでいたのとは違う」笑みが大きくなる。「エドワード王は、援軍を北へ寄こしてほしいというローンの願いを拒絶した。で、ここにいるマクルアリのおかげで、我々はその使者の目的地がわかった」

マクルアリがどうやって使者に口を割らせたのかは、訊くまでもなかった。マクルアリは常に情報を訊き出す。

「アードキャッタン修道院」マクルアリは言った。

アーサーの胸が小さく躍った。その修道院はローンの領地の中心、ダンスタッフネイジ城の近くにある。これだ。待っていた機会が訪れた。

「ということは、連中は神父を使っているんだな」アーサーは言った。思っていたとおりだ。

「そのようだ」マクソーリーは同意した。「きみはその修道院を見張って、誰が伝言を受けとりにくるかを確かめればいいだけだ。きみが姿を見られたとしても、ローンに仕える騎士だから、誰も気に留めないだろう。いつ頃行ける？」

「明朝には発つ」

「城へ急に戻らねばならなくなった理由を説明できるか？」マクルアリが尋ねた。

「誰かがローンへ報告しに戻らなければならない。おれが行くと申し出る」

任務が明らかになった今、アーサーは早く出発したかったものの、しばらく仲間の近況を尋ねた。

ハイランド・ガードの団員のうち、マクソーリーとマクルアリだけがハイランド西部にいて、海に目を光らせている。マッカイとゴードンとマグレガーは北部にいて、使者を通らせないようにしながら、ブルースの妻や娘たちへの仕打ちの復讐に、ロス伯の領地を荒らしている。そのほかの団員は、ブルースとともに東部にいるとのことだった。

ロバート・〝レイダー〟・ボイドとその相棒のアレックス・〝ドラゴン〟・シートンは、最近、サー・ジェームズ・ダグラスとサー・エドワード・ブルース――ブルースの弟のうち、そのふたりだけが生き残っている――ともに南西部での任務に成功し、戻ってきたという。ブルースは一年のうちに三人の弟を亡くしていて、そのうちふたりはマクダウェルの者の手にかかったが、ボイドとシートンらがその男をギャロウェイから敗走させた。シートンもまた、兄を亡くしている。

「レイダーとドラゴンは、ようやく自分たちが味方同士であることを悟ったのか？」アーサーは訊いた。運悪く相棒として組むことになった、イングランド人騎士のシートンと、イングランドとつくものをすべて毛嫌いしているボイドは、ハイランド・ガードが結成されたばかりの頃からの大きな障害だった。

「ますます険悪になっている」マクソーリーが顔をしかめたので、アーサーには深刻な状態だとわかった。「ドラゴンは兄君が亡くなってから変わってしまった。以前よりも大きな怒りを抱えていて、その怒りのほとんどがレイダーに向けられる」マクソーリーの顔に笑みが戻った。「だが、いい知らせもある。あのふたりが誰を連れ戻したかわかるかい？　ギャロウェイのケーラヴァロック城のそばでとらえた」

「誰なんだ？」アーサーは尋ねた。

「ぼくの旧友、サー・トマス・ランドルフ」

アーサーは毒づき、驚きを隠さなかった。「ブルース様はあいつをどうした？」

ブルースの若き甥ランドルフが前年にイングランドに寝返ったことは、王国をとり戻そうとしていたブルースにとって厳しい一撃だった。残念なことに、寝返りは頻繁に起きるが――ブルース自身、戦争の初期にはそれを繰り返した――ランドルフの背信はブルースにとってとりわけ困難な時期の出来事だった。どん底で苦労していた頃だ。

マクソーリーはあきれ顔で首を横に振った。「お許しになった。ぼくの意見では、いともあっさりと。あの愚か者が生意気にも、ブルース様を騎士ではなく海賊のように戦うと批判したあとだけに、とくにそう思うね」

「海賊の代表のようなホークが、ランドルフにいい印象を与えるのに失敗したからだろうな、あいつがそんなことを言ったのは」マクルアリが乾いた口調で言った。

「そうかもしれない」マクソーリーが言う。「だが、また機会はあるだろう。ブルース様は、ランドルフの訓練をもう一度ぼくにまかせると約束してくださった」

アーサーは片方の眉をつりあげた。「結局のところ、ランドルフが罰を与えられるような気がするのはなぜだろうな」

マクソーリーは肩をすくめたが、邪気のない仕草とは言えなかった。「あいつを鍛えあげてハイランダーにしてみせるさ」愉快そうにアーサーを見た。「忘れていないといいが、サー・アーサー、その騎士の衣装、よく似合っているじゃないか」

痛いところを突く冗談だった。「うせろ、ホーク。騎士の実力を見せてやろうか?」

マクソーリーは小さく笑った。「またの機会に。使者が来たときにぼくがいないと、妻にこっぴどく叱られる。だいたい、きみは留守を知られる前に、ダントルーン城へ戻らなければならないだろう」

別れの挨拶をしたあと、アーサーは思い出した。「これを」何日か前にしあげた地図をとり出した。「ブルース様に」

マクソーリーは月光のなかでそれをよく見ようと掲げた。「おい、これはすごいな。ブルース様がお喜びになる。西への進軍のときに必要とされるだろう。すぐに使者を出そう」

アーサーはうなずいた。「情報を得たら、こっちもすぐに伝言を送る」

「エルソン・アン・レヴァン」マクソーリーは言った。

〝獅子のために〟。スコットランドの王位の象徴であり、ハイランド・ガードの鬨《とき》の声だ。

アーサーはその言葉を繰り返し、つぎに彼らにいつ会えるかわからないまま、暗闇のなかへすべりこんだ。戦いのときは、確かなことは何もない。

それから二十四時間も経たないうちに、アーサーは見張りの場所についていた。例の修道院の東側にある草深い小山の裏からは、十字架の形の教会への道も、その南にある修道士の住処《すみか》の四角い修道院への道もよく見えた。

七十五年ほど前にアーガイル卿ダンカン・マクドゥーガルによって建てられたこのアードキャッタン修道院は、スコットランドに三院しかない、ヴァリスコリアン修道会の修道院のひとつだ。アーサーはこの珍しい修道会のことをよく知らないものの、戒律がとても厳しいという評判だった。

ダンスタッフネイジ城から東へ十キロほどのところ、エティーヴ湖の北岸に立つアードキャッタン修道院は、使者を送り出すのに完璧だった——とりわけ、マクドゥーガルの修道院だからだ。一カ月ほど前、アーサーが訪れるなり目をつけた場所のひとつだった。しかし、そのときはしばらく監視しても、村から来た数名の女を除けば、修道士たちを訪ねる者はほとんどいなかった。

罠となる場所が決まった今、アーサーは待ちさえすれば、疑問への答えがようやく見つけられることになる。その答えがわかれば、ブルースのための任務の完了と、父親への仕打ちの代償をジョン・オブ・ローンに払わせることに、その分近づけるだろう。

十四年は長い歳月だが、いまだにアーサーはあのときの出来事を、昨日のことのように覚えている。十二歳だったアーサーは、自分にとって王のような存在だった父に感心してもらおうと必死だった。

父の鎖かたびらに陽光が反射して銀色に光ったのを、いまだに覚えている。父コリン・モア——偉大《グレイト》なるコリン——がイニス・ホネル城の中庭に護衛兵を集め、戦いに備えていたときのことだった。

　コリンは普段はたいてい無視しているアーサーを見おろした。「こいつは細すぎる。殺されるだけだ」

　アーサーは自分の弁護をしかけたが、ニールが視線でアーサーを止めた。「行かせてやってください、父上――年齢的にはもう十分でしょう」

　アーサーはコリンに目を向けられたのを感じ、眺めまわす視線の重さに負けて足の重心を変えまいとした。しかし、生まれて十二年間で、そこまでおのれの欠点を意識したことはなかった。体が細い。弱い。そのうえ変わっている。

　異常者ではない。とはいえ、コリンの目に映るアーサーは、まさにそれらしかった。

「剣もまともに掲げられないではないか」コリンは言った。

　恥じ入ったようなコリンの声は、短剣よろしくアーサーに切りつけた。コリンが何を考えているかはわかっていた。〝この変わり者で軟弱な若造が、わたしの血を引いているなんてあり得るのか？〟ハイランド一勇猛な強い戦士を何人も生み出した血。キャンベル一族の男は生まれながらの戦士だった。

　アーサーをのぞいて。

「わたしが見守ります」ニールはアーサーの肩に手を置いた。「それに、アーサーは役に立つかもしれない」

コリンは眉根を寄せた。アーサーの奇妙な能力を思い出させられて、気に入らなかったのだろうが、うなずいた。コリンの目のなかにかすかな可能性が見てとれ、アーサーは希望を持った。「ともかく、こいつが邪魔にならないようにしてくれ」

アーサーは嬉しくてたまらず、自分を抑えるのがやっとだった。これは好機かもしれない。ニールが言ったとおり、アーサーの能力は役に立つ、とようやく父に証明できるかもしれない。

ところが、そうはならなかった。アーサーは緊張しすぎていた。興奮しすぎてもいた。はりきりすぎていたし、気持ちが前のめりになっていた。それに、あまりにも感情的になっていた。五感がいつものような反応をしなかった。

アーサーたちはキャンベルとマクドゥーガルの領地の境界に近づいていて、ちょうどアヴィッフ湖の東端を通り過ぎ、〝ローンの小道〟へ近づいていた——それはローンの丘陵のあいだを抜ける古い道で、家畜の群れを追う者やアイオナ島へ向かう巡礼者が使う道だった。アーサーとニールは狭い道で奇襲に遭うかもしれないと考え、斥候と一緒に馬に乗り、隊よりも先行していた。

小川の浅瀬を渡り、スレイング湖の近くで止まった。「まだ何も感じないか?」ニールは尋ねた。

アーサーは首を横に振った。胸のなかで心臓が暴れ、額に汗が浮かぶのを意識しながら、五感を研ぎ澄まそうとした。しかし、初陣《ういじん》だったうえ、興奮が薄れたあと、恐怖と不安が心に侵入していた。「いいや」

と、三人の耳に物音が届いた。背後の、五十メートルも離れていない丘の木々が生い茂った斜面からだ。攻撃の音だった。

ニールは毒づき、木のうしろでアーサーに命じた。「ここにいろ。迎えにくるまで、動くんじゃないぞ」

ぞっとしたことに、目に涙が浮かび、アーサーはますます自己嫌悪に陥った。よくも失敗できたものだ。なぜ連中の存在を感じなかったのか。すべて自分のせいだ。能力を証明する機会を与えられたのに――腕の見せどころだったのに――信じてくれた唯一の人物の期待に応えられなかったとは。「ごめんなさい、兄上」

ニールは励ますように微笑んだ。「おまえのせいじゃない、アーサー。おまえにとって、初陣に過ぎない。つぎはもっとよくなる」

ニールに信用され、アーサーにとって余計に状況は悪くなった。

兄たちを追いかけたかったが、コリンが言ったとおり、邪魔になるだけだろう。

戦闘の音が弱まりはじめるまでに何時間も経ったように思えたのに、ニールは迎えにこなかった。アーサーは兄の身に何かあったのかもしれないと不安になり、それ以上待てなくなった。木立のなかを慎重に忍び足で歩き、戦闘が起きている場所へ向かった。

ふと足を止めた。アーサーを見捨てていた勘のよさが息を吹き返したのだ。

まわりじゅうから鋼と鋼がぶつかり合う音が聞こえるが、アーサーは何かに引かれて左を向いた。焦りを感じ、気になった音のほうへ走った。落ち葉や泥の上で剣の先を引きずり、つまずかないように気をつけ、木々のあいだを縫うように進むと、小さな丘を這いのぼり、大きな岩のうしろに逃げこんだ。

すると、男がふたりいるのが見えた。丘の斜面の大きなこぶのせいでよく見えないが、ふたりはアーサーの隠れ場所から少し離れた小さな滝のふもとで、激しい剣の戦いを繰り広げていた。それは父コリンと、アーサーが遠くから一度だけ見たことがある男だった。キャンベルの敵、マクドゥーガルの氏族長の息子であるローン卿ジョン・マクドゥーガルだった。

アーサーは息を詰め、男盛りのふたりが強力な一撃をつぎつぎに繰り出す様子を見つめた。これ以上ないほど長引いたあと、コリンが剣を両手で持ち、大きく振りかぶってローンの頭に叩きつけた。ローンがその衝撃で地面に両膝をつき、剣をとり落としたとき、アーサーは安堵のあまり声をあげそうになった。

アーサーの血は恐怖で凍った。戦場ではじめて人の死を目にすることになると悟ったからだ。目を覆いたかったが、視線をそむけられなかった。今から重要な出来事が起きるとわかっていたかのように。

ローンの鋼のかぶとに陽光が反射した。コリンは剣を振りあげたが、すぐにとどめを刺さずに、剣先をローンの首に突きつけた。

　ふたりはアーサーから離れていた。滝の音がふたりの声を消すはずだった。彼らの声が聞こえるわけがなかった。ところが、聞こえた。

「戦いは終わった」コリンが言った。「部下に攻撃を止めさせろ。キャンベルの勝ちだ」

アーサーは斜面のこぶの横、小川の浅瀬のそばへ目をやり、コリンの言ったとおりであることを知った。小川の土手に敵兵の死体が散乱し、小川の水を赤く染めていたからだ。

「降伏しろ」コリンは命令口調で言った。「そうすれば、生かしておいてやる」

　鼻までを覆うかぶとの下で、ローンの目が憎悪で燃えているのが見えた。その口は激しい怒りでゆがんでいた。時間がかかったが、やがてローンはうなずいた。「わかった《アイ》」

　キャンベル一族が勝った！　アーサーの胸は誇らしさでいっぱいになった。父は見たことがないほど偉大な戦士だ。

　グレイト・コリンは剣をおろし、立ち去りかけた。

　アーサーはいやな予感がしたが、警告の叫び声をあげても間に合わなかった。コリンは振り返り、背中を狙ったジョン・オブ・ローンの短剣に、腹を刺された。

　岩のうしろにいたアーサーが恐怖で身を凍らせていると、コリンと目が合った。コリンはよろめき、地面に膝をついた。そして、見ていて苦しくなるほどゆっくりと、コリンの命が血とともに流れ出た。コリンはそのあいだじゅうアーサーを見つめつづけ、アーサーは父の目から声にならない懇願を読みとった。〃わたしのために報復を〃。

ローンが大声を出し、数名の部下がこぶをまわりこんで駆けつけた。彼らの氏族長の足もとに、強大なキャンベルの氏族長が倒れているのを見て、すさまじい勝利の鬨の声をあげた。と、ローンはアーサーが隠れているほうを指で示した。向こうには姿が見えないだろうとアーサーは思っていたが、コリンへの警告の声をローンに聞かれたに違いなかった。兵士らが向かってきたとき、アーサーは踵を返して逃げた。

そのあと何が起きたのかは、あまりよく覚えていない。木立や岩々のあいだに隠れ、一週間近く恐怖で動けずにいた。ようやく城へ戻ったとき、ニールはアーサーが死んだことにされかけていると言った。アーサーはすぐに何があったかを話したが、もう手遅れで、マクドゥーガルから伝わった話を覆《くつがえ》すことはできなかった。遠く離れたコリンとローンの声がなぜ聞こえたのかを説明できたとしても、ニールはアーサーの話を誰も信じないとわかっていた。戦いにはマクドゥーガル一族が勝ち、ローンが強力なキャンベルの氏族長を打ち破ったことを手柄にしていたのだった。

そのあとほどなく、ローンはイニス・ホネル城を包囲し、キャンベル一族は降伏を余儀なくされた。

その日以来、アーサーは父のために正義を求めると心に誓いつづけてきた。不実な人殺しの罪を犯したマクドゥーガルを破滅させてやる、と。絶対に感情には流されない、と。

十四年間、アーサーは好機を待ちながら、ハイランドでも指折りの偉大な戦士に――コリンが生きていたら誇りに思うような戦士に――なり、今ようやく好機が訪れた。何にも邪魔をさせることはできなかった。集中していなければならない。

アーサーは父の期待に応えるのに一度失敗しているが――五感がうまく働かなかった――二度と失敗するつもりはなかった。

だが、できれば……。

くそっ、自分の望みなど関係ない。アーサーにでさえ、変えられないことはあった。あの娘はローンの令嬢だ。そうでなければよかったと、アーサーがどれほど強く望んでも。

アーサーは近くの木にもたれた。日が落ちるまであと一時間くらいはあるから、しばらく休めそうだった。北へ異様な速さで移動したあとだけに、腰をおろすのは気持ちがよかった。受けた指示は使者の正体を探り出すことだけで、介入ではないが――今後ブルースがマクドゥーガルを警戒させずに、敵の伝言を奪えるようにするためだ――どんな事態にも備えておく必要がある。

腰をおろしたとはいえ、緊張しているせいでくつろぐことはとてもできなかった。神経質になっているのは、使者を待ち構えているせいだけではなく、ダンスタッフネイジ城へ戻ることを考えているからだろう。

またアナと顔を合わせることになる。

アーサーの意に反して、胸が高鳴った。アナが変わりなく過ごしているのを確認したいだけであって、彼女に会いたいからではない、と自分に言い聞かせた。アナのことばかり考えてしまうからではない。それに、アナが恋しいからでは断じてない。

そこまで愚か者ではないだろう。

あと一カ月だ。あと何週間かアナから離れていれば、すべてが終わる。使者の正体が判明すれば、アーサーはマクドゥーガルの作戦がどこまで探り出せるかがわかるだろう。しかし、いったん戦いがはじまれば、任務は完了する。城を離れ、二度と振り返ることはない。

アーサーは朝から何も食べていないことに気づき、牛の干し肉とオート麦のビスケットを出して食べ、小川で革袋にくんでおいた水で流しこんだ。そして、ぼんやりと緑の景色を眺めまわした。

心臓が急に止まったような気がした。アーサーは愕然として立ちあがった。渇望がこみあげ、強い思慕の念で息ができなくなった。夢のなかから出てきたかと思うような娘の姿を――この一週間、頭から離れなかった娘の姿を――飢えた男のように見つめた。

アナはまだ遠く離れていたうえ、金茶色の髪はマントの頭巾に覆われていたが、アーサーはそれが彼女だと知った。アナが近づいていることが直感でわかった。血のなかで感じた。

アーサーは神経という神経を張り詰めさせ、アナが小型の平底船からおり、小さな桟橋から野原のなかの小道を修道院へと向かってのぼってくるのを見守った。

日差しが薄れているので、アナの顔を見るのに苦労した。顔を見て、元気かどうかを確かめたくてたまらず、アーサーは立場を忘れそうになった。思わず一歩前に出た。

アーサーは毒づき、恋煩いの愚か者のように立っているのを誰かに気づかれる前に、木のうしろへすべりこんだ。

いったいアナは、ここで何をしているのか。

アナは以前と同じかごを持っていて、今回も護衛をひとり伴っているだけだった。アナには間違ったときに、間違った場所に来る並外れた才能があるらしい。エアの教会のときと同じ――。

アーサーは身を凍りつかせた。事実に思い至り、眉間を打たれたような衝撃を覚えた。

まさか、それはあり得ない。

しかし、アーサーは偶然を信じなかった。アナ・マクドゥーガルに、現れるべきではない場所に現れる特殊な才能があるのか、彼女が使者であるのかのどちらかだ。

アナは使者だ。

伝言はかごのなか、パイか、そこに入っているものの下にあるのだろう。そういえば、アナは村で会ったときに神経質になっていた。赤ん坊をアーサーに渡し、かごを持って台所へ行った。アーサーがパンのにおいのせいで腹が減ったと伝えたときに、アナは青ざめた。

エアで銀貨を受けとる予定だったのは、アナだ。

その事実はずっとアーサーの鼻先にあった。なぜ見えなかったのだろうか。

アーサーは口もとをこわばらせた。なぜかはわかっていた。アナを見くびっていたからだ。二度も。アナが美しくて若くて無邪気だから、か弱そうで優しいからだ。娘だから、あの夜、兵舎にいた理由を疑わなかった——アーサーの様子をひそかに見ているとわかったあとも。

ちくしょう、見事な作戦だ。女を使者として使うとは。アーサーは教会から出入りしていた女たちの姿を思い浮かべた。目にしたときはなんとも思わなかったものだ。彼女たちはアーサーの監視の網をくぐり抜けていった。

さらに重要なことを悟ってそちらに気をとられていなければ、作戦の見事さを称賛していたかもしれない。アーサーの血は凍り、冷や汗がうなじを伝い落ちた。

まったく、よくもローンは娘をああして利用できるものだ。もともとローンを殺そうとしていなかったとしても、アーサーはアナをあれほど危険な目に遭わせたローンを殺しかねなかった。あの夜、アーサーがあの場にいてマグレガーとその仲間から彼女を救わなければ、どんな事態になっていたのか、ローンたちはわからないのだろうか。アナは殺されていたかもしれない。

アーサーの心臓が暴れるなか、アナは修道院のドアに近づいた。アーサーはこぶしを握り、そこへ駆け寄ってアナを肩に担ぎたい、そしてその場を去りたいという気持ちを抑えるのに苦労した。どこか安全な場所へアナを連れていき、彼女を閉じこめ、守ってやりたいという原始的な衝動を感じた。

〝おまえの任務ではない。おまえの責任ではない〟

〝おまえのものではない〟

アーサーの額に冷や汗が浮かぶ。アナが冒している危険を思うと、気が変になりそうだった……。

ふとあることに気づいてひるんだ。まったく、今感じているのは不安だ。

こんな気持ちになったのは、ドゥガルドがネズミへの嫌悪感を克服させようと、アーサーをネズミが何匹も這いまわる暗い倉庫に――武器もなしで――閉じこめたとき以来だった。

アナがドアをノックした。ほどなく、神父が出てきた。アーサーは耳を澄ましつづけたが、ふたりが声を落として話をしたので、何を言っているかは聞きとれなかった。とはいえ、神父の申しわけなさそうな表情と、首を横に振っているところから、何もないと伝えていることがわかった。アナが肩を落としたように見えた。ふたりがもうふた言三言を交わしたあと、アナは急ぎ足で平底船へ戻った。

アーサーは離れていくアナを見送り、たった今、任務がはるかに複雑になったことを悟った。

くそっ、なぜアナでなければならないのか。

アーサーは義務を果たさなければという気持ちと闘った。アナ・マクドゥーガルから距離を置くことは、もはや選択肢にはなかった。本能がいくら反対しても、アーサーは任務のためにアナのできるだけ近くにいなければならない。マクドゥーガル一族の計画を把握しつづける必要がある。

近いうちに戦いがはじまる。しかしアーサーは、今回だけは、無傷で逃げおおせるかどうかを怪しく思った。

11

アナは頭巾を脱ぎ、城主の部屋へ入った。かごをテーブルに置いたあと、くすぶっている泥炭の炉の前にいる両親のそばへ行った。夏であっても、城の石壁のせいで部屋のなかはひんやりとしていて、すきま風が入ってくる。

新しい絹の紋章旗に刺繍《ししゅう》をしていたアナの母が目をあげ、眉をひそめた。「どこへ行ってたの、愛しいアニー？　もう遅いのに」

アナは身をかがめて母にキスをした。「修道院のみなさんにパイを届けにいったのよ」

アナはジョンと目を合わせた。ジョンの表情が暗くなる。アナは首を横に振り、口にされなかった父の質問に答えた。

母がそれ以上異議を唱える前に、ジョンは咳きこんだ。アナは父がわざと咳をしたとわかっていたが、ごろごろという咳の音を聞いて心配になった。

「新しい煎じ薬の話をしていなかったか？　ギルバート神父様が勧めてくださった、わたしのすっきりしない肺をきれいにするという薬の」

アナの母は息をのみ、跳びあがるようにして立ちあがると、刺繍を脇へほうった。「忘れてたわ。料理人にすぐに準備してもらうわね」

母が部屋を出ていき、ドアが閉まったとたんに、ジョンは言った。「エドワード王からの返事はなかったのか?」

アナはうなずいた。「そろそろお返事があってもいい頃なのに」

ジョンは立ちあがり、炉の前を歩きまわりはじめた。一歩ごとに怒りをつのらせている。「ブルースの無法者どもが、親書を横取りしたに違いない。我々の伝言の半分以上が、目的地へ届いていないようだ——女たちの助けを借りてもこうだとはな」ジョンが口を引き結ぶ。「だが、イングランド軍が進軍しているという話を聞かないから、現れることはないだろう。若きエドワード王はご自身を守るのに忙しくて、我々の心配をする余裕はないらしい」

前王エドワードのために、ジョンが骨を折ったことを思うと、アナは新王がこうしてジョンを見捨てようとするのが信じられなかった。

〝犬と寝れば、ノミと一緒に起きることになる〟

仲間を選べという意味の古いことわざが脳裡にすべりこんだが、アナはそれを押しやった。忠誠心に欠けるように思えたからだ。ジョンには選択肢がなかったのだから仕方がない。前王エドワードの力はあまりにも強大だった。ウォレスがフォルカークで破れたあと、イングランド王と同盟を組むか領地を奪われるかしかなかった。ブルースがスコットランド王位を盗んだとき、同盟はますます必要になった。ブルースとマクドナルド一族が味方同士となると、マクドゥーガル一族は反対側につくしかなかった――イングランド側に。

「別の伝言を送るべきかしら？」

「時間がない」ジョンはきつい口調で言った。愚問だと考え、腹が立ったようだった。「イングランド軍の動きは鈍い。調度品をあれだけ携帯していれば、はるか北部まで到達するのに何週間もかかるだろう。エドワード王の気が変わったとしても、兵を集める時間が必要だ。フッド王と人殺しの略奪者どもは、イングランド軍が上等な品々を荷車に積み終える前に、ここへやってくる」

アナは父の怒りが自分に向けられていると考えないようにした。怒りっぽくなるのも無理はない。敵が迫ってくるのに、誰も救援に来てくれないのだから。エドワード王と同じくロス伯も、マクドゥーガルの応援要請にまだ応えていなかった。

つらいことに、マクドゥーガルが自分たちだけでブルースと対決しなければならないことが、だんだん明らかになってきた――三千名と言われるブルース軍に対して、八百名の兵力で。

アナは恐怖でのどが締めつけられたような気がした。マクドゥーガルの兵士たちは猛々しいうえジョンはスコットランド一腕のいい指揮官だが、そうした不利な状況を克服できるのだろうか。ジョンはブルースをあと少しで打ち破りそうになったことがあるものの、あの無法者の王はその後、ジョンの部下よりもはるかに少ない、ほんの数百名の部下とともに逃げまわっていた。今回は、マクドゥーガル一族がかなりの劣勢になるだろう。

関係ないわ、とアナは心のなかできっぱりと言った。いずれにしろ、父が勝つ。マクドゥーガルの兵士ひとりが、五人の反逆者に匹敵する。

とはいえ、ジョン・オブ・ローンならどんな劣勢をも克服できると何度自分に言い聞かせても、アナはマクドゥーガル一族が……敗北するかもしれないという、ごくかすかな可能性が、忠実な心のなかにあることを否定できなかった。

敗北。

アナは身を震わせた。その言葉を考えるだけでも、恥ずべき冒瀆《ぼうとく》であるような気がした。どれほど大変なことになるかは考えたくもなかった。大切にしているものすべてが、幸せな未来という夢すべてが、剣先に載っているように思えた。少しつつけば、転げ落ちてしまいかねない。

城の厚い石壁が急に薄いガラスになって、今にも割れそうな気がしてきた。

マクドゥーガル一族は、差し迫った状況に置かれている――絶望的と言ってもいい。

それでも、この手で状況をましにする方法がひとつある。

時間が止まったように思えた。アナのみぞおちに不安のかたまりができた。何をしなければならないかを悟り、心配で鼓動が速まった。その答えは、何カ月ものあいだ頭の片隅にあったのに、考えたくなかったのだ。

アナは縄につかまるかのように、マントのひだのなかで手を握った。「ロス伯は？」静かに尋ねた。「ロス伯は間に合うでしょう」

ジョンは鋭くアナを一瞥した。「ああ《アイ》、しかし、以前も言ったように、ロス伯は来ない」

ジョンの目に浮かんでいるのは非難だろうか。アナに選択させたことを、今は後悔しているのか。

アナは震える息を深く吸い、暴れる脈をなだめようとした。ひんやりとした肌に、冷や汗が浮かんだ。胸が締めつけられているようで息苦しかった。本能のすべてが、これから提案しようとしていることに反対した。けれども、そうするしかなかった。夫を持つことなんて、クランが生き残れる代償なら安いものだ。アナは悪魔自身と結婚しなければならないとしても、そうするつもりだった。「わたしがロス伯に考え直す理由を与えたらどうかしら」

ジョンがアナの目をじっと見た。探るように目を光らせていることから、ジョンがアナの提案を正しく推測したことがわかる――あるいは、これまでも提案させようとしていたのかもしれない。

「わたしがロス伯に直訴したらどう？」アナはそう言って沈黙した。指の血が止まるほど強く毛織のマントをつかんだ。耳の奥で、心臓の激しい音が鳴り響いている。胃がむかむかした。大丈夫、うまくやってみせる。ロス伯はそれほど怖くはない。サー・アーサーは背が高くて筋肉質で険しい風貌の美男子だけれど、彼のそばにいても緊張はしなかった。戦士に対する不安を克服したのかもしれない。

サー・アーサー。アナはせつなくなった。彼の顔が目の前に浮かんだものの、それを押しやった。彼はなんでもない存在だ。一瞬、心が彼のほうへ飛んでいこうとしても、たいしたことではない。仮にたいしたことだったとしても、アーサーはアナへの想いを――というより、なんの想いもないことを――つらいほど明確に示した。

それでもアナは、あのキスを忘れる努力を一生つづけることになりそうだった。

ジョンはアナが何か言い足すのを待っていたが、言葉がなかなか出てこなかった。

「もし……」アナは言いよどみ、無理に口を開いた。「サー・ヒューにまだその気があるのなら、わたしはあの方の求婚を受け入れることに同意するわ。その見返りに、ロス伯は力を合わせて戦うという便宜を図ってくださるかもしれないでしょう」

ジョンはしばらく何も言わず、アナの顔をまじまじと見つめていたので、アナは身をよじりたくなった。「サー・ヒューがおまえをまだ娶ってくれると思うか？　おまえに求婚を拒絶されたとき、愉快そうではなかったが」

アナは頬が熱くなるのを感じた。その可能性を考えなかったことが、恥ずかしくなった。そのとおりだ。当時ヒューは激怒していた。アナの拒絶によって、貴族としてのプライドが傷ついたのだろう。「わからないわ、でも、試す価値はあるでしょう」

アナのプライドも、最近ずたずたになった。あと一度傷つけられたところで、どうということはない。

「おまえのお母様がいやがるだろうな」ジョンはドアへ目をやった。「ブルースとその部下どもがその辺をうろついている今、旅は危険を伴いかねない」

アナはすでにそのことを考えていた。「アランお兄様がついてきてくれるなら、お母様は心配しないわ。護衛兵を大勢連れていけばいい」

ジョンはうなずき、顎をさすった。「そうだな《アイ》。アランがおまえを守ってくれるだろう」微笑んで言った。アナは失望で胸がうずくのを感じまいとした。ジョンがその案を却下するのを、心のどこかで望んでいたのだ。ジョンは顔を寄せ、アナの頭の上にキスをした。「おまえはいい娘だな、愛しいアニー」

普段なら、アナは父に褒められると有頂天になるが、今は泣きたい気分だった。自分の幸せは安い代償だけれど、それでも払うことに変わりはない。

ジョンはアナの顎に手をかけ、目を合わせた。アナは熱い涙の靄のなかで目をしばたたいた。「ほかに道があったなら、おまえにこんなことを頼まないのはわかっているだろう」

ひとすじの涙が、アナの頰をすべり落ちた。アナは唇を震わせながらも、どうにか微笑んだ。「わかっているわ」

今はふたりにとって、これが唯一の希望だった。どれほど違和感があっても、アナは同盟を確保するために、しなければならないことをするつもりでいた。

いずれにしても、ほかに想っている人はいないのだから。

しかし、アナがジョンの部屋を出たとき、ついえた希望の嵐のなか、抑えていた涙があふれ出た。それは、抱いているとは自覚していなかった希望だった。

アーサーにとって、帰城の——単独の帰城の——理由を説明するのは、思っていたほど難しくはなかった。ローンは西方の敵について、息子が得た情報の報告を受けたくてうずうずしていた。

サマーレッドの子孫から分かれた主要な三つのクラン——マクドナルド一族、マクドゥーガル一族、マクルアリ一族——は、ハイランド西部の政治を何年ものあいだ支配してきた。その争いは、マクルアリ一族の勢力が衰えたために小さくなっている。マクルアリ一族の前氏族長が、娘であり唯一の正当な相続人である諸島のクリスティーナを残して他界したときのことだ。ラクラン・〝ヴァイパー〟・マクルアリとその兄弟たちは、みな庶子《バスタード》だった（ろくでなし《バスタード》のラクランの場合、そう呼ばれて当然だが）。

マクドナルド一族が西方の海岸沿いに兵を移動させているようだという、ユーウェンからことづかったアーサーの報告は驚くに値しなかっただろうが、それでもローンの強い怒りを買った。その報告は懸念をもたらしたようだが、ローンはそれを隠そうとした。しかし、予想よりも弱い反応だったので、アーサーはずる賢いローンが何を企んでいるのだろうと疑問に思った。

今はもう、修道院での発見のおかげでそれを探り出す方法がわかっている。

もっとも、城へ戻ったときにはすでに夜が更けていたので、アナとの再会は朝まで待たねばならなかった。アーサーは不安を感じているとしても、それはアナへの態度を一変させるもっともらしい理由を見つける必要があるからに過ぎない、と自分に言い聞かせた。今後はアナを避けずに、彼女のそばへ行く口実を探すことになる。しかし、アナに間違った望みを与えたくはなかった。彼女にキスをするという間違いを犯したが――ああ、なんという間違いだったことか――ふたりがロマンチックな関係になることはあり得ない。

簡単にはいかないだろうとわかっていた。アナはあのキスのことを一週間考えつづけたかもしれない。厄介なことに、アーサー自身もほかのことをなかなか考えられなかった。

アードキャッタン修道院の庭でアナの姿を見ていたにもかかわらず、翌朝、彼女が大広間へ入ってきたとき、はじめて会ったかのようにアーサーの五感は燃えあがった。すべてが鮮やかに、強烈に見えたのだ。そんなふうに誰かを意識したことはなかった。

アーサーはアナのすべてに見惚《みほ》れた。水色のベールからはみ出して、額とこめかみを縁取る金茶色のおくれ毛から、豊満な体をちょうどよい位置で包む、刺繡がほどこされた上等な絹のコタルディ（細身の長袖のドレス）まで。

やめておけ……。

アーサーの視線がアナの胸へ落ちた。口のなかが、からからになる。アナの胸の頂が縮こまっているのが、ぴんと張った生地越しにかすかに見えた（想像かもしれない）。思い出に誘いかけられ、下腹部に熱が勢いよく集まった。アーサーは手のなかの豊かな柔らかい胸を思い出し、彼自身が硬くなるのを感じた。丸くて重みがある完璧な胸を手で包み、ビーズのような頂を親指で愛撫した感触はすばらしかった。アーサーはひそかに罰あたりな言葉を吐いた。生々しい記憶がよみがえり、気まずくなったのだ。

体が熱かった。興奮していた。飢えていた。

アナの姿を見て、この身に押しつけられた彼女の体がどんなふうだったかを思い出さずにいられるだろうか。色っぽい弓形のピンク色の唇を見て、彼女の甘さと、この唇に重なったアナの唇の柔らかさと、アナの強い反応を思い出さずにいられるだろうか。からみ合った舌の官能的な感触に、かつてないほど強い欲望の嵐に襲われたことも。指先にベルベットのように感じられた、赤ん坊のように柔らかい白い肌を見て、アナに触れたことを思い出さずにいられるだろうか。

くそっ、アナをベッドへ押し倒したい。自分の腰にその脚を巻きつけさせ、身を沈めて、忘我の境地に浸りたい。

ああもう、そのことを考えるのをやめなければ。不可能なことを思って自分を苦しめるのも。以前は人と距離を置くことができたのに、アナが相手だと難しかった。

アナは特別だ。それを認めても、アーサーの気分はよくならなかった。

ドゥガルドにまじまじと見られているのがわかったが、アーサーはアナから目をそむけられなかった。彼女が一歩一歩近づくたびに、鼓動が激しくなり、神経という神経が尖っていく。アーサーはアナに気づかれる瞬間に備えて身構えた。

ところが、アナが近くに来たとき、アーサーはかすかな胸騒ぎを覚えた。何かがおかしい。

アナは微笑んでいなかった。その目は茶目っ気や喜びで輝いてはいなかった。それに、笑い声……何時間でも聞いていられそうな、あの軽やかで明るい音がまったく聞こえてこない。アーサーはどんなときでも部屋の雰囲気を明るくする、朗らかなアナの態度と屈託のない魅力に慣れていたので、それがないと、余計に暗く感じられた。

まいった、考えていた以上に彼女を傷つけてしまったのだろうか。アーサーは罪悪感にさいなまれた。

一瞬、アーサーはアナが素通りするのかと思ったが、彼女はアーサーの視線の重みに気づいたようだった。

ふたりの目が合った。

あらゆるものが静止した。

アーサーはアナの反応を待った。頬を赤く染めるのを、息をのむのを、首もとの脈が激しく動くのを待った。アナが意識するのを。

ところが、アナは身をこわばらせた。

アナは考えていることや感情が顔に出る。アーサーが彼女に惹かれ、抗いがたい魅力を感じる部分だった。子どものように無邪気にはしゃぐところや、とても傷つきやすいところも。けれども、アーサーの前では常に素直だった表情が、今は閉ざされていた。

アナは澄まし顔でアーサーを見つめるや、目をそらした。

アーサーが存在しなくなったかのように。

彼の腕のなかでとろけたことが、なかったかのように。

アーサーの脳裡から離れないキスが、なかったかのように。

ふたりが体を重ねそうになったことなど、なかったかのように。

アナの無関心な態度は酸のようにアーサーの胸をえぐった。焼けつくようだった。ひどく痛んだ。アーサーの胸は自暴自棄な気持ちでいっぱいになった。とんでもないことをしたい、たとえばアナを壁に押しつけ、彼女がもう一度身をゆだねるまでキスをしたいという原始的な衝動で満たされた。

アーサーは冷静な男だった。節度がある。ほかの者とはまったく違う。そんな衝動を感じる男ではない。そのはずが、アナ・マクドゥーガルの冷ややかな視線ひとつで、野蛮な衝動が血のなかで暴れた。

どうやら以前の目的を達成したようだ。残酷な拒絶が功を奏した。皮肉なことに、アーサーがアナの無関心な態度を望まなくなったときに、それが手に入った。

それとも、もともとアーサーに興味がなかったのか。見張ることだけが目的だったのかもしれない。

アーサーは口もとを引き結び、身を硬くした。認めたくないほどその考えがいやでたまらなかった。運悪く、ドゥガルドが珍しく察しのいいところを見せた。

ドゥガルドは大げさに身震いをした。「おいおい、なんだかこのあたりは寒いな。あの令嬢の熱はもう冷めてしまったようではないか、弟よ。おまえは彼女を失望させようとあらゆる努力をしていただろう。喜ぶんじゃなかったのか」首を横に振ってつづける。

「とうとう女に心を奪われたか？　あり得ないと思っていたぞ」

アーサーは背後の石壁にもたれ、心とは裏腹な無頓着な様子を装った。確かにアナに心を奪われたが、ドゥガルドに弱みを握らせてたまるか。「愛らしい令嬢だ、それだけの話だよ」

「手に入らないだけに、なおさら愛らしく思えるんだな」

アーサーは肩をすくめ、エールを長々と飲み干した。「おれがレディ・アナに望むものは、無垢な若い貴族の令嬢が与えられるようなものではない」

ドゥガルドは小さく笑い、アーサーの上腕を叩いた。「おまえのつらさはわかる、弟よ。わたしも経験中だ。そのつらさを和らげる口の技の持ち主を知っている。あとでその娘をおまえのところへ行かせよう」

アーサーはアナが席についた高座へ目をやった。ドゥガルドの申し出にはそそられる。ひどく。しかし、兄の女には興味がなかった。

アーサーは唇の片端をあげてにやりと微笑んだ。「兄上、分けてくれると？　兄上らしくない。だが、今回は必要ないんだ。気晴らしの相手を探すのに苦労はしないと思う」

その気になれば、選べる女は何人かいた。問題は、その気がないことだ。少なくとも、彼女たちをほしいとは思わない。

ドゥガルドは肩をすくめた。「好きにしろ」顔を近づけてにんまりとした。「だが、自分が何を逃そうとしているのかを、おまえはわかっていない。その娘は口で牛の乳をからからになるまで絞れるんだ。それに、舌の技があって……」

ドゥガルドの声は遠のいた。ドゥガルドの女のみだらな技には惹かれなかった。

アーサーの視線はふたたび高座へ向いた。

アナには惹かれている、ちくしょう。絶対に惹かれてはいけないというのに。

とはいえ、アーサーは見えない存在になったも同然だった——アナは一度たりともアーサーのほうを見ない。白目（錫を主成分とする合金）のゴブレットを強く握った。食事のあいだに二杯おかわりをし、一分ごとにいらだちをつのらせた。

アナのそばにいるという計画は、思った以上に難しそうだが、アナが簡単にアーサーを追い払えると思っているのなら、それはまったくの勘違いだ。

あの人が戻った。

アナは意に反して胸にわきあがった思慕の念を押し戻し、アーサーのほうをあえて見ないようにした。彼のことを考えないようにした。

アーサーは自分にはふさわしくない。最初からそうだった。アナの行く道はすでに決まっていた。もう決意した。ジョンは——クランも——アナを頼りにしている。後悔したり、文句を言ったりしても手遅れだ。たとえアーサーの姿を見て、あの歓迎できない感情にふたたび襲われたとしても。

いったいなぜ、最初はアーサーの存在に気づかなかったのだろう。今はほかの者たちは目に入らないようだというのに。黒っぽい髪の誇り高き騎士アーサーは、大広間にいる誰よりもハンサムだ。それに間違いなく一番強い。アナの頰は熱くなった。長身で肩幅が広いアーサーの姿をひと目見たとたんに、彼の裸の胸が脳裡によみがえった。彫刻のようなあちこちの筋肉も。引きしまった部分も。彼の肉体の隅々まで。

アナはアーサーを無視しようとしたものの、食事中、彼の視線を感じていた。というより、食事をしようとしていたあいだに、だ。アナの口のなかはからからで、食べ物は味気なくぱさぱさしているように感じられた。

アーサーに暗い目つきでじっと見つめられ、アナは逃げ出したくなった。実際、最初の機会に逃げ出した。

かつてないほどためらいながらも、大広間から急ぎ足で離れ、階段を駆けあがると、塔の上の自室へ向かった。棚のなかの乗馬用のマントを大急ぎで探した。

ここを出なければ。

一日。一日だけアーサーを避けなければだめだ。そのあとは、城を離れることになる。アナたちは、北部でロス伯が所有している、堂々たるオールダーン城へ向けて翌朝出発することになっていた。

なぜアーサーは、その出発まで城を離れていてくれなかったのか。そうであれば、ずっと気が楽だった。

アナは吊るしてある毛織や絹の服をかきまわした。逃げたくてたまらないあまり、服を散らかしていることは気にしなかった。

どこにあるのだろう。

朝の肌寒さを気にせず出かけようと思いかけた頃、侍女がマントを旅行用の物入れに詰めたのかもしれないことに気づいた。物入れの木の蓋《ふた》をあけ、一番上に灰色と青色と緑色のチェックの毛織のマントが載っているの見て、安堵の息を吐いた。

アナは手早くそれを羽織り、スクワイアを抱きあげると――この子があの放蕩騎士のところへ飛んでいったら困る――のぼってきた階段を急いでおりた。

中庭にアーサーがいないことを、ドアの内側から確かめて外へ出た。彼と鉢合わせするのはどうしても避けたかった。ばかげているのは自覚している。これまでアーサーは、あらゆる手を尽くしてアナを避けてきたのだから。けれども、さっきの食事中にアナを見つめる彼の様子は、アナに警戒の念を抱かせた。

アナは中庭を横切り、厩へ行った。無事になかへ入ってから、スクワイアをおろし、厩番の少年に護衛兵のロビーを呼びにいかせると、馬の準備をした。

行くあてはなく、城から出さえすればよかった。高い城壁に囲まれた、巨大な石造りの城が、ふいにとても狭く思えた。

アナが馬の支度を終え、スクワイアをふたたび抱きあげたとき、厩のドアがあいた。スクワイアが興奮して甲高い声で吠えはじめ、アナの腕から矢のように飛びおりた。

「ちっ！」アナが自制する間もなく、行儀の悪い言葉が口からすべり出た。

誰が入ってきたのかは、見るまでもなかった。

スクワイアの反応からわからないとしても、アナの体が教えていただろう。空気が動いた。肌がちくちくし、五感が鋭くなった。室内が突然暑くなったように思えた。そして、かすかな男らしいスパイスの香りが、鼻につんとする厩の土臭いにおいを通り抜けてきた。

アナは目を閉じ、強さをくださいと祈り、ゆっくりとアーサーのほうを向いた。

ふたりの目が合った。意識の震えが、鞭《むち》の痛みさながらに体を駆け抜けた。彼と目が合うときの衝撃は、いつまで経っても和らがないように思える。アナは息をのみ、急に胸をぐっと締めつけられたように感じた。渇望がわきあがる苦しい瞬間が訪れたものの、アナはすばやく、そして強くそれを抑えつけた。

アーサーはなんの意味もない存在だ。今はもう。兵舎であんなことがあったあとでは。彼が最初の機会に逃げ出したあとでは。

アーサーは彼がいかにアナにふさわしくないかを示した。そうなのだと信じなければならない。

アナは平然とした表情を作り、体に流れる貴族の血一滴一滴に呼びかけた。自分は王たちの子孫、偉大なサマーレッドの六世代下の子孫だ。アナは短く会釈をし、澄ました声で言った。「サー・アーサー、戻ったのね」

堂々とふるまおうとしたのに、かすかに声が震えたせいで失敗した。人が多い大広間でアーサーの影響を受けないふりをするのと、狭い厩でそうするのとではまったく違う。しかも、ふたりきりで。アーサーにとっても……真剣に見つめられているときには。怒ったように見つめられているときには。

アーサーの顔は赤かった――口の両脇のしわと、脈打つこめかみ以外は。それらは、運悪く白かった。

不安でアナの鼓動は速まった。イアンはどこ？　厩番なのだから、そろそろ戻ってい
てもいいはずだ。

アーサーはアナの思考を読んだに違いない。すでに恐ろしげだった目が翳り、アナはさらに不安になるばかりだった。アーサーに腹を立てられる理由なんてないというのに。

「ロビーは来ない。あなたの用事がある場所へ、おれが連れていくと伝えた」

なんてこと、いやよ。どこであろうと、アナはアーサーとは行きたくなかった。さらに言うなら、彼のそばにいたくもない。

アナは顎をあげ、アーサーが醸《かも》し出す危険な雰囲気にひるむまいとした。何も悪いことはしていないのだから。しかしアナは、手が震えているのをアーサーに見つからないことを願った。「その必要はないわ」

アーサーが一歩近づき、アナは動かないよう自分に強いなければならなかった。それでも、のどもとの脈が乱れるのを感じた。

アーサーにそれを見られたようだ。彼の唇に浮かんだ笑みを見て、アナは猫に凝視されているネズミのような気分になった。「残念ながら、必要がある。あなたが城を離れるなら、おれがついていく」彼がアナの全身へ目を走らせ、アナの肌は火照った。「何か忘れているのでは」

アナは血とともに熱がめぐっていることに心から当惑し、口ごもった。「な、何を？」

アーサーはアナの目を見つめた。「かご」アナは身を凍りつかせ、目を見開いた。アーサーが知っているはずはない……。

彼がこう言い足したとき、アナはほっと息を吐きそうになった。「あなたがかごを持たずに城を離れるところは、見たことがない」

観察眼が鋭い――あまりにも。アーサー・キャンベルはいろいろな意味で危険だ。アナや女たちが使者であることを誰かに知られれば、ジョンは激怒するだろう。

アナは動揺させられたことに腹を立てながらも、すぐに落ち着きをとり戻した。「今日は乗馬をするだけのつもりなの――村人の訪問はしないわ」

アーサーはやや長くアナの目を見つめつづけた。またもや、アナはアーサーが何か知っているのではないかと疑問に思った。けれども今回は、表情に何も出さなかった。

嬉しそうな吠え声が聞こえ、アーサーは足もとで跳びはねる犬へ目をやった。「おすわり」有無を言わせぬ口調だった。スクワイアはすかさずおすわりをし、大好きと言わんばかりの表情でアーサーを見あげた。「あなたの仔犬は、作法を学ぶ必要がある」

アナは唇を引き結んだ。「この子はあなたが好きなのよ」理由はちっともわからないけれど。アーサー・キャンベルから愛情を絞り出すのは、岩から水を得ようとするようなものだ――いらだち、失敗するのがおちだ。

アーサーはアナが考えを声に出したかのように目を細め、訝しそうな表情をした。「動物は普通、勘が鋭い」

「普通はね」アナは相槌を打ったが、そう思っていないことをあからさまに示した。

アーサーの目に、いつのまにか危険な光が戻った。「アナ、あなたは？　本能はなんと言っているのだろうか」

逃げなさい。隠れて。できるだけアーサーから離れて、胸が痛まないようにしなさい。

アナの胸はアーサーを見るだけで痛んだ。彼の角張って割れた顎を、官能的な弧を描く唇を、金色の斑点が散った琥珀色の目を見るだけで。

アナは目をそらし、感情がのどにこみあげるのを感じた。「本能には耳を貸さないの」

少なくとも今はもう貸さない。本能は間違っている。ふたりのあいだに特別なものがある、と本能はアナに考えさせようとする。アーサーに必要とされているかもしれない。彼は孤独だ。アーサーは見かけどおりの人物——有能な騎士、百戦錬磨《ひゃくせんれんま》の戦士、剣によって、そして剣のために生きている人物——ではないかもしれない、と。

今でさえ、アナの本能は、ふたりのあいだで張り詰めて震える空気に意味があると思わせようとしている。アーサーがふたたび腕をまわし、キスをしてくれれば、すべてがうまくいく、と。だけど、もう手遅れだ。「本能のままに行動すれば、後悔するだけよ」アナは言い足した。

アーサーが口もとをこわばらせ、顎が恐ろしげに引きつった。彼はまた一歩近づいた。その体が放つ熱をアナが感じとれるくらいに。彼の肌から漂う太陽とスパイスの香りが届くくらいに。

アナの脚はとろけはじめた。

ああ、アーサーの背の高さを忘れていた。壁が迫ってくるように思える。アナは息苦しくなった。こうして前に立たれては、頭も働かない。

アーサーは猛々しい雄々しさを、破城槌《はじょうつい》（城壁などを壊す兵器）さながらにさりげなく利用している。

「で、後悔しているのだろうか、アナ」

彼の口調からは、わざとらしい優しさがはっきりと感じられた。アナはアーサーから怒りが放たれているのがわかった――アナの心変わりを気にしているかのように。

いったいなぜ、アーサーはこんなことを？　なぜ人を当惑させようとするのだろう。遠ざけようとしていたのは、彼のほうなのに。

「それがどんな違いをもたらすというの？　とくに今。あなたはわたしの兄と逃げる前に、気持ちを残酷なほどはっきりとさせたでしょう」

アナは彼の脇を通り抜けようとしたが、アーサーは容赦なく胸で行く手を塞いだ。アナは彼の口の両脇の白いしわを見て、挑発の言葉をアーサーが聞き逃さなかったことを知った。

「もう偵察は終わった、そういうことなんだな？」

アナはアーサーの顔へ目を走らせた。彼はそう考えたということ？　ああ、それがどうだというのだろう。アナは目をそむけ、ドアのほうを見た。「ええ、そういうことよ。さあ、出かけたいから失礼するわ」

アナは手のひらのつけねでアーサーの胸を押したが、岩壁のように微動だにしなかった。ぎざぎざの岩だらけの岩壁のように。

「おれが供をすると言ったはずだ」

「あなたに奉仕してもらう必要はなくなったわ。気が変わったの。今朝は乗馬をやめるわ」

アーサーの目が怒ったようにきらめいたことから、放免されたことが気に入らないのがわかった。おあいにくさま。自分から供をすると言って、名乗りをあげたでしょうに。

彼の肩がこわばるのを見て、アナは言いすぎただろうかと考えた。しかし、アーサーは唇の片端をあげ、仰々しいお辞儀をすると、脇へどいた。「お望みのままに、マイレディ。ただ、気が変わったら、おれがどこにいるかはわかっているはずだ」

アナは顎をあげ、彼の横をすり抜けた。「気は変わらないわ。出発前にしなければならないことがたくさんあるもの」

アナは腕に手をかけられ、急に立ち止まった。優しく触れられたわけではないのに、五感ははじけた。

「どこかへ行くのか、レディ・アナ」

アナは腕を自由にしようと振り、アーサーが放さないのを見て彼をにらんだ。「あなたには関係ないでしょう」

アーサーがまたもや目を光らせ、アナを引き寄せた。彼とのあいだで何かの力が脈打ち、アナを引きずりこもうとするのがわかる。アーサーの唇はすぐそばにあった。「教えてくれ」

アーサーがキスをするわけがない、とアナは焦りとともに考えた。そんなことを許すつもりはない。「結婚することになっているの」アナは思わずそう口走った。

12

アーサーは火傷《やけど》を負ったかのようにアナの腕から手を離した。

結婚《いい》？　その言葉は、槌で腹を殴られたような衝撃をもたらした。アーサーは動くことさえできなかった。骨という骨、筋肉という筋肉、神経という神経が、石と化した。

「誰と？」抑揚がないどこか脅すような声が、自分のものとは思えなかった——マクルアリの声のようだ。

アナはアーサーと目を合わせようとしなかった。分厚い毛織のスカートのひだのなかで、組み合わせた手をもじもじと動かしている。「サー・ヒュー・ロスよ」

あばら骨のあいだに短剣を突き立てられても、これほどの深手は負わないだろう。ロス伯の息子で跡継ぎ。アーサーはもちろん彼を知っていた。その若き騎士は、すでに名をあげている。手強い戦士であり——戦場でもそのほかの場所でも策士だ。アナにふさわしいという事実が、余計に厄介だった。

アーサーは体をめぐる怒りを理解できなかった。裏切られたと感じていることも。アナは自分のものではないというのに、ちくしょう。今後そうなることもない。

だからと言って、二週間ほど前にアナを腕に抱いたことを――そして、危うく彼女の純潔を奪うところだったことを――忘れることはできなかった。

「実り多い一週間を過ごしたようで、マイレディ。やることが早い」

アナの頬が真っ赤になった。「まだ詳細は決まってないわ」

アーサーはアナの口調に含みを感じ、訝しく思って目を細めた。「どういうことだろうか、詳細とは。婚約しているのか？　それともしていないのか？」

アナは顎をあげた。まだ頬は赤いものの、その目には挑むような光が宿っている。「サー・ヒューは、去年わたしに求婚したの。わたしの婚約者が他界したすぐあとに」

「その求婚を拒絶したと思っていたが」

「ええ。考え直したの」

ふいにアーサーは、ことの次第を悟った。エドワード王の援軍が来ないため、マクドゥーガル一族はロス伯に助けを求めることにし、同盟を結ぶ動機の足しになるよう、アナを差し出そうというわけだ。

アナが考え直したのであろうと、ローンがそうしたのであろうと、関係はなかった。アーサーは両家が力を合わせるのを許すわけにいかなかった。ロス伯とマクドゥーガル一族が同盟を結べば、ブルースの勝算が低くなる。同盟を阻止するのはアーサーの任務――義務――だった。

アーサーは冷ややかな顔でアナを見た。「で、サー・ヒューがあなたの急な心変わりを受け入れると、なぜわかる？」

「わかっているわけではないわ」アナはきつい目つきでアーサーを見た。「だけど、あの方を説得するために、しなければならないことはするつもりよ」

それがどういう意味かは、想像するまでもなかった。アーサーはすかさず反応した。原始的な反応だった。一瞬で怒りに襲われ、自制心を失ったのだ。頭のなかにどす黒いものが広がった。もう少しで、アナを廐の壁に押しつけて唇と唇を重ね、彼自身をアナの腿のあいだに割りこませ、彼女の口に舌を深く入れるところだった。アナにはその状態がふさわしい。

とはいえ、怒りで気が変になりかけていても、アナを守りたいという衝動のほうが強かった。アーサーは彼女に触れたらどうなるか、自信がなかった。今の状況では。

アナは目を見開き、賢明にも一歩うしろへさがった。

しかし、アーサーは射貫くような視線という罠から、アナを出さなかった。「つまり、すべては計画済みということか」

アナはうなずいた。「ええ《アイ》。それが一番いいのよ」

アナが自分自身を納得させるように話しているという事実も、アーサーに慰めを与えはしなかった。「あなたの計画には、ひとつ問題がある」

アナはためらいがちにアーサーを見つめた。「というと？」

「ロス伯は北部にいる。そこまでの道を旅するのはあまりにも危ない。危険が大きすぎる。ブルースとその兵たちが、いつ進軍するかわからないから。父君がお認めにならない」ローンは冷酷なろくでなしだが、純粋に娘を愛しているように見える。

「もう認めたわ。アランと護衛兵が二十人エスコートする予定よ。フッド王は人殺しの盗賊かもしれないけれど、女に戦いをしかけはしないはず」

アーサーは怒りを抑えるのに苦労した。こんな話に同意するとは、ローンはよほど必死になっているに違いない。勝つためにはなんでもする男だが、娘まで危険にさらすとは。「あなたが女性だと、反逆者どもが知っていると仮定しよう。闇のなかでは、あなたの性別はなかなか見分けられない。使者と間違われる可能性もある」

以前エアでどんな目に遭いかけたかを、アナはもう忘れたのか？　まったく、アナが危険な目に遭うことを思うと……。

アーサーの血は凍った。またもやアナを厩の壁に押しつけ、今回は揺さぶって、分別を教えこみたくなった。アナは怪我をするかもしれない。殺される可能性もある。

「兄が守ってくれるもの。きっと大丈夫だと思うわ」

アーサーのこめかみで血管が脈打った。兵士が百人いても、アナを守ることはできないだろう。落ち着きを保とうとするアーサーの試みは失敗した。「そんなばかな。行ってはいけない。危険すぎる。使者を送るべきだ」

アナが不愉快そうに目を細め、口もとをこわばらせたのを見て、アーサーは自分が間違いを犯したことを知った。愛らしい容貌の娘にしては、アナには驚くほど強情なところがある。

「もう決まったことなの。それに、あなたには何も言う権利はないわ」

女はおとなしく従順であるべきだ、くそっ。それなのに、アナはアーサーと顔と顔を突き合わせ、一歩も譲ろうとしなかった。今ほど激怒していなければ、アナを称賛していたところだ。

今回、アナが踵を返して勢いよくドアを出ていったとき、アーサーは彼女を止めなかった。

〝何も言う権利がない〟か。それはこれからのお楽しみだ。

アナが道理をわきまえないなら、ローンがわきまえるだろう。

ブルースの部下たちが北部のそこらじゅうにいて、奇襲と強奪と供給路の遮断など、混乱をもたらし、敵の心に恐怖を広げるためにあらゆることをしている。戦争は戦場だけではなく、人の心のなかでも起きるものだ。

マクドゥーガルの護衛兵団は、魅力的な襲撃相手だ。一行が敵に近づいて自分たちのあやまちに気づく頃には、アナは胸に矢を受けているだろう。

心が乱れているのは、任務の遂行が脅かされているせいだ、とアーサーは自分に言い聞かせた。この種の同盟を阻止するために――マクドゥーガルを孤立させておくために――自分はここにいる。

とはいえ、今アーサーが考えているのは、伝言や同盟のことではなかった。目の前に浮かぶのは、血の海のなかに横たわるアナの姿だけだった。

ローンが愚かな道へ進まないように仕向けなければ。

それができなければ……。

アナを護衛兵団とともに行かせるものか。アナが城の外へ一歩でも出るなら、アーサーはすぐそばにいるつもりだった。アナを守れて、見守れる場所に。

アーサーが強く確信していることがひとつあった。アナがヒュー・ロスと結婚することは、断じてない。

「アニー、どうかしたのか？　いらだっているようだが」

アナは馬を並べた兄のアランへ目をやった。

今朝、漕《こ》ぎ船に乗って最初の行程を終えたので、あとは馬で旅をすることになっていた。ダンスタッフネイジ城から海とリニ湾を経由してインヴァーロッヒーの村まで行く経路は、半日もかからなかった。陸路だと、何日もかかっていただろう。

アナは残りの行程も、同じように楽であることを願った。三つの湖と何本もの川が、グレート・グレンと呼ばれるグレン・モア（グレンは峡谷の意）を縦走している。この峡谷は、リニ湾の岬にあるインヴァーロッヒーからインヴァネスとマレー湾まで――スコットランドの端から端まで――を横断している。河川は陸で途切れ途切れになっているため、船旅は不可能だった。そこで、一行はインヴァーロッヒーからネアンまで、およそ一二〇キロの陸路を馬で行くことになっている。運に恵まれれば、ネアンのすぐ東オールダーン城には、四日のうちに着くだろう。アナは自分が一行の足を引っぱっているのをわかってはいたが、慣れているのんびりした乗馬に比べると、はるかに過酷なペースだった。

皮肉なことにアナたちは、去年の秋にフッド王がハイランドを荒らしまわり、四つの主要な城を奪ったときと、ほぼ同じ経路をたどることになっていた。四つの城には、インヴァーロッヒーとアーカートにあるカミンの城と、インヴァネスとネアンにあり、イングランド軍が駐屯しているイングランド王の城が含まれている。

それらの城はまだ反逆者たちのものだから、アナたちは道中、比較的危険が少ない宿を見つけるしかなかった。ブルースの部下たちと出会わないようにするためには、森をしょっちゅう通ることになるのではないかとアナは考えた。

照りつける太陽から逃れられるから、それを歓迎することになりそうだった。馬に乗ってすでに二、三時間経っているが、アナは薄いベールですっぽりと顔を覆っているにもかかわらず、暑くて汗で肌がべとついていて、そう、アランが気づいたようにいらだっていた。

実際、ひどく腹を立てていた。

とはいえ、珍しくアナの機嫌が悪いのは天候のせいではなかった。それはお節介なある騎士のおかげだった。

アナは朝からその騎士のほうを頑として見ようとしなかった。だからと言って、彼の正確な位置を意識していなかったわけではない。一行の先頭を行き、道の前方に厄介事の兆候がないかを見張っている。

厄介事。控えめな表現。だいたい、その騎士の存在自体がそれだ。

「大丈夫よ、お兄様」アナは請け合うように言い、どうにか微笑んだ。「疲れていて暑いけれど、平気よ」

アランはわざとらしくのんびりと、横目でアナを見た。「キャンベルと関係があるのかもしれないと思っていたが。あの男が来ると聞いて、おまえはあまり嬉しそうではなかった」

アランはあまりにも鋭い。いつかよい氏族長になれそうな資質だが、考えていることを人に知られたくない妹としては、評価できなかった。

反応するまいと頑張ったものの、アナは思わず歯嚙みをした。「あの人は介入する立場にないもの」

アナはジョンから、アーサーが今回の旅について決意を翻《ひるがえ》させようとした、と聞いて耳を疑った。アーサーはそれに失敗すると、一団に同行する許可を願い出たという。斥候としての腕を活かせば、一団の安全が確実になると言ったらしい。残念なことに、ジョンはそれに同意した。

このためアナは、一日じゅう無視するどころか何日も、ことによると何週間も、アーサーがそばにいることに耐えざるを得なくなった。

アーサーはわざと人を苦しめようとしているのだろうか。アナがこれからしようとしていることは、アーサーが近くにいなくても難しいというのに。

「あいつは騎士だ、アナ。斥候でもある。敵の位置を報告するのは、まさにあの男の仕事だ。それに、キャンベルが同行したのを喜べないと、わたしは言えない。キャンベルがその言葉どおりに優秀ならば、役に立つだろう」

アナは愕然としてアランのほうを向いた。「お兄様はお父様に同意するの?」

アランが歯を食いしばる。彼は決してジョンを人前で批判しない。たとえ――今のように――批判したいと思っていても。「わたしなら、おまえがダンスタッフネイジ城に残るほうが好ましいと考えるだろう。ただ、おまえが一緒に行くべきだと父上が言い張った理由もわからなくはない。ロス伯に直訴したほうが、きっと説得しやすくなるだろうから」アランは微笑んだ。「おまえはずる賢い女だな、愛しいアニー、もっとも、魅力的でもあるが」

アナはにんまりとした。「お兄様は過保護だけれど、わたしも愛しているわ」

アランは笑い、アナも笑い出さずにはいられなかった。

アーサーがその笑い声を聞きつけて振り向き、アナは不意を突かれた。ふたりの視線が一瞬からみ合い、アナはすぐに目をそらした。それでも、胸に痛みが走る程度には長かった。なぜ、これほど胸が痛まなければいけないのだろう。

アランはふたりのやりとりを見逃さなかった。真顔になり、アナをじっと見つめた。

「本当に、介入する立場にないからという理由だけなのか、アナ。言い分は聞いたが、おまえが父上のために、キャンベルを見張っていた以上のことが、あの男とのあいだにあるように思うが。キャンベルが好きなんだろう」アランは正しい、と胸の痛みが告げていたが、アナはそうでなければいいのにと考えていた。「婚約の話はせずに、ロス伯に訴えることもできるぞ」アランが優しく言う。「この取引きで、おまえが自分を犠牲にすることはない」

アナの胸はいっぱいになった。こんな兄がいて、なんて恵まれているのだろう。多くの男が、アランと同じようには考えない。普通、貴族間の結婚において、幸福が考慮されることはなかった。力、同盟、富――大事なのはそれらだ。けれども、アランは結婚生活で愛を見つけたから、独特な考え方をするようになった。

しかし、結婚による同盟を結んだほうが、ロス伯の支援を受ける確率ははるかに高まる。アナと同じく、アランもそれをわかっていた。

だいたい、家族を助けることになるのだから、犠牲を払うことにはなり得ない。とくに、犠牲を払うには犠牲になるようなことが実際になければいけないのだから。アーサーはアナがつらくなるほど明確に、ふたりのあいだに何もないことを示している。

「ええ、ほかに理由はないわ」アナはきっぱりと言った。

その断固たる口調に、アランは納得したに違いない。しばらくアナの横で馬を走らせ、珍しく平和だった時期にふたりで旅をしたときの思い出話をしたあと、部下のところへ戻った。

初日は旅がはかどり、ロッヒー湖まで行ったあと、その夜は湖の南の岬の近くで投宿することにした。石造りの壁とわらぶき屋根の小さな宿はとても古風で、古いローマ街道のそばにあることを思うと、アナは相当に古い建物ではないかと考えた。

アナの体はこわばっていて痛んだ。長い一日の一時間一時間を脚と尻と背中で実感し、どれほど粗末でも、屋根とベッドをありがたく思った。洗面を済ませ、魚のシチューと黒パンを少し食べたあと、ベッドへ倒れこんだ。侍女のバータは、その脇のわら布団の寝床の上でいびきをかいていた。

しかし、二日目の夜はそれほど恵まれてはいなかった。その夜、アナはネス湖のすぐ南の森で、小さなテントのなかのわら布団の上に寝ることになりそうだった。

長い一日は、アーサーがひっきりなしに前方の様子を報告に来たため、さらに長くなった。四方が開けた道や、待ち伏せをしやすい場所など、危険が潜む状況を避けるため、一行はときに道から遠くへそれて旅をした。つまり、道であれば四十キロで済むのに、鬱蒼とした森と丘陵を通って恐らく五十五キロほど馬に乗ったということだ。

アナには、過度な警戒に見えた。これまでのところ、変わったものは目にしていない――村人、漁師、ときおり通る旅人の一団。ブルースの部下が道を巡回しているとしても、姿を見せていないということだ。

アーサーはアナを苦しめるために、旅の距離を増やしているのだろうか。そばにいるだけでは足りないと言わんばかりに。

アナは何日も馬に乗ることに慣れていないため、川のほとりで膝をつき、手を洗おうとしたときに脚が震えた。疲れがとれることを願って顔を川面に近づけたが、冷たい水で顔を洗っても、気分は変わらなかった。

立ちあがろうとしたとき、骨や関節が抵抗し、アナはうめき声を漏らした。老女のようにぎこちない動きで立った。

野営地へ急いで戻る必要はなかったので、ひとりきりのささやかな時間を楽しんだ。

残りの面々は、ほんの二、三十メートル離れたところにいるものの、木々の枝の分厚い屋根と苔《こけ》が、音を吸いこんでいるように感じた。かすかな人の声がたまに聞こえるが、それを除けばあたりはごく静かで、昨日の朝、中庭に着き、旅支度をしたアーサー・キャンベルの姿を見たとき以来、アナは最も平和なときを過ごした。

アーサーを見ないように無理をして二日近くを過ごしたせいで、くたくただった。心配していたよりも状況は悪かった。アナはアーサーを無視し、彼が自分のほうを向くたびにその視線を避けていたのに、アーサーの一挙手一投足を痛いほど意識していた。胸に痛みをもたらしている切望の穴は、ますます広がっている。重くなっている。それが気持ちをすり減らすせいで、アナの心はむき出しで傷つきやすくなっていた。

アナはこの状況にどこまで耐えられるかわからなかった。なぜアーサーは、ここにいなければならないのだろう。

うんざりしてため息をつき、岩の上を流れる心安らぐ川に背を向けた。約束どおり何分かで戻らなければ、バータが慌ててアランを寄こすだろう。だいたい、あたりは暗くなりつつあった。

何歩か歩いて、森のなかへ入ったとたんに、陰から男が出てきてアナの行く手を塞いだ。

アナの脈は焦りで速まった。口を開いて悲鳴をあげようとしたとき、男を知っていることに気づき、悲鳴を噛み殺した。

そして、勢いよく口を閉じた。しかし、脈は速まったままだった。「やめて」アナは強い調子で言い、アーサーのハンサムな顔を見あげた。「怖くて死ぬかと思ったわ」

アーサーが音ひとつ立てなかったのだ。なぜこれほど体の大きな男が、そんなふうに忍び足で歩けるのか、アナにはわからなかった。

「それはよかった」アーサーはきつい調子で返した。「ひとりでこんなところへ来てはだめだ」

「ひとりじゃなかったわ」アナはぎこちない笑顔で言った。「あなたが様子をうかがっていたもの」

アーサーの口もとがこわばったので、アナはこのうえない満足感を覚えた。そうして喜ぶのはひどいことだが、どんな反応であれ彼からそれを引き出すと、大きな目標を達成したように思えた。

アーサーは射貫くような目で長々とアナを見つめた。「そっちがやり方を熟知していることだろう」

口もとがこわばるのを感じたのは、今度はアナのほうだった。

アーサーがあまりにも近くにいる。アナの兄もほかの兵士も、叫べば声が届くところにいるものの、アナとしては、こうしてふたりきりになりたくはなかった。どんな形であれ、ふたりきりになるのは危険だ。

様々なことを思い出すからだ。アーサーとのキス、クローブの味。むき出しの厚い胸が、蠟燭の火明かりのなかで波打って見えたこと。湿った彼の髪が、うなじのところでカールしていたこと。あるいは、アーサーのにおい。石鹼と――アナは息を吸いこんだ――たくましい男の香り。

アーサーはしばらくひげを剃っていないらしく、顎の無精ひげが与える荒々しい危険な雰囲気が――まったくもう――彼の魅力を強めていた。

あれだけのことがあったのに、アナはまだ彼の影響を受けていることに腹を立て、アーサーの脇を通り過ぎようとした。無駄な努力というものがあるなら、まさにそれだけれど。「ちょうど、戻ろうとしていたところよ」

アーサーはアナの腕をつかんで止めた。微動だにしない胸で道を塞ぐのでは、足りないと言わんばかりに。「次回から、護衛の者なしで野営地を離れないでくれ――おれか兄君が望ましい」

アーサーの口調と尊大な態度に怒りを感じて、アナは頰を火照らせた。父に仕える騎士、サー・アーサー・キャンベルは、一線を踏み越えている。「あなたには、わたしに指図する権利はないでしょう。確か、この旅の指揮をとっているのはわたしの兄だったと――あなたではなかったと――思うけれど」

アーサーが目を怒りできらめかせ、アナの腕をつかむ手に力が入った。彼の声は低く、その口は……。

アナは息をのんだ。口の位置も低くなっている。危険なほどに。アナのすぐそばにあった。つま先立ちをすれば、唇が届くかもしれない。

ああ、そうしたい。どうしてもそうしたかった。アナの体のなかで熱があふれ出し、胸と脚のあいだに集まった。胸の頂が硬くなり、彼の熱く硬い胸とこすれ合う感触を求めてうずいた。

意に反する体の反応が、恥ずかしくてたまらなかった。アーサーには、こんなふうに感じさせる権利はないというのに。冷酷に拒絶したからには。あのあとすぐに城を離れ、はじめて言葉を交わしたときの印象どおりの男であることを証明したからには。アーサーはなぜ、ただほうっておいてくれないのだろう。

「これについては、反論しないでもらいたい、アナ。兄君をかかわらせたいのなら、そうしよう。あなたを子どもあつかいして、恥をかかせないようにしていた。だが、あなたの安全を守るために必要なら、おれはなんだってする」

アーサーの口調を聞いて、なぜかアナの肌が警戒で粟立った。「どういうこと？　反逆者たちが近くにいるの？　何かを見たの？」

アーサーの目を影がよぎった。彼は首を横に振った。「これまでのところ、何も」

「でも、あなたは何かを感じるのよね」

アーサーが反射的にアナの目を見た。彼の目は翳っていて、罠にはめられるのかと疑っているかのようだった。先日アーサーが見せた才能については、アナの言ったとおりだと認めさせる罠に。

アーサーは否定しそうな様子を見せたが、やがて肩をすくめてアナの腕から手を離した。「ああ、危険《アイ》を感じる。あなたも感じるべきだ。見えないからといって、その辺に敵がいないと勘違いしてはいけない」

アナは純粋な気遣いを感じて反省し、うなずいた。「頼まれたとおりにするわ」

アーサーが命令口調で言ったのであって頼んだわけではないことは、ふたりともわかっていたが、彼は反論しないというアナの同意に満足したようだった。

アナはそのまま歩み去るべきだろうと思ったが、なんとなくアーサーに尋ねた。「サー・アーサー、なぜここにいるの？　どうしてわたしたちに同行すると言い張ったの？」

アーサーは目をそらした。その質問に当惑したようだ。それでいい、とアナは考えた。

彼は顎をこわばらせた。「あなたの兄君の役に立てるかもしれないと考えた」

「偵察は好きではないと思っていたわ」

彼は唇の端をゆがめ、謎めいた笑みを浮かべた。「心配していたほど、悪くはない」

アナは彼の顔へ目を走らせたが、何を探っているのか自信がなかった。「それだけが理由なの？　兄の役に立ちたかっただけ？」

アーサーはアナを見おろした。その強い視線は、稲光のようにあからさまにアナを貫いた。彼は何かに耐えている。だけど、何に？

「あなたがおれの警告に耳を貸さないから、同行して、あなたが目的地へ無事につけるかを確かめるしかなかった」

無事に別の男の腕のなかへ送り届けるということだ。「サー・ヒューはあなたの働きに感謝するでしょうね」

アーサーは身を硬くし、目のなかで炎が野火さながらに燃えあがった。一瞬、アナはアーサーに木の幹に押しつけられてキスをされるような気がした。

けれども、そうはならなかった。アーサーはこぶしを握り、怒ったようにアナを凝視した。

今感じているのは失望ではない、違う、とアナは自分に言い聞かせた。けれども、効果はなかった。

「おれを追い詰めないでくれ、アナ」

しかし、アナは警告にはうんざりだった。「追い詰めるな？　あなたは何も気にかけていないのに、どうやったら追い詰められるというの？　あの夜兵舎で、あなたは気持ちをはっきりさせたでしょう。わたしを追い払ったのはあなたよ、覚えている？　逆ではなくて」

「覚えている」

アーサーの声がかすれていることから、彼がそれ以外のことも思い出しているのがわかった。アナの肌は火照り、張り詰めはじめた。あのときの記憶が息を吹きかけられた燃えさしさながらに、ふたりのあいだで音を立てていて、今にも再燃して燃えあがりそうだった。

アナはアーサーがなぜこんなふるまいをしているのかを、理解できなかった。いらだちがこみあげた。「気が変わったの？」


別のときであれば、アーサーはアナの挑戦的な態度に惚れぼれしていただろう。率直な物言いと素直さはアナの特徴だ。とはいえ、今は勘弁してもらいたかった。気持ちの変化について考えたくはなかった。彼女に触れずにいるためだけに、ありったけの努力をしなければならない状態だったのだ。

なぜアナは、おとなしく引きさがらないのか。それだったら、対処できるというのに。アーサーは愚かなふるまいをしていることを自覚していたが、二日間アナのそばにいて、彼女がアーサーの視線を避けて顔をそむけるのを見たり、アーサーは傭兵《ようへい》に過ぎないと言わんばかりの態度をとるのを見たりするうちに、我慢の限界に達したのだった。

アナが野営地を動きまわり、ほかの兵士たちと笑い合い、彼らに微笑みかけるのを、もうひと晩見守ることはとてもできそうになかった。それは明らかにアーサーには向けられない微笑みだった。

　こっちは端にいるのが好きなんだ、ちくしょう。そう思っても、アーサーは野営地の端という慣れた場所――焚き火に集まっている仲間たちから遠い場所――から、気がつけばアナの微笑みのあたたかさを切望していた。彼女の笑い声を求めていた。彼女の明るさを。

　アナに自分の存在を認めさせたかった。しかし、アーサーがしたことは、かき立てる必要がないものをかき立てたことくらいだ。

　たとえば、アナをあの木に押しつけて奪いたいという圧倒的な欲望。アーサーはアナにゆっくりと深く身を沈めたときに、首にまわされるアナの腕と、腰に巻きつけられる彼女の脚の感触がわかるような気がした。体に密着した、アナの小柄な柔らかい体の感触。蠱惑《こわく》的な曲線が、アーサーの体になじむ様子。彼の胸にあたる、硬くなった官能的な胸の頂。

　くそっ。

　アーサーは身じろぎをした。しかし、ブレーズ（膝からくるぶし丈のズボンの一種）のなかで大きくなった彼自身は硬く、アーサーの意思に従わなかった。

これほど苦労するのはおかしい。集中しろ。任務を果たせ。アナを見張れる程度に近くに留まって、彼女には触れるな。アナをすぐそばへ来させるな。

あまりにも多くの者が、アーサーを頼りにしている。真に重要なことに目を向けていなければならない。ブルースが名実ともに玉座にすわれるようにし、ブルースに敵対する者たちを打ち負かすことに。そのなかにはジョン・オブ・ローンも含まれる。これはアーサーにとって、ローンに父への仕打ちの償いをさせる機会でもあった。

正義。報復。不正を正す。血には血を。それが記憶にあるかぎりの昔から、アーサーを駆り立ててきたものだ。アーサーはできるだけ偉大な戦士になることに人生を捧げ、ただひとつの目標を胸に抱いてきた。ローンを破滅させること。

十四年間、冷徹な目的意識だけが友だった。どんな犠牲を払っても任務を果たすという鋼の決意。それは、どこまでも快活で愉快なマクソーリーから、短気なシートンや無愛想なマクルアリまで、個性が様々なハイランド・ガードの団員全員の唯一の共通点だった。しかし、アーサーは今ほどその決意を保つのに苦労したことはなかった。

アーサーは一歩さがり、自分をつかんで離そうとしない欲望の靄を晴らそうとした。けれども体は鬱積した欲望で満ちていた。無視するのがだんだん難しくなっていく欲望で。最近は、屹立《きつりつ》したものが腹をつついている状態で歩きまわっても、たいしてなだめられなかった。手で慰めても効果がほとんどなかった。

アーサーが質問にすぐに答えずにいると、アナは言った。「どうなの？」気は変わったのか。アーサーは首を横に振った。「いいや」

何も変わっていない。アナは、自分が破滅させようとしている男の娘だ。ふたりの未来にあるものは、裏切りだけだ。アーサーには、それ以上状況を悪くするつもりはなかった。

アーサーの反応に落胆したとしても、アナはそれを顔に出さなかった。それどころか、予測していたようだった。「だったらなぜ、こんなことをするの？　わたしが誰と結婚するかを気にしているようなふるまいをなぜするの？　あなたはわたしを求めていないのに、ほかの人が求めるのもだめだというわけ？」

アーサーは悪態をつき、髪をかきあげた。「そういうわけじゃない」

本当は、まさにそのとおりだった。アナはアーサーの悩みを正確に言い当てた。くそっ、自分は嫉妬している。そんな権利はないとしても。アナを失望させたとしても。ふたりの関係に望みはないとしても。アナがほかの男と結婚するのだと考えるだけで、アーサーは若造のように嫉妬した。

アナはアーサーと目を合わせた。「だったら、説明してちょうだい」静かに言う。「わたしに対して、どんな気持ちでいるの？」

まいった。アーサーが最も考えたくないことだった。そんな質問をするのはアナくらいのものだ。アナ・マクドゥーガルは、ものおじして引きさがるような女ではない。率直。単刀直入。自分をいつわらない。

ああ、アナはすばらしい。

ありとあらゆる訓練を受けたのに、アーサーは落ち着きなく足から足へ体重を移さずにはいられなかった。兄たちが剣でアーサーを崖の縁に向かって追いこみ、身を守ってみろとなじったとき以来、これほど追い詰められたように感じたことはなかった。「複雑な気持ちだ」アーサーはごまかした。

アナの視線はアーサーに据えられたままで、ないものを探っているようだった。「複雑だけでは説明が足りないわ」アナは目を落とした。「あなたには、ここにいてほしくないの」彼女の口調も、華奢《きゃしゃ》な肩もこわばっていた。

アーサーもいいたくはなかったが、ほかに選択肢がなかった。

アナはふたたび目をあげた。明るい藍色の瞳からは、ぬくもりは消えている。「お願い、とにかくわたしをほうっておいて」

声に含まれる静かな懇願を聞き、アーサーの良心はとがめ、胸が焼けつくようだった。アナは踵を返し、女王のように堂々と歩み去った。

互いのためにも、アーサーはアナをほうっておきたかった。しかし、任務を優先させなければならない。あと数週間。そのくらい凌《しの》げるだろう。それよりもはるかに危険な問題に耐えたことがある。守りを固め、非常事態と最後の包囲戦に備えればいいだけだ。

13

何かがおかしい。

アーサーはマクドゥーガルの兵士ふたりとともに一行よりも先に進み、偵察をしていたときにそう感じた。空気が変わった。うなじに悪寒が走った。ふいに警戒心がわき、アーサーは全身の神経を尖らせた。

危険。

旅に出て三日目の遅い時間だった。日中のネス湖の西岸沿いの移動に、予測よりも長くかかったのだ。ブルースの部下を避けたせいではなく、インヴァーモリストンにある橋が流されていたせいだ。アナがいなければ、流れが急な川を渡ろうとしていたかもしれないが、そうはせずにさらに八キロほど迂回してつぎの浅瀬へ行ったのだった。

このため、クルーンモアの森の南端に近づく頃には、アーサーの希望よりも遅い時間になっていた。一行は森の南端で、反逆者たちが占拠するアーカート城から十分に離れるため、東へそれて道をはずれることになっている。

旅の最後の夜は、ミークリー湖の岸にある森で野営をする予定だ。明日は、比較的平坦だった道が山道になり、さらに大変な一日になりそうだった。

アーサーはひとりで動くほうがよかったが、アラン・マクドゥーガルは問題に遭遇したときのために兵士ふたりを連れていくよう言い張った。アーサーは特殊な能力があるから兵士ふたりが邪魔になる、とは言えなかったので、仕方なく同意した。

最初に危険を察知したとき、アーサーは手をあげて兵士ふたりを止めた。それから馬から飛びおりて膝をつき、地面に耳をぴったりとあてた。かすかな音が伝わってきて、思ったとおりだとわかった。

ふたりのうち、より体が大きく、普段はマクドゥーガルの斥候を務めているリチャードという兵士が顔をしかめた。「どうしたんです？」

アーサーは声を落とした。「もと来た道を戻れ。きみの主人に、ただちに道から離れるよう伝えるんだ」

斥候になるために訓練中のアレックスという兵士が、鼻まであるかぶとの下から不思議そうにアーサーを見た。顔全体を覆うかぶとをかぶり、重い鎖かたびらと外衣を着るアーサーたちとは違って、マクドゥーガル一族の者は、より軽い鎧と、ハイランダーが好む中綿入りの革の鎧下を身につける。鎧下を着ているほうが動きやすい。またもやアーサーは、動きにくい騎士の装具を捨てて、仮面をとりたくなった。アレックスはあたりを見まわした。「なぜです？」

アーサーは口を引き結んだ。立ちあがり、すばやく馬に乗り直した。「馬に乗った者たちが大勢、こっちへまっすぐにやってくる」

リチャードは気が変な者を見るような目をアーサーに向けた。「何も聞こえませんが」

この愚か者どものせいで、みな殺しになる。気を使っている時間はなかったので、アーサーは大柄で首が太いリチャードの襟首をつかんだ。鞍《くら》から数センチ持ちあげ、顔と顔を近づけた。「おれの言ったとおりにしろ、ばか野郎。もう数分で手遅れになる。おまえが愚かなせいで、レディ・アナが殺されてもいいのか？」

リチャードはアーサーの変わりように驚き、首を横に振った。リチャードがあえぎはじめたとき、アーサーは押すようにして手を離した。

「おれが連中を迂回して、向こう側から彼らの注意を引くようにする」北へ誘導できればいいのだが。「サー・アランに、すぐに道を離れるよう言うんだ。東へ向かって馬を飛ばせと。必要ならば荷車を置いていけ、と。おれは行けるようになったら、湖のほとりで合流する」

鈍いリチャードがはっとして北を向いた。蹄《ひづめ》が地面を打つかすかな音が聞こえてくる。

リチャードはアーサーのほうを向き、見開いた目に不安と疑念を浮かべた。無意識になのか、馬であとずさった。「なんてこった、あなたの言ったとおりだ。聞こえます」

アーサーは困惑するリチャードの心配をしている暇はなかった。

「ぼくがお供をします」アレックスが言った。

「だめだ」アーサーは有無を言わせぬ口調で言った。「ひとりで行く」

そのほうが、とらえられないように動きやすい。だいたい、知った顔に出会う可能性は常にある。マグレガーとゴードンとマッカイは北部にいるはずだ。

「行け」アーサーは言った。

ふたりはそれ以上反論せずに、言われたとおりにした。

アーサーは一刻も時間を無駄にしなかった。馬と一体になり、木立のあいだへ飛びこみ、近づいてくる乗り手たちがマクドゥーガルの一行に追いつく前に、うしろ側へまわろうと急いだ。警告したとはいえ、マクドゥーガル一族が安全な場所へ逃れるには時間がかかるだろうとわかっていた。アナは馬を上手に乗りこなすが、侍女は違う。荷車がさらに一行の足を引っぱる。女についていてアーサーが知っていることがひとつあるとすれば、それは美しい靴やドレスを置いていきたがらないということだ。

幸いにも、アナはあの厄介な仔犬を連れていきたいと言い張らなかった。アーサーは靴の上で用を足されないようにするのにうんざりしていた。

蹄の音を頼りに、アーサーは木々のあいだを縫うようにして、数分と数秒間を――大事な数秒間を――相手と平行に馬を走らせ、最後に彼らに向かって走らせた。

ここからが厄介な部分だ。自分のほうに引きつけるほど連中に近づくが、とらえられるほど近づいてはならない。

アーサーは悪態をついた。木々の切れ目があり、はじめて乗り手たちの姿が見えたのだ。どうやら戦士の一団だ。望みを裏切るような多さだった。二十人はいて、暗い色合いのブレードと、ピッチ（油やタールなどを蒸留したあとに残る黒色のかす）で黒くした鎧下と、黒く塗ったかぶとで完全武装している――ハイランド・ガードが夜の闇にまぎれこむために利用する手段だが、のちにブルースの部下の多くがその方法をとり入れた。

普段なら、アーサーは強そうな集団を見ても考え直しはしない。さらに悪い状況に備えて訓練を受けている。しかし、彼らは周囲の土地を知っているが、アーサーは知らなかった。向こうが有利になる。曲がる場所をひとつ間違えれば、囲まれかねない。

それでも、彼らにはない有利な点が、アーサーにはあった。五感の鋭さ、動きの速さ、並外れた強さ、鍛え抜かれた技、暗闇に潜む能力。

前方に、木立の切れ目が見えた。それだ。アーサーは歯を食いしばり、頭を低くして、その切れ目へ馬を飛ばした。そこではじめて戦士たちに気づいたふりをし、まるで見つかるのを避けるように左へ急に馬首をめぐらした。

怒鳴り声が聞こえたとき、彼らに姿を見られたことがわかった。アーサーは速度を落として振り返るようなことはせず、彼らが餌に食いつくのを待った。一秒を切るほどの僅差《きんさ》が、逃げられるかつかまるかの違いになる。

ほどなく、背後から蹄が鳴り響く音が聞こえ、アーサーは微笑んだ。

狩りがはじまった。

アナは夜が更けていくことを考えないようにした。しかし、闇がおり、月が空高くのぼるにつれて、アーサーは無事だと確信するのが難しくなっていった。

敵兵を避ける騒ぎのなか、抑えられていた不安が、安全な場所へ着いたとたんに勢いよく戻ってきた。アーサーが戻らないまま一時間が経つたびに、その不安はいや増した。

今後、彼にどれだけさいなまれてもいい、かまいやしない。どうかアーサーを無事に帰してください。

アナはマントの前をかき合わせ、心配するなと自分に言った。アーサーは敵と追いかけっこをするつもりだろうから、ここへ来るまでにしばらく時間はかかる。

だけど、これほど長くかかるだろうか。

アナは唇を噛み、こみあげる焦りを和らげようとした。

アーサーはつかまりっこない。

でも、敵は大勢らしいのに、アーサーはひとりきりだ。

彼が死んでいるはずはない。

死んでいるなら、それを感じるはず。アナの胸は締めつけられた。違うだろうか。

「シチュー、おいしいですよ、マイレディ。ほら」バータがスプーンを差し出す。「ひと口召しあがってみてくださいな。ほんのひと口でいいから」バータはアナが蕪《かぶ》を食べたがらない五歳児であるかのようにそう言い足した。

いまだに蕪は好きではないけれど。

アナは首を横に振り、心配そうなバータに向かってどうにか微笑んだ。「おなかが空いてないの」

バータは顔をしかめ、目尻に薄いしわがよった。バータは身長が一五〇センチをわずかに超えるくらいで、木の枝のように細いため、あまり怖そうには見えない。とはいえ、彼女の場合、外見はあてにならない。バータは老いた山羊《やぎ》のように強情にも不機嫌にもなれるのだ。「何か召しあがらないとだめですよ。具合が悪くなります」

アナはすでに具合が悪かった――心配で。食べ物のことを考えると、胃がひっくり返る。アナはのどの奥にこみあげた苦いものをのみこんだ。「食べるわよ」そう嘘をついた。「もう少ししたら」

バータはアナの手を優しく叩いた。アナの手は、ふたりのあいだにある苔が生えた倒木の上に置かれている。ふたりはほかの男たちと一緒に、焚き火のそばに集まっていたが、野営地は珍しく静かで、男たちもおとなしかった。今日はすんでのところで危機を脱したことを、誰もがわかっていて、警告を与えてくれたアーサーの身に何があったのかと考えている者はアナだけではないようだった。

「お嬢様がおなかを空かせても、あの方が早く戻るわけではありません」バータは言った。

思っていたよりも自分はわかりやすいらしい、とアナは考えたものの、ともかく心配で、なんのことかわからないふりをするのは無理だった。「あの人に何かあったと思う？」

バータはアナの手を軽く握り、悲しそうに首を横に振った。「さあ、お嬢様。わたしにはわかりません」

アナはどきりとした。バータが嘘をつこうとしないということは、状況は悪いに違いない。

ふたりはふたたび黙りこんだ。アナは焚き火の炎をぼんやりと見つめ、バータはシチューを食べ終えた。

背後で小枝が折れる音がして、アナはひるんだ。心臓がのどから飛び出そうになるのを感じながら、馬に乗った鎖かたびら姿の騎士がいるのを期待してうしろを向いた。

確かに騎士がいて、アナは一瞬、アーサーだと考えた。

しかし、落胆で心臓がすとんと落ちた。アランだったのだ。アランは馬を飛びおり、手綱を近くの木に結んだ。近づいてくる兄の表情が険しいので、アナの胸に焦りが広がった。「何か見つかった？」アナは尋ねた。

アランが首を横に振る。「いいや、キャンベルの気配はない」

「お兄様はあの人が……」アナは最後まで言えなかった。

アランは長々とアナを見つめた。「もう戻っているのが自然だろう」

事実を悟り、アナは腹を槌で殴られたように感じた。苦悩の涙が目に浮かぶ。目の隅から最初の粒がこぼれ落ちたとき、口笛の音が夜気を貫いた。

「夜の見張り番だ」アナが訊く前にアランが言った。「誰かが近づいてくるようだな」

警戒の合図で、ちょっとした騒ぎになった。アナはすかさず立ちあがったが、ほかの者たちもそうだった。興奮と安堵の歓声が聞こえたあと、彼の姿が見えた。

ほどなく、アーサーが焚き火の光の輪のなかへ入ったとき、アナの心臓は高く跳びはねた。怪我の兆候はないか、とアナは彼に目を走らせた。しかし、ハンサムな顔に浮かんだ疲れと、鎖かたびらについた汚れや土を除けば、アーサーに変わったところはなさそうだった。まったく。

アナは感情の波にのみこまれた。思わず一歩踏み出したあと、足を止めた。

アーサーのところへ行きたいという衝動と闘った。彼の腕のなかに飛びこみたい、その首に腕をまわしたい、汚れてべとついた鎖かたびらに覆われている彼の胸で、安堵の涙を流したい、という衝動と。

アナにそんな権利はなかった。理由もなかった。アーサーに求愛されているわけでも、彼と婚約しているわけでもないのだから。彼とのあいだには何もない。アナは別の男のものになる。

そのとき、アーサーがアナを見た。

一瞬、アナは愚かにも、アーサーは自分のことを探していたのだと、思いかけた。

ふたりの目が合った。アナはその衝撃を胸に感じた。鳴り響いている。胸が高鳴っている。切望で締めつけられている。

そのときにアーサーが顔をそむけていれば、冷ややかに無視していれば、アナは冷静に未来と向き合えたかもしれない。ところがアーサーは、アナの必死な思いを感じとったのか、短くうなずいた。〃おれは大丈夫だ〃と言わんばかりに。

ささいなことだったが、確かに起きたことだったし、ふたりのつながりの容認だった。ふたりのあいだには特別なものがある。彼はもはや否定できないのだ。アナの存在に意味があることを。

アーサーは最後にアナを見つめたあと、顔をそむけ、アランのところへ行った。

心のなかで様々な感情がもつれている。アナはたった今起きたことが気になってほかのことに集中できず、アーサーの報告を漫然と聞いた。

ブルースの部下。大きな武装集団。その人数に、アナは注意を引かれ、息をのんだ。

二十五人？　アーサーは死んでいてもおかしくなかった。

アーサーはアーカート城の北方数キロのところへ彼らを誘導してから、東へ向かおうとした。ところが、無法者たちをまくのは難しく、馬を捨てて徒歩で戻るしかなかったという。アナはアーサーが省略している部分があるのではないかと考えた。

アランは一団のためのアーサーの尽力に対して感謝を伝えると、アーサーをすわらせ、食べ物と飲み物を持ってこさせた。

アランはアナには聞こえない小さな声でもうしばらくアーサーと話をしたあと、彼がひとりで食事をとれるよう立ち去った。

アナはオート麦のビスケットと牛の干し肉を少しずつかじりながら、ほとんどの男たちと同じようにその場に留まった。

夜が更けるにつれ、アナはあることが気になり出した。野営地はアーサーの帰還で活気づき、男たちは明らかに、彼がつかまらなかったことにほっとしていたものの、アナが期待していたほど浮かれ騒ぐことはなかった。アナは眉をひそめた。しかも、何か妙なことが起きていた。アランのほかに、アーサーのそばへ行った者がいないのだ。男たちは彼の背中を叩くことも品のない冗談を言うこともせず、普段ならしているはずの乾杯もせずに、何人かが気まずそうにアーサーのほうをちらちら見ていた。

アーサーはそれに気づいていないようだった。持ってこられた食事を平らげ、革袋入りのエールを飲み、ひっそりとした森へ行った。

アナはアーサーを見送りながら、何かしなければという思いに圧倒され、クランの男たちを見まわした。彼らはどうしてしまったのだろう。なぜこんなふるまいを？　それ以上耐えられなくなり、断ってその場を離れると、アランを探しにいった。アランは部下数名と話をしていたが、アナが近づくのを見て彼らをさがらせた。

「おまえがほっとするだろうと思っていたが」アランは言った。

アナはなんの話かわからないふりはしなかった。「ほっとしているわ」

「だったらなぜしかめ面をしているんだ、おちびさん」

「なぜ男の人たちは、あんなふうにふるまっているの？　どうしてサー・アーサーにお礼を言わないの？　彼を避ける理由は？」

アランがにやりとした。「逆にキャンベルが彼らを避けているのではないという確信があるのか？　キャンベルは社交的な男だと思われているわけではないだろう。ひとりでいるのが好きだ」

アランの言うとおりだったものの、今回はそれ以上の理由があるように思えた。男たちは気まずそうだった――怖がっていると言ってもいいくらいだ。アナがそうアランに伝えたとき、アランは息を吐いてかぶりを振った。「今日、キャンベルたちが斥候をしていたとき、何かあったらしくてな。リチャードがわたしに教えてくれたんだが、あいつはそれをほかの者たちにも伝えたんだろう。どうやらキャンベルは、馬の乗り手たちがやってくる気配がまったくしないうちから、彼らの音を聞きつけたらしい。リチャードによれば、不自然だったと」

狼の事件以来、自分が抱いていた疑問をほかの者も抱いたことに、アナが喜びを感じたとしても、それはアナの体を駆け抜けた怒りに比べれば、弱いものだった。

強い怒りでアナの頬は熱くなった。「ばかげているわ。サー・アーサーがみんなを救ってくれたのに、あの人たちにはそれがわからないの？　感謝しなきゃいけないのよ、突飛でばかげた陰口を叩かずに」

「そうだな、だが、ハイランダーが迷信を信じがちなのは知っているだろう」

「それは言いわけにはならないわ」

「ああ、確かに。リチャードと話をして、陰口を止めさせよう」

アナは一六五センチほどの身長でめいっぱい背すじを伸ばした。「そうしてちょうだい。でなければ、わたしが直接リチャードと話をするわ。わたしたちを救ったせいで、サー・アーサーが仲間外れにされるなんて許せないもの。どうなっているのよ、お兄様。その〝不自然〟な才能がなければ、わたしたちは全員死んでいたかもしれないわ」

アランがアナをじっと見つめる。そしてあることを見てとり、心配になったようだった。顔をしかめ、妹のきつい口調を言葉でたしなめることなくただうなずいた。

アナはアーサーを見つけようと立ち去りかけた。アランはアナの行き先を察したに違いない。

アランは声をかけた。「オールダーン城には明日の夜に着くぞ、アナ」

アナは振り返り、問いかけるようにアランを見つめた。関係のない話に困惑したのだ。

「わかったわ《アイ》」

「婚約をするつもりなら、あの男をそっとしておいたほうがいいのではないか」

アナはアランの言葉から真実味を聞きとり、ためらった。とはいえ、やめられなかった。男たちの行動を見て、アーサーを守りたいという本能が完全に目覚めた。彼に感謝せずにはいられなかった。男たちがそうしないとしても。

アーサーは湖岸にいて、低い岩にすわっていた。水浴びを済ませたらしい。髪は濡れていて、質素な麻のチュニックと革のタイツといういでたちだった。アーサーは背を丸め、鎖かたびらに布で油を塗っていて、その横顔はいつになく暗かった。

アナの足音が聞こえたはずなのに、彼は振り向かなかった。近づくにつれ、アーサーがなんの汚れを落としているのかが見えた。

アナは胃が足もとまで沈んだような気がした。血だ。

思わず駆け寄り、アーサーの横に膝をつくと、彼の腕に手をかけた。「怪我をしたのね」

アーサーがアナのほうへ視線をあげた。月明かりのなか、魅力的なまなざしに見える。

「おれの血じゃない」

安心感が体を駆け抜け、アナは深く息を吐いた。アーサーの表情からは何も読みとれないものの、声からはなじみのない感情が伝わってくる。悔やんでいるかのような声だった。敵の死を気に病んでいるかのようだ。

戦士にとっても人を殺すのは、アナが考えていたほど簡単なことではないのかもしれない。少なくとも、アーサーにとっては。アナがそれに気づいたことによって、アーサーがどことなく以前よりも人間らしく見えた。より傷つきやすくも見えた。

アーサー・キャンベルが傷つきやすい？　数週間前なら、アナはその考えに笑っていただろう。

「殺すしかなかったのね」アナは静かに言った。

アーサーはしばらくアナを見つめ、腕にかけられた彼女の手へ目を落とした。

そのとたんに、アナは手のひらの下で張り詰めるあたたかくて硬い彼の肌の親密な感触を意識し、慌てて手を離した。それでも、アーサーに寄り添って身を丸めたい、その楯さながらの広い肩に頬を預けたいという衝動はおさまらなかった。

アーサーは細かい鎖かたびらの血の汚れをとる作業に戻った。

アナは彼のそばにある、さらに低い岩にすわり、しばらく黙ってアーサーを見つめた。

「アナ、なぜここへ？」

「今日、あなたがしてくれたことにお礼を言いたかったの」

アーサーは短く肩をすくめ、手もとから目を離さずにいた。「自分の仕事をしていただけだ。そのためにここにいる」

アナは唇を噛み、アーサーの介入に腹を立てたことと、同行の動機を疑ったことを思い出した。「そのようね」アナは認めた。「一緒に来てくれたことに、感謝しているわ。みんなも」いらだって唇を引き結んだ。「おかしな方法で感謝の気持ちを表す者がいたかもしれないけれど」

アーサーの肩が、見過ごしそうなほどかすかにこわばった。「彼らはなんと言っているのだろうか」

「馬の乗り手が来るのを、あなたが感じとったと言ってるわ。まだわかりっこなかったときに、と」

アーサーは片方の眉をあげた。アナが彼のショックを和らげようと言葉を選んでいるのが愉快らしかった。「連中が言ったのは、それだけではないはずだ」

アナの頬は熱くなった。クランの者たちの迷信深さが恥ずかしくなる。「本当のことよね？　狼のときと同じでしょう、それからわたしが崖から落ちたときと。あなたは事件が起きる前にそれがわかるのよね」

アナは嘘をつかないで、と目で懇願した。今回は。アーサーが長いこと黙っていたので、答える気がないのかとアナは考えた。

「そうじゃない」アーサーはようやく言った。「もっと感覚的なことだ。おれの五感は普通よりも鋭い、それだけの話だ」

「鋭い？」アナは繰り返した。「並外れているじゃないの」アナの褒め言葉に、アーサーはさらに気まずくなっただけのようだった。「なぜみんなにそれがわからないのか、理解できないわ。あなたがわたしたち全員を救ってくれたのに」

アーサーは鋭い目つきでアナを見あげた。「ほうっておくんだ、アナ。たいしたことではない」

アーサーは本気でそう言っているらしく、アナにとってその分状況が悪く見えた。「なぜそんなことを言えるの？　あの人たちは、あなたの働きに感謝して、あなたの非凡な能力を称賛すべきなのに。ベッドの下の小悪魔や、戸棚のなかのお化けを怖がる子どものようなふるまいをするのではなく」

アナが代わりに怒っても、アーサーはありがたくないようだった。今回も、アナはこの話で彼が居心地の悪い思いをしているのを感じた。アーサーは険しい顔でアナを見た。

「おれは気にしないし、きみに、おれを擁護することによって状況を余計に難しくしてもらう必要はない。彼らが何を見たと思っているにせよ、きみにはそれについて何も言わないでもらいたいんだ。ほうっておくと、噂は自然になくなる。話をつづければ、状況は悪くなるだけだ」

アーサーは経験からそう言っているらしかった。

アナは唇を結び、反論したいという衝動と闘った。間違ったことだし、その不当さを考えると、あらゆる保護欲をかき立てられた。

アーサーは気に病んでいる。そうに違いない、どれほど無頓着に見えても。アーサーが人々の何気ない残酷なふるまいに慣れているなんて――それを予測しているなんて――もっと悪い。

アナはせつなくなった。アーサーは過去に何度、人に拒絶され仲間外れにされて、冷ややかで無関心になってしまったことだろう。

人々を遠ざけるのは、そのせいだろうか。

ふと、アーサーがよそよそしい態度をとってひとりで過ごしたがるのは、孤独をごまかすためであるような気がした。彼は長いあいだそうしてきたから、ひとりでいるのが好きだと実際に思いこんでいるのだ。

アナはアーサーに同情した。自分は家族がいて本当に幸運だった。誰かが寂しい思いをしているとは、考えたくなかった。

「アナ？」月光のなか、アーサーはアナをまっすぐに見つめた。アナの思考が向かった先がわかったのだろうか。「何も言わないと約束してもらいたい」

アナは眉をひそめたものの、うなずいた。

アーサーは立ちあがった。しなやかな鎖かたびらを頭からかぶり、きれいな陣羽織を着ると、いくつもの武器を身につけはじめた。アーサーが身支度を整えるのを眺めるのは、どことなく親密な行為だが、アナは恥ずかしさを感じなかった。むしろ自然なことに思えた。戦いの準備をする彼を、いつまでも眺めていられるかのようだった。

その考えにぞっとして当然だった。けれども、それはアナを強い切望で——手が届かないものへの憧憬《どうけい》で満たした。アーサーのもの静かで揺るぎのない態度に、アナは心惹かれた。そして未来のことを考えた。彼は自分にふさわしくない男ではなく、ぴったりなのかもしれない、と。

生活が安定している戦士。なんだか矛盾している。けれども、まったくの勘違いかもしれない。

「戦争が終わったら、あなたはどうするの？」アナは尋ねた。

アーサーは絵を描く才能を活かそうと考えたことはあるのだろうか。それとも、つぎに参加する戦闘のことを考えているだけなのか。

質問を聞いて、アーサーは面食らった。剣帯の留め具をかける手が止まる。実際、それについてあまり考えたことがなかった。長いあいだ戦争中心の人生を送ってきたからだ。戦い方しか知らない。最初は兄ニールのそばで、その後はハイランド・ガードの団員として戦ってきた。職業は戦士だ。世界屈指の戦士。戦う方法以外、何も知らない。だが、それが望んでいる生き方なのか。選択権を与えられたなら、何をするのか。父に正義がもたらされ、ブルースが玉座に落ち着き、アーサーの目標が達成されたあと、何をするのだろうか。

土地と裕福な花嫁を褒美でもらえることになっている。それで十分なはずだ。しかしアーサーは、さっき忠実に自分を擁護し、彼を不気味ではなく非凡だと考えた、身のためにならないほど心が広い女を眺めながら、本当にそれで十分なのだろうかと疑問に思った。

柔らかい影と月明かりのなかで上を向いたアナの小さな顔を見ていると、心が妙に重かった。手に入れるのは不可能だとわかっていても、アナを求めずにはいられなかった。けれども、アーサーはすでに多くを明かしすぎた。自分の能力について嘘をつくことに慣れきっているから、事実を声に出して認めるのは奇妙だった。奇妙だったが、同時にほっとした。長いあいだ人と距離を置いてきたため、誰かに親近感を抱くのはどんなものかを忘れていた。

どこまで愚かなのか。

アナに心の隙を突かれたとしか、言いようがなかった。鎖かたびらから落としていた血は、身を守るために殺さざるを得なかった男ふたりの血だ。

〝どんな犠牲を払ってでも、正体を隠せ。任務を守れ〟

ああ、そのためにしなければならないことが、時々本当にいやになる。

アーサーは武器を身につけ終えてから答えた。「それは結果によるだろうな」

薄闇のなかでも、アナの顔が青白くなったのがわかったが、アナはすぐに落ち着きをとり戻した。「起こり得る結果はひとつだけよ。あなたはわたしの父のことをわかっていない――父には負けるつもりはないわ」

アーサーは身を硬くした。それは誰よりもよくわかっている。だからこそ、アーサーはここにいる。

「フッド王と反逆者たちは服従して、裁きを受けることになる」

アナは善良で忠実なマクドゥーガルの兵士のような口調で言ったが、アーサーは彼女の虚勢の下の弱さを感じとった。アナはひび割れはじめた幻想にしがみついている。とはいえ、アナも切迫した状況にあることをわかっているから、ここにいるのだろう。

「それなのにロス伯のところへ行って、自分と引き換えに兵力を得ようとしているのか」

アナは背すじを伸ばし、月光のなかで目をきらめかせた。「そういうわけじゃないわ」

まさにそういうことだ。そして、それが絶対に起きないようにするのがアーサーの任務だった。

アーサーは残酷なことをしたくはなかったが、アナは現実と向き合う必要があった。運の振り子はすでにマクドゥーガルから離れている。ブルースがこの戦争に勝ちかけている。「失敗したらどうするんだ、アナ。ロス伯が援軍を送ることに同意しなかったら？　そのあとはどうするつもりだ？」

「父が何か考えるわ」せっぱ詰まった口調だったので、アーサーは手を伸ばしてアナを慰めそうになったが、我に返った。「どうしてそんなことを言うの？」アナが強い調子で訊く。「まるで反逆者みたい。マクドゥーガルが勝つと信じていないのなら、あなたはなぜここにいるの？」

アーサーは心のなかで悪態をついた。そのとおり、反逆者だ。そして、近いうちにアナは今の言葉がまさに正しかったと知ることになる。

アーサーは胃がよじれたような気がした。アナが真実を知ったらどう思うだろうと考えたのだ。どうにかしてそのときの衝撃を和らげられたらいいのだが。「おれがここにいるのは、まさに信じているからだ、アナ。大義への信念。正しい側が勝つという信念。だが、きみが考えたとおりになるとはかぎらないだろう。きみが傷つくのを見たくはない」アーサーはひと息つき、最初の質問に答えた。「戦争が終わったら、おれは土地のほかにもうひとつ褒美をもらえることになっている。それで十分忙しくなるはずだ」

アナは首を傾げ、眉間に小さなしわを寄せた。「もうひとつ？　どんな褒美なの？」

アーサーは何も言わなかったが、アナはふいに答えを悟ったらしかった。息をのみ、驚きの表情をしたことから、考えがあからさまに顔に出ていた。「花嫁？　花嫁を約束されたのね？」

アーサーは短くうなずいて認めた。

「誰なの？」

ハイランド西部で五本の指に入るほど裕福な女相続人――ラクラン・マクルアリの腹違いの姉、諸島の女領主クリスティーナ。「さあ」アーサーは嘘をついた。「戦争が終われば、ふさわしい花嫁を見つけてもらえる」

アーサーはまたもや、アナが気持ちをもっとうまく隠してくれることを願った。彼女のつらそうな表情を見ると、アーサーはアナを抱き寄せて、決して守れない約束をするなど、早まったことをしたくなった。

「そうなの」アナは小さな声で言った。「どうして教えてくれなかったの？」

アーサーはアナをじっと見つめた。「そっちだって教えてくれなかっただろう？」

アナはひるんだ。この旅の目的地を忘れていたようだった。しかし、アーサーは忘れていなかった。ロスの領地とオールダーンに一キロ近づくたびに、アーサーは胸のなかに広がっている焦りが強まるのを感じた。この同盟を阻止する手段を講じなければならない――任務のために、と自分に言い聞かせた――とわかっているが、何をすればいいのだろうか。

ひょっとしたら、何もしなくていいのかもしれない。ロス伯が婚約について再度話し合うのを拒否する可能性もある。

しかし、アナの愛らしい顔をひと目見て、アーサーはそれが幻想に過ぎないと悟った。サー・ヒューはアナをすぐさま我がものにするだろう。

アーサーは顎をこわばらせ、手を差し伸べた。「さあ、戻らなければ。遅い時間だし、明日は長い一日になる」

アナが彼の手に手をすべりこませると、アーサーの体にぬくもりが広がった。アーサーは……満足感を覚えた。手のなかにアナの小さな手があることが、このうえなく自然であるかのように。本能という本能が、彼女の手をつかんで離すなと叫んだ。

それでも、アーサーはアナの手をすべらせるようにして放した。ふたりとも黙って野営地へ戻った。

ふたりはもう十分話をした。話しすぎたかもしれなかった。

14

「食事が口に合わないのだろうか」

ヒューの声を聞き、考えごとをしていたアナははっとして我に返った。どれほどのあいだ、ぼんやりと木皿を眺め、黙ってパンの皮を少しずつはがしていたのだろう。

アナは恥ずかしさに頬が熱くなるのを感じながら、失態をごまかそうと微笑んだ。「いいえ、とてもおいしいですわ」それを証明するために、牛肉をひと口食べ、心とは裏腹においしそうなふりをした。のみこんだあと、済まなそうに言った。「まだ旅の疲れがとれていないようで、わたしったら今夜は愛想が悪いですね」

オールダーン城に着いたのは、二日前のことだった。旅の最終日にはくたくただったが、ありがたいことに何も事件は起きなかった。到着前にもう一度アーサーとふたりきりで話がしたいとひそかに願っていたとするなら、アナは落胆することになった。アーサーはアナを避けはしなかったものの、そばへ来ようともしなかったのだ。

湖のほとりで過ごしたあの夜に、何かが変わった。少なくともアナにとっては。アーサーが人に見せることのない部分を、アナに見せてくれたような気がした。アナを必要としている部分を。何よりも大切なのは、彼がアナを遠ざけようとしなかったことだ。ああ、なぜアーサーは自分を遠ざけなかったのだろう。そうしていれば、はるかに気が楽だったのに。惨めな気分がわきあがり、アナは目やのどにこみあげた熱いものを抑えこんだ。

心が不安定な恋煩いの娘のように、食事の最中に泣き出してしまうのは、今、最もしてはいけないことだ。そんなことをすれば、ヒューはあきれてしまうだろう。

アナの一歳だけ年上の二十二歳という若さながら、サー・ヒュー・ロスは体が大きくて堂々としている。貴族らしい形のよい鼻から尖った形に整えた短めのひげまで、粋な雰囲気の美男子だ。けれども誇り高い彼は、実年齢よりもはるかに年上に見えた。落ち着いていて自信があって、貴族の息子ならではの尊大さがあるが――スコットランドの貴族社会における彼の地位を考えれば仕方がない――冷静すぎるようにも見えた。堅苦しくて、ユーモアを解さないようだ。彼には、地位が高い男に特有の冷たくて容赦ない雰囲気がある。

ヒューは理解したかのように微笑んだが、その微笑みがきつめに見える容貌を和らげることはほとんどなかった。「もちろん、過酷なペースで旅をしたうえ、反逆者どもと鉢合わせしそうになったのだから、無理もない」ヒューの顔が曇った。「ブルースは海賊のように野蛮な戦士団を率いるようになったのなら、騎士の身分を剝奪《はくだつ》されるべきだな」彼は冷ややかに見える目を向けた。「警告があって逃げられたとは、きみは本当に幸運だった」ひげを撫でながらアナを見つめている。アナは大きなごつごつした彼の手から目を離せなかった。小枝を折るようにたやすく人を潰したり殺したりできる手。「サー・アーサー・キャンベルだったか？　反逆者のニール・キャンベルの末の弟の」

アナはうなずいた。気まずくなるくらい自意識過剰になっている。ヒューの前では緊張するせいで、そもそも彼の求婚を断ったのだが、到着してからその緊張はますます強くなった。礼儀正しく会話をしようとする彼に対して微笑み、答えるのに、アナは苦労した。

ヒューはアナの思考が読めるかのような見つめ方をする。何かわかってしまったのだろうか。アナは城に着いてから、アーサーのほうを見ていなかった。少なくとも自分では、見ていないと思っていた。けれども、彼に見つめられているのははっきりと意識していた。落ち着かない気分だったのは、そのせいもあるのかもしれない。ほかの男にじっと見つめられながら、別の男の気を引こうとするのは容易ではなかった。とはいえ、気を引かなければならない。たとえ違う状況を望んでいるとしても。

実際、アナは違う状況を望んでいた。この二、三日でどれだけそう思っているかがわかった。どんな発見をするのかが怖くて、アーサーへの思いを言葉で形容できずにいた。

「とても幸運でした」アナはヒューが返事を待っているのを感じて言った。

何が問題なのか、我ながらわからなかった。これまで誰かと話をするのに、こんなふうに苦労したことはないというのに。

手の震えを止めようとしたものの、ヒューの視線の強さに、手にしていたパンのかけらを思わずとり落とした。それはテーブルの上、ゴブレットの脇に落ちた。アナはヒューと同時にそれに手を伸ばしたので、ふたりの手が触れ合った。アナが手を引っこめる前に、ヒューは手を重ねた。

焦りに似たものを感じて、アナの脈は速まった。鳥かごに入れられた鳥さながらに、胸のなかで心臓が暴れている。

「緊張しているようだな」ヒューはアナの手から手を離し、パンを返した。

アナは頬が燃えるように熱くなるのを感じた。

「怖がることはない、レディ・アナ」ヒューは愉快そうに言った。「わたしは相当に無害な男だ」

強い不信の念がアナの顔に出たに違いない。ヒューはアナをひと目見て、小さく笑った。「まあ、まったく無害というわけではないのだろうな」

思いがけずユーモアが垣間見えたので、アナは微笑み、ようやくリラックスしはじめた。まつ毛越しに横目でヒューを見た。「あなたはどちらかというと……威圧感がありますもの、閣下」

ヒューは笑った。「褒め言葉と受けとっておく、きみにそのつもりはなさそうだが」アナに顔を寄せて囁く。「威圧感のある態度は、きみ以外の者の前でとるようにしたらどうだろうか。きみの前では完全に無害な男でいよう。ふたりの秘密ということでどうだ」

アナはヒューの魅力につられて、えくぼを作って微笑んだ。ヒュー・ロスが魅力的？いつもなら、信じられない話だ。ユーモアを解さないはずの彼の人柄には、アナが気づいていなかった部分があるのだろうか。

「それはよさそうですわね、閣下」アナは普段の大胆さが少し戻るのを感じた。「もう少し笑顔を見せていただけるといいと思いますわ」そう言ってからヒューの顔を見あげた。そう、微笑んでいるときのヒューには、威圧感はない。

ヒューは笑顔を見せ、アナの目を見つめた。「そうしよう」それから、しばらく黙りこんだ。彫刻がほどこされたゴブレットの柄をのんびりと優しくなぞっている。官能的とも言える仕草だった。アナはまたもや少し気まずくなった。

「北への旅を決断してくれたとは、とても嬉しいことだ、レディ・アナ」

アナの顔はますます熱くなった。ヒューが何を言いたいのかは理解した。婚約について改めて話し合ってもいいということだろう。アナは安堵すべきだとわかっていた。そのために来たのだから。家族を救うことになるかもしれない。

だったらなぜ、硬いものが胸につかえているような気分になるのか。

アナはおずおずとうなずいた。多くを見抜かれるのではないかと不安になり、ふいにヒューの目を見ることができなくなった。将来という縄で締めつけられているように、胸が苦しくなった。

個人的な感情なんて、どうだっていい。家族を救うという役目を果たせたのだと嬉しく思うべきだ。それだけで十分な見返りになる。そうではないのか。

ヒューが通りかかった給仕の娘のほうを向き、ふたり分のゴブレットにおかわりを注ぐよう手振りで示したとき、アナの視線が無意識のうちにアーサーのほうへ行った。

そちらへ目をやらなくても、アーサーがどこにいるかはわかっていた。彼の怒りの熱が、部屋の向こうから伝わってきたからだ。

アーサーと目が合ったのは一瞬だったが、鍛冶屋のふいごの風を思わせる彼の怒りの強さが感じられた。アーサーは普段、感情を押し殺しているから、アナは以前、彼がなんの感情も抱いていないのではないかと考えたものだ。けれども今は違う。アーサーはこれまでにないほど激しく感情をむき出しにしている。どうにか自制している男のように見えた。

アナは伝わってきた感情の強さに動揺し、目をそらした。

運悪く、十分に速く目をそらさなかったので、アーサーとのやりとりのようなものをヒューに見られてしまった。アナは横でヒューが身をこわばらせるのを感じた。彼が怪訝そうに目を細めてアーサーを見つめる。「キャンベルは我々が話し合うことが嬉しくないようだな。きみを見つめる様子が気に入らない」ヒューはアナへ視線を戻し、気だるそうとはとても言えないふうに片方の眉をつりあげた。「わたしが知っておくべきことが、何かあるのだろうか、レディ・アナ」

アナは無謀なアーサーを呪った。彼のせいですべてが台無しになってしまう。なんのためにそんなことを？　アーサーには思いを——そんなものがあるならの話だけれど——アナに知らせる時間が十分すぎるほどあったというのに。今はもう、アナに選択肢はなかった。ジョンに頼りにされている。

それでも、アナはためらった。考え直す時間があるとするなら、それは今だ。心はある方向へ引っぱられているのに、義務感と家族への愛がそれを逆の方向へ引っぱっている。アーサーとの会話を思い出した。戦争に負ける可能性があるという話を聞いたとき、アナの心は乱れたものだ。アナは深く息を吸い、あらゆる疑念を押しやった。個人的な感情はどうでもいい。こうしなければならないのだ。ブルースが攻めてきたとき、ロス伯とその軍が味方にいるほうが、マクドゥーガルの勝算は高い。

アナは首を横に振った。「いいえ、知っておかれるべきことはありませんわ」

その揺るぎない口調に、ヒューは納得したに違いない。彼はうなずいた。「よかった」

アナのほうへ手を差し伸べた。「こちらへ、きみに見せたいものがある。それに、我々には相談すべきことがあるだろう」

アナは胸で渦巻く痛みを無視して微笑んだ——唇は震えていたが。アーサーのほうをもう見ずに、ヒューの手に手をすべりこませると、いざなわれるままに大広間をあとにした。将来が決まったも同然だった。


自制を失うとは、こういう感覚なのか。

人を殺してまで何かを手に入れたいと思うとは、こういうことなのか。しかも善悪のためにでもなく、戦場にいるからでもなく、純粋な満足のためだけに、剣先を他人に突き立てる。

アーサーはヒュー・ロスを殺したかった。アナを見つめたからという理由で。彼女に触れたからという理由で。欲望でいっぱいの思考が、あのろくでなしの頭をよぎったに違いないからという理由で。あと一度でもヒューの視線がアナの胸へ落ちたら、アーサーは思いとどまれそうになかった。部屋のこちら側から、ヒューの眉間を槍で貫く。目隠しをしていても、できそうだった。

この二日間、アーサーにとってなんでもないはずの女に別の男が求愛するのを、傍観者として眺めるしかなかったのは、つらい思いをしながらゆっくりと正気を失うようなものだった。

アーサーは負け戦をしていた。無関心を保って任務に集中しようとしても、うまくいかなかった。あれほど訓練をして何年もの戦争の経験があっても、この状況に対する心構えはできていなかった。アナがヒュー・ロスのそばにいるのを見ていると、アーサーの胸は引き裂かれた。

しかし、今夜はとうとう我慢の限界を超えた。ヒューがアナの手に手を重ねたとき、アーサーはもう少しでそこへ行き、こぶしでヒューの歯を折ってやるところだった。策略がどうなってもかまわなかった。

ふたりは一緒に笑っていた、ちくしょう。笑っていた。

アナが目的を遂げられないだろう、とアーサーは半ば確信していた。二日間、アナがヒューを警戒しているのは、むしろ明らかだったからだ。ところが、アーサーはアナの決意の強さをあなどっていた――ヒュー・ロスの魅力も。

ヒューがアナに顔を寄せ、耳もとで何事かを囁いたとき、アーサーは手に力を入れた。目を落とし、手の関節が白くなっているのを見てはじめて、いかに強くカップを握っていたかに気づいた。木のカップで幸いだった。さもなければ、握り潰していただろう。

アーサーは何か手を打たなければと思い、毒づいた。任務のことを考えなければ。ヒューは時間を無駄にしていない――無理もない話だが。結婚による同盟を防ぐために、アーサーが何かしなければ、手遅れになる。

アーサーはカップの中身をぐっと飲んだ。琥珀色のウイスキーがのどを焼くようにして流れこんだが、胸のなかで渦巻くいらだちを静めることはなかった。

「どうしたんだ、キャンベル。誰かを殺してやりたいと言わんばかりの顔をしているぞ」

アラン・マクドゥーガルは意味深長な視線を高座へやった。アランはアーサーが誰に殺意を抱いているかを正確にわかっている。テーブル越しにアーサーのほうへ身を乗り出した。「気をつけろ。我々のもてなし役は、きみがわたしの妹に興味を持っていることに気づいている」

アーサーは否定するという恥ずかしいことはしなかった。アラン・マクドゥーガルは冷酷な暴君の息子かもしれないが、愚か者ではない。「で、あなたはおれに引きさがれと命じるつもりですか？」

経験豊富なアランは表情に何も出さず、目にも感情を浮かべずにアーサーを見つめた。

「そうしてもらいたいのか？」

アーサーは口もとをこわばらせ、歯を食いしばった。「そうすべきでしょう」珍しく率直に言った。引きさがらなければ、アナが惨めな思いをするだけだ。アーサーがアナの兄だったら、アーサーに地獄へ行けと命じ――みずからそこへ送りこんでいただろう。

しかし、アーサーの返事がどこか奇妙だと思ったとしても、アランはそれを口に出さなかった。その代わりに、にやりと笑った。「命じても手遅れだろうが」

アーサーはアナとヒューから目をそらし、アランを一瞥した。何を知っているつもりでいるのかはわからないが、アランは間違っている。

違うのだろうか。

くそっ、知るものか。任務。嫉妬心。アナに強く惹かれていること。それらがからみ合い、ぐちゃぐちゃになっている。アーサーはまたもやウイスキーをあおった。

アランはアーサーのカップを愉快そうに見た。「きみはウイスキーを飲まないものだと思っていた」

「飲みません」アーサーは給仕の娘に手振りでおかわりを注ぐよう頼んだ。

アランには思ったよりもよく観察されていたらしい、とアーサーは気づいた。何かを感じとり、高座へ視線を移していなければ、アランのことを憂慮していたかもしれない。

アナがヒューの手に手をすべりこませるのを見たとき、アーサーは体じゅうの筋肉がこわばるのを感じた。激しい怒りが全身をめぐる。ヒューは父親のほうへ身をかがめ、短い話をしたあと、アナをいざなって大広間から去った。

ヒューは入り口を通る直前に、アーサーへ目をやった。挑むようなその目つきを見て、アーサーの血は凍った。

焦りに似たものがアーサーの胸のなかにわきあがった——ばかげた話だった。自分は精鋭戦士だ。超然としている。落ち着いている。鼓動が速すぎるかもしれないし、まともに頭が働かないかもしれないが、これは断じて焦りではない。

だが、いったいアナはどこへ行くのか。

ヒューは――あのいやらしいならず者め――見るからに婚約に乗り気だ。それを確実なものにするために、何をするかわかったものではない。アナはあの男とふたりきりになったら、何が起こり得るのかに気づいていないのだろうか。すぐさまアーサーの脳裡に、兵舎での出来事が浮かんだ。

ああ、くそっ。

アーサーは三十秒どうにか我慢したが、それ以上耐えられなくなった。立ちあがって去ろうとしたものの、アランがテーブルの角から脚を伸ばし、アーサーの行く手を塞いだ。たまたま伸ばしたわけではなさそうだった。

はじめ、アーサーはアランが通さないつもりかと思ったが、驚いたことにアランはゆっくりと脚を引っこめてアーサーが通れるようにした。しかし、警告をしてからだった。

「妹を傷つけるようなことをしたら、キャンベル、きみを殺さねばならない」

天気の話をするかのような落ち着いた口調だったが、アーサーはアランが本気で一語一語を口にしたことをわかっていた。

まったく、アラン・マクドゥーガルが敵ではなく、暴君の息子でもなければ、実際に気に入っていたかもしれない。

アーサーはアランの目を見てうなずきながらも、守れない約束になるのではないかと考えた。婚約をやめさせ、同盟を阻止するためには、アナを傷つけることは避けられなくなっている。


アナはヒューが外へ連れ出し、中庭を散歩するつもりではないかと考えていた。ところが、ヒューはアナを連れて主塔へつづく廊下を進んだ。

王の城だったオールダーン城は、獅子王ウィリアムによって百年以上前に建てられた。主塔とそれに隣接する大広間の建物は、大きな人工の丘に立っていて、木の城壁で囲まれている。低いところにある中庭のまわりにめぐらされた石の城壁で、城は二重に守られていた。

大広間の喧騒《けんそう》に比べると、松明に照らされた廊下は余計に静かに思えた。アナはヒューと完全にふたりきりであることを意識して気まずくなった。地平線にはまだ残照が見えたものの、主塔はすでに暗かった。壁に並んでとりつけられている松明の揺れる火明かりは、安心感をほとんどもたらさなかった。

「ど、どこへ行くのですか？」アナは声が震えたのを恥ずかしく思った。

ヒューが謎めいた笑みを浮かべたので、アナは彼が影響力を自覚しているのだろうかと考えた。「もうすぐ着く」

ヒューは伯爵の自室のドアの前で足を止めた。アナはドアをあけ、頭上の丸い鉄製のシャンデリアの蠟燭によって、部屋が明るく照らされていることにほっとした。

残念ながら、ヒューが部屋を横切って別のドアのほうへアナをいざなったとき、アナは伯爵の部屋が最終の目的地ではないことを悟った。つぎの部屋には闇が広がっていた。アナはヒューが何本かの蠟燭に火をつけるまで、安全な伯爵の部屋に留まった。

そして、息をのんだ。

不安を忘れ、狭い部屋へ駆けこみ——食器室とたいして変わらない広さだ——驚嘆してくるりとまわった。床の中央にテーブルとベンチがぽつんと置いてある。もっとも、アナを恐れ多い気持ちで満たしたのは、壁に並んだものだった。革の装丁の分厚い大型の本でいっぱいの、何段もの棚——金の飾りや宝石があしらわれた本もある。宝の山だった。ひとところにここまで多くの本があるのを、アナは見たことがなかった。

ヒューは驚きと感嘆でアナの表情が変わるのを見つめている。「きみが興味を持つかもしれないと思った」

アナは喜びの拍手をした。どんな本があるのかを調べたくて、実際に指がうずいている。ああ、クレティアン・ド・トロワ（ランスロットの物語『荷車の騎士』の著者）の物語が四冊あるようだ。

「すばらしいわ」アナはヒューのほうを向いた。「なぜわかったんですか?」

ヒューは肩をすくめた。「以前、読書が好きだというようなことを言っていたから」

アナは首を傾げてヒューを見あげた。またもや、ヒューを誤解していたような気がした。「それを覚えていてくださったの？」

ヒューは答えなかったものの、アナは彼のまなざしを見て、不安が背すじを這いおりるのを感じた。

ヒューに求められている。

ふいに、この狭い部屋が罠であるかのように思われた。アナはドアへ目をやったが、ヒューは意図的にせよ、そうでないにせよ、すでにそこを塞ぐように立っていた。

「わたしをなぜここへ？」アナは尋ねた。

ヒューは一歩近寄り、薄闇のなかで目に危険な光を宿した。アナの顎に手をかけ、顔を仰向けさせた。

焦りでアナの脈が速まった。ヒューはアーサーよりも恐らく三、四センチ背が低いが、どういうわけか体格に威圧感があった。アナはあとずさらないようにするのに、気力をかき集めなければならなかった。

「わたしの妻になった場合、何が手に入るのかを見せたかった。きみはこの部屋を好きに使えるだろう。きみはスコットランドでも指折りの地位の高い貴婦人になる。レディ・アナ、きみはそうなるためにここにいるんだろう？　改めて婚約の話をするために」

「ええ《アイ》」アナは小声で言い、声の震えを抑えようとした。

ヒューは鋭いまなざしで挑むようにアナを見つめている。「それが本当にきみの望みなのか？」

心臓が暴れている。アナは無理にうなずいた。「ええ《アイ》」

「だったら、それを証明するんだ」ヒューが強い調子で言う。アナは問いかけるようにまばたきをした。「キスをしてくれ」

アナは衝撃を受けて目を見開いた。「わたし……わたし……」

言葉を探すのに苦労した。ああ困った、そんなことはできない。

ヒューはそれをわかっているようだった。目つきが険しくなる。「わたしとゲームをしているつもりなのか、レディ・アナ。わたしに寝取られ男になるつもりがないことは請け合おう。今回はきみがわたしのところへ来たことを思い出すことだ」アナは彼に下唇を親指で撫でられ、息をのみ、恐怖で身を凍りつかせた。「とり返しがつかないことをする前に、自分の望みはなんなのかをはっきりさせたまえ。婚約したあとは、いいか、こんなばかげたことに耐えるつもりはない」

的を射た非難を聞き、アナの頬は恥ずかしさで熱くなった。

アナは恐怖を押しやり、自分がここにいる理由を思い出そうとした。同盟を結ぶのに成功することが、どれほど大事なのかも。これはマクドゥーガルにとっての好機だ。自分はなぜ、愚かなふるまいをしているのか。たかがキスだ。

「閣下、ごめんなさい――」

ヒューはアナの顔から手を離した。アナはどこまでもほっとして、息を吐いた。

「大広間に戻らなければ」ヒューは硬く冷ややかな口調で言った。「きみの兄君に、わたしがきみをどこへ連れていったのだろうと思われる」

アナはうなずきながらも、無力感を覚えていた。自分の義務を承知しているのに、言葉が出ないとは。

こんな影響を与えるなんて、アーサー・キャンベルは呪われればいい。人を混乱させて。アーサーが城に戻ってくる前から、アナは婚約する心構えができていたはずだった。

「差しつかえなければ、閣下、疲れているので部屋に戻りたいのですけれど」

ヒューはうなずいた。「ゆっくり考えたまえ。本を一冊借りたいか？」アナははっとしてヒューを見た。彼が気を引こうとしているのはわかっていた。「このことは、翌朝また話し合えばいい」

ヒューは踵を返して立ち去りかけた。ところが、気が変わったらしい。アナが彼の意図に気づかないうちに、ヒューはアナを抱き寄せ、唇で唇をかすめた。アナは驚きのあまり抗えず、身をこわばらせた。

ヒューの唇は彼らしくひんやりとしていて硬かった。かすかにワインの香りがしたが、それ以上のことがわかる前にキスは終わった。

ヒューは微笑み、呆然としているアナを見おろした。「心を決めるのにひと晩やろう。だが、婚約の話を先へ進めたいのなら、明日、返事をもらいたい。今の反応よりも熱意がある返事を」


ヒュー・ロスは、死にどれだけ近づいているかを自覚していない。

アーサーは短剣を握った。血への渇望が体じゅうをめぐり、全身の筋肉が張り詰めている。今隠れているドアの陰から数歩前へすべり出て、短剣の刃をならず者の腹に深く沈めればいいだけだった。

アナにキスをしやがって。

彼女に腕をまわし、唇を重ねやがって。

アーサーのなかで何かがはじけた。アーサーのものに平然と触れた男に襲いかかって殺せと、あらゆる本能がうながした。

ところが、最後の瞬間に、なぜかアーサーは手を止めた。ヒューを殺せば任務が終わる。逃げるしかなくなり、ローンを破滅させる機会を失う。

アーサーは動かずにいるために、なけなしの自制心をかき集めなければならなかった。

それでも、部屋を出るヒューをそのままにした。生かしておいた。今回だけは。

だが、この怒りからアナを簡単に逃すものか。アーサーは、翌朝アナがヒューにひとつの答えだけを確実に告げるようにしておくつもりだった。アナが計画した婚約話は、ほどなく完全に終わる。

ヒューの足音が消えたか消えないかのうちに、アナがヒューを追いはじめた。彼女がドアのところへ来たとき、アーサーは陰からそっと出て、アナの行く手を塞いだ。

アナは息をのんだ。恐怖を感じたとしても、それはすぐに消えたらしく、急にわきあがった怒りで目をきらめかせた。「わたしを見張っていたなんて、よくもそんなことができたものね」アナはアーサーを押しのけようとしたが、アーサーは彼女の手首をつかんだ。「放して、あなたにこんなことをする権利はないでしょう」

アーサーはアナの向きを変えて部屋へ押しこむと、ドアを閉めた。「あるとも」怒気を含んだ声で言った。「きみがあの男と結婚することはない」

蠟燭の火明かりのなか、アナの頰が紅潮するのが見えた。彼女の胸が――アーサーが夢見ることをやめられない、どこまでも豊かなすばらしい胸が――無理もない憤りで上下している。アナは強情そうなかわいい顎をあげ、愛らしい顔をアーサーに向けた。「いいえ、結婚しますとも」

アーサーはアナの口調が気に入らなかった。少しも。いらだって目を細めた。「きみはあの男にキスさえできなかったくせに」アーサーは詰め寄り、アナの怒りが感じられる熱いにおいを吸いこんだ。「あいつと寝るとなると、どんなことになるんだろうな」アナは憤慨の短い声を漏らした。彼女が短剣を手にしていたなら、今頃それはアーサーのあばら骨のあいだに刺さっていたことだろう。しかし、アナの言葉は短剣と同じくらいの苦痛をもたらした。「そのうち慣れるでしょうね。楽しむようにさえなるかもしれない。サー・ヒューはとても美男子ですもの。それに、意志が強そうな方だと思わない？」アナはあざけるような目をした。アーサーに挑んでいる。混乱させようとしている。「そうよ、あのキスと同じ感じなら、とても楽しむようになると思うわ」

アーサーはアナの腕をつかんだ。「やめろ」アナを揺さぶった。「やめるんだ」アーサーは逆上しそうだった。長いこと抑えてきた感情が、アナのあざけりの言葉にあおられて爆発しそうになっている。認めたくない感情。表に出せない感情。めまいがした。胸が焼けるようだった。ああ、つらい。アナを止めなければ。

「どうして？」アナはきつい調子で言い、前のめりになった。彼女の胸の頂に胸をかすめられ、アーサーの体に震えが走る――全身が我慢の限界に達していたから、実際に体が震えた。熱がアーサーを渇望と欲望の渦に引きこむ。アーサーは彼女を勢いよく抱き寄せたかった。キスをしたかった。わけがわからなくなるまで奪いたかった。アーサーの名を、その名だけを叫ばせたかった。

「なぜやめなければいけないの？　それが事実でしょう。サー・ヒューは自分の望みをわかっていて、それを手に入れるまで邪魔を許さない人よ」

アーサーはアナにあおられているのをわかっていたが、それはどうでもよかった。自分の望みはよくわかっている、ちくしょう。アナがほしい。

アーサーは闘いに負けたのを悟り、悪態をついた。アナを抱き寄せ、唇に唇を押しつけ、胸のなかでせめぎ合っていた様々な強い感情に屈した。

過去にどんな女にもしたことがないようなキスをした。最初に会ったときから強まりつづけた情熱すべてをこめてキスをした。やめさせるために。アナがアーサーの心に刻みつけたいやなイメージを、すべて消すために。アナが別の男のことを二度と考えないように。

アナが黙って降伏し、アーサーの腕のなかでとろけ、ため息とうめき声を漏らして愛らしい唇を開いたとき、アーサーは任務や同盟のことも、敵のクランや復讐のことも考えていなかった。そう、頭にあったのは、アナを我がものにするということだけだった。

15

アナは軽はずみなことをしていることも、アーサーを挑発していることも自覚していたが、それでかまわないと思っていた。怒りで目がくらみ、食ってかかりたいという欲求しか感じなかった。

介入したアーサーが憎かった。ためらわせた彼が。計画の邪魔をしようとする彼が。アナの望みは家族を守り、愛する者たちに無事でいてもらいたいということだけだった。それなのに今、その好機が訪れたときに、アーサーが邪魔をした。

アーサーはアナを混乱させる。動揺させる。彼のことを気にかけさせておきながら、突き放す。彼はアナを救い、守ったかと思うと、つぎの瞬間には無視する。アーサーはよそ者で、ひとりで過ごしがちで、誰のことも必要としていないように見える。けれども孤独でもあって、神に与えられた特殊な能力ゆえに、人と距離をとらざるを得なかった男でもある。

アーサーに求められているのだろうか。必要とされているのか。

いずれにしろ、アーサーは決断しなければならない。ふたりに残された時間はもうなくなった。だからアナは彼を追い詰めた。アーサーが嫉妬しているとわかっていたからだ。ヒューとのキスを目撃したこともわかっていた。自制心を失うまいともがいているのもわかっていた。

アナはアーサーがほしくてたまらなかった。これほど近くにいると、アーサーのいい香りのことばかり考えた。それから無精ひげのせいで、彼がさらに荒々しい雰囲気の美男子に見えること。その背の高さと胸のたくましさ。怒りで白くなっていても、唇がとても柔らかそうに見えること。アーサーが腕をまわしてくれ、ずっと抱きしめていてくれるなら、何を差し出してもいいとも考えた。

アナの胸は痛んだ。アーサーはなぜ求めてくれないのだろう。なぜ自分を抑えるのか。だからアナは無謀にも——そして必死で——アーサーをなじった。彼を同じくらい傷つけてやりたかった。嘘をついたところでどうだというのか。別の男とベッドにいることを考えると、血が凍るからといってどうだというのか。楽しむようになる？　ヒューの前にいると、怖くて体が震えそうになるのをどうにか抑えているというのに。

アーサーが感情をはじけさせたとき、アナは報われた。いつのまにか彼の腕のなかにいて、唇と唇が重なり、アーサーはアナが夢見ていたようにありったけの情熱と思いをこめてキスをしていた。

彼は口と舌でアナをむさぼった。アナは声を漏らし、キスを深めた。自分の体で彼の体の隅々までを感じたかった。

アーサーは所有欲をむき出しにして大きな手をアナに這わせ、背中へ腰へとすべらせ、手で尻を包んだ。唇を重ねたままうめき、さらに深く激しいキスをし、アナをぴったりと自分の体に寄り添わせた。

アナのなかで快感がはじけ、熱い波となった。

ああ完璧だ。胸と胸。腰と腰。アーサーの硬い欲望の証しが、アナの脚のあいだに親密にあたっている。その大きさと感触にショックを受けて当然だとわかっているのに、感じたのは興奮だけだった。その興奮で鼓動は速まり、肌は火照り、体はうずいた。

ふたりの体は密着していたものの、まだもの足りなかった。アーサーの舌が甘美な動きをするたびに、彼が所有者のようにアナを愛撫するたびに、アナのなかでもどかしさが強まった。

アナはアーサーと同じくらい大胆に反応した。彼の硬い腕や肩をつかみ、背中に手をまわした。指先でアーサーのあらゆる部分を感じ、手のひらで筋肉をなぞりたかった。彼の力強さを手の下に感じたかった。

そうしていると……奔放な気分になり、欲望で頭がくらくらとした。

こんな経験はしたことがなかった。体が生き生きとしているように思えた。何をしているかをわかっているかのように、自然に反応している。ことが進むのが速すぎて、頭が働かなかった。欲望がアナをとらえて放さなかった。

アーサーはさっきよりも執拗に身を押しつけ、彼自身をアナの最も女らしい場所にこすりつけた。アナはなじみのない感触と、ぞくぞくするような感触を覚えた——体は熱くうずいている。けれども、それでは足りなかった。アナは摩擦《まさつ》を求め、腰をまわすようにして太いものに押しつけた。より深いつながりを求めていた。

アーサーが口をアナの首へすべらせ、キスをしてむさぼった。無精ひげが火照った肌にこすれ、そこを焦がしていく。狭い部屋は情熱で燃えあがり、熱気がこもっていた。

アーサーはアナの腰から前へ上へと手をすべらせ、乳房を包んだ。アナはあえぎ、腰をより強く彼自身に押しつけ、背を弓なりにして胸を彼の手に密着させた。アーサーは悪態らしきものを吐き、硬くなってうずいているアナの胸の頂を親指で撫でると、ボディスの端のすぐ上の敏感な肌に唇を押しつけた。

アナは暑くてたまらなかった。力が入らなかった。気だるくて体が重かった。脚が体を支える力を失ったように思える。アナがアーサーにもたれかかると、彼はアナの半身をテーブルに横たえて安定させた——恐らく自分の体も。冷静沈着な騎士が、アナと同じくらい欲望で奔放になり、興奮しているように見えた。

アーサーの黒っぽい絹さながらの髪が、アナの胸にかかった。アナは思わずその柔らかい巻き毛に指を通し、彼の頭を自分にそっと押しつけた。ドレスの生地越しに、アーサーの口が胸の頂に重ねられたのがわかる。彼は乳房を包み、揉みしだいた。

まだ足りない……。

アーサーはアナのいらだちを感じとったらしく、舌をボディスの下へ入れた。

アナはそのみだらな感触と、体を揺らすほどのすばらしい悦びに声をあげた。アーサーの口はどこまでもあたたかかった。彼は胸の蕾《つぼみ》のまわりに円を描くように舌を這わせつづけ、アナはそれ以上耐えられなくなった。アーサーの下で身をよじり、体のなかに広がっていく奇妙な混乱を解き放ってほしいと心のなかで懇願した。

ようやくアーサーはドレスをずらし――破れそうなほど引っぱり――乳房をむき出しにした。ひんやりとした空気が肌に吹きつけ、キスをされた場所を刺激した。

「ああ」アーサーがどこかが痛むかのようにうめいた。「きみは本当に美しい」

彼の声を聞いてアナは我に返ったかもしれないが、頭がはっきりとしたその一瞬にしがみつく前に、アーサーはうずく乳首を口で覆って吸った。

甘く刺激的な快感に、アナは甲高い声を漏らした。

悦びが強すぎて、苦痛なくらいだった。アーサーは歯を立て、舌を這わせ、あたたかい口の奥へ奥へと胸の頂を引き入れた。

アナの脚のあいだに熱が広がり、そこが急にしっとりとした。秘めやかな場所はふっくらとして敏感になっている。

背中が堅いテーブルに強く押しつけられた。アーサーはアナの脚を自分の腰に巻きつけさせ、アナの胸に胸を重ねた。

アナは彼の鼓動を胸に感じることができた。アナを求めてアーサーの筋肉が張り詰めているのもわかった。彼の重い体がアナを覆っている。アナの体が火照った。どこまでも熱かった。これ以上ないほど興奮していた。

アーサーがドレスの裾から手を入れ、アナの肌に触れた。胸の蕾を歯で挟んでそっと引っぱり、アナのショックをなだめた。

すると、ふたたび唇と唇が重なり、アーサーの手が――ああ――アナの脚のあいだへすべりこんだ。

アナは恥ずかしくて脚を閉じようとした。けれども、アーサーがそれを許してくれなかった。彼は舌でのんびりと口のなかを愛撫し、アナの気をそらしながら、脚のあいだの濡れた場所を指でかすめた。

アナは触れられて身を震わせた。抗議の声は、震える歓喜の波にのまれた。どこまでも気持ちがよかった。

「ああ、すごく濡れているな」

アーサーがキスをやめたので、アナは何かいけないことをしたのだろうかと考えた。

しかしやがて、彼が苦労していることに――自制心を失うまいとじっとしていることに気づいた。アナに触れると、我を忘れてしまうとでもいうように。我慢の限界に達しそうになっているかのように。

アーサーはアナを見つめ、目を合わせたまま、確かな手つきで指をアナの秘めやかな場所へ少しだけ入れた。それはアナの人生で最も不道徳で官能的な瞬間だった。

アナは息を吸い、快感を抑えようとしたものの、それは波となってつぎつぎと勢いよくアナのまわりを駆け抜け、だんだん速くなった。と、アーサーが指で愛撫した。最初は小さな円を描くように、それから少しずつ強く速くなり、キスと合わせるように激しく指を動かした。

アナのなかで高まっていく悦びはあまりにも強かった。抑えきれないほど強烈だ。それは欲望の危険な渦のなかで凝縮されていった。

アーサーはつらそうな顔をしていた。額には汗が浮かんでいる。彼の射貫くような暗い視線はアナに注がれつづけ、アナをとらえて放さなかった。それを見て、アナは幸せで胸が詰まるのを感じた。アーサーの目から真実を読みとった――それはずっとわかっていたことだった。ふたりのあいだの絆は特別なものだ。アーサーもそれを感じている。

アナは自分の身に何が起きているのかわからなかったが、ともかく完璧だった。アーサーが指で愛撫するたびに、アナは理解できない高みへと近づいていった。もどかしくて身をよじり、体をうずかせ……。

「いくんだ、愛しいきみ」アーサーが囁く。「きみがはじけるところを見たい」

そのかすれ気味の声が、最後に残っていた乙女らしい抑制を解き放った。アナは息をのみ、震える声をあげた。体が強い悦びに打ち震え、ばらばらになったように思えた。

これまで生きてきたなかで最もすばらしいひとときだったが、金色の斑点が散った彼の琥珀色の目をのぞきこんでいると、それでもまだもの足りないことを悟った。情熱は満たされたものの、心はまだ満たされたくてうずいていた。アナはもっと深いつながりを求めていた。アーサーを体のなかで感じたかった。彼のすべてを我がものにしたかった。永遠に。

彼を愛している。もちろんそうだ。これほど明らかなのだから——確かなのだから——そうでなかったはずがない。

戦士。騎士。そんなの関係ない。アナは心のなかで、人生をともにする運命の男を見つけたのだとわかっていた。


アーサーはそれ以上待てなかった。力が背骨のつけねに熱いこぶしさながらに集まり、うずいている彼自身の先端に向かって伸びていき、解放を求めた。

アナに触れること。

彼女の歓喜の短いあえぎ声を聞くこと。

アナの体が濡れ、震えるのを手に感じること。アーサーは歯を食いしばり、欲望を抑えた。これまでにない勢いで達してしまいそうなのを自覚していた。

ああ、アナはどこまでも美しい。蜂蜜色の髪が頭のまわりに広がり、蠟燭の明かりのなかで輝いている。紅潮した頰。開いた唇。情熱でうっとりとし、半ば閉じられた目。完璧な形の乳房が片方、ボディスからこぼれている。それは大きくて柔らかく、縮こまった胸の頂が、アーサーの口のせいで赤くなっている。

体をひとつにするのを待ちきれずにいる、奔放な女のように見えた。〝おれの奔放な女。すべておれのものだ〟

ああ《ジーザス》、とアーサーは繰り返した。半ば祈るように、半ば呪うように。こんな気分になったのははじめてだった。欲望にのまれたとは。

「アーサー」アナが泣き声のような声で言う。「お願い……」

アナの必死な口調を聞いて、我慢の糸が切れた。アーサーはアナのなかに入るのをそれ以上、待てなくなった。

タイツの留め具やひもと、ブレーズをまさに引きちぎるようにして前をあけ、大きくなったものを自由にした。しかし、服といういましめからの解放も、新鮮な空気も、苦痛を静めることはなかった。それを和らげるためには、今はアナのなかに入るしかなかった。

アーサーはアナのしなやかで長く、しみひとつないクリーム色の脚を片方持ちあげ、改めて自分の腰に巻きつけさせ、甘美なほど濡れたあたたかい入り口に彼自身をあてがった。次回は時間をかけてアナを味わおう。舌を彼女のなかへすべりこませ、口でいかせてやる。

アーサーはアナを見つめつづけた。ふたりのあいだにできた強い結びつきを壊すのが怖くて、目をそらさなかった。

本当は、わずかでもためらいを感じるべきだった。今からしようとしていることは、間違っていると感じるべきだった。アーサーにとって、道義心は大切だった。騎士の規範はどうでもよかったが。

しかし、実際はそれらを感じなかった。

アナを失うことなどできないということしか考えていなかった。彼女を我がものにすることしか脳裡にはなかった。それができさえすれば、すべてはうまくいくと。

敏感な先端が、濡れた熱い入り口にあたったとき、純粋な悦びからくる、かすれた深いうめき声が漏れた。

アーサーはしっとりとしたクリームのような場所を彼自身で愛撫し、悦びを長引かせたくて時間を稼いだ。アナのなかへ入ったら、そんなことはできないとわかっていた。

アーサーの体は燃えあがっていた。全身の筋肉に力が入り、アナとひとつになる準備ができていた。血が音を立てて体をめぐっている。耳の奥で。体の奥で。肌は張り詰めて火照っている。

突き入れろ。ああ、そうしたかった。これほど強くそうしたいと望んだのははじめてのことだ。

さぞすばらしいことだろう。アナの体にあたたかい手袋のように包まれる。じっくりと強く精を絞り出される。そしてアナを忘我の境地の奥へ奥へと送りこむ。突きに応じて自分の体の下で動くアナを見たかった。アーサーが深く身を沈めるたびに彼女が腰を浮かせる様子を見たかった。自分のものがアナの体に出入りするところを見たかった。

下腹部に力が入った。アーサーは彼女のなかへ入りたいという衝動に圧倒されそうだった。

だが、アナを傷つけることはできない。

そこで、アーサーは無理をしてでも時間をかけることにし、彼自身でからかうように触れ、アナがその大きさと力強さに慣れるようにした。そして、先端を濡れた入り口で上下にすべらせ、挿入が楽になるようにした。

あまりにも気持ちがよかった。背骨のつけねに力が集まり、凝縮されていく。

アナはふたたびあえぎ、呼吸が荒く激しくなっている。その美しい顔は欲望で赤く染まっていた。片方の脚をきつくアーサーの腰に巻きつけ、彼を体のなかへ引き入れようとしている。

アーサーはそれ以上耐えられなくなり、腰を押し出しはじめた。

アナが驚きの声をあげた。

ああ。アーサーは歯を食いしばった。額に汗がにじみ出る。血管が脈打った。きつい。本当にきつい。ゆっくりと優しくことを進めなければ。ああ、達してしまいそうだ。

あともう少し……。

かすかな物音が欲望の靄を貫いた。

アーサーは身を凍りつかせた。いやな予感がうなじをかすめ、空気が動いた。

身を引くと、体が反抗してうずいた。「服を着るんだ」アーサーはアナのドレスを引きあげながら、もう片方の手でブレーズのひもをいじった。

しかし、遅かった――あるいは、欲求不満で熱くなっている股間のことを考えるなら、あっけなかったということになる。

ドアが勢いよくあき、音を立てた。

ヒュー・ロスが入り口に立ち、鋼を思わせる目で隅々まで見つめた。

アーサーもアナもどうにか服は着終わっていたが、今まで何をしていたかは隠しようがなかった。アナはまだテーブルに寄りかかっているうえ、頬は紅潮し、目はうるんでいる。アーサーはいまだにアナの脚のあいだに立っていて、その狭い部屋には、熱気と営みによる――営みに近い行為による――麝香《じゃこう》のにおいがこもっていた。

アナは息をのんだ。恐怖によって、その顔から歓喜による赤みが消えた。

アーサーはとっさにアナを背にして立ち、ヒューの視界から遮ろうとした。ヒューが放っている敵意から、体という楯でアナを守れるかのように。

完全な静寂が長引き――その邪魔をするものは、炎の揺らめきだけだ――気まずいどころではなかった。

ヒューはじっと立っている。微動だにしない。襲いかかろうと待っているかのように。アーサーは鷹さながらにヒューを凝視し、最初の動きの兆候を待った。むしろ、攻撃の口実がほしくてそれを望んでいた。

「悲鳴が聞こえた」ヒューがようやく言った。「きみに危害が加えられているのかもしれないと思ったんだ」誇り高いヒューの顔は嫌悪感でゆがみ、声からは軽蔑がにじみ出ている。「だが、救ってもらう必要はなかったようだな」

アナはつらそうな声を漏らし、アーサーの胸は引き裂かれた。ヒューの怒りからアナを守らなければならないと悟り、アナのほうを向くと、その肩に手をかけた。「部屋へ戻るんだ」かすれ声で言った。アナは反論しかけたが、アーサーはそれを止めた。「あとで話をしよう。今はサー・ヒューと話す必要がある。おれにまかせてくれ」

アーサーはアナの目を見つめた。アナは当惑し、愕然とし、怯えていて、今にも泣き出しそうに見えた。アーサーは息苦しくなった。胸に突き立てられた苦痛という名の短剣を、ひねられたような気分だ。アナをこんな目に遭わせてしまった。自分のせいだ。

アーサーはアナを優しく揺すり、意識を自分に向けさせようとした。「アナ、わかったか?」

するとアナがアーサーへ目をやった。アナが途方に暮れているように見えたので、アーサーはふたたび彼女を抱き寄せたくなった。

「きっと大丈夫」アーサーはそれが事実ではないと知りながらも、請け合うように言った。大丈夫なはずがない。アーサーはアナに嘘をついているだけではなく、ロス伯と同盟を結ぶ好機を潰した。しかも、アナにとってそれがどれほど大切なことなのかを知りながら。アナは家族を愛している。家族の期待を裏切れば……アナは打ちひしがれる。

アナはうなずいた。アーサーを完全に信頼していると言わんばかりの表情を見て、アーサーは胸に大きな汚点ができたような気がした。自分はろくでもない男だ。心の冷たいろくでなし。アナへの仕打ちを、許すことはないだろう。アナにはこんな目に遭わされるいわれはない。安全に守られて過ごし、幸せな家庭と愛する夫を持ち、スカートに五、六人の子どもがしがみついているという生活がふさわしい。

アーサーがそんな生活をアナに与えることはできないだろう。ちぎれた心しか残してやれない。純潔の証しを奪わなかったとしても、アナがアーサーにまつわる真実を知ったとき、アーサーは彼女の純潔を奪ったも同然になるだろう。

しばらく前に欲望が燃えていた場所には今、悲しみと痛みだけがあった。

ヒューは入り口から動いていなかったが、アーサーがアナをうながして部屋から送り出したとき、脇へどいて彼女を通した。アーサーは狭い部屋で追い詰められたように感じていたので、アナのあとから伯爵の部屋へ入った。さして広いわけではないものの、少なくとも必要ならば動きまわれる空間はできた。ヒューは一戦交えたがっているように見えたが、アーサーも同じだった。

アナは立ち去る前、不安そうにアーサーを見た。

「行くんだ」アーサーは彼女を安心させようと穏やかに言った。アナはヒューを一瞥したあと、泣き出しそうな表情をした。ヒューはアナと目を合わせようとしないが、憎しみが全身から放たれていた。

アーサーは唇を引き結んだ。アナの気持ちを傷つけたヒューを殺してやりたかった。アナのせいではない。自分がしたことだ。

なんということだ。アーサーはそう悟って衝撃を受けた。これを求めていたのか？　そもそもこうなることを目指していたのか？

アナが同盟を結ぶ機会を潰したかった。

違う。こんなふうにではない。ここまで強引なことをするつもりはなかった。しかしアーサーは自制心があると過信し、アナへの欲望の強さを軽視していた。アナにかかわりすぎている。彼女に近づきすぎているから、このままではふたりとも傷つくだけだ。

「おまえを殺すべきなんだろうな」アナが出ていき、ドアが閉まったとき、ヒューは言った。

ヒューはアーサーをにらんで怯えさせようとしているようだったが、アーサーは彼をにらみ返した。「そうしたらどうです？」

ヒューの目つきがさらに険しくなった。「そんなことをしたら、理由を説明しなければならなくなる」

きっぱりとした口調を聞いて、アーサーはにやりとした。ふたりとも同年代で、背の高さも体格のよさも似ている。しかし、技には差があった。戦った場合、死ぬのはアーサーではない。もっとも、ヒューはそれをわかっていないだろう。だったらなぜ……。

アーサーはふいに理由を悟った。「で、あなたは彼女に恥をかかされたことを、誰にも知られたくないんですね――しかも二度目だ。最初は求婚を断り、つぎにあなたの鼻先で、ほかの男と一緒にいるところを見つかった」

アーサーの言い分が正しいことが、ヒューの顔からわかった。それが怒りで赤くなり、それとは対照的な白いしわが、口の両脇に現れたからだ。「彼女を奪ったのか？」

アーサーは口もとをこわばらせた。余計なお世話だ。嘘をつきたかったが――アナは自分のものだと言いたかったが――アナの評判を少しでも救うために本当のことを言った。「いいえ」

ヒューの目は冷ややかだった。「だが、わたしが介入していなければ、そうしていたな」

アーサーはどちらでもいいだろうと言わんばかりに肩をすくめた。

ヒューが一歩前へ出て、剣に手をかけた。「このならず者！　おまえは騎士だろうが。道義心はないのか？　彼女は婚約――」

アーサーはすばやく動いた。ボイドから習った動きのとおりに、ヒューの腕を叩き、剣を落とさせ、その腕をひねって背中側へまわして体重をかけた。「違う。婚約はしていないはずです」

ヒューはとっさにアーサーから逃れようとしたが、動けば動くほど腕のよじれと痛みがひどくなった。

「婚約していたようなものだ」ヒューは吐き捨てるように言った。つらそうな声だった。

「こんなことをしやがって、殺してやる！　離せ」

「ここでの出来事について、折り合いがつくまでは離しません。彼女に危害がおよぶのは困る。責任は彼女にはない」

ヒューは賢明にも反論をしないことにしたようだったが、アーサーはヒューの目に激しい怒りが浮かんでいるのを見てとった。腕をさらにひねり、激怒しているヒューから苦痛のうめき声を引き出した。

「なぜここへ戻ってきたんです？」アーサーは尋ねた。

「悲鳴が聞こえ――」

「たわごとだ」アーサーはヒューの言葉を遮った。アーサーと同じくらい五感が鋭くないかぎり、何も聞こえていないはずだ。

ヒューは殺意のこもった目でアーサーを見た。苦痛の汗がヒューの額に浮き出ている。

「おまえがレディ・アナをじろじろ見ているのを目にしたからだ。彼女がおまえのほうを見ないようにしているところも。おまえがあとを追ってくるのがわかっていた」

アーサーは毒づいた。「つまり、一種の試験だったということですか？」

「笑いものになるつもりはなかったんでね。別の男に惚れている女と結婚はしない。どれだけその女とやり――」

アーサーはヒューの腕をさらにひねった。「やめろ」そう警告した。「それ以上言わないほうがいい」

アーサーはヒューの腕が折れそうなところまできているのをわかっていたので、彼を乱暴に押しやった。ある点については、ヒューは正しかった――説明はできるだけせずに済むほうがいい。

ヒューは息を吐き、上腕と肩をさすった。とはいえ、アーサーはヒューの目を見て、またもや試されていたのではないかと考えた。ヒューはあの品のない言葉を、アーサーから反応を引き出すために口にしたのではないかと。もしそうなら、狙いどおりだったということだ。

「レディ・アナを好きなんですね」アーサーは事実を悟って言った。「あなたにとって、これには政治的な同盟以上の意味があった」

ヒューはなんの言葉も口にせず反応もしなかったが、そのとおりであることがアーサーにはわかった。まったく、もう少しでこの男に同情しそうになった。「だが、あなたはレディ・アナがなんのためにここへ来たかをわかっているんですね？」

腕に感覚が戻ったらしく、ヒューはアーサーのほうを向き、訝しむように見つめた。

「ああ《アイ》。ブルースとの戦いに手を貸してもらいたいんだろう。その約束をせずに、彼女の心を射止めたいと思っていた」

アーサーはあることを理解し、はっとしてヒューの目を見た。「父君には、婚約が成立しようとしまいと援軍を送る気がない、そうですね？」ヒューが答えるまでもなかった。ちくしょう。アーサーは改めてヒューを殺したくなった。「あなたはレディ・アナに思わせぶりな……」

ヒューは肩をすくめた。

この悪党め。くそっ、ヒューが操《あやつ》ろうとしていた相手がアナでなければ、ヒューの意志の固さに感心していたかもしれない。

「我々は手配が済みしだい、帰ることになるでしょう。今の話を、あなたがアナとサー・アランに伝えたあとで」

ヒューはせせら笑った。「わたしにそんなことをする理由があるか？」

アーサーは脅すように一歩前へ踏み出した。見あげたことに、ヒューは動かなかった。しかし、その目に警戒は宿った。「これ以上、彼女に傷ついてもらいたくないからです。ここであんなことがあったとはいえ、あなたもそれを望んでいるはずだ」

ふたりがしばらくにらみ合ったのち、ヒューはうなずいた。アーサーは立ち去りかけた。

「キャンベル」アーサーが振り返ると、ヒューは痛めた肩へふたたび手をやった。「さっきの技はどこで習った？」

アーサーはにやりと笑った。「今回の件にきちんと片をつけてもらえたら、いつか教えましょう」

アナはスカートで手をぬぐい、吐き気がこみあげるのを感じながら、大広間へ朝食をとりに集まった大勢の男たちへ目を走らせた。

アナは無意識のうちにアーサーを探していた。彼の顔を見れば、大いに必要な勇気を得られるとでもいうように。アランの部下と並んですわるはずのアーサーが見つからなかったとき、アナは心配してはだめだと自分に言い聞かせた。まだ時間は早い。ゆうべ、アーサーは使用人をアナの部屋へ送り、すべてが片づいたから心配しないようにという伝言を届けさせた。

〝心配しないように〟あんなことがあったのに、心配せずにいられるはずがない。アーサーの思慮深い伝言が届いたあとも、アナは夜、ゆっくりと休めなかったかもしれないが、ありがたい伝言だった。アーサーかヒューのどちらかが死んでいるか、どこかの地下牢で横たわっていることを、少なくとも心配せずに済んだ。

アナは深く息を吸い、無理に背すじを伸ばして顎をあげ、大広間へ入った。

脚がひどく震えて膝が笑っていたうえ、鳥が羽ばたいているように、心臓が胸のなかで暴れていた。本能という本能が逃げろと叫んでいたものの、アナはどうにか足を前へ進めた。

この体には王たちの血が流れている。アナはマクドゥーガル一族の一員であって、臆病者ではない。

部屋に隠れて丸くなり、何もなかったふりをしたくてたまらなかったが、今回のことは現実だ。せめてヒューには謝罪をしなければならない。

自分がしたことを思うと……。

胃はよじれ、恥辱の念に襲われた。アーサーのなすがままになったからではなく——ふたりのあいだにある情熱を恥じてはいない——家族の期待を裏切り、ヒューにひどい仕打ちをしたからだ。彼には、そんなことをされるいわれはなかった。アナが別の男を愛しているのは、ヒューのせいではない。

愛。アナは自分がしでかしたことの圧倒的な重さを感じていたものの、絶望という雲のあいだから、一条の幸福の光が射した。アーサーを愛している。そしてアーサーも気にかけてくれている——そうに違いない。

もっとも、心のなかに小さな喜びがあるせいで、アナは余計に罪悪感を抱いた。愛を見つけたはいいが、家族の期待に応えられなかった。この先、どうしたら自分を許せるというのか。すべてを台無しにしたというのに。これでアナの父もクランも、ロバート・ブルースに自力で立ち向かわなければならないだろう。ゆうべ、ヒューがあんな光景を目撃した以上は、同盟が結ばれることはない。

記憶がよみがえり、アナの頬は熱くなった——ああ、ヒューにどう思われたことか。あばずれ。ふしだら女。

大広間を横切り、高座の席へ――アナが不当なあつかいをした男のとなりの席へ――向かったとき、嘲笑《ちょうしょう》の声が聞こえるのではないかと半ば予測していた。ところが、アナが大広間へ入っても、変わったことは何も言われなかった。ロス伯と伯爵夫人は普通に挨拶をし、アナが席についたとき、ヒューも両親と同じようにふるまった。

アナは無理に食事をしようとしたものの、食べ物を口にするたびに、胃の不快感は強まった。食事が進むにつれ、不安は強まる一方だった。

昨日、ヒューがのぞかせたユーモラスな面は、驚くまでもないが、完全に消えていた。彼はアナの横に身を硬くしてすわり、自尊心と騎士道精神のせいで完全にアナを無視することもできずにいたが、それに近い態度をとった。ありがたいことに、ヒューの妹がヒューの横に、ロス伯の従者長がアナの横にいて、気まずい沈黙を破ってくれた。

アナはヒューに何か言わなければならないとわかっていたものの、これほど公な場所で、例の話をどう切り出せばいいのかわからずにいた。ちょうどよい機会を待っていたとき、ヒューが立ちあがり、ひとこと言って去ろうとした。

「待ってください」アナは頬が火照るのを感じた。何人かの目がアナのほうに向けられ、声が少し大きかったことに気づいたのだ。

ヒューはアナを見おろし、今日はじめてまっすぐにアナを見た。ヒューが言葉のつづきを待つあいだ、アナは身じろぎをしないよう努めた。

「わたし……」アナは最初に頭に浮かんだことを口にしながら、ほかの人々があからさまに聞き耳を立てていないときに、もっと早く言っておけばよかったと考えた。「素敵な朝ですね。もしお忙しくなければ、お約束してくださったように、お城を案内していただけたらと思ったんです」

ヒューはそんな約束をしていないから、彼が約束はしていないと言って、今の言葉がふたりきりになるためのアナの策略であることを明らかにしたとしても、アナにとっては当然の報いだった。

ヒューがただ見つめているので、一瞬、アナは断られるのだと考えた。しかし、騎士としての分別が勝ったらしい。ヒューはお辞儀をし、手を差し伸べた。「喜んで、マイレディ」

短いあいだに重要なことが起きた数時間前と同じく、アナはヒューにいざなわれて大広間を出た。背後で噂話をする人々の囁き声がヒューに届いたとしても、彼は何も表情に出さなかった。

今回、廊下の突きあたりまで行くと、ヒューはアナを中庭へいざなった。そこでは大勢の人々が忙しそうにしていたが――武術の稽古をしたり、城門を守ったりしている兵士、働いている使用人、ひっきりなしに城門を出入りするクランの人々――ヒューとアナにさして関心を向ける者はいなかった。

「とくに見たいものはあるのだろうか」ヒューは訊いた。

アナは横にいるヒューをまつ毛越しにそっと見あげながら、彼の声から冷淡な響きを聞きとった。ヒューはアナの頼みが口実に過ぎなかったことを知っている――見え透いた口実だと。アナは首を横に振った。「ごめんなさい、お話がしたかったんです」アナは足を止め、まっすぐにヒューを見つめた。「ゆうべの出来事について、謝らなければなりません」

ヒューが口もとをこわばらせたとき、アナは度胸を失った。

それでも、やり遂げなければならなかった。アナは指先を手のひらに食いこませた。深く息を吸えず、出し抜けに言った。「弁解のしようがありません。本当に申しわけないと思っているとしか言えませんわ」

ヒューはしばらくアナの目を見つめたあと、うなずいた。そのまま踵を返して立ち去るのかと思いきや、驚いたことに、アナを導いて木の城壁沿いの静かな場所へ行った。石の外壁の手前の庭と、外壁の向こうにあるネアンの町が見渡せる場所だ。

風が強く、アナはほつれた髪を耳のうしろへかけなければならなかった。しかし、暗く長い夜のあとでは、まぶしい陽光を顔に浴びると生き返ったようだった。

「あの男を愛しているのか？」

アナははっとした。ヒューが何を言うのか予測できずにいたが、まさかそんなことを言うとは思わなかった。ヒューはロマンチックな愛に重きを置くようにも、それを信じるようにも見えない。冷めていて現実的で、そうするような男だとは思えなかった。

とはいえ、ヒューには事実を知る権利がある。「ええ《アイ》」アナは静かに言った。

「それでもわたしと結婚して、父君のために援軍を確保しようとしていたんだな」

ヒューにそう言われると、急に間違ったことのように思えてきた。結婚は義務と切っても切り離せないものであって、愛は関係ないはずだというのに。「ええ《アイ》」状況への絶望感が胸にわきあがる。アナはヒューに理解してもらおうと訴えた。「わかりませんか？反逆者たちと戦う唯一の方法は、わたしたちが手を組むことでしょう。クラン同士で力を合わせれば、ブルースを打ち負かせる。単独では負ける危険があります」

アナの言葉に気持ちが揺らいだとしても、ヒューはそれを見せなかった。険しく謎めいた表情のまま、アナの顔を眺めた。

おかしなものだった。婚約が成立する望みがない今、アナの不安と緊張は消えたようだ。

「うしろめたく思わなくていい、レディ・アナ」

アナはまばたきをし、ヒューをもの問いたげに眺め、彼の顔をよく見ようと日の光を手で遮った。

ヒューは口もとをゆがめ、奇妙なしかめ面をしている。「父にはローン卿へ援軍を送るつもりはなかった」

アナは驚いてあえいだ。「でも、婚約の話は？　あなたのふるまいから、わたしはてっきり……」

ヒューは悔いる様子なく肩をすくめた。

怒りがアナの罪悪感を切り裂いた。「この話を、いつするおつもりだったんですか？」

「すぐにだ」

「婚約を発表したあとに？」

ヒューはひるまずに、非難がましい目つきのアナを見つめ返した。「かもしれない」

「だけど、どうしてですか？」

ヒューはわざとアナの質問の意味をとり違えたようだった。「兵力に余裕がない。ブルースは我々にも攻撃をしかけるだろうし、そのとき……」彼の声が風にさらわれて小さくなる。「ロバート王の力は強大になりすぎている。我々は味方に見捨てられた。カミン一族、マクダウェル一族、イングランド軍にも。父にとって、失うものが多すぎる」

ヒューは城壁の向こうへ視線を戻し、眼下の小さな王国を眺めた。

多くを物語る動作を見て、その重さにアナは息を吸った。失うものが多すぎる。ロス伯に危険を冒すつもりがないということだ。「そんな」アナはあとずさって言った。「だめよ。あなたのお父様は降伏してはいけません。お父様はブルースの奥方と令嬢に対してあんな仕打ちをなさったのだから、ブルースに殺されますわ」

アナは何も考えずに口にしたが、ロス伯が聖域を侵してブルースの妻や娘をイングランド軍に引き渡したことは、ヒューが思い出したくないことだとわかった。ヒューの誇り高そうな顔に、恥に似た感情が宿るのを、アナははじめて目にした。

「ブルースは敵対していた貴族を許すと約束している、降伏を条件に」

「反逆者の言葉を信じるんですか？　もちろん、フッド王があなたのお父様と、ロス家やモレー家の反抗的な人々を許すだろうとお考えではないでしょう？　〝バカン伯敗走〟の戦火が、消えたか消えないかの時期なのに」

ヒューは反論しなかった。とはいえ、彼は食いしばった歯の奥から言った。「我々にどんな選択肢があるというのだ？　潮目はブルースにとって有利に変化した。人々はブルースを英雄だと考えている――イングランドを打ち負かした、戦士らしい王だと。降伏することが、生き残る唯一の道かもしれない。父は我々のクランが存続するならば、喜んで死ぬつもりでいる」

アナはめまいを覚えた。ロス伯が降伏するとは、まったく想像していなかった。

アナのクランにとって、それは何を意味するのか。父は同じことをするだろうか。まさか。ジョン・マクドゥーガルが降伏することはない。アナははじめて、マクドゥーガル一族がどんな犠牲を払うことになりかねないのかを悟った。

ヒューの話を聞いて冷静になり、自分の行動が原因ではなかったことを知って、少しほっとした。「教えてくださってありがとうございます」アナは言った。

ヒューは長々とアナを見つめた。「これからどうするつもりだ？」

「戦いますわ」アナは答えた。孤立するとしても。ほかにどんな道があるというのか。

「キャンベルと結婚するのか？」

アナの頰は火照った。昨夜あんなことが起きたあと、そう推測するのは自然なことだ……。けれども、将来のことを話し合う機会はあまりなかった。

ヒューはアナの沈黙の意味を理解したようだった。「あの男のことを、どこまでよく知っているんだ」

警告が感じられるヒューの声を聞いて、アナの頭の片隅から聞こえていた小さな声が――アナが黙らせようとしていた声が――大きくなった。「サー・アーサーは、先月、お兄様と一緒に、わたしの父の騎士と兵士に対する招集に応えてダンスタッフネイジ城へ来たんです」

ヒューはそれを聞いて何か確信したようだった。「あの男には、どことなく奇妙なところがある。どこか変わっているというか。見かけどおりの男ではない」

アナはすかさずアーサーを弁護した。ヒューがアーサーの特殊な能力に気づいているに違いないと考えたのだ。「静かなだけですわ」アナは言った。「ひとりでいるのが好きなんです」

ヒューは値踏みをするようにアナを見て、さらに何か言いたそうな顔をしたものの、そうはせずにうなずいた。

アナにとってほっとしたことに、ヒューはアナの兄と両親に手紙で事情を説明すると言い、さらにヒューが目にしたアナの評判を危うくする場面については言及せず、ただアナとは相性が悪いということにすると言った。

アナはヒューに連れられて主塔へ戻った頃には、はるかに気が楽になっていた。罪悪感が和らいだ今、愛するアーサーも自分を気にかけてくれていると悟ったときの幸せな気分を、ふたたび少しだけ味わった。彼に会うのが待ちきれなかった――話をするのも。驚いたことに、ふたりで親密なひとときを分かち合ったというのに恥ずかしいとは思わなかった。あれだけのことが起きたあとの今でさえ、正しいことのように思えた。

中庭から主塔へ通じる階段の一段目をのぼろうとしていたとき、アナは左へ目をやり、サー・アーサーが兵舎から出てくるのを見かけた。

心臓が跳ねあがった。アナは微笑み、とっさにアーサーのほうへ一歩踏み出しかけたが、はたと足を止めた。アーサーは鎧を着けていて、訓練に備えているのが明らかだったものの、かぶとの目庇《まびさし》の下の顔はよく見えた。

アナはアーサーが自分のほうへ駆け寄ってくるとまでは思っていなかった――少なく

とも、ヒューが横にいるのだから、と。ただ、優しい表情をしてくれたら嬉しかった。どんな表情であれ、実際にアーサーのハンサムな顔に一瞬浮かんだ後悔の表情――そう、恥じ入った表情でさえあった――よりもよかっただろう。

アナの心臓を跳ねあがらせた喜びはかき消え、それは地面へ落ちた。

ヒューがかたわらで身をこわばらせたのがわかった。アナが目にしたものに気づいたらしい。

アーサーがヒューへ目をやった。ふたりの男のあいだで敵意が火花を散らすのがわかった。最初に引きさがったのはアーサーだった。アーサーはアナとヒューに向かって会釈をし、ほかの戦士たちのところへ行った。

アナは落胆してはいけない、と自分に言い聞かせた。気にしすぎてはだめだ、と。アーサーとは、あとで話をしよう。ふたりきりで。アナが彼の目つきから読みとったと思っているものは、想像の産物かもしれない。

しかし、ヒューにこう言われ、想像の産物ではないことがわかった。「きみの計画どおりにことが運ばなければ、レディ・アナ、わたしのところへ来たまえ」頼りになる男。

アーサーもそうであることを、アナは祈った。

16

オールダーン城を出発するまでには、アーサーが考えていたよりも時間がかかった。あれからアラン・マクドゥーガルは、ロス伯と彼の相談役とヒューとともに、三日間ロス伯の部屋にこもりきりだった。恐らくアランは、婚約がないとしても協力し合おうとロス伯を説得しようとしていたのだろう。ありがたいことに、その努力は無駄になった。

アーサーは話し合いの詳細は知らなかったので、ロス伯がなぜ拒絶したのかはよくわからなかったが、ブルースにとっては都合がいい話だった。アーサーは機会があれば、すぐにその情報をブルースに伝えることにした。マクドゥーガル側で伝言のやりとりがあったとは思えなかったが、アナとアランの荷物を早急に調べて確認するつもりだった。

一行はオールダーン城を夜明け前に出発し、一週間ほど前に終えたばかりの旅路を逆行しはじめ、アーカート城のそばを無事に通過できるよう、初日は道を急いだ。アランの部下たちはアランとアナの様子を見て、望みどおりにことが運ばなかったことを察したらしく、失敗という暗雲が一行の上に立ちこめていた。あからさまに不機嫌というわけではないが、雰囲気は暗かった。

アーサーは、任務が成功したのだから、胸を撫でおろして喜ぶべきだとわかっていた。ロス伯とローンが手を組むことはない。今回のマクドゥーガル一族の失敗により、ブルースは勝利へ一歩近づくことになり、アーサーは宿敵の破滅を目にすることに一歩近づくことになる。ジョン・オブ・ローンが父にした仕打ちの報復を受けるのは、アーサーが何よりも強く望んでいたことだ。

そうではないのか？

そのはずだ、ちくしょう。それなのに、予想よりもはるかに大きな犠牲を、自分が払うことになるのではないか、とアーサーは恐れていた。

かぶとで顔が隠れているから、アナを見たいという衝動に負けることができた。アーサーはまたもや焼けつくような鋭い感覚を覚えた。単に良心の呵責《かしゃく》に苦しめられているせいではなく、別の原因があった。アナを目にするときに感じる胸のうずきは、耐えられないほど強い。しかし、彼女を見ずにいるのはもっとつらかった。

アナは前方にいて、アランと侍女に挟まれているから、アーサーにはときおり彼女の横顔が見えるだけだった。アーサーがふたりのあいだで起きた出来事について沈黙を保っていることに、アナが傷ついていることは、彼女の顔を見るまでもなくわかっていた。アナはひどく傷ついている。

ああ、自分は何をしてしまったのか。それよりも重要なのは、これからどうするつもりなのか。

城から離れた今、アーサーはその問題を——あるいはアナを——もはや避けることはできなかった。

何をすべきなのかはわかっていた。アナの純潔を奪うところまで（文字どおり）あと数センチというところまでいった以上、アナに求婚をしなければならないことくらい、騎士でなくても知っている。アナはそれを期待しているに違いない——期待して当然だ、くそっ。道義心があるなら求婚をするものだ。しかし、あの数センチがあったせいで、アーサーには求婚せずにいる理由がどうにかあった。

胸のなかの葛藤《かっとう》は強まる一方だった。あらゆる本能はアナのもとへ行け、心のなかで暴れる気持ちのままにふるまえとうながすが——まったく、感情というやつは——別の冷静な部分は、これ以上アナを傷つけるようなことはやめろとアーサーを止めた。

忘れたくなることがあるとしても、アーサーがアナに隠し事をしているのは事実だ。しかし、真実を彼女に伝えることは絶対にできない。アーサーはブルースに仕え、忠誠を誓っている。アナにどんな気持ちを抱いていようと、そのことに変わりはない。アナとアーサーのあいだでは、嵐が吹き荒れている。いずれアナは、アーサーが誰の味方なのかを知り、アーサーがダンスタッフネイジ城にいた唯一の理由は、密偵を働き、アナの家族を破滅させることだったと悟る。アナに求婚することによって、アーサーの究極の裏切りが、はるかに残酷なものになるだけだろう。

手に負えない状況になったのは、自分の責任であることをアーサーはわかっていた。アナと距離を置いておくべきだった。それでも、アナの微笑みと朗らかさと愛らしさと優しさが、アーサーの決意を少しずつくじいた。あの藍色の大きな目をのぞきこむと、アーサーは求めていると自覚がなかったものを手に入れたくてたまらなくなった。

自分はひとりで過ごすのが好きだというのに、ちくしょう。そのほうが楽なうえ、はるかに単純だ。

しかし、迫りくるもののことを考えればとても与えられないものを、アナのせいで与えたくてたまらなくなった。こんなふうにアナを傷つけていることに——その状況を変える手を何も打てずにいることに——アーサーの心は乱れた。ほかのことに集中するのが難しかった。

アナはこちらを見ようとしていないものの、彼女も同じようにアーサーの存在を意識していることはわかっていた。アーサーが背後から馬で近づいたとき、アナの肩がこわばるのが見えたからだ。

リチャードとアレックスが前方で斥候をしているため、アーサーは隊列の後方をぐるりとまわり、追尾する者がいないかを確かめていた。一行はほどなくその日の旅程を終えようとしていたが、アーカート城——前回この付近でブルースの部下たちに襲われそうになった——に近づいていたので、とくに慎重に進まなければならなかった。今回も、〝敵の〟城から巡回に来る者たちを避けるために、道から大きく西へはずれるつもりでいた。

「さあ、お嬢様」侍女の声がする。「レディ・ユーフェミアが、料理人にこれを作らせ、持たせてくださったんですよ、特別に。お嬢様がとてもお気に召したようですから」

侍女は砂糖菓子を懸命に勧めたが、アナは首を横に振った。アナが努力して作った弱々しい微笑みを見て、アーサーの胸はまたもや張り裂けた。「いらないわ、ありがとう。おなかが空いてないの」

侍女はいらだって唇を引き結び、アーモンドの砂糖菓子を気が進まない様子で食べた。そして、それを飲みこまないうちに、またもやアナに食べ物を勧めた。小さなミートパイらしきものを袋から出して言った。「羊肉と大麦のパイをひと口いかがです？」大げさににおいを嗅いだ。「とてもいい香りですわ、それに、まだあたたかいですよ」

アナはまたもや首を横に振った。「先に食べてちょうだい。わたしはどこかに止まったときに食べるから」

侍女はぼそっと何か言ってからつづけた。「何か召しあがらないと、お嬢様」早口で何事かを囁き、アーサーのほうをにらんだ。

アーサーは歯を食いしばった。アナの食欲がないのを、侍女はアーサーのせいにしているのだろう。

「食べるわよ」アナはなだめるように言った。それから、少し前で馬を進めているアランに声をかけた。「お兄様、あとどのくらいで、今夜の野営地へ着くの？」

「もう間もなくだといいのだが」アランは周囲を見まわし、アーサーが戻っているのを見て、手招きをした。

アーサーは身構え、アランに命じられたとおりにしようと、かぶとの目庇をあげ、アランのうしろにつづく何人かをまわりこむようにして馬を進めた。

「何か不審な点はあったか？」アランは言った。

アーサーはかぶりを振った。「今のところありません。リチャードとアレックスが戻るまで確信はできませんが、変わったことがなければ、計画どおり滝のそばで野営をしましょう」

「前回野営をした湖のほとりには戻らないの？」

アナがアーサーに話しかけている。アーサーはそれ以上避けられず、アナと目を合わせた――ゆっくりと。目が合ったとき、焼けつくような熱が体を駆け抜けたのは、予想外だった。アーサーは――矢が肩に深く刺さったときも、剣の刃が腹を切り裂いたときも、兄の短剣をすばやく受けとるのに何度失敗しても身じろぎをしなかった男は――アナの目に悲しみと言葉にならない問いかけが浮かぶのを見てひるんだ。

アナはやつれていて、耐えられないほど弱々しく見えた。目のまわりには小じわがあり、いつもよりも顔色が悪い。

アーサーは歯嚙みをし、アナが求めているものを与えてやりたいという強い衝動と闘った。

アナに求婚しろ。

そんなばかな、できるはずがない。状況が悪くなるだけだ。

「いいえ、マイレディ」アーサーは抑揚のない口調で言った。「一度通った道に近づきすぎないほうが安全です。毎晩、違う場所で野営をします。ディーヴァッフに近い森のなかの渓谷《けいこく》の上流に滝がある。城の南東です。今夜はそこで休みましょう」

アナはうなずき、もっと何か言いたそうに見えたが、ふたりきりでないことを気にしているようだった。「けっこう遠いの?」

「五、六キロ先です。暗くなる前には着くはずです」

「わたし――」アナは言いかけてやめた。しかし、アーサーは自分に向けられたアナの目つきを見て、心を引き裂かれるような気分になった。「ありがとう」

アーサーがようやくアナから視線をはずしたのは、アランの部下がうしろから近づいてくるのを見て驚いたときだった。

アーサーは顔をしかめた。ひどく動揺していたから、その男が近づく気配に気づかなかった。

アナの物入れがしっかりと固定されておらず、荷車から落ちたとのことだった。アナと侍女が、なくなったものはないかを確認するために後方へ行ったとき、アーサーはアナとのやりとりが終わったことに感謝した。とはいえ、彼女としなければならない話し合いを、長くは先延ばしにできないとわかっていた。

実際、アランがリチャードとアレックスの様子を見にいくと告げにきたときの去り際の言葉が、それを証明していた。「オールダーン城で何があったのか知らないが、キャンベル、妹は悲しんでいる」アランはまっすぐにアーサーを見つめた。その青い目は冬を思わせ、まったくあたたかみがなかった。結局のところ、アランはローンの息子だ。「どうにかしろ。さもないと、わたしが手を打つ」

アーサーは唇を結び、顎をこわばらせた。アランの言葉の意味が理解できないふりはしなかった。脅されたことは気にしていない。悩ましいのは、アランに言われたとおりにできないことだ。手の打ちようがないことだった。

「どうしてわたしを避けているの？」

アーサーが驚いて立ちあがり、その拍子に、彼がしかけようとしていた罠の小枝が折れた。

彼を驚かせてしまった、とアナは考えた。アーサーが驚くことはかなり稀《まれ》だと、賭けてもいい。さっき、アーサーの目に苦悩が浮かんでいると思ったのは、アナの想像ではなかったらしい。そのときアーサーは、切望をほとんど隠さずにアナを見つめた。けれども、自制しているように見えた。

アナが最初に失望した朝以来、失望感は日ごとに強まったが、やはりアーサーはアナのところへ来ようとはしなかった――当然、求婚もしなかった。アナは彼がまずジョンに話をしようとしているだけだと思いこもうとしたものの、それでは避けられている理由の説明がつかなかった。

「またおれのあとをつけているのか、アナ」

アーサーが弁解させることでアナの気をそらせようとしているのなら、効果はない。「あとをつけることにはならないでしょう、野営地が数メートル離れたところにあるのに」アナはより糸と小枝の罠を手で示した。「あなたが袋から罠をとり出すのを見たから、遠くへ行くわけではないと思ったの」

アナは暗がりに半分隠れたアーサーの表情を探った。日没まであと一時間はあったが、森の分厚い緑の天蓋《てんがい》の下では、夜はすぐそこに迫っているように思えた。アナは一歩前へ出て、ふたりの距離を詰めた。アーサーが顎をこわばらせ、全身を硬くした。彼の鼻孔がかすかにふくらんだのがわかる――アナが近づくのが迷惑であるかのように。

アナの目に涙が浮かんだ。アーサーはなぜ、こんなふるまいをしているの？　そんなに不快な思いをしているのだろうか。

「答えるつもりはあるの？」アナは涙声で言った。ここ数日に抱いた感情と不安がよみがえった。アーサーの胸に手を置き、自分の体を支えたかったけれど、彼に身を引かれたら完全に打ちのめされるだろうと不安だった。「わたしには説明をしてもらう権利はないの？」

アーサーが息を吐き、アナから離れる。そして、離れたのは髪をかきあげるためだったというそぶりを見せた。まだ鎧を着ているが、かぶとは脱いでいた。こげ茶のゆるやかな巻き毛が、袖なしの短い鎖かたびらの襟もとにかかっている。「ああ《アイ》、ラス、そうだな。食べ物を確保してから、きみと話そうと思っていた」

アナは彼を信じていいのかわからずにいたが、アーサーの言葉のつづきを待った。アナはもう十分に話をした。今度は彼の番だ。

「あの出来事は……」

美しかった？　すばらしかった？　完璧だった？

「……不運だった」

アナの心は沈んだ――望んでいた言葉ではなかった。

「自分の行動を恥じている」アーサーは言った。どこをとっても堅苦しく礼儀正しい騎士の口調だった。「あそこまでことを進めるべきではなか――」

アナはアーサーの声に含まれる後悔とよそよそしさに耐えられなくなり、彼の言葉を遮った。「なぜそんなことを言うの？　どうしてあの出来事になんの意味もなかったかのようにふるまうの？」

彼の顎がこわばり、首もとの血管が不吉に思うほど脈打ちはじめた。

アーサーは顔をそむけようとしたが、アナは彼の腕をつかんだ。胸がひどく痛んだ。

「アーサー、意味はあったの？」彼が食い入るようにアナの目を見つめる。焼けつきそうなほど強い視線だった。アナはのどを締めつけられたように感じながらも、震える息を深く吸った。「わたしにとっては、意味はあったわ」

「アナ……」アーサーのなかで、何かがせめぎ合っているようだった。彼の腕の筋肉は、アナの手の下で張り詰めている。たくましい体からは緊張感が放たれているように思えた。「なぜことを難しくしている？」

「わたしが？　そうしているのは、あなたでしょう。とても単純な質問よ。何か意味があったのか、なかったのかという」

アナはアーサーを見つめ返し、目をそむけさせまいとしながら、彼が何か言うのを待った。アナにさいなまれているかのように、アーサーの表情はこわばっていた。

「きみはわかっていない」

「そうよ、わかっていないわ。だから説明してちょうだい」

「できない」アーサーは険しい顔でアナを見た。「理解できないか？　おれたちがうまくいくことはないんだ」

そんな。アナはあることに気づき、心臓がのどまでせりあがったような気分になった。彼には求婚するつもりがない。いったいなぜ、状況をここまで完全に読み違えたのか。

いいえ、読み違えてはいない。ここでは何か別の事情が働いている。「なぜうまくいかないの？」

「おれたちは完全に不釣り合いだろう。きみにとっては家族がすべてだ。だがおれは？　両親はおれが幼い頃に亡くなった。兄たちは、何年ものあいだ、敵と味方に分かれて戦い合っている。おれは家族というものをまったく知らない」

「わたしが教えられる――」

アーサーは語気荒く遮った。「教えてもらいたくはない。おれはひとりで過ごすのが好きなんだ。だがきみは……」アーサーは手を振った。「生まれてこの方、ひとりになったことがないだろう。きみは家族や友人に囲まれて過ごすのがふさわしい。きみを崇《あが》める夫と、スカートにしがみつくたくさんの子どもたちとともに。そんなものを望んではいないと言わないでくれ。きみがそれを望んでいることはわかっているから」

確かにアナはそれを望んでいた――アーサーと一緒の生活を。「子どもはほしくないの？」

アーサーの唇が白くなった。今の質問が――あるいは考えが――苦痛をもたらしたかのように。「話がずれている」

「そう？　あなたが本当はひとりでいたいわけじゃなくて、あなたに合う人たちと過ごしたことがないからだと思ったことはない？」アナはアーサーに理解させるために言葉を切った。アナはアーサーが人と距離を置く理由を理解しているつもりだが、彼を愛する家族がいれば、彼を受け入れる家族がいれば、アーサーの気持ちは変わると考えていた。「わたしのことを好きなら、あとのことは重要ではないはずよ」彼の顔は岩と同じくらい感情が読めなかったが、アナはつづけた。「アーサー、わたしのことを好きなの？」

アナは嘘をつくなと挑むように彼の目を見つめた。アーサーは嘘をつきたそうに見えた。やがて、彼はこう認めた。「ああ《アイ》。だが、それは関係ないんだ」

アーサーが好いていてくれる。やはり間違っていなかった。アナはかぶりを振った。

「それがすべてでしょう」

「それに意味はないんだ、アナ。うまくいかないというおれの言葉を信じてくれ。きみが求めるものを、おれは決して与えてやれない。きみを幸せにはできないんだ」

アナの胸にいらだちと怒りがわきあがった。「わたしの気持ちがわたしよりもわかるなんて、よくも思えるものね。わたしは自分が求めているものを正確にわかっているわ。

あんなことがあったのに、なぜあなたしかわたしを幸せにできないってことがわからないの？　わたしはあなたを愛しているのに、それがわからないの？」

その告白は、アーサーにとって意外だったようだが、アナ自身にとってもそうだった。アナはすかさず口を閉じたものの、手遅れだった。急に広がった沈黙のなか、今の言葉が反響しているように思えた。

アーサーは身じろぎもしなかった。胸に矢を受けた者と似たり寄ったりの表情をしている。アナが望んでいた反応とはほど遠かった。愛の告白を返してもらえるとは思っていなかった。それは事実だ。少なくとも、今はまだ。けれども、沈黙されるのも想定外だった。その沈黙はゆっくりと、残酷にも、アナの胸を引き裂いた。

〝あなたを愛している〟その言葉が、アーサーの耳のなかでこだました。暴れている。鳴り響いている。そして、ああくそっ、誘いかけている。

アーサーはアナの言葉を信じる気になれず、微動だにしなかった。信じられるはずがない。信じたら、幸せな気分になるかもしれないからだ。これまでにないほど幸せな気分に。

アナは本気で言ったわけではあるまい。混乱しているのだ。アナ・マクドゥーガルは、誰に対しても心をこめて接する。それはアナの抗いがたい魅力のひとつだ。

アーサーはみずからを説得するかのように首を横に振った。「きみは自分が何を言っているのかをわかっていない。おれを愛しているはずがないんだ。おれのことをよく知ってさえいない」

「なぜそんなことが言えるの？　もちろん、よく知っているわ」

「おれのことで、きみが知ったら……」アーサーはそれ以上言えなかった。すでに言いすぎていた。アナの勘はあまりにも鋭い。

アナは唇を結び、目に強情そうな光を宿した。「もうそれについては、話が終わっていたかと思ったけれど。あなたの能力は神様の恵みであって――並外れて役立ったことが、一度ならず証明されているでしょう」

アーサーはその能力のことではなく、自分がブルース側についていて、密偵であることについて話そうとした。この世にアナの父親ほど憎き者はおらず、彼を破滅させるのを十四年も待ちつづけていたという事実についてだ。しかし、アナにはその事実をとても言えなかった。

「あなたについて、大切なことはすべて知っているもの」アナはつづけた。「あなたが話をするよりも、相手を観察するか聞き手になるほうを好むということを知ってるわ。注目を浴びるのが嫌いで、後方で目立たずにいようとすること。貴重な能力があるのに、変わり者に見えるからといって、あなたがそれを隠そうとしていること。実際に変わり者だからほかの人を必要としない、とあなたが思いこんでいて、他人があなたに近づきすぎる前に、距離を置こうとすること。人生のほとんどを戦場で過ごしてきたけれど、剣と同じくらいたくみに羽根ペンを使えるということ」

　アナはひと呼吸だけ置いた。アーサーはアナの言葉を遮らなければと考えたものの、動揺して口を利けなかった。

「あなたが頭のいい人で、体と同じくらい精神も強いということ。あなたと一緒にいると、安心できること。あなたは何も気にかけないふりをするけれど、いざとなったら命を捨ててまでわたしを守ろうとしてくれること。幼い子どもをそっと抱けて、厄介事しかもたらさない仔犬に辛抱強く接する人は、優しい人だってこと」アナは声を落とし、囁くように言った。怒りは消え去ったようだ。「あなたにはじめてキスをされたときから、わたしにふさわしい男の人はあなたしかいないだろうということ。あなたの顔を見あげるとき、一生見つめていたい顔だと思うこと」アナは浮かぶ涙で光る目でアーサーの目を見つめた。「あなたが誠実で高潔な人で、わたしのことを好きでいてくれるのに、どういうわけか自分を抑えていること」

　なんということだ。アーサーは斧で叩きのめされたような気分だった。誰かにそのようなことを言われたのは、はじめてだった。恐れ多かった。

心を動かされた。

心底怖くなった。

アナはわかりすぎるほど自分のことをわかっている。任務にとって脅威になるだけではなく、アーサー自身にとって想像がつかないほどの脅威だった。

アーサーは口もとをこわばらせ、心をかたくなにした。「きみは物事をとらえたいようにとらえている、アナ――ありのままの姿ではなく」戦争。アナの父。アーサー。彼女には、愛すると決めた者の欠点が見えないようだ。「だが、おとぎ話を信じる少女は、大人になると失望するだけだ」

「やめて」アナは囁いた。「わたしを遠ざけようとしないで」

それがアーサーだった。昔からしてきたことだ。はじめて人を遠ざけたくないと思ったとしても、そうする必要がある。アナのために。

アーサーはアナを揺さぶって道理をわきまえさせようと彼女の腕をつかんだが、それが間違いだった。アナに触れても、胸のなかで燃えあがる感情が熱さを増すだけだったのだ。心の声が大きくなり、ひねくれて手に負えなくなるだけだった。

「だったら、世間知らずのわがまま娘のようなふるまいはやめてくれ。今は戦争の真っただなかだ。ブルースは大挙してきみたちに攻撃をしかけようとしているというのに、きみは将来の計画を立てたいときてる。将来なんてないんだ、アナ。あるのは今日という日だけ。まったく、来月には、きみは住む場所を失っているかもしれないんだぞ」

アナは叩かれたかのようにひるんだ。「わたしがそれをわかっていないと言うの？」涙をのどに詰まらせている。アナの美しい藍色の瞳が涙でうるみ、アーサーの胸のなかで燃える炎をあおった。「わたしがなぜ、ロス伯を訪ねたと思っているの？　何が賭かっているのかは、わかっている。だけど、できなかったのよ。あなたのために」

「そもそもきみの父君が、きみにそんな頼みをしてはいけなかった」アーサーはきつい口調で言った。

アナの愕然とした顔を見て、アーサーは今の言葉をとり返したくなった。アナは娘としてローンを見ている——間違ったことをしない完璧な騎士の姿を。その幻想を打ち壊すのにも、アーサーは手を貸すことになる。

「父が頼んだわけじゃないわ。言い出したのはわたしよ。あなたは戦争の話と、すべてが不確実だという話をするけれど、わたしは確実なことがひとつあると言えるわ。危険を冒さず、いつも人々を遠ざけてばかりなら、あなたはいつかきっとひとりぼっちになる。あなたはそれを望んでいるのね？」

アーサーは痛いほど強く歯を食いしばった。「ああ」ちくしょう、アナめ。

「よかったわ、だってまさにそれがあなたの将来の姿だから」アナの頬に涙がこぼれた。

「そんなふるまいをする理由は知らないけれど、あなたは臆病者だわ、アーサー・キャンベル」

怒りが激しい炎となって、アーサーの体を駆け抜けた。臆病者ではない。正しいことをしようとしているだけだ。それなのに、アナのせいでそれができずにいる。アナはアーサーを振りまわし、彼らしからぬ感情を抱かせて惑わす。まともに頭が働かなかった。今、アーサーがしたいのは、アナを抱き寄せ、頭のなかの——それから胸のなかの——騒音がやむまで彼女にキスをすることだった。

実際そうしていたかもしれないが、その機会は得られなかった。

「いったい何が起きているんだ」

アーサーがはっとし、頭のなかが混乱したまま振り返ると、アラン・マクドゥーガルが空き地に入ってきた。

アーサーは毒づいた。アナのことばかり考えていたので、何も聞こえなかった。いったいどうなっているのか。我ながら手に負えない。感情を制御する必要があるというのに。五感はどれも鈍っていてぼんやりしている。注意力が散漫にもなっている。不安でたまらなかった。こんなふうに感じたことが、前に一度だけある——父が死んだ日。能力が衰えつつあった。

このため、つぎに起きたことに対して身構えられなかった。

「アナから手を離せ」アランが怒鳴り、アナをアーサーの腕のなかから奪うと、同時にアーサーの顎にこぶしを食らわせた。

アーサーはまともに衝撃を受け、顔をのけぞらせた。頭で痛みが炸裂《さくれつ》する。白い光がはじけ、ものが見えなくなった。

アナがぞっとしたような悲鳴をあげた。「アランお兄様、お願い、お兄様が考えているようなことではないのよ」

しかし、アランは聞く耳を持たなかった。どちらの手もうまく使えることを証明し、もう片方の手で反対側からアーサーの顎を殴った。つぎに腹を。それからあばらを。

「どうにかしろと言っただろう、この野郎。アナを泣かせろとは言っていない。妹に何をしたんだ」

アーサーは弁解をしようとはしなかった。できないからではない――アランは鍛冶屋の槌さながらに硬いこぶしの持ち主かもしれないが、アーサーはハイランドで最も格闘が得意な戦士から技を習ったから、その気になれば、ものの数秒でアランを倒すことができる。応戦しないのは、殴られて当然だからだ。だいたい、アーサーがこれからしようとしていることを思えば、これよりはるかに痛い目に遭わされても仕方がない。

「やめて！　やめて！」アナは泣き声を出した。金切り声に近い声だった。「アーサーが怪我をするわ」

アランはアーサーの襟首をつかみ、木の幹に勢いよく押しつけた。「何をしたんだ」

すかさずアナへ目をやる。「おまえたちのどちらかが、どうなっているのかを説明したほうが身のためだぞ」

アナもアーサーも答えなかった。

アランはふたりへ交互に目をやり、怒りで顔を真っ赤にした。「わたしをばかにするんじゃない！　ロス伯の気が急に変わって同盟の話を断ることにしたなどと、わたしは一分たりとも信じないからな」アランはアナを見つめながら、アーサーののどにきつく両手をまわしていた。「オールダーン城で何があった？　この野郎がおまえに触れたのか、アナ」アランが手に力をこめる。「おまえにさわったのか？」さらに手で締めつけた。「そうなのか？」

アーサーは追い詰められていくのを感じた。マクドゥーガルの手によってではない。そう、オールダーン城で何が起きたのか――起きかけたのか――を、答えさせられるとわかっていた。

「アーサーから手を離して」アナの声から焦りが聞きとれた。アナはアランの腕を引き寄せようとしたが、無駄だった。「そうよ、だけど、お兄様が考えているようなことじゃないの」

恐らく、まさにアランが考えているとおりのことだろう。

「このならず者め」アランはアーサーの頭をさらに強く幹に押しつけた。「殺してやる」

アーサーはそれを疑わなかった――アランにアーサーを殺す力があるということも。しかし、殺されるわけにはいかなかった。アランの手から自由になろうとしたとき、何かがはじけるような小さな音につづき、何かが空を切る音が聞こえた。

矢。

アーサーの五感がふいに研ぎ澄まされた。アランの肩の向こうへ目をやると、鉄の矢じりが回転しながら飛んでくるのが見えた。アランの後頭部に刺さるまで、あとほんの一秒だ。

アーサーは何も考えずに反応した。なめらかな動きで前腕を振りあげてアランの手を首からはずし、脚をアランの足首にからめて彼のバランスを崩した。アランが倒れこんだ瞬間に、矢は木の幹に音を立てて刺さり、間髪を入れずに攻撃の声があがった。

アーサーにはアナが恐怖で息をのむ音が聞こえたものの、振り返って彼女をなだめることはできなかった。最初の賊が剣を振りかざし、木々のあいだから飛び出してきた。またもやアーサーは瞬時に反応した。短剣の柄をつかみ、鞘《さや》から抜いて投げた。襲ってきた男がうめき声を漏らす。アーサーの短剣の刃は、賊のむき出しになった数センチの肌に刺さっていた。男はよろめいてから倒れた。

つぎの男が襲ってくる頃には、アランは頭がはっきりし、何が起きているかに気づいて、立ちあがった。剣を抜いて身を翻し、それを振りあげてどうにか一撃を防いだ。間に合わなければ、首を切り落とされていただろう。

アナ。アーサーは向かってくる賊から少しだけ目を離し、アナの無事を確かめた。アナは木のうしろでしゃがみ、恐怖で目を見開いている。そのどこまでも無力な姿を見て、アーサーの胸は詰まった。と同時に、そのことが自分を無力にしていることに思い至り、アーサーは身を凍りつかせた。

彼女の身に何かあってはならない。アナを守らなければ。必要なら相手をみな殺しにしてやる。

アーサーとアナの目が合ったのは一瞬だけだった。しかし、ふたりは熱く強い視線をすばやく交わした。

「頭をあげるな」アーサーは言った。血が勢いよく体をめぐっているにもかかわらず、落ち着いた声が出た。

アーサーはアナの前に立ち、まだ敵と戦っているアランと並んで剣を振り、木々のあいだからつぎつぎと出てくる襲撃者たちの激しい攻撃に応戦した。襲撃者は二十人ほどだった。もっといるだろうか。

つぎの襲撃者がやってくるまで、アーサーが長く待つことはなかった。二年以上ぶりに――ハイランド・ガードを去り、敵の野営地に潜りこまざるを得なかったとき以来――アーサーは自分を解き放つと、ひた隠しにしてきたあらゆる技と猛々しさを出して戦った。剣を思いきり振りおろして最初の男を倒し、くるりとまわり、その勢いを利用してつぎの襲撃者を倒した。

アーサーは、より激しい攻撃をしかけられたが、それはどうでもよかった。包囲攻城兵器のように、目の前に現れた者を片端から倒していった。三人。四人。

鋼と鋼がぶつかり合う音が、夕暮れ時のほの暗い闇を貫き、うめき声や鬨の声と混ざり合った。その音が野営地――ありがたいことに、目と鼻の先――にいる者たちの注意を引き、マクドゥーガルの男たちが、今はもう漆黒に近い闇に包まれた狭い空き地へなだれこんできた。

ところが襲撃者たちは、マクドゥーガルの者たちが駆けつけることを予想していた。まさに連中はそれに備えて計画を練り、待ち構えていたようだった。あらたな襲撃者が、何も疑わずに木々のあいだを一列になってやってきたマクドゥーガルの男たちに、木の上から飛びかかったのだ。

「上だ」アーサーは彼らに警告しようとして怒鳴った。「広がれ」

マクドゥーガルの男たちがそのとおりにしていなければ、樽《たる》に詰められたニシンよろしく切られていただろう。

とはいえ、アーサーはそれしか警告できなかった。すぐにつぎの襲撃者たちに注意を奪われたからだ。ふたりの男が襲ってきた。鼻までを覆う形のかぶとをかぶり、暗色のブレードをまとい、独特の黒い灰を顔に塗っている。

恐怖が石さながらに、アーサーの腹にすとんと落ちた。

襲撃者はブルースの部下ではないか。それはそうだ。アーサーは目の前の地面に転がる何人かの死体――アーサーが殺した者たち――へ目をやり、苦いものがのどへこみあげるのを感じた。

ああ、自分は何を考えていたのか。何も考えていなかった。アナを守りたいという本能が、ほかのすべてに勝っていた。

ところが、アーサーが意識したよりも事態は悪くなった。

ふたりの襲撃者を殺すことなく、彼らから戦う力を奪おうとしていると、三人目の男がアーサーへの攻撃に加わった。

剣を二本持つ、三人目の男が。

彼は稲妻を思わせる敏捷さでアーサーに激しい攻撃を繰り出した。選り抜きの戦士が集められたハイランド・ガードの団員のなかにも、右に出る者がいない激しさだった。

アーサーはひそかに悪態をつき、闇のなかでラクラン・マクルアリと向かい合った。

17

あっという間の出来事だった。アナは兄に愛する男を殺されるのを防ごうとしていたかと思いきや、つぎの瞬間には賊が襲いかかってきた。

恐ろしいという言葉では、この状況をとても言い表せなかった。アナは暗がりにしゃがみ、心臓が暴れているせいで浅い呼吸しかできずに、男たちがイナゴの大群さながらにアーサーとアランを襲うのをぞっとして見守った。百人はいるように見える――ふたりに対して。

アーサーがいともたやすく最初の敵を切って倒したので、アナはたまたまだろうと考えた。ところが、つぎの敵も倒れた。そのつぎも。

アナはアーサーがすぐ前に現れた男たちを、なんの苦労もせずに殺していく様子を、驚嘆して見つめた。アーサーの技は並外れていて別の男を眺めているように思えた。彼が訓練に参加しているところは何度も見かけたから、アナには違いがわかった。ハイランド屈指の技を持つと言われているアランが、従者に見えるくらいだった。

アーサーのほうが敏捷だった。動きも技の出し方もすばやかった。何よりも優れていたのは、彼の強さだ。アナはアーサーが繰り出す一撃で地面が震えるのを感じられた。敵のひとりがアーサーに向かって剣を振りおろせたとしても、彼は腕をほとんど動かさずにそれを剣で阻止し、何も感じていないかのように衝撃を受け止めた。

アーサーの腕……。

アナは目を見開いた。アーサーは左利きだ。アーサーの右腕。

理解できなかった。アーサーは左利きだ。少なくともそのはずなのに、今、彼を見ていると、これまで左利きのふりをしていたらしいとわかった。

なぜ利き腕を隠すのだろう。

それに、どうしてこんなふうに戦う彼の姿を見たことがなかったのか。わけがわからなかった。不自然なほど五感が鋭いことを隠す理由は理解できるものの、剣の腕前に人々が嫌悪感を持つことはない。ああ、アーサーはその気になれば、王国一崇拝される騎士になれる。それなのになぜ、そうなりたくないのだろう。

しかし、あらたな襲撃者の一団が木から飛びおりたとき、アナの疑問は途中で消えた。彼らは同胞の死体を見て、脅威のもとがアーサーであることを突き止めたに違いない。襲撃者たちはアーサーを狙っていた。

アナは警告の声をあげたかったが、アーサーの気を散らすだけだとわかっていたので、それを噛み殺した。しかし、アナの心臓はのどもとまでせりあがっていた。敵がふたり。

三人目がその背後、そう遠くないところに来ている。

ふいに、アーサーの態度が変わったように見えた。冷酷で容赦ない一撃を繰り出す代わりに、彼の剣さばきから少したくみさが失われた。まるで、彼らを殺すことから攻撃をかわすことへ目的が変わったかのようだった。

とはいえ、その意味がわからなかった。アナは奇妙な思考を振り払った。敵の戦士たちがさっきの戦士たちよりも腕がいい、それだけのことだ。

実際、腕がよかった。ほとんど真っ暗だったのでよく見えないけれど、襲撃者たちは黒っぽい服装をしていて、肌にも何かを塗って黒っぽくしているように……。

アナの血は凍った。一年ほど前の襲撃事件のことを思い出したからだ。あのときの襲撃者も、何かを塗って肌を黒く見せていた。今回襲ってきた者も、ブルースの亡霊戦士団の団員なのだろうか。スコットランドの人々の心にもイングランドの人々の心にも、恐怖を植えつけた戦士たちなのか。

その最大の不安は、三人目の賊が地獄の番犬よろしくアーサーに襲いかかったときに的中したように思えた。その男は、ハイランダーがよく使う長い両手大剣（両手で握る大剣）ではなく、それより短めの剣を二本使っていた。両手に一本ずつ持っている。

しかし、アナの骨の髄《ずい》までを恐怖で震わせたのは、その男の服装だった。ほかの襲撃者と同じく、彼も鼻までを覆う暗色のかぶとをかぶり、肌は泥か灰で黒く塗られているが、アナの身も凍るほど恐ろしい記憶をよみがえらせたのはそのほかの部分だった。男は頭から足の先まで黒ずくめで、鎖かたびらではなく、鋲《びょう》つきの黒い革の鎧下と、革のタイツと、不思議な巻き方の黒っぽいプレードを身につけていたのだ。去年アナを襲った、ばからしくなるほどハンサムな反逆者とまったく同じように。

この男はブルースの亡霊戦士団の団員だ。アナにはそれがわかった。不安が恐怖へと変わる。彼らは卓越した能力を持つという評判だった。悪魔にとりつかれたかのように戦うと。ああどうしよう、アーサー。

その男が二本の剣を振りかぶり、アーサーに飛びかかったとき、アナののどの奥で息が詰まった。時間の流れが遅くなったように思えた。まだ別の襲撃者と戦っているアーサーは、身を守れないだろう。

アナの胸に氷のかたまりがつかえた。血のなかにも。アーサーが死んでしまう。

アナは悲鳴をあげようと口を開いたが、アーサーは最後の瞬間に剣の柄頭《つかがしら》で戦っていた男の鼻を突くと、剣を掲げてあらたな襲撃者の二本の剣を受け止め、首を両側から切られるのを防ぐことができた。

アーサーと地獄から来たような襲撃者は向かい合った。剣と剣が、ふたりの頭上で交差している。襲撃者は飛びかかったときの勢いを利用したものの、アーサーは一本の剣を両手で持っているせいか、相手を寄せつけずに済んでいた。

アーサーはアナに背を向けているが、一条の月光のなかで襲撃者の顔はどうにか見えた。見たこともないほど不気味な目つきをしている。アナは身震いをした。その目が闇のなかで光っているように見えた。黒く塗られた顔は怒りでゆがみ、地獄から来た悪魔か魔王自身を思わせた。

なんとなくその顔に見覚えがあるような気がして、アナの記憶の片隅が刺激された。まさか。あれはひょっとして……。

アナは目を見開いた。その男はラクラン・マクルアリに似ていた――今は亡きおばジュリアナの夫だった男。何年も彼には会っていなかったが、反逆者の仲間になったと聞いた。アナの姉が名をもらったジュリアナおばは、アナの父よりもはるかに若かった――二十歳近くの差があった。恐らくマクルアリはアランと同世代だ。

彼はアーサーに近づき、表情を一変させた。よく見ていなければ、アナはそれに気づかなかっただろう。驚き。見覚えがあるという感じ？

アナがおじではないかと疑っている男は、うしろへさがった。それとも、気のせいだろうか。あたりは暗いから、よくわからなかった。アーサーとその男はさらに何度か剣の一撃を繰り出し合ったものの、その激しさと強さは消えたように思えた。さっきの戦いと比べれば、今のは全力を尽くした戦いというより、剣の稽古のようだった。

アナは闇のなかへ目を凝らし、状況の意味を理解しようとした。すると、目の片隅に、アランがうしろへよろめいて剣をとり落とし、両手を頭へやるのが見えた。アランは地面に膝をつき、体を揺らし……。

アナは抑えきれずに悲鳴をあげた。アランに駆け寄りたかったが、アーサーがさがってきてアナの行く手を塞いだ。「離れていろ、くそっ。離れているんだ」

アランと戦っていた相手が、とどめを刺そうと剣を振りあげたのを、アナはなすすべもなく見つめた。

血が凍りそうなアナの悲鳴が夜気を切り裂いた。

アーサーはためらったように見えたものの、それは一瞬のことだった。アナのおじに似た男の一撃をどうにか剣で受け、身を翻すと、アランめがけて振りおろされた剣を剣で止めた。アランを攻撃した相手は、アーサーに防御されるのを予測していなかったせいで腕を痛めたらしく、アーサーの剣の上に倒れこんだ。その男は驚いたように目を見開き、その目は永遠に見開かれたままとなった。

恐ろしい悪夢の最中ではあったが、その光景は耐えられないほどむごたらしかった。アナは泣き声を漏らして目をそむけた。

つぎの瞬間、鋭い口笛の音が夜の闇を貫いた。アナが戦う男たちへ目をやると、仰天したことに、襲撃者たちが退却していた。マクルアリが――または彼に似た男が――攻撃中止の合図を出したようだった。

　今や、空き地にいるのはアランの部下たちばかりとなった。最後の襲撃者が森の奥へ消える前に、アナはアランに駆け寄った。

　アランはどうにか立ちあがったが、まだふらつくようだった。

「どうしよう、アランお兄様。大丈夫？」

　闇のなかでも、アナへ目を向ける様子から、兄が焦点を合わせるのに苦労していることがわかった。アランは靄を消そうとしているかのようにかぶりを振った。

「脳天を叩かれた」アランが言う。「大丈夫だ」アナの頬を手で包み、優しく微笑んだ。

「泣くことはない」

　アナはうなずき、手の甲で頬をぬぐった。涙が流れていたことにも気づかなかった。

　それからうしろを向き、無意識のうちにアーサーの姿を探した。アーサーは一メートルほど先に立ち、アナを見つめていた。アナは彼のもとへ駆け寄りたかった。アーサーの腕のなかに飛びこみ、その胸に顔をうずめ、泣き崩れたかった。アーサーなら恐怖を消し去ってくれる。けれども、アランがそばにいた。

　しかも、アーサーはずいぶん険しい顔をしている。「怪我はないですね？」アーサーは尋ねた。

　アナはうなずいた。彼へ目を走らせ、顎と頬を見つめた――アランが殴った場所に痣ができている。「あなたは大丈夫？」

アーサーもうなずいた。

アランがアナの横で身をこわばらせた。アーサーのところへ歩いていったので、アナは兄が何をするつもりかと不安になり、その場を動けなかった。アーサーとアランは闇のなかで黙って向かい合っている。

しばらくののちに、アランが言った。「きみに借りができたようだ——一度だけでなく、二度も」

アーサーは身を硬くし、やがて短く肩をすくめた。

「妹の動揺する姿は見たくなくてね」アランは言い足した。

アナはそれが謝罪のつもりらしいことを悟った。

「おれもです」アーサーは言った。

アランはしばらくアーサーを眺めてからうなずいた。心を決めたかのように見える。

「見事な戦いぶりだった」アランは話題を変えたが、相変わらずアーサーをじっと見ていた。

アーサーが腕をあげたことに気づいたのは、アナだけではなかったようだ。「戦いの興奮からでしょう」アーサーは説明した。

アナは利き手が変わった話をもう少しでしかけたが、どういうわけか思いとどまった。

アランも気づいていたとしても、口にしなかった。

アランはまだアーサーを眺めている。「ああ、そういう者もいる《アイ》」その口調からは、アランがアーサーの説明を信じたかどうかは、アナにはわからなかった。アーサーが何も言わずにいると、アランはつづけた。「反逆者たちは、わたしが思ったよりも訓練を積んでいた」

アナは前へ出た。「その辺の反逆者じゃないわ、お兄様」

ふたりともアナを見たが、こう訊いたのはアランだった。「どういうことだ」

「あのなかにひとり――もっといるかもしれないけれど――ブルースの亡霊戦士団の団員がいたと思うの」アナは昨年、教会のところで襲撃の指揮をとっていた男と服装が似ていたことを説明した。

アランは顎を撫でた。「なるほど。おまえの言うとおりかもしれない」

「それだけじゃないのよ。確信はできないけれど、顔に見覚えがある気がするの。剣を二本持っていた人に」

「なんだって？」アランもアーサーも反応した。アランは興奮で、アーサーは……何か別の感情で。

「わたしたちのおじだと思う――以前、おじだった人」

アランは悪態をついた。「マクルアリ？」

アナはうなずいた。

アランは唇を結び、口角がさがった。「父上が喜びそうにない話だな」

アナはジョンとその義理の弟であるマクルアリのあいだの確執の原因を知らなかったが、ふたりが強く憎み合っていることは知っていた。

アランは笑い声をあげた。「もっとも、喜ぶべきかもしれない。あの信用ならない庶子の日和見《ひよりみ》主義者など、ブルースにくれてやればいいんだ。ラクラン・マクルアリが忠誠を誓っている唯一の者は自分自身だからな。亡霊戦士団に、あのような男が団員として採用されるなら、我々は何も心配しなくていいというものだ」

アーサーは妙なくらい黙りこくっていた。アナがおじだと思った男と、アーサーとのあいだのやりとりを目にしたことについて、アナは彼に質問をしたかったが、さっきと同じくなんとなくためらった。そこでこう訊いた。「あの人たちは、なぜ去ったの?」

アランは顔をしかめた。「よくわからない。耳鳴りがしていたんだ。状況がほとんど見えていなかった」

「マクドゥーガルの者たちがあいつらを負かしたんです」アーサーはアナに説明した。「こっちのほうが連中よりも数が多かった」

アナにはそんなふうには見えなかったが、アランにばかり意識を向けていたから、ほかの戦いには注意を払っていなかった。「あなたは野営地へ戻ったほうがいい」アーサーはアナに言った。

「そうだな」アラン《アイ》が言う。「部下のひとりにおまえを送らせる。我々は――」

アランは途中でやめた。

アナはそのあとの言葉を理解した。〝死体を片づける〟

攻撃の恐ろしさを――アナたちが間一髪でまぬがれたという事実を――アナは思い知った。心の堰堤《えんてい》が決壊し、慎重にせき止めていたあらゆる感情が涙の海となってあふれ出そうになった。

アーサーがそばに来たことに気づき、アナはそちらを向いた。アーサーはアランがいるのを気にする様子もなく、アナのほつれた髪を耳のうしろへかけた。彼の指がアナの頬をかすめてしばらくそこに留まった。

その仕草の優しさに、アナの目に涙が浮かんだ。アーサーを見あげ、彼の険しい表情の奥に心配を見てとった。アーサーの確かな存在と強さを感じて、アナはとり乱しそうだった。彼に腕をまわされようものなら、泣き出してしまうだろう。

アーサーはそれを察したらしく、そうはしなかった。「大丈夫」アーサーは優しく言った。「兄君に言われたとおりにしてください」

「だけど――」

アーサーはアナを遮るように首を横にひと振りし、断固たる表情をした。アナが質問をしたがっているのを悟ったに違いない。「今はだめです」足もとの地面に倒れた者たちへ目をやった。「あとで」

アナはアーサーの顔を見つめつづけ、彼の視線の先へ目をやらないように気をつけた。今夜は一生分の血を見た。この夜の記憶には悩まされるだろう。

我ながら無理もない反応だった。アナは女であり、戦場での流血や殺し合いになじみがない。しかしアーサーは慣れている。そのはずだ。

けれどもアナはアーサーの表情を見て——顎のこわばり、唇の白さ、目に浮かぶむなしさを見て——彼がこの襲撃に深い影響を受けたのではないかと考えた。

アランの部下ふたりに連れられてその場を離れながら、アナは今夜の出来事を忘れられないのは自分だけではないような気がした。

疑問なのは、その理由だった。

アーサーは眠らなかった。マクルアリが闇のなかを蛇のようにやってきて、今夜の出来事の復讐としてアーサーの首をかき切るか、背中に短剣を突き立てるのではないかとなんとなく考えていた。マクルアリがそうしたとしても、はじめてのことではない。マクルアリの暗号名が毒蛇を意味する〝ヴァイパー〟になったのは、毒気のある性格だからというほかにも、音も立てずに人を襲って命を奪えるからだ。

殺されても文句は言えなかった。

アーサーは、回収しにくる〝襲撃者〟のために空き地の片側に移された死体の山を、ほぼひと晩じゅう凝視していたが、今もまじまじと見つめた。

ブルースの部下のうち九人が死んだ。その半数以上が、アーサーの剣で切られて。

あやまちを犯した。ひどいあやまちを。数えきれないほど様々なあやまちを。五感がうまく働かず、襲撃の兆候を見過ごしただけでも悪いのに、自分がどちらの味方なのかを忘れていたようだ。敵陣に長いあいだ潜入していたせいか、自分の嘘を信じはじめてしまった。

まったく。アーサーは目を閉じて、目の前の光景を見まいとした。以前にも仲間を殺すしかなかったことはあるが、こんなふうにではない。今回は自衛のためだけではなかった。逆上していた。アナを守ることと、アナを脅かす者すべてを殺すことばかり考え、ほかのことは頭になかった。

何が起きているかに気づいたときでさえ、やめなかった。そして、仲間の命を犠牲にしてアランの命を救った。

アランを殺そうとした男をアーサーが刺し殺したときの、マクルアリの顔が忘れられなかった。アーサーにその男を殺すつもりがなかったことは関係がない。介入してはいけなかった。アナの悲痛な叫び声を聞いたというのは言いわけにはならない――少なくとも、アーサーの仲間にとっては。

明滅するオレンジ色の曙光《しょこう》が森の奥から届いたとき、見張りの持ち場でひとり木にもたれていたアーサーは、木から背中を離した。彼らは来ない。マクルアリと——退却するハイランド・ガードの三人の団員をアーサーが見誤っていなければ——ゴードンとマグレガーとマッカイ。弁解の機会があることを願っていたとはいえ、来るとは思わなかった。彼らはアーサーの正体を知られる危険を、これ以上冒しはしない。アーサー自身が、十分に冒している。

もう少しで正体を知られ、任務すべてを危険にさらしそうになったことは自覚していた。質問が証明したように、アナは——怯えているときでさえ——あまりにも観察力が鋭い。しかも、アナだけではなかった。アランも、アーサーの戦いの腕が急にあがったことや、襲撃者たちがすぐに退却したことを訝しく思っていた。アーサーはアナに質問されるのをひとまず先延ばしにしたが、アナがまだ訊き足りないと思っていることはわかっていたし、彼女がほかにどんなことに気がついたのかを考えるのは怖かった。

アナがマクルアリの素性に気づいただけでもまずいのに、ハイランド・ガードと関連づけたのは最悪だった。団員の素性を秘密にしておくことにより、〝亡霊〟戦士団の神秘性や人々に与える恐怖感が強まるだけでなく、団員の安全が守られる。敵に素性を知られれば、団員の首に懸賞金《けんしょうきん》がかけられるだけでなく、その家族が危険にさらされかねない。だから、任務では暗号名を使うことにしたのだった。

マクルアリの素性が知られたことをブルースが知れば、大変なことになるだろう。こんな事態が起きてはいけなかった。アーサーの胸のなかで、怒りと罪悪感が容赦なく暴れまわっていた。アナにばかり意識を向けていなければ、ひどく感情的になっていなければ、襲撃をあらかじめ感じとれただろう。彼らが殺されることはなかったし、アナが危険な目に遭うこともなかった。ああ、アナが殺されていてもおかしくはなかった。それもすべて、この自分が感情を制御するのに失敗し、他人にかかわりすぎたからだ。

アーサーが野営地へ戻ったとき、見張りについていなかった男たちが起きはじめた。アナのテントへ目をやると、入り口の蠟引きの麻布はまだ閉じられていた。よし。アナを眠らせたままにしておけ。休む権利がある。アーサーは夜のあいだしょっちゅう彼女のテントを見にきて、アナの無事を確認した。彼女が襲撃のせいで動揺していたことをわかっていたものの、アーサー自身も不安と闘っていて、アナを慰められる状態ではなかった――慰められる立場だったとしても。

ところが、アーサーが馬の世話から戻った頃には、アナのテントの入り口はあいていた。野営地へすばやく目を走らせ、眉根を寄せた。しかし、ほどなく、アランと話をしている彼女の姿が目に入った。アランはアナの護衛兵とも話をしている。アナの憤慨した表情が普段どおりだったので、アーサーは安堵の息を吐いたが、どれほどアナのことを心配していたかは自分でも認めたくなかった。

アナがアーサーのほうを見た。しばらくためらったものの、落ち葉と苔に覆われた地面をこちらへ向かって歩いてくる。アナが丸めた布類を抱えているのが見えた。

アナはアーサーの前へやってきて、青白い顔で彼を見あげた。アーサーの胸は締めつけられた。アナも眠れなかったらしい。

「あなたが決めたことだし、兄は忙しいから、あなたにお供をしてもらわなければならないわ」

アーサーは不思議に思ってアナを見た。

「あなたか兄の付添いなしで野営地を離れないようにって、わたしに約束させなかった？」

アーサーは唇を震わせた。微笑むのは何年ぶりかに思える。「ああ《アイ》」

「小川へ行って、洗面をしなきゃいけないの」

その小川は野営地からよく見えるところにあるとはいえ、アーサーはアナが襲撃のせいで相当不安になっているに違いないと考えて反論しなかった。わざとらしく手をひらひらと動かしてお辞儀をした。「お先にどうぞ」

アナはお喋りをしたい気分ではないようだったが、アーサーはそれでかまわなかった。アーサーが木のそばで待ち、彼女のほうを見ないふりをしているあいだに、アナは朝の洗面を済ませた。

アナは濡れた櫛《くし》で髪を整え、小瓶に入れてある粉を小さな麻布につけて歯をきれいに磨いたあと、きれいな麻布を小川に浸した。持ってきた石鹸のかけらをそれにこすりつけ、顔と胸もとと手と腕を洗った。

アーサーがこれまで目にしたことがないほど、官能的な光景だった。

アナが布で胸の谷間をぬぐったとき、アーサーは耐えられなくなった。顔をそむけ、どこまでもありふれた動作に欲情させられたことに猛烈に腹を立てた。しかし、木々のあいだから陽光が射しこんで金茶色の髪を照らし、顔や胸から細い水が流れ落ちている状況では、アナは美しく愛らしく見え、どこまでも魅惑的に映った。闇のなかの一条の光。アーサーの脳裡を占めていたのは、楽園のすぐ近くにいることと――どれほどアナにふたたび触れたいと思っているかということだけだった。

まったく、自分は昨晩の出来事から何も学んでいないのか？

アーサーは大げさなくらい強く周囲へ意識を向け、変わったことはないかと五感を研ぎ澄ませた。

それでも、視線がアナへ戻った。アナは洗面を終え、日の光を背中に浴びながらアーサーのほうへ歩いてきた。アーサーは息をのんだ。しかし、頭をぼうっとさせる、かぐわしくて女らしいアナの香り――薔薇の花びらのにおいが混ざった、洗い立ての肌の香り――を吸いこむことは避けられなかった。

「どうしたの？」アナは尋ねた。

「なんでもない」アーサーは硬い口調で言った。

「つらそうに見えるけれど」アナはアーサーの顔へ目をやった。「それ、本当にあなたの顔？」手を伸ばし、アーサーの痣のできた顎を包んだ。その触れ合いに、アーサーの全身の筋肉が震えた。「あのばかな兄は、あなたの骨を折らなかった？」ああ、アナの手は柔らかい。ベルベットを思わせる指が、アーサーの引きつった顎のごつごつした輪郭を愛撫した。「痣だらけじゃないの。さぞ痛むでしょう」彼女の親指がアーサーの唇のほうへすべる。「唇が割れているわよ」

確かに痛い部分はあった。無邪気なのに官能的なふるまいのせいで、アーサーの下腹部に血が集まって滾《たぎ》った。アーサーはアナの指をくわえて吸わないよう、こらえなければならなかった。

アナはどんな影響を与えているかを自覚していない。あるいは、アーサーにとって、彼女に触れずにいることがどれほどつらいかを。

アナは大きな目で心配そうにアーサーの目を見た。狼にくわえられた仔猫。「痛みはひどい？」

「痛むのは顔じゃない」アーサーは熱いまなざしで見つめ、まさに痛みの原因がどこにあるのかを目で伝えた。彼自身が釘のように硬くなっている。

アナの頬が薄いピンク色に染まった。それだけではアーサーを苦しめ足りないかのように、アナは柔らかそうな下唇を噛んだ。「まあ。わからなかったわ――」

「戻らなければ。きみの兄君がすぐの出発をお望みだ」

アナがうなずく。アーサーは彼女が身震いをしたような気がした。「ここを離れるのは、悲しくはないわ」

アーサーは我慢できなくなった。アナの顎をあげ、大きな藍色の目の奥をのぞきこんだ。「大丈夫か？」

アナは微笑もうとしたが、唇が震えた。「いいえ、だけど、なんとかなるわ」

アーサーは手を離し、唇を引き結んだ。「ゆうべのようなことは二度と起きない」

アナは優美な弧を描く眉をひそめた。「なぜそんなふうに確信できるの？」

「おれが許さないからだ」

アナはアーサーの顔を探るように見つめた。やがて、理解したように目を見開いた。

「なんてこと、だからあなたは動揺しているのね。あの出来事に責任を感じているんでしょう。でも、そんなのばかげているわ。あなたには察知できなかった――」

「できて当然だった。気が散っていなければ、察知していた」

「つまり、わたしのせい？」

「もちろん違う」

「あなたは完璧ではないのよ、アーサー。人間ですもの。間違いもあるわ」

アーサーは答えず、痛むほど強く歯を食いしばっていた。

「察知できていたと思うのね？」アナは静かに尋ねた。「これまでに五感がうまく働かなかったことはないの？」

一度ある。アーサーはその記憶を押しやった。「戻らなければ」

踵を返しかけたが、アナが腕に手をかけてアーサーを止めた。「話してくれないの？」

「話すことなどない」

「あなたのお父様と関係があること？」

アーサーはすかさずアナを見た。いったいどうやってそれを推測したのか。

アナはアーサーが驚いたことを見てとったようだった。「前にあなたがお父様の話をしたとき、省略していることがあると思ったの」

省略したことは大いにあった。つまり、アナの父親の卑劣な行動について。

アナは答えを待っていた。アーサーは過去を語るのが好きではないが、アナの表情が証拠になるなら、アナにとってアーサーの答えは大きな意味を持つようだった。「話すことはたいしてないんだ。おれの初陣だった。父はおれに能力を証明させるためだけに、戦いへおれを連れていった。おれは父を感心させられるだろうかと心配でたまらず、襲撃の兆候を見逃した」もっとも、それが最悪な部分ではなかった。「父が死ぬところをこの目で見たんだ」

アナの表情に、同情の念が広がった。「まあ、本当に気の毒だったわね。恐ろしい光景だったに違いないわ。だけど、あなたは少年に過ぎなかったから、お父様をどうやっても救えなかったでしょうね」

「父に警告するべきだった」あれほど動揺していなければ、怯えていなければ、兆候を見逃さなかったはずだ。当時は昨夜と同じように、感情が邪魔をしたのだった。「気が散っていたんだ」

アナは眉をひそめたかと思うと、ふいに何かを悟ったかのような目をした。「お父様を愛していたのね」

アーサーは気まずくなり、肩をすくめた。「愛していたからといって、それが役に立つことはなかった」

「アキレスにだって弱点はあったのよ、アーサー」

アーサーは眉根を寄せた。アナはなんの話をしているのだろう。

「気にかけている人の前では、落ち着きを保って周囲に目を配るのは難しいものでしょう」アナは理解を感じさせる微笑みを浮かべた。「そういう自分を責めてはいけないわ」

しかし、アーサーは実際に責めていた。気にかけている者たちを守れないのなら、評価が高い能力がなんの役に立つというのか。

「話してくれてありがとう」アナは言った。

またもや、アナが多くのことをわかりすぎているという気がしたのはなぜなのか。「ふたたび奇襲があるかもしれないと、きみに心配してもらいたくなかった」

「心配はしていないわ」アナは言った。「あなたを信頼しているもの」

アーサーは痛いほど胸を締めつけられるのを感じた。信頼するな、と警告したかった――信頼に足る男ではない、アナを傷つけるだけだ、アナは心を簡単に許しすぎる、やみくもに、と。しかし、そうはせずにうなずき、ふたりは野営地へ戻りはじめた。

アーサーはアナをいざない、小川からの小道を進んだ。野営地の端に着いたとき、アナは横目でアーサーを眺めた。「おじはあなたのことを知っているように見えたわ」

アナの鋭い観察眼に、アーサーは完全に虚を突かれた。アナの観察力はとりわけ優れているようだ。アーサーは思わずふらついた。わずかにではあったが、アナに気づかれたのではないかと不安になった。

「あれがきみのおじ君だったというのは、確かなのか？　あたりは暗かった。おれは鼻まであるかぶとの下の顔までは、よく見えなかったが。おれのほうが近かったのに」

アナは鼻にしわを寄せた。アーサーに与えている脅威とは不釣り合いな、愛らしい表情だった。

「何年も会っていないけれど、おじだったという自信がけっこうあるの。おじの目は

――」アナは身震いをした。「忘れられない目だもの」アーサーが最初の質問からアナの気をそらそうとしても、うまくいかなかった。「とにかく、おじはあなたを知っているように見えたのよ」

「そうか？」アーサーは肩をすくめた。「一度くらい会っているかもしれないが」

アナはしばらく黙っていた。しかし、不運なことに、その話をやめようとはしなかった。「ということは、あなたはおじを知らないのね？」

アーサーは本能が発した警鐘《けいしょう》を静めようとした。「個人的な知り合いではない」

「おじはあなたを見て、動じていたように見えたわ」

早鐘を打つ心臓が、アーサーの表面上は穏やかな顔とは矛盾していた。アナは危険なほど察しがよく、事実に近いところを突いてくる。

「動じていた？　ラクラン・マクルアリについておれが知っていることを考えると、あの男は邪悪で意地の悪いろくでな――」アーサーは誰が聞いているのかを思い出してやめた。「あの男はおれに仲間を大勢殺されて、怒っていたのだろう」

アナはアーサーの説明を受け入れたように見えたが、つぎの質問から、満足はしていないことがわかった。「なぜあの人たちは退却したの？」

アーサーは心のなかで悪態をついた。警鐘が大きくなっていく。「さっき言ったように、きみの兄君の部下たちが連中を負かした。襲撃者のほうが、人数が少なかった」

アナは顔をしかめた。「そうは見えなかった。向こうが勝っているように見えたわ」

アーサーはあえてにやりと笑った。「きみの兄君が危機的な状況にいただろう」思い出させるように言った。「きみは気もそぞろだったんじゃないか」

アナはアーサーを見あげ、中途半端な微笑みを浮かべた。「そうかもしれないわね。アランお兄様のほうばかり見ていたから。あなたがしてくれたことに、まだお礼を言っていなかったわ」アナの顔が曇った。「あなたがあの賊を止めてくれなかったら——」

「そのことは考えるな、アナ。終わったことだ」

アナはうなずき、ふたたびアーサーを横目で見た。「それでも、感謝しているわ。アランお兄様もよ。感謝の表し方が変だとしても」

アランは興味を隠そうとしなかった。アーサーはアナといるあいだじゅう、アランの視線を感じていた。今、アランと目を合わせ、前日の〝話し合い〟がまだ終わっていないことを知った。「兄君が腹を立てるのは無理もない、アナ。おれがしたことは間違っていたんだから。おれはもう二度と同じことは起きないと約束することしかできない」

アナが鋭く息を吸いこむ音を聞いて、アーサーは胸を刺されたかのように感じた。アナは衝撃を受けているように見えた。当惑しているように。別のことを期待していたかのように。「だけど——」

「彼らがおれたちを待っている」アーサーはアナの言葉を遮るために言い、馬の準備を整えている男たちを示した。昨日と同じような会話に、これ以上耐えられなかった。「もう行かなければ」

アーサーは自分に言い聞かせるようにアナに言った。

盲点。弱点。なんと呼ぼうが、アナに関して抱く感情がアーサーの足を引っぱっている。

アナを近づけすぎた今、アーサーは正体を知られる危機と、任務が台無しになる危機に瀕《ひん》している。時間がなくなりつつあった。

18

二日間が何事もなく過ぎ、アナはダンスタッフネイジ城の城門を馬で通った。護衛兵のひとりが先に行っていたので、アナたちの到着は予測されていた。ジョン・オブ・ローンの、かろうじて怒りを隠しているといった表情から、この旅が失敗に終わったのを知っていることが見てとれた。

アナはひと晩よく寝てからジョンの質問に向き合いたかったが、時間が遅いからといって、ジョンへの報告をせずに済みはしなかった。アナとアランはどうにか手の汚れを落とし、軽い食事をとったあと、城主の部屋へ迎え入れられた。

ジョンは部屋の中央にいて、背中で手を組み合わせていた。護衛兵団の主要な者たちが、ジョンのうしろで横に並んで立っている。彼らがいつものように険しい表情をしているため、アナは地下墓地へ足を踏み入れたような気分になった。誰もすわっておらず、アナとアランはおずおずとジョンの前に立った。アナはまずい結果をもたらした質《たち》の悪いいたずらについて、質問に答えさせられる子どもになったような気がした。

背後でドアが閉まるか閉まらないかのうちに、ジョンは口を開いた。攻撃を開始したと言ってもいい。「ロス伯が断ったんだな」

質問ではなかった。ジョンの声に非難の響きを聞き、アナは弁解したくなったが、そうする立場にはなかった。

アランが代表して答えた。「はい《アイ》。我々の同盟の申し入れへのロス伯の返事は、以前と同じでした。ブルースはロス伯のところにも攻めてくるだろうから、これ以上兵力に余裕がないと」

「だが、婚約はどうなんだ。それがロス伯の気持ちを変えることはなかったのか？」

男たちの視線を感じて、アナの頬は熱くなった。アナはジョンに恥じていることを見てとられるのがいやで、目を伏せつづけた。婚約によって結果が違ったかどうかにかかわらず、ジョンに与えられた役割を果たせなかった。ジョンの落胆した顔を見るのには耐えられなかった。

「婚約はありません」とアラン。「ふたりは合わないだろうという話になりました」

アナは兄が慎重に言葉を選んで返事をしたのを、自分だけが察したことを願った。

「つまり、おまえが最初に拒絶したことを、許してもらえなかったわけだな」ジョンはきつい口調でアナに言った。

アナが思いきってジョンへ目をやると、ジョンは激しい怒りを表情に出していた。アナの心臓が跳ねあがった。怒りは父の体に障る。アナはそのことについて何か言いたかったものの、言おうものなら、部下の前で病人あつかいしたとジョンが余計に怒るだろうとわかっていた。

アナは言葉に詰まった。嘘はつきたくないが、本当のことを言うわけにもいかない。

「わたし……」アナは口ごもった。

「どうなんだ」ジョンはいらだって言った。「相手を説得するんじゃなかったのか」

恥ずかしさのあまり、アナの頬は焼けつくようだった。「努力はしました。けれども、サー・ヒューは、その、わたしの気持ちが別の場所にあるかもしれないと察したんです」

「どういうことだ、〝別の場所にある〟とは」ジョンは訝しそうに目を細め、矢を思わせる視線でアナをにらんだ。アナが話していないことがあるのを悟ったらしい。「キャンベルか」きっぱりと言い、みずから質問に答えた。悪態をつき、アナをにらみつづけた。「で、サー・ヒューはなぜそれを察したんだ。おまえは何をした？」

ジョンがアナに対してここまで激怒したのは、はじめてのことだった。アナははじめて父の怒りが怖くなった。腹を立てられて当然だとしても、恐ろしいことに変わりはなかった。

なんと言えばいいのだろう。

ありがたいことに、アランが同情してくれた。「婚約をしても、関係なかったでしょう。ロス伯はすでに心を決めていました。残念ながら、父上はまだ最悪な部分を耳にしていません」

アナはジョンの反応を覚悟した。ジョンが話を聞いて、またもや発作を起こすのではないかと不安だった。

アランはその不愉快な事実は推測されるのではなく、ひと息に明かしてしまったほうがいいと考えたらしかった。「ロス伯は降伏を考えています」

ジョンは何も言わなかった。しかし、水平線ではゆっくりと進んでいた波が速度をあげて岸へ押し寄せてくるように、ジョンの怒りが恐ろしいほど高まり、爆発しそうになっていくのがわかった。ジョンの体の脇ではこぶしが握られ、顔はビーツのように真っ赤になり、こめかみに血管が浮きあがり、目には業火のような炎が宿った。

アナは一歩ジョンに近づいたが、アランが手を突き出して止めた。警告するように首を横に振る。

ジョンがようやく口を開いたとき、悪態の言葉がつぎつぎに飛び出した。アナの母が聞いていれば、罰あたりなジョンの魂の贖《あがな》いをしようと何週間も神に祈っていただろう。ジョンは檻のなかの獅子よろしく、こぢんまりとした部屋を足音荒く歩きまわった――部下たちでさえ、うしろへさがり、主人に動きまわれる場所を与えた。

「ロス伯は大ばか者だ」ジョンはがなり立てた。「女たちにあんなことをしたのだから、ブルースに許してもらえるはずがない。ブルースの妹やイザベラ・マクダフは、檻かごに入れられて吊るされたんだぞ、まったく。ロス伯が降伏するなら、それは自分の処刑の命令書に署名をするのと同じことだ」ジョンはいったん言葉を切り、テーブルにこぶしを打ちつけてからつづけた。「あの信用ならない人殺しに降参することなど、よくも考えられるものだ。ブルースはわたしの親戚を祭壇の前で刺し殺したんだぞ」

教会という聖域はロス伯にとって重要ではなさそうだ、とアナはあえて指摘しなかった。結局のところ、ロス伯は聖域を侵してブルースの身内の女たちをとらえたのだから。

アランはジョンをなだめようとした。「国民はブルースについています。ブルースはウォレスの反乱以来、はじめて地方の人々の強い愛国心をあおっているんです。人々はブルースをイングランドのヨーク朝の圧政から自分たちを解放した救い主だと、第二のアーサー王だと思っている。ロス伯は領民のことと、クランの将来のことを考えているのでしょう。スコットランドにとって何が最善かを考えている」

アナはショックを隠そうとした。運よく、ジョンは怒り心頭に発していて、息子の言わんとしていることに耳を傾けていなかった。けれどもアナはアランの口調から、それが勧告であることを聞きとった。ジョンの耳には届いていなくても。

アランはロス伯に同調しているのだろうか。ブルースがスコットランドにとって、最良の選択だと信じているのか。ああ、父が間違っていたらどうしよう。

アナは不誠実な思考が頭に浮かんだことを、我ながら信じられなかった。けれども、かつて熱心な愛国者だったマクドゥーガル一族は、ブルースが玉座につくのを見るよりはイングランド側につくほうを選んだ。それは祖国のために最良の選択だったのか。

「あの殺人鬼が玉座にいすわりつづけるのを見るくらいなら、死んでやる」ジョンは言った。その目に宿った怒りはもはや燃えておらず、氷のように冷ややかだった。

アナはジョンの部下たちが一斉につぶやき、心から同意するのを聞いて、大いにほっとした。ジョンは自分のしていることをわかっている。スコットランドでも指折りの偉大な人物なのだから。もちろん、欠点はある――偉大であっても欠点のない者がいるだろうか。それでも、ジョンなら一族とともに苦境を切り抜ける。

アランは旅のなかで最も重要な部分を報告し終えたあと、残りの報告をしはじめ、道中に降りかかった問題を手短に伝えた。

ジョンは話を聞くうちに心配そうな面持ちになり、跡継ぎのアランが間一髪で死を――二度も――まぬがれたことを聞いて、見るからに顔を青くした。マクルアリが襲撃にからんでいるのではないかというアナの疑念をアランが伝えたとき、ジョンは不愉快そうに目を細め、そのあとマクルアリとブルースの謎の亡霊戦士団とのつながりに気づいたときには、興奮で目を輝かせた。

「よくやった」ジョンはアナに言い、アナは褒められて大きな笑みを浮かべた。

アランは敵の退却についてアーサーが説明したとおりの話をしたが、ジョンもある程度困惑したようだった。

ジョンはようやく前へ出て、アナの手をとった。「怪我はなかったか、娘よ」アナがうなずくと、ジョンは熊を思わせる強い抱擁をした。怒りは忘れ去られたようだった。

一瞬、アナは子どもに戻ったような気がして、見事な刺繍がほどこされた父のチュニックの胸のところで泣き、悲しみを発散したくなった。アーサーはいまだにアナと距離を置いている。襲撃もその状況を変えなかった。それどころか、以前よりもひどくなっている。アナは彼と話をしたことによって、アーサーが気持ちを変えることを願っていた。アーサーは気にかけてくれているはずなのに、どういうわけか自分を抑えている。

二日の旅のあいだも、とくに新しい発見はなかった。襲撃はどこかおかしかったという気持ちを、アナは振り払えずにいた。アーサーが何か隠しているという、かすかな不安も。

ジョンは身を引き、アナを見つめた。「疲れているな。あとは朝になったら聞こう」

アナはうなずき、最悪の部分が終わったことにほっとした。

少なくとも、そう考えた。

「そうだ、アラン」ジョンが言う。「そのときに、サー・アーサーとサー・ドゥガルドを同席させろ」ジョンがアナに向けた目つきを見て、アナは不安の震えが背中を駆けおりるのを感じた。「どうやら、サー・アーサーには答えてもらうことが多そうだ」

アーサーは、呼ばれたときには心の準備ができていた。しかし、兄のドゥガルドまで呼ばれるとは思っていなかった。

「おまえはいったい何をしたんだ」ドゥガルドは訝しそうに尋ねた。ふたりは中庭を横切り、主塔へ向かった。「なぜローン卿はおまえに会いたがっている？」

アーサーはドゥガルドと並んで階段をのぼった。ふたりが歩くたびに、鎖かたびらと武器が鳴った。「多分、我々を襲撃した男たちのことで質問をしたいんだろう」

「それで、おまえが連中の何を知っていると言うんだ？」

「何も」アーサーは主塔の大きな木のドアを引きあけた。

「なぜわたしがこれに関係ある？」

アーサーはドゥガルドを一瞥した。その顔には、ふたりとも感じている苦々しさが表れている。ドゥガルドはアーサーと同じく、ローンの前に呼ばれるのが好きではなかった。アーサーとドゥガルドはこの戦争で敵味方に分かれているものの、ローンへの憎悪については合意できるだろう。

「知るはずがない」アーサーはわからないゆえに、一抹の不安を感じた。護衛兵がドアをノックし、アーサーたちの到着を告げた。ふたりが入室を命じられたとき、アーサーはドゥガルドのほうを向いて言った。「だが、これからわかる」

アーサーは部屋にいる者たちへすばやく目を走らせた。ローン。玉座に似た椅子に王よろしくすわり、謎めいた表情を浮かべている。アラン・マクドゥーガルがその横、壁の前に当惑気味の表情で立っている。そして、アナが炉の前のベンチにすわり、どこまでも不安そうな顔をしている。アーサーたちの入室を許した護衛兵が去ったあとは、ローンの護衛兵団の兵士はひとりもいなかった。

なぜ呼ばれたのかはわからないが、個人的なことにまつわるらしい。

アーサーがさっき感じた一抹の不安は、かなり大きくなっていた。

横柄でろくでもないローンは、アーサーたちにすわるよう勧めなかったので、ふたりはローンの前に立った。アーサーが父を殺したローンと顔を合わせるときに必ず感じる強い憎しみは、何度顔を合わせても和らぐことがない。アーサーは何も考えていなそうな穏やかな表情を作ったが、胸では炎が燃えていて、短剣をローンの黒い心に突き立てたいという衝動を抑えるのがともかく難しかった。

「お呼びでしょうか、閣下」ドゥガルドの口調はうやうやしいとは言えなかった。

ローンは手にしていた羽根ペンをゆっくりと置き、椅子の背にもたれてふたりを見た。そろえた指先で机を叩いている。ローンは答えたが、ドゥガルドではなくアーサーに対してだった。「何かと忙しい旅だったようだな」

ローンの口調を聞いて、アーサーの頭の片隅で警鐘が鳴りはじめた。アナのほうを見たいという衝動に抗わなければならなかった。アナはローンに何を話したのだろうか。

「はい《アイ》」アーサーは言った。「運よく、最初の賊どもからは逃げおおせたのですが、二度目はだめでした。我々の力で、すぐに退却させましたが」

ローンに長々と凝視され、アーサーの神経という神経が逆立った。「そう聞いている。息子はきみの見事な戦いぶりをただただ称賛した。あんな戦いは見たことがないと」ドゥガルドがすかさずアーサーを見て、眉間にしわを寄せた。ローンがつづける。「息子の話を聞いて驚いたことを、認めねばならない」ローンは微笑んだが、値踏みをするような冷めた目つきに愉快そうなところはなかった。「我々はなぜ、これまできみのそうした姿を目にしなかったのだろうな」

ローンはドゥガルドへ目をやり、反応を見ようとしている。残念ながら、ドゥガルドの眉間のしわは深くなるばかりだった。

「サー・アランには、これ以上ないほど惜しみない賛辞をいただきました、閣下」

アランが前へ出た。彼はローンがアーサーに浴びせる質問を遮ったようだった。「父上、サー・アーサーは反逆者どもを打ち負かし、わたしの命を救うのに力を貸してくれました。礼をするべきだと思います」

「ああ、もちろん」ローンは言った。「心から感謝している。だが、どうだろう——」ローンは指一本でテーブルを軽く叩いた。「その、襲撃のほかの部分について明らかにしてもらえないだろうか」

「もちろんです」アーサーは話の向かう方向が気に入らなかった。ローンは腹黒いろくでなしだ。まわりの者たちをいらだたせておくのが好きなのだろう。それとも、怪しんでいるのか。アーサーにとって、それを見分けるのは難しかった。

「娘は賊のなかに、わたしの義理の弟だったラクラン・マクルアリがいたと考えている。マクルアリは、さんざん噂になっているブルースの秘密戦士団の団員ではないかと」

「一度か二度会ったことがありますが、よく知らないのでなんとも言えません。レディ・アナが疑問に思われているとしても、おれはお役に立てないのではないかと」

アーサーは綱渡りをしていた。むきになって否定すれば怪しまれるだろうが、ローンには疑念の種を心の内に留めておいてもらいたかった。

ローンの表情が険しくなった。義理の弟だった男を憎んでいることは明らかだ。「マクルアリは信用ならない蛇のような男だ――母親を銀貨一枚で売るような冷酷な殺人鬼だが、あの男がしないことがひとつだけある。それはあきらめることだ。あいつが戦いから退却したのは見たことがない」

バス・ローヴ・ギエル。降伏の前に死を。ハイランド・ガードの信条のひとつだ。しかし、ローンに食いつく隙を与えたのは、非常に不運だった。

アーサーが渡っている綱が、さらに細くなった。

アーサーは曖昧な態度で肩をすくめた。「だとすれば、マクルアリではなかったとか」

ローンはアナへ視線を戻した。アナはアーサーへ目を走らせてから答えた。「確信はできないの、お父様。とても暗かったから。かぶとをかぶった顔は一瞬しか見えなかったし、何年も会っていなかったもの」

アーサーは胸が詰まるのを感じた。アナはアーサーを守ろうとしている。ローンもそれに気づいただろうか。

ドゥガルドがいらだったようだった。「わたしにはご用があったのでしょうか、閣下」

つまり、ドゥガルドはなぜ呼ばれたのか、と言いたいのだろう。アーサーも興味のある疑問だった。

「今からその話をする」

ローンはまたもや指先でテーブルを軽く叩いていた。アーサーは戦槌《せんつい》を振りおろし、その煩わしい動作を止めるところを思い浮かべた。

「北部のロス伯のところへ旅をした目的を、きみが知っているかどうかはわからないが」ローンはドゥガルドに向かって言った。「娘とサー・ヒュー・ロスとの婚約について、改めて話をするのが目的だった。ロス伯と同盟を結べば、ブルースとの戦いに備えて援軍を送ってもらえるかもしれないと願ってのことだ。しかし、残念ながら計画どおりにことは進まなかった」

ドゥガルドは横目でアーサーを一瞥した。「そうなんですか？」

「そうだ」ローンはふたたびアーサーを見た。「サー・ヒューは、娘の愛情が別のところにあることに気づいたらしい。サー・アーサー、何か知っているか？」

アーサーの目の片隅に、アナが青ざめるのが映った。アナは膝の上で両手をきつく握り合わせた。

いったいアナはローンに何を話したのか。

アーサーは歯嚙みをした。隅に追い詰められ、立ちまわる余裕がなくなったように思えた。「はい《アイ》」

「そうかもしれないと思っていた」ローンは言った。

その目に一瞬怒りが浮かんだということは、ローンはあの出来事についてある程度推測したのだろう。アーサーはつぎに起きることに備えて緊張して待った。首に巻かれた縄がさっきよりもきつくなったような気がした。

ローンがふたたびドゥガルドを見る。ドゥガルドがここにいる理由が明らかになった。

「これまで起きたことを踏まえて、わたしは別の同盟を提案したい。我々の一族のあいだの絆を強め、サー・アーサーが息子に対してしてくれたことへの感謝の念を表し、わたしの娘を幸せにするための提案だ」

アーサーは骨の髄まで体をこわばらせ、つぎの言葉を覚悟した。このことにアナがかかわっているのだろうかと考えたが、ローンがこう言ったとき、アナの大きな目には驚きが宿った。「サー・アーサーと我が娘の婚約を提案したい」

ドゥガルドは息をのんだ。「婚約？」

ローンは不愉快そうに唇を結んだ。「そう言っただろう。条件はあとから話し合えばいいが、娘には気前よいどころではない持参金をつけるつもりだ。きみが興味を持つだろう城も含まれている」

アーサーもドゥガルドもしばらく微動だにしなかった。ようやく吐き出すように言ったのは、ドゥガルドだった。「イニス・ホネル城？」

邪悪な笑みがローンの口もとに浮かんだ。「そうだ《アイ》」

アーサーは信じられなかった。オウ湖にあり、何年も前に盗まれたキャンベル一族の牙城が、アーサーが誰よりも我がものにしたいと思っている女と結婚すれば、一族に戻されるとは。まさに悪魔の取引きだ。

アーサーは我ながら認めたくないほどその申し出にそそられて、一瞬ためらった。この戦争では、敵に寝返ることはありふれている。

しかし、そんなことはできなかった。たとえ、父親を殺した男と同盟を結ぶことができたとしても、あまりに多くの人々がアーサーに頼っている。ニール、ブルース、マクラウド、ハイランド・ガードのほかの団員たち。そのうえ、良心を無視することもできなかった。自分たちのしていることは正しいと信じている。

キャンベル一族へあの城が返されると聞いて――弟に返されるのだとしても――ドゥガルドは納得したようだった。アーサーのほうを向いて言った。「わたしに異存はない。アーサー……？」

目という目がアーサーに向けられたが、アーサーが意識していたのはある人物の目だけだった。アナの目。アナは一心にアーサーを見つめ、ローンは疑念の宿った目で見つめていた。

アーサーは結婚する気がないとしても、疑いを弱めるために同意しなければならないとわかっていた。この婚約はアーサーの忠誠心の試金石だ。アナを幸せにするだけではなく、アーサーの忠誠心を証明するためのものだ。

良心が義務感とせめぎ合ったものの、それはすぐに終わった。アーサーには選択肢がなかった。危険が大きすぎる。アナが真実を知ったときに、どれほどアーサーを嫌うのかは、考えたくなかった。

「喜んでレディ・アナを妻に迎えたいと思います」

最悪なのは、アーサーが本気でそうしたいと思っていることかもしれなかった。

19

アナは望むものすべてを手にした。それなのになぜ、これほど惨めな気分なのだろう。ジョンが城主の部屋で急な婚約を発表してから一週間近くが経っていた。アナはショックを乗り越えたあと、有頂天になった。愛する男との結婚……それ以上アナを幸せにすることはなかっただろう――ブルースが玉座にふさわしくないことに自分から気づき、以前と同じように西方沖の島々で姿を消したという知らせを除いては。けれども、その夢はまだ実現していなかった。

アナが大喜びしていた一方で、アーサーはひとつかみの釘を飲みこんだような顔をしていた。

あれ以来、アーサーは毎日変わることなく礼儀正しくふるまっている。食事のときと、日中何度か顔を合わせたときには、アナに気を配った。スクワイアがついてくるのを、文句を言わずに許しさえした。

表面上、アーサーは完璧な婚約者だった。けれども、それが問題だった。表面上だけだったからだ。アーサーの他人行儀な態度――さらによそよそしくなっている――のせいで、アナの胸のなかで幸せな気分が薄らいでいった。〝よい一日でしたか、レディ・アナ〟だの、〝ワインをもう一杯召しあがりますか、レディ・アナ〟だのとアーサーに訊かれるたびに、アナの心に小さなひびが入った。

理解できなかった。アーサーは気にかけてくれている――彼がそう認めた――のに、どうしてこの状況が完璧だとわからないのだろう。

しかし、日が経つにつれ、アナはアーサーがこの状況を望んでいると考えるのが難しくなってきた。彼はアナとますます心の距離を置くようになっている。何かに悩んでいるようだった。休戦が終わる日が近づいていて――八月十五日がどんどん近づいてくる――あらゆるところで不安が感じられるとはいえ、アナはアーサーが悩んでいるのは、迫りくる戦いのせいではないと考えた。

アナは彼が悩みを打ち明けてくれることを願っていたが、アーサーはアナが話そうとすると、拒絶した。その機会が多かったわけではないというのに。食事中に短い会話をするほか、アーサーが自分からアナのところへ来たのは一度だけだった。アードキャッタン修道院へ行くアナの供をすると言い張ったときのことだ。修道院に伝言が届いていなかったため、アナはアーサーから何も隠さずに済んだ。

もっとも、ジョンはアナが伝言の受け渡しをしていることを、アーサーに知られてもかまわないと思っていたかもしれない。ふたりが婚約したことによって、ジョンがキャンベル一族に抱いていた疑念はすべて消え去ったようだった。戦いが近づき、それに対する準備が強化されるなか、キャンベル兄弟がジョンやアランとともに過ごすことは多くなっている。それが、過去の抗争ゆえに両一族のあいだに残っているわだかまりが消える兆候であることを、アナは願っていた。

アナは息を吐き、部屋へなんとはなしに目を走らせた。侍女がちょうどアナの髪を整え終えたところだった。今日は八月六日。また休戦の終わりに一日近づいた。

アナが塔の上の自室の窓から外へ目をやると、漕ぎ船が一隻、城の主要な停泊地である入り江へ入ってきた。それはよくあることだから、船の速度が速くなければ、アナは注目しなかっただろう。流線型の木造のその船が砂浜へ乗りあげるや、男たちが船から飛びおり、城門へ向かって走り出した。

何か起きたのだとわかり、アナの心臓は跳ねあがった。アナがベールをつけていないのもかまわずに塔の階段を駆けおり、中庭へ出たとき、ちょうどジョンが漕ぎ船からおりた男たちを迎えていた。

マクナブ一族。

「どんな知らせが？」ジョンは尋ねた。

マクナブ一族の船長の表情は険しかった。「フッド王です、閣下。動き出しました」

アナは息をのんだ。恐怖で血が凍る。とうとう来た。来るのを恐れていたと同時に、期待していた日が。戦争を終わらせるかもしれない戦いが。

城は騒然としていた。群衆のなかの戦士たちは興奮で力をみなぎらせ、敵を打ち負かしたくてたまらないように見えた。しかし、数少ない女たちの反応はそれとはまったく違った――心配し、アナと同じように怯えている。

アナは思わずアーサーと目を合わせた。彼も知らせに影響を受けていた。アナを燃えるように強いまなざしで見つめている。そんな目つきは、襲撃のとき以来見ていなかった。ふたりの視線は一瞬だけからみ合い、その後、アーサーはマクナブ一族へふたたび目を向けた。

ジョンはさっきやってきた者たちを大広間のほうへうながした。アナはできるだけ多くの情報を得たくて、そのあとをついていった。

残念ながら、マクナブ一族はそれ以上の情報を持っていなかった。彼らはブルースが三千人はいる兵士たちを率いて――ジョンの八百の兵に対して三千だとは――インヴェルーリーにあるゲーリー伯爵の城を出発し、西へ進軍しはじめた、と斥候のひとりから知らされたという。ローンとロスのどちらへ先に向かっているのかは、わからないらしかった。

ブルースは一刻も無駄にしていない。休戦が終わるやいなや攻撃をする準備を整えておくのだろう。ああ、あの野蛮な者たちが、来週にもこの城の城門を叩きにくるかもしれない。

アナの母と姉たちが騒ぎを聞きつけ、大広間へ早足でやってきた。人々の奥にアナの姿を見つけ、何が起きたのかを尋ねた。アナが手短に話をすると、母たちはアナの不安を映し出すように心配そうな顔をした。誰もが来るとわかっていた日だが、とうとうそのときが来た。

「こんなに早く？」アナの母が不満そうに言った。「お父様は回復したばかりだというのに」

「お父様は大丈夫よ、お母様」アナは母と自分を納得させようとして言った。けれども、アナが心配しているのは、ジョンのことだけではなかった。どうなるだろう、もし……。いいえ。そのことを考えてはいけない。アーサーは戻ってくる。誰もが戻ってくる。それにしても、この不確実さ。戦争の不安定なところを、まさに避けようとしてきたのに。なぜ騎士を好きになってしまったのか。

男たちはもうしばらく話し合っていた。アナは大広間へ移動したときにアーサーとその兄たちの姿を見失っていたが、話題が斥候の任務へと変わったとき、アーサーが高座に向かって進み出るのが見えた。高座では、ジョンが何人かの部下とマクナブの船長とともに、架台式テーブルの前にすわっている。

アナはアーサーがしようとしていることを推測して、心臓が凍る思いをした。彼を呼び戻し、やめてと伝えたかったものの、そんなことはできないとわかっていた。それがアーサーの任務だ。

「おれが行きます、閣下」アーサーは言った。

ジョンはアーサーを見てうなずいた。彼が志願したことを、見るからに喜んでいる。アランも行くと申し出たが、ジョンは城でアランが必要になると言って却下した。結局、アナの兄のユーウェンが少人数の斥候隊を指揮することになり、そこにはアーサーの兄たちも含まれることになった。

彼らは時間を無駄にしなかった。一時間も経たないうちに、斥候隊は出発に備えて中庭に集まっていた。アナは黙って母親のとなりに立ち、渦に巻きこまれながらも、すがるものが何もないような気分でいた。

アナは心臓がのどもとまでせりあがるのを感じながら、出発の支度をするアーサーの姿を見つめた。彼は荷物を馬に積んで固定し、手綱を手にし、馬に乗る構えを見せた。

アナの鼓動は乱れた。アーサーは別れも告げずに出発するのだろうか。

そのつもりだったとしても、気が変わったようだった。アーサーは手綱を厩番の少年に預け、アナのほうを向くと、近づいてきた。

彼の顎は肩と同じくらいこわばって見えた。不愉快なことに対峙するつもりであるかのように。

〝わたしのことだ〟アナはそう思い至り、胸に鋭い痛みを覚えた。

「レディ・アナ」アーサーはそっけないお辞儀をした。

アナの母と姉たちは、あまりさりげないとは言えない様子で背を向け、アナとアーサーをほかの人々の視線から遮るように立ち、ふたりが少しでも人目に触れずに済むようにした。それでもアナは、彼とふたりきりではないことを強く意識していた。

「行かなければいけないの？」アナはそんな質問をする自分がいやだったが、訊かずにはいられなかった。アーサーの任務だとわかっているものの、出発してほしくなかった。今後も、彼が旅立つときはいつもこんなふうなのか。

「ああ《アイ》」

長い間があった。これで終わりだという響きが感じられた。「いつまで出かけるの？」

アーサーの目で何かが揺らめいたが、アナがその正体を理解する前に消えた。

「ブルースの軍がどれほどの速度で進軍しているかによる。数日、ことによるともっと長く」

アナはアーサーの端整な顔を見つめ、角張った輪郭や傷痕や琥珀色と金色の不思議な目を記憶しようとした。

「気をつけてくれる？」そんなことを言うのはばかげていたものの、それでもアナは言わずにはいられなかった。

アーサーが唇の片端をあげた。「ああ《アイ》」

彼はアナをしばらく見つめた。彼も記憶に刻もうとしているかのように。アーサーは見たこともないほどわびしそうな表情をしていた。

不安の震えがアナのうなじを駆け抜けた。単に戦争だからよ、とアナは自分に言い聞かせた。アーサーは目の前の戦いに意識を向けているのよ、と。

アーサーがアナの手をとって口もとへ運ぶと、アナの肌に熱い唇を押しつけた。「さようなら、レディ・アナ」

どういうわけか、アナはその口調を聞いて胸を締めつけられたような気がした。アーサーは踵を返したが、アナは彼を呼び戻したくてたまらなくなった。

〝ドアを常に見ている男……〟

いいえ。そんなばかな、とアナは心のなかで言った。アーサーはアナを置いて永遠に去るわけではない。ほんの二、三日の話だ。

だったらなぜ、永遠の別れのように思えたのだろう。

と、アーサーが自制できないかのようにくるりと振り向き、アナの顎を手で包むと、唇に唇を寄せた。

アーサーが唇でアナの唇をかすめ、柔らかくて優しいキスをしたので、アナの鼓動は速まった。切望の味がする。苦痛の味。それから後悔の味。しかし何よりも別れの味がした。アナはそのまま動かずにキスを長引かせたかったが、息つぎをする間もなくそれは終わった。

アーサーは手をおろし、魂を射貫くように一瞬だけアナを見つめてから去った。そして、振り返らなかった。一度も。

アナは彼のうしろ姿を呆然と見つめながら、何が起きたのかをはっきりとわからずにいた。

アーサーの熱と味をできるだけ長く保ちたくて、指を唇に押しあてた。けれども、斥候隊の最後尾の者が城門を通る前に、それは消えた。

アーサーは城を逃げ出す方法を探しつづけていたとき、それを見つけたのだった。東への斥候の旅は、数カ月前なら考えられなかったことをする機会を与えてくれた――任務から手を引く機会を。

何か手を打たねばならなかった。何もせずに状況が悪化するままにしておけなかった。婚約後の日々はあり得ないほどつらかった。婚約者のふりをするのが苦痛でたまらなかった。アナは有頂天で、これから彼女を裏切る男と結婚することに大喜びしていた。アナがおずおずと微笑みかけるたびに、そしてアーサーには与えることができない安心を求めて視線を寄こすたびに、アーサーは良心が酸に侵されていくような気がした。

アナにこんな仕打ちはできなかった。たとえそれが、任務を犠牲にすることを意味しても。皮肉なのは、族長の娘と婚約することほど、マクドゥーガル一族のなかへ深く入りこむ効果的な方法はなかっただろうということだ。婚約と、アーサーがアランの命を救ったという事実のおかげで、アーサーは権力のまさに中心部へ出入りすることができるようになった――族長の審議会へ。

任務を犠牲にしてはいないはずだ。伝言の受け渡しをする者が女たちであることを突き止め、マクドゥーガル一族の兵力にまつわる数字と準備の状況を伝え、この地域の地図を渡しただけでなく、ロス伯との同盟を阻止して――厳密にはもくろみどおりの方法ではなかったが――すでに十分貢献している。

戦いは間近に迫っている。ブルースは理解してくれるだろう。

今は夜中で、アナとの悲惨な別れから三日が経っていた。アーサーは別れを告げるのがあれほど難しいとは思っていなかった。しかし、二度と会うことはないかもしれないと知りながらアナから離れるには、決意をかき集めなければならなかった。キスをすべきではなかった。しかし、アナの目をのぞきこみ、不安とアーサーへの懸念を見てとったとき、我慢できなくなったのだ。二度と感じることはない完璧なつながりを、もう一度感じる必要があった。

アーサーは背後へ目をやり、追尾されていないことを確認すると、馬を木につないだ。

ブルースの軍がひと晩野営している場所から、二キロも離れていないところにいる。あとは徒歩で行くつもりだった。夜間は、番兵が野営地へ近づく者を止めて質問することなしに矢を放つだろうが、馬のせいで存在を知られてしまう可能性がある。

アーサーは五感を研ぎ澄ませてブルースの野営地へ近づき、野営地の周囲を見張っている番兵の最初の気配を感じとろうとした。先方に知らせずにこうして訪れることによって、危険を冒しているものの、仕方がなかったのだ。待ち合わせの手配や、ハイランド・ガードへ伝言を届ける手配をする時間もなかったし、マクドゥーガルの斥候隊は、明日ダンスタッフネイジ城へ戻って報告をすることになっていた。アーサーはこれが唯一の好機だとわかっていたので、夜間の巡回を申し出た。

見張りに立つハイランド・ガードの団員のなかに、アーサーはトール・〝チーフ〟・マクラウドがいることをわかっていた。マクラウドは毎晩そうしているからだ。アーサーははじめに団員仲間に接触するつもりでいた。

ふいに、うなじがちくちくした。アーサーは足を止め、誰かが近くにいるときに感じる空気の妙な動きを察知した。最初に近づいてくる者が誰であろうと、その音が聞こえるだろうと考え、森の暗がりにまぎれて待った。

しかし数分後、何かがおかしいと悟った。何も聞こえないのだ。相手が動いていないか、アーサーの能力が期待に応えていないかのどちらかだった。

またもや。

ところが、六メートルほど先の木のうしろから、黒い人影が現れたとき、三つめの答えがあることを知った。音を立てずに進む相手の能力が、アーサーの聴力と拮抗《きっこう》しているということだ。

くそっ。これは困った。アーサーは相手が味方であることを特定するために、フクロウの鳴き声を真似た。もっとも、近づいてくる者はアーサーを味方だとは思わないかもしれないが。

それはラクラン・マクルアリだった。もはや、北部でロス伯にいやがらせをしているのではないようだ。よりによって、そうして見張りに立つ夜を今夜にしたとは。

マクルアリが身を凍りつかせ、アーサーが秘密の呼びかけを使ったにもかかわらず、アーサーのいる方角へ向かって矢をつがえた。「誰だ」

「レンジャー」アーサーは答え、かぶとの目庇をあげ、姿を隠していた木のうしろから出た。

闇のなかでも、マクルアリが訝しそうに目を細め、その不自然な光が長細くなるのが見えた。狙いを左へずらし、アーサーの目と目のあいだへ矢の先を向けた。マクルアリは暗くても目がよく見えるという不思議な能力の持ち主だ――今思い出したくないことだった。

「矢を射るつもりか？」アーサーは言った。

「まだ決めていない。ひとりの死は九人の死に比べると、たいしたことがないように思える。裏切り者だと思ったと報告すればいい——そう大きくはずれてはいないだろう」

アーサーは口から出かかった辛辣《しんらつ》な返事をのみこんだ。マクルアリに軽蔑されても仕方がないとわかっていても、聞きやすい言葉ではなかった。矢が向けられていることを無視し、前へ進んだ。「あの出来事をおれが悔やんでいないと思うのか？」

「悔やんでいるのか？　おれにはまったくわからなかったが。きみはアラン・マクドゥーガルのかたわらで戦うのが楽しくて仕方がないように見えたからな。もちろん、あの男のいまいましい命を救うのも」

ふたりのあいだの距離は一メートルしかないが、マクルアリは三十メートル離れていても、的をはずさないだろう。「その答えはブルース様のためにとっておく、ヴァイパー。きみには言わない。ブルース様と話す必要があるんだ」

「ブルース様はお休みだ」

アーサーは歯噛みをし、脇でこぶしを握った。マクルアリと殴り合いをしても意味がないし、つまらない言い争いをする時間もない。「では、起こしてもらわねばならない。おれの兄のことも」

ようやくマクルアリが矢をさげた。「大事な報告なのは確かなんだな」マクルアリは冷ややかな目でアーサーをにらんだ。「あのとき、あそこまでする価値があったんだろうな」

価値はあっただろうか。当時、アーサーはその点については考えていなかった。その手の分析をする時間はなかったのだ。我が身とアナを守るのでせいいっぱいだった。

十五分も経たないうちに、アーサーはブルースのテントへいざなわれた。ブルースはそれまで寝ていたとしても、起こされたばかりのようには見えなかった。黒っぽい髪には櫛があてられ、相変わらず目は澄んでいて目つきが鋭かった。刺繍がふんだんにほどこされた外衣とタイツというういでたちだ。

ブルースは物入れにすわっていた。調度品がないために、ブルースの軍は身軽ですばやく移動できる。エドワード王ならば、荷車に山と積んだ調度品や食器類なしで行軍しようとは、夢にも思わなかっただろう。しかし、一年以上も無法者として過ごし、荒野に司令部を置いてきたロバート・ブルースは、はるかに質素な暮らしに慣れている。

ブルースよりもやや髪や服装が乱れているニールがブルースの左に立っていて、ハイランド・ガードの団長トール・マクラウドが右側に立っていた。ブルースと同じく、マクラウドの表情は険しかった。

ニールのもの問いたげな視線が、短剣さながらにアーサーを刺した。ニールは、アーサーの忠誠心を疑ってはいないはずだ。

「いったい何があったんだ、レンジャー」ブルースが尋ねた。

アーサーは北への予期せぬ旅までの経緯と、ローンの娘とヒュー・ロスの婚約の計画と、ローンがロス伯との協力を望んでいたことと、自分が両者の同盟を阻止しようとしたことについて、できるだけ簡潔に述べた。

「成功したのか？」ブルースが訊いた。

アーサーは無表情を保った。「はい《アイ》、ブルース様」

ブルースはうなずいた。どんなふうに阻止したのかと疑問に思った者がいたとしても、誰もそれを尋ねなかった。

アーサーは北部への旅で、マクドゥーガルの一行から、巡回していたブルースの部下たちを遠ざけたこと、そのあと密偵という正体を隠しつづけておくために、襲撃から身を守らなければならなかったことを説明した。

「あれはきみだったのか？」マクラウドが言った。「アーカート城にいた我々の部下は、馬に乗った者がひとりで彼らから逃げおおせたことに激怒していた」

「完璧な逃げ方ではありませんでした。そうであればよかったのですが。彼らのせいで、おれは崖のそばで身動きがとれなくなった。身分を明かすわけにはいかなかったから」

誰も何も言わなかった。正体を知られずにいるためにはそうした状況も仕方がないことを、彼らもアーサーと同じくわかっているが、それが好ましいと思ってはいない。

アーサーは引きつづき、ダンスタッフネイジ城への帰路では、マクルアリとその部下たちに不意打ちを食らわされたのだと説明した。

ニールは眉根を寄せた。「彼らが来る音が聞こえなかったのか？」

アーサーは首を横に振り、それについては何も言わなかった。最初は無意識のうちに反応し、襲撃者が何者かに気づいたあとは、防衛に徹したと説明した。アラン・マクドゥーガルの命を救った話になったときは、事実を伝える以上の弁解はしなかった。一撃を阻止するつもりでいただけで、相手が死んだのは事故だったと。

ニールは誰もが考えていたに違いない質問をした。「だが、なぜそもそもあの男を救うんだ？　ローンの跡継ぎを守るのは、おまえの任務ではないだろうが。アランを殺すのは、ローン自身を殺すのとほぼ同じくらい有効だというのに」

アーサーは事実から逃げようとはせず、ニールと目を合わせた。「アランを守ろうとしていたのではないんだ」

「娘だな」マクラウドが話を考え合わせて言った。「好きなんだろう」

アーサーは団長のほうを向き、否定をしなかった。「はい《アイ》」

「ローンの娘！」ニールが怒りを隠そうとせずに声をあげた。「おいおい、弟よ。何を考えていたんだ？」

アーサーは答えなかった。答えなどなかった。

「どういうことだ、レンジャー」ブルースは言った。その黒っぽい目は黒檀《こくたん》さながらにあたたかみに欠けている。「娘ひとりのせいで、きみはどちらの味方なのかを忘れたということか？」

「おれはあなたに忠実です、陛下」アーサーは硬い口調で言ったが、ブルースの棘《とげ》のある口調に傷ついた。

ニールはアーサーを凝視した。「ローンのことで、気が変わったのか？　あの男が我々の父にした仕打ちを忘れたのか？」

アーサーは唇をまっすぐに引き結んだ。「もちろん忘れてはいない。だが、おれがジョン・オブ・ローンを破滅に追いこみたいと思っていても、ローンの娘は対象ではない。だからここにいる。ダンスタッフネイジ城を離れたいと思っている」

テントのなかは静まり返った。ニールの食い入るような視線を感じたものの、あえて見返さなかった。ニールの期待を裏切ってしまった。父同然だった男を。アーサーはニールの顔に浮かんだ失望を見たくはなかった。

「信頼されなくなったのか？」ブルースは訊いた。「正体を知られる危険はあるのか？」

アーサーは首を横に振った。「彼女はおれに秘密があることをわかっていますが、正体を疑ってはいません」

「完了前に任務を離れたいと望む理由は、その娘なのか？」

「状況が複雑になったんです」それでは我ながら説明不足だと考え、アーサーはローンに奇襲について質問をされたこと、ローンに疑われているかもしれないと心配になったこと、婚約せざるを得なくなったことを説明した。

「いや、それはすばらしい知らせではないか」ブルースはアーサーがテントに入ってはじめて嬉しそうに見えた。「きみがそこまでローンに近づけるとは、夢にも思わなかった。娘がかかわっているのは残念だが、彼女に真の危害が加えられることはないだろう。若い娘の心の傷はすぐに治る」

確かに、女のあつかいを心得ていると評判のブルースは、アーサーよりもはるかにその面で経験を積んでいるが、今回の件ではあてはまらないだろう。アナの愛情は激しすぎる。アナはやみくもに愛しすぎる。

「任務を離れるのを許すわけにはいかない」ブルースは言った。「戦いが差し迫っている以上はまだだめだ。敵のなかで連中の意図を探ってもらう必要がある。これまできみは、あまりにも貴重な情報を与えてくれた。近づいている勝利を、最後に奪われるわけにはいかないんだ。ジョン・オブ・ローンはただの腹黒い悪魔だが、わたしはあの男の戦術をあなどってはいない。奇襲の才能も」

アーサーはブルースを説得できないとわかっていた。ロバート・ブルースは報復に燃えている。以前、ローンに打ち負かされているから、今回は何者にも邪魔をさせるつもりはないだろう。女ひとりの心など、小さな犠牲というわけだ。

「十六日の夜明けに城を攻撃する」マクラウドはアーサーのいらだちを感じとったらしく、そう言った。「あともう数日だ」

しかし、マクラウドはアナ・マクドゥーガルのことをよく知らない。アーサーは〝あともう数日〟アナに抗おうとするくらいなら、エドワード一世の包囲攻城兵器ウォー・ウルフに立ち向かったほうがましだと思っていた。

20

「戻ってきたわよ！」

　メアリーの弾んだ声を聞いて、アナは自室の窓へ駆け寄った。城門から入ってくる、鎖かたびらを着た者たちへ必死で目を走らせた。ようやく、見慣れた広い肩を見つけたとき、四日間止めていたかのように思える息を吐き出した。

　アーサーが帰ってきた。アナのもとを去りはしなかった。アナは彼が去ると考えさえしたことが、ばからしくなった。けれども、どれほど心配していたかは認めたくなかった。

　アナは刺繍の道具をほうり、メアリーのあとから部屋を走り出た。メアリーは斥候隊の帰還にアナと同じくらい喜んでいるように見える。アナは眉をひそめた。メアリーはあまり顔に出していないけれど、アーサーの兄に惹かれているのだろうか。

　ふたりが大広間へ入ったとき、斥候たちは城主の部屋へ招き入れられたところだった。夕食はしばらく前に終わっていたものの、メアリーとアナは、斥候隊のために食べ物と飲み物を用意するよう使用人に命じて待った。果てしなく感じる待ち時間だった。やがて、城主の部屋からようやく男たちが出てきて、大広間へやってきた。先頭にアナの兄たちがいて、そのあとにドゥガルドがつづき、それからついにアーサーが姿を見せた。アーサーは泥とほこりにまみれ、顔は日に焼け、顎には四日分のひげが生え、馬と太陽のにおいがしたが、アナにとってはこれまでになく素敵に見えた。斥候たちが、大広間をいっぱいにしているクランの者たちに囲まれていなければ、アナはアーサーの腕に飛びこんでいただろう。

使用人たちがテーブルを出しているあいだ、斥候たちは横に立っていた。今回は、アーサーがアナを避けることはできなかった。

「元気なの？」アナは目に映るものが信じられずに訊いた。

アーサーはアナが心配しているのを感じとったらしく、目つきを和らげた。「ああ《アイ》、ラス、元気だ。長い水浴びが必要な状態だが、それを除けばぴんぴんしている」

「それならよかった」アナは唇を噛み、ためらいながらアーサーを見あげた。「あ、会いたかったわ」

アーサーの顔から表情が消え、顎の下の血管が脈打った。「アナ……」

アナは急にのどを締めつけられたように感じて、唾をぐっとのんだ。「少しはわたしのことを考えた？」

「いろいろなことで頭のなかがいっぱいだった」そう言ったものの、アーサーはアナの表情を見て息を吐いた。「ああ、ラス、考えたよ」

そんなふうにためらいがちに言われてなければ、アナはその告白を聞いて幸せな気分になっていただろう。

架台式テーブルが並べられ、使用人たちはすでに食事の載った皿を運び出していた。ほかの斥候たちは、ベンチへ移動しはじめた。アナとアーサーはジョンの部屋のドアの近くにいたが、彼は仲間のところへ行きたそうにアナの背後へ目をやった。

アナはそれ以上自分をごまかせなくなった。「この婚約を、望んでいなかったのね」真実を思うと胸が痛んだ。アナはアーサーを見つめながら、焼けつくような強い胸の痛みを感じていた。「ほかに……」言葉がなかなか出なかった。アーサーは褒美に花嫁が与えられると話したことがある。「ほかに結婚したい人がいるの？」

アーサーが厳しい表情でアナを見た。「なんのことだ？　花嫁は決まっていないと言っただろう」

「だったら、わたしを花嫁として望んでいないのね」

アーサーがつらそうな顔をする。「アナ……」彼は咳払いをした。「今はこの話をするときじゃない」

まわりに人々がいるにもかかわらず、アナの不満の一部が表に出た。「話なんていつもできないでしょう。あなたはいないか、話し合いで部屋に閉じこもっているか、訓練で忙しいもの。いったいいつなら話ができるのか教えてちょうだい」

アーサーは見るからにいらだち、かぶとのせいで癖がついた髪をかきあげた。彼の巻き毛が耳にかかり、アナはそれを耳のうしろにかけようと思わず腕を伸ばしかけた。

「わからない。だが、今は何か食べて、体の汚れを落として、二、三時間以上の睡眠をとりたいとしか思わないんだ」

アーサーは疲労困憊《ひろうこんぱい》しているに違いない。アナは一抹のうしろめたさを感じたものの、それを押しのけた。こうして避けられつづけるつもりはない。「だったら、明日。明日話しましょう」アナは意味深長な視線でアーサーを見た。「ふたりきりで」

アーサーが実際に警戒の表情を浮かべた。アナは彼にそんな表情ができるとは思っていなかったが、どうやらアーサーは、アナとふたりきりでいることによって、何十人もの武装した男たちからは受けない影響を受けるらしい。アナは笑っていいのか泣いていいのかわからなかった。

「無理だ。出かけることになっていて――」

「戻ったときに」アナが言うと、アーサーは別の言いわけを探しているように見えた。

しかしアナは彼に何も言わせずにつづけた。「戦いの準備で忙しいのはわかっているけれど、わたしにも数分くらい割いてもらってもいいでしょう？」

アーサーはアナを長々と見つめた。「ああ、ラス《アイ》、そうだな」

「よかった。さあ、食事をして」アナはテーブルへ行くよう手を振って示した。「お兄様たちがお待ちよ」

アーサーは短くうなずき、家族のところへ行った。アナはうしろを向き、メアリーが思ったよりも近くに立っていたことに気づいた。メアリーは哀れむような表情でアナを見つめていた。

「なんでもないの」アナは言った。メアリーに聞かれたかもしれないことを思うと、恥ずかしかった。「あの人は疲れているの、それだけよ」

メアリーはアナの手をとって軽く握った。「気をつけてね、愛しいアニー。愛されるのを望まない男性もいるのよ」

アナは眉をひそめた。「それは違うわ、メアリーお姉様。誰もが愛されたいものよ」

メアリーの完璧な唇にせつなさがにじんだ笑みが浮かぶ。「あなたは人を愛しすぎるのよ、アナ。だけど、そうした親密さを求めない人もいるの。ひとりでいるほうが幸せな人もいるのよ」

アナはそれを信じたくなかった。とはいえメアリーお姉様の言葉は、翌日アーサーと話す機会を待っていたアナの脳裡から、ずっと離れずにいた。

アーサーは朝早くに馬で出かけ、昼食前に戻り、そのあとは兄とほかの男たちに加わって、中庭で午後の訓練に参加した。戦いが近づいているため、訓練は激しくなっている。盛夏の日の長さを利用して、夜の八時を過ぎるまで訓練は終わらなかった。夕食も夜の祈りの時間も短かった。

アナは入り江へ向かうアーサーを見たとき、そのあとを追いたくなった。しかし、母に脇へ引っぱられ、帳簿の帳尻が合わないのを直してくれと頼まれた。アナがその作業を終えた頃には、アーサーはすでに戻り、ジョンの護衛兵団のなかでも地位が高い騎士や戦士とともに、部屋にこもって話し合いをしていた。その話し合いは、作戦会議として毎晩行われるようになっている。

アナは吹き抜けの階段下のくぼみに作られた小さな部屋で待った。アーサーが兵舎に戻るには、ここを通らなければならないことはわかっていた。普段、アナはここで読書をするが、ベルベットのカーテンで外から見えないようになっているため、クランの男たちがそこここで眠っている大広間で待つよりは人目につかない。本を読むために蠟燭を一本持ってきたものの、夜が更けるにつれて目が疲れてきたので、それを脇へ置いた。

ジョンの部屋から男たちがようやく出てきはじめたときには、真夜中近くになっていたに違いない。アーサーは最後のほうに部屋をあとにしたが、やがてアナは彼が兄たちと一緒に廊下を歩いてくるのを見た。アーサーが近づいたとき、アナはカーテンを押しやって何歩か前へ出て、彼を待った。

アーサーの兄のひとりが彼に何事かを言うと、アーサーはアナのほうへ目をやった。

驚いた表情というよりは、意を決した表情だ。

アーサーはアナのほうへやってきて、彼の兄たちは中庭へ出るドアをあけた。

「起きて待っているべきじゃなかった」アーサーは言った。

アナは眉根を寄せた。「会う約束をしていたのを忘れたの?」

「いいや」アーサーが息を吐く。「忘れていない」

ほかの男たちが廊下を歩いてきた。「こっちへ」アナは言い、城主のワイン蔵として使われている狭い部屋へすばやく入った。ここなら邪魔が入らない。

ドアをあけたとたんに、フルーティで豊かな香りに包まれ、部屋に入ってドアを閉めたときにその香りは強まった。アナは蠟燭を樽のひとつに置き、アーサーのほうを向いた。石造りのワイン蔵は狭く——アナはあることに気づいて頰が熱くなるのを感じた——親密な雰囲気だった。とても。

アーサーは入り口の前で身じろぎもせずに立っていて、揺れる火明かりのなか、険しいこわばった表情をしていた。アナは彼の体の脇へ目をやり、こぶしが握られているのを見て驚いた。

「これはいい考えだとは思わない」アーサーは硬い口調で言った。

「どうして?」

アーサーはアナをきつい目つきで見た。「前回、狭い部屋でふたりきりになったとき、何が起きたかを覚えているか？」

アナの頬はまたもや火照った。こうしてアーサーのすぐそばにいると、よく思い出せる。アナは彼のぬくもりに包まれ、親密なひとときを分かち合ったことを意識して肌がうずくのを感じた。

しかし、アナはそのためにアーサーをここへ連れてきたわけではなかった。「ほんの数分で終わるわ。知りたいのよ……」アナはアーサーへ目をやり、こわばった端整な顔を探るように見つめた。「この婚約を求めているのか、あなたの気持ちをどうしても教えてもらいたいの」

アナの率直な物言いに、アーサーはもはや驚かなかった。「アナ」言葉を濁した。「複雑な気持ちだ」

「前にもそう言ったわね。アーサー、何を隠しているの？　秘密にしようとしていることは何？」

「いろいろと――」アーサーは言葉を切り、顔をしかめてアナを見た。「おれはきみが思っているような男ではないんだ」

「どんな人かはよくわかっているつもりよ」

「すべては知らない」

アナは彼の声に警告を聞きとった。「だったら、教えてちょうだい」アーサーが答えないので、アナは言った。「大切なことはわかってる。あなたを愛していることも」

その言葉を聞くと、アーサーはつらいようだった。彼が手を伸ばしてアナの頬を包む。アーサーの悲しそうな表情を見て、アナは胸が痛くなった。「今はそう思っているかもしれないが、やがて気が変わる」

アーサーの決めつけるような謎めいた言い方に、アナは腹を立てた。「そんなことはないわ」きっぱりと言い、大声を出したい――あるいは泣き出したい――という衝動に対してこぶしを握った。落ち着こうと深呼吸をして言った。「本当に単純な話なのよ、アーサー。わたしと結婚したいの、したくないの？」

「おれが何を望んでいるかは、問題じゃない。きみのことを考えているんだ、アナ。今はおれの言うことが信じられないかもしれないが、正しいことをしようとしているという言葉は信じてくれ。きみを傷つけたくないんだ。あと何日かのあいだに、多くの変化があるだろう。戦争がすべてを変える」

アーサーの言うとおりだ。アナの夢という夢が、糸一本でぶらさがっているように思える。戦いが迫っていて、まばたきひとつで知っているものすべてが変わりかねない。ハイランド地方でのマクドゥーガルの一族の勢力は、剣の刃の上でバランスをとっているようなものだ。とはいえ、アナにはひとつだけしがみつけるものがあった。「戦争だって、わたしのあなたへの気持ちを変えはしないわ。問題は、あなたの気持ちよ」アナはひと息置いた。「わたしの質問に、まだ答えてないわね」

アーサーは毒づき、ドアから数歩離れた。歩きまわろうとしているが、そのスペースがない。彼の頭は天井につきそうだった。狭すぎる檻のなかで歩く獅子のように見える。やがてアーサーは背すじを伸ばしていて、その力強い体の隅々から緊張感が放たれている。やがてアーサーは急にアナのほうを向き、彼女の腕をつかんだ。表情は怒りでゆがんでいる。「ああそうさ、ちくしょう。そう、おれはきみと結婚したいと思っている」

アナの頭上に垂れこめていた暗雲が消えた。どこまでもロマンチックな告白というわけではないものの、それで十分だった。アナはぬくもりに包まれて微笑んだ。「だったら、大事なのはそれだけでしょう」

アナは本能的に彼とのつながりを求めて――我が身に押しつけられる彼の体を求めて――アーサーに身を寄せた。アーサーは触れられてひるんだものの、今回、アナがその理由を誤解することはなかった。アーサーはアナを求めている。強く。抗おうと苦労してはいても。アナには彼から緊張感が放たれ、太鼓の音さながらに空気を震わせているのがわかった。

アーサーの目がアナの唇へ落ち、欲望で翳った。それでもなお、アーサーは欲望に抗っている。「おれが戻らなかったらどうするんだ、アナ。その場合どうするつもりだ?」

アナの血は凍った。それが問題だったのだろうか。アーサーは戦死する可能性を、アナに覚悟させようとしていたのか。

アナはそんなことはとても考えたくなかったが、可能性があることはわかっていた。アーサーが死ぬかもしれない。アナは彼を抱き寄せ、二度と放すまいといわんばかりに彼の硬い二の腕をつかんだ。

アーサーを奪うほど、神が残酷なはずがない。アナは心臓が縮む思いだった。だけど、もし彼が死んだら……。

アナは自分の望みが何かをわかっていた。明日の出来事を思いどおりにできなくても、今起きていることならどうにかできる。

アーサーをここへ連れてきたのには、理由があったのかもしれない。


アーサーはこれがいい考えではないことをわかっていた。けれども、考えたくないほど何度も証明してきたように、アナ・マクドゥーガルのことになると、我ながらどこまでも愚かなふるまいをする。

アーサーの額にうっすらと汗が浮かび、熱い血が勢いよく体をめぐっている。ワインの濃厚な香りと、狭い部屋の麝香のにおいが混ざった土臭さと、アナの肌の花のようなかすかな香りのなか、欲望がアーサーの五感を酔わせた。

アナがあまりにも近くにいる。アーサーは激しすぎる欲望を感じていた。アナにしたいことがつぎつぎと思い浮かび、気が変になりそうだった。

ふたりきりだとは、ちくしょう。危険なことこのうえない。

ともかく、アーサーが不安定な将来の話をして、アナに思いとどまらせるのを期待していたとしても、それは誤算だった。

「戦争のことも明日のことも考えたくないわ。今のことを考えたいの。今日が一緒にいられる最後の日だとしたら、あなたは何がほしいの？」

〝きみだ〟アーサーは引き寄せられるのを感じた。アナが差し出すものを何よりも求めていた。

アナの言葉。揺るぎなさ。彼女といると、夢を見られる。将来はあるのだと信じたくなる。一瞬だけでも、アナが我がものになると信じたかった。

アーサーの心臓が太鼓さながらの音を立てたとき、アナが背伸びをして、彼の唇に唇を押しつけた。

アーサーはうめき、アナのほうへ身を寄せたいという衝動に抗った。そうしたら、自制できなくなるとわかっていた。

アナの唇はどこまでもあたたかく、絹を思わせる柔らかさだった。本当に甘い。アナは蜂蜜のような味がして、においは……。

ああ、日の光を浴びた爽やかな夏の庭の香りがする。

アナは唇をアーサーの顎へ、首へとすべらせた。アーサーの体が震えはじめた。アーサーは抵抗する力がないまま立っていた。この責め苦が終わることを祈りながら。しかし、それはひどくなるばかりだった。アナは腹を押しあて、アーサーの欲望が一番強い部分にこすりつけた。硬くなり、脈打ち、考えることができない部分に。

「前に、あと少しというところまでいったでしょう」アナはアーサーの首に向かって囁いた。その吐息のぬくもりを感じて、燃えるように熱いアーサーの肌に震えが走った。

汗がひと粒、アーサーのこめかみをすべり落ちた。涼しかった部屋が、急速に蒸し暑くなった。

「そのつづきを知りたいの」

アナは体を密着させ、首に腕をまわしてきた。目と目が合った。「教えて、アーサー」

その大胆な要求によって、アーサーの自制の糸が切れた。アーサーは低い声とともにアナをドアに押しつけ、彼女の手を頭の両脇で押さえてキスをした。というより、むさぼった。唇と舌を使ってアナの口を堪能し、いつまでも満足できないかのようにキスをつづけた。

アナは情熱に情熱で応え、舌をアーサーの舌の上ですべらせ、彼の官能的な舌の動きを真似た。

アーサーの頭のなかの騒音が大きくなっていく。

彼自身はますます硬くなった。

それでも足りなかった。アーサーはアナに覆いかぶさるようにして体を密着させ、腰を揺らした。最初は優しく、やがてだんだんと執拗に揺らしていると、アナが身をよじり、無垢な乙女らしくもどかしそうに泣き声を漏らした。

アーサーはアナのスカートをまくりあげて身を沈めたかった。激しく深く突きあげ、彼自身のまわりでアナが砕け散るのを感じたかった。何度も何度も。我がものだと言わんばかりに。

しかし、アナの反応がとてもいいので――純粋に悦びを感じている――アーサーは優しい気持ちになって身を引いた。

アナは目をしばたたいてアーサーを見あげた。目は情熱でうるみ、キスで腫れた唇はかすかに開かれている。「お願い、やめないで――」

「しーっ」アーサーはそっとキスをしてアナの抗議を封じた。「やめるつもりはない」

今さらやめられない。アーサーは男であって、聖人ではなかった。アナがほしくてたまらないうえ、あと戻りできないほどアナに追い詰められていた。罰《ばち》があたるとしても、あとからの話だ。今はアナを自分のものにしたかった。

とはいえ、アナをドアに押しつけたまま、発情期の獣よろしく奪うつもりはなかった。

アーサーはプレードを留めるのにつけているキャンベル家のブローチの留め具をはず

し、ブレードを石敷きの床に広げた。そこにすわり、手を差し伸べた。

アナはためらわずに彼の手に手をすべりこませ、アーサーの気持ちを揺り動かすような微笑みを浮かべると、アーサーにされるがままになり、彼のとなりに身を横たえた。ワインの樽の列のあいだに、ちょうどふたりが横たわれる余裕がある。

アーサーはアナの髪に指を差し入れて顔を引き寄せ、胸に広がっているありったけの情熱と感情をこめてキスをした。アナがアーサーのすべてであるかのように。

アナは所有者然とした優しいアーサーのキスに溺れた。彼にぴったりと寄り添い、ぬくもりを感じ、安心感と、アーサーの抱擁という魔法のような空間の外で起きている出来事から守られているような感覚を覚えた。それから……。

安らぎ。アーサーの腕のなかにいると、普段感じることがない安らぎと満足感を覚えた。

アーサーはアナの髪にふたたび指を入れ、たこのある大きな手で後頭部を包んだ。親指で円を描くように、アナのうなじを優しく愛撫している。

いつまでもアーサーにキスをしていられそうだった。彼のそばに横たわり、体を寄せ合い、彼の力強い硬い体を感じていられそうだった。アーサーのぬくもりは、ふたりを守る繭《まゆ》そのものだ。彼ののんびりとした気だるげな舌の愛撫を受けているうちに、アナの体は熱くなってとろけた。完璧だった。

ところが、そうした舌の愛撫はだんだんと何かを要求するような愛撫になり、キスも激しく深くなった。アーサーがまわした腕に力をこめ、アナが腹に彼の硬いものがあるのを意識したとき、アナはキスだけではもの足りなくなった。

またもや、アナのなかでなじみのない感覚がふくれあがりはじめた。目覚めるような感覚。わきあがるような感覚。脚のあいだで脈打ちつづける活力のせいで、アナはそこに力を加えてほしくてたまらなくなった。

けれども今回は、このあとどうなるかわかっていた。アーサーに脚のあいだに触れられたことを思い出す。指が入ってきたこと。のぼり詰めたときの激しい震え。アナは親密な場所に押しつけられた彼自身の、ふっくらとした丸い先端を思い出した。

アナは声を漏らし、体と体がこすれ合うことでしか得られない解放感を求め、円を描くように腰を動かした。アナの体は燃えあがっていて、アーサーの胸をかすめる彼女の胸の頂は硬くなりうずいていた。

アナは彼の広い肩へ、腕や背中の硬い筋肉へと手を這わせ、アーサーをさらに引き寄せようとした。アーサーはプレードの下にチュニックとタイツとブレーズしか身につけていなかったものの、その薄い毛織や麻の層さえも、気が変になるほど邪魔だった。アナは彼に直接触れたかった。指先でアーサーの震える熱い肌を感じたかった。

アーサーはアナのもどかしさを感じとったに違いない。唇を離し、剣帯の留め具をはずすと、チュニックを頭のほうへ引きあげて脱ぎ、脇へほうった。

アーサーの胸は記憶のとおりにすばらしかった。広い肩、筋肉質の太い腕、鋼を思わせる割れた平らな腹、大小様々な傷痕が散る、日焼けした肌。最もひどい傷は、上腕の肩のそばにある星形の傷痕だった――矢によってできるような傷痕だ。今は腕の刺青もはっきりと見えた。うしろ脚で立つ獅子、スコットランド王座の象徴。

アナは目を離せずにいた。ああ、アーサーは美しい。

「そんなふうに見つめつづけるなら、ラス、あまり長くは持たない」

アーサーのかすれ気味の声を聞いて、アナは欲望の震えが背中を駆けおりるのを感じた。頬が熱くなる。「あなたの姿を見るのが好きなんだもの」アーサーの目が翳った。

「素敵よ」

アナはそれ以上待てず、彼の胸に手を押しあて、触れ合いで生まれた熱に驚いて息をのんだ。

アーサーはのどの奥から低い声を漏らし、ふたたびアナを抱き寄せた。今回は何も抑えていない。アナは彼の欲望の味を感じとった。アーサーの舌の官能的な動きに、彼の強い欲求を感じた。

今や何もかもがめまぐるしく起きているが、その一瞬一瞬が、アナの脳裡に鮮明に焼きついた。アナはこの営みのすべてを覚えていたかった。アーサーの味。唇に押しつけられた彼の唇の感触。アナの顎をこするひげのざらざらした感じ。手の下で収縮する彼の筋肉の力強さ。アナの心臓のすぐそばで暴れている、彼の心臓の音。あらゆる感覚を記憶したかった。香りも。触れ合いも。

アナの体は火照ってうずき、肌は熱を帯びて赤らんでいる。アナは頭の片隅で、アーサーがアナの袖なしの外衣のひもを解き、肩から押しさげるのを意識した。それから彼は乳房を包み、毛織のドレスと麻のシュミーズ越しに揉み、唇をのどから下へすべらせた。親指を硬くなった胸の蕾の上で動かし、円を描くように愛撫し、それを優しくつまんだ。

アナは彼の背中へせわしなく手を這わせたり肩をつかんだりしながら、アーサーにからかわれるように愛撫されるたびに指先を彼の肌に食いこませた。うめき声が漏れる。アーサーの手と口を、肌に直接感じるために、布地を引きちぎりたくなった。

すると、願いが叶《かな》った。最初にドレスが、やがてシュミーズが、脚の上へ腰の上へと引きあげられ、頭からとり去られた。

アーサーが手を止めて見つめてこなければ、アナは裸になったことに気づかなかったかもしれない。アーサーはアナののどのところで顔をあげ、その裸身へ視線を走らせた。

アナは頰が熱くなるのを感じ、体を隠そうとしたものの、アーサーにそれを許してもらえなかった。

アーサーはアナの手首をつかみ、首を横に振った。「だめだ」かすれた声で言う。彼の声は太く、どこか荒々しかった。「きみはきれいだ」アーサーは体の横を下にして寝そべり、触れると壊れると思っているかのように、指でそっとアナの腕を下へたどった。彼の視線がアナの胸を愛撫し、先端がさらに尖った。アーサーは胸の頂に指先をすべらせ、大きな胸の丸みをたどった。「ああ」彼の息が荒くなる。「現実とは思えないほど美しい」アーサーはうめき、両手をそっとおろして乳房を包み、口もとへ持ちあげた。うずいている頂の片方にキスをすると、もう片方にも同じようにし、アナを欲望で震わせた。アーサーがついに胸の蕾を口に含んで吸ったとき、アナは声をあげた。

アーサーはこれほど美しいものを見たことがなかった。時間をかけて、赤ん坊の肌のように柔らかい、クリームのようなアナの肌の隅々までを眺めるべきなのに、ひと目見ただけで達しそうになった。

頭のてっぺんから足の小さなアーチまで、すべての造りが繊細で、アナは天使さながらに見える。乳房がなければ、アーサーは死んで天国へ来たのかと思っていただろう。アナの乳房は罪そのものだった。男の夢が現実になったようなものだ。少し大きすぎるくらいだが、丸くて高さと若々しい張りがある、柔らかいクリーム色のふくらみは、頂が苺《いちご》を思わせるピンク色で、アーサーの口に唾がわいた。しかもその味ときたら……。

アーサーはうめき、ふたたび乳首を口に含むと、尖ったあたたかいそれを舌で転がした。甘美な肉欲と、罪深く甘い悦びの味だった。

アーサーはゆっくりとことを運んで悦びのひとときのあらゆる瞬間を引き伸ばしたかったが、ふたりの欲望はあまりに熱かった。切迫していた。しかも、満たされずにいた時間が長かった。

アーサーは彼女の脚のあいだへ手を入れ、指で確かめた。

彼自身は釘さながらに硬くなっていたが、アナの脚のあいだがしっとりとしているのがわかり――アーサーを求めてすでに濡れているのがわかり――アーサーの硬さは増した。アナの胸を吸い、秘めやかな場所を指で愛撫していると、アナが彼の手に押しつけるように腰を浮かせ、息を荒らげはじめた。

アーサーはアナが絶頂に近づいているのに気づき、すばやくタイツとブレーズを脱いだ。そして、アナに覆いかぶさり、彼自身を彼女の脚のあいだにあてがった。

ふたりの目が合った。

ためらっていると言えればよかったが、アーサーはためらってはいなかった。考えられるのは、アナを我がものにしなければということだった。離してはいけないということ。アナの目のなかに、自分に向けられるとは思ってもいなかった許容と愛が浮かんでいること。それは、アーサーにふさわしくはないと神が知っていても、アーサーが何よりも求めている愛だった。

「お願い」アナは泣き声を出した。

その誘いだけで十分だった。

アーサーは激しく深く身を沈めたいという衝動に対して歯を食いしばり、アナの脚を片方腰に巻きつけさせると、彼女のなかへすべりこみはじめた。〝すべりこむ〟という言葉はふさわしくないかもしれない。アナはきつく、アーサーは大きかった――とても。

アーサーの額に汗が浮かんだ。

きつい。ああ、信じられないほどきつい。

アーサーは下腹部の引きつりに対して歯を食いしばった。背骨のつけねに力が入り、睾丸が縮む感覚を覚えた。

彼女の体は侵入してきたものを押し出そうとしたが、アーサーには追い出されるつもりはなかった。さっきよりも深く身を沈めた。

アナは顔をしかめ、痛みを訴える小さな声をあげた。

アーサーの体を血が勢いよくめぐっている。体がはじけるかと思うほどだったが、アーサーは自制し、アナに慣れる時間を与えたあと、さらに奥へと彼自身をうずめた。

ああ。押し返すな……。

「う、うまくいくかしら」アナは不安そうに言った。「あなたがもう少し小さいときに試すとか？」

アーサーは苦痛に耐えつつ、胸の奥から笑いがこみあげるのを感じた。こみ入った話は、あとで説明しよう。「信じてくれ、愛しいアナ。おれたちの体の相性は完璧だ」とはいえ、アーサーは過去に無垢な娘と寝たことはなかった。「少しのあいだ痛みを感じるかもしれない」アナの目をのぞきこんだ。「大丈夫か？」

アナはうなずいたものの、さっきよりも不安そうだった。

アーサーはアナの目を見つめたまま、黙って励ましつづけ、さらに身を沈めた。つらくても少しずつ奥へ進んだ。

アナの体にきつく包まれる感覚に圧倒されそうだった。どれほど気持ちがいいだろうと考えながらも、強く突き入れたいという衝動に抗わなければならなかった。濡れたきつい熱が彼自身を締めつけ、精を絞り出そうとする。アーサーが自制し、時間をかけようとしていると、全身の筋肉が張り詰めてこわばった。このうえなく気持ちがよかった。だが、アナにとって完璧な営みにしてやる、くそっ。

あと少し……。

よし。もうあとへは引けないところまで来た。アーサーはアナの目をのぞきこみ、胸を締めつけられるような感覚を覚えながら、最後のひと押しをした。

アナは息をのみ、痛みに目を見開いたが、悲鳴はあげなかった。痛みに淡々と耐えるアナの表情を見て、アーサーは微笑みたいというひねくれた衝動を覚えた。「これからよくなる、愛しいアナ、約束する。体の力を抜くんだ」

アナは気が変になったのかと言わんばかりの目でアーサーを見た。「あり得ないわ」

しかし、アーサーはキスをし、アナが間違っていることを証明した。

アナは彼が入ってきたとき、強くつねられたような痛みを感じて、声をあげたくなった。けれども、アーサーが苦労しているのを見て悲鳴を嚙み殺した。彼がアナを傷つけまいとどれほど努力しているかはわかっていた。神がアーサーをそれほど……大きく創ったことについては、アーサーに責任はない。それだけ大きければ、いろいろなことがさぞ心地悪いだろう――。

待って。アーサーはキスで人の気をそらそうとしているけれど、今感じたのは……。またた。妙な感覚。気持ちがいい妙な感覚。とても気持ちがいい。実際、すばらしい感覚だった。アーサーを包んでいる部分から力が抜け、痛みが引いていった。今は彼を感じられる。熱くて硬くて、想像しなかった方法でアナを満たしている。

すると、アーサーが動きはじめた。最初はゆっくりと。長くなめらかな動きで腰を押し出したり引いたりしている。

アナは突かれるたびにその衝撃が体に広がるのを感じて、あえいだ。アーサーに自分のものだと宣言されているかのようだった。彼がこのうえなく原始的な方法で、アナを所有しているかのようだった。

すばらしい感触だった。アナはアーサーと一緒に自然に動き、腰を浮かせて突きを迎え、彼をより深く引き入れた。より激しく。やがて速く。

アナはアーサーの肩をつかんでさらに彼を引き寄せた。ふたりの体がひとつに溶け合ったように思えた。肌と肌。とても熱かった。自分の体が重くなったように感じる。きらめく情熱がアナをとらえ、体のなかで快感が燃えあがった。高まり、渦巻いている。最も女らしい場所で凝縮していく。アーサーもそれをわかっているようだった。アナの指先で感じるアーサーの体は鋼のようで、彼の筋肉は張り詰めて熱を帯び、今にもはじけそうだった。

けれども、アナを圧倒したのはアーサーのまなざしだった。強いまなざし。射貫くようなまなざし。欲望だけではなく、感情で翳ったまなざし。彼の金色と琥珀色の瞳に、アナは彼女の心で燃えている愛が映っているのを見てとった。

アーサーは愛してくれている。彼に自覚はなくても、アナはわかっていた。

彼はアナに腕をまわし、目をそむけるのを許さずに、ふたたびアナのなかに入った。できるだけ深く彼自身をうずめ、アナをその状態で抱きしめた。

力強い不思議なものが、ふたりのあいだを行き交った。アナが想像したこともない、つながりが。

快感に襲われ、アナはのどの奥に息を詰まらせた。一瞬、何もかもが静止したように見えた。アナの体は恍惚《こうこつ》の波の先端、楽園の一歩手前に留まった。

アナは最初の歓喜の震えに襲われると、勢いよくのぼり詰めて甲高い声をあげ、忘我の境地へほうりこまれた。

「そうだ、愛しい人、おれのためにいってくれ」アーサーはふたたび動きはじめ、奔放な激しさで腰を動かした。「ああ、本当に気持ちがいい。もう無理だ……」

アーサーは魂から引き出されたような満足の低いうなり声とともに、最後にもう一度腰を突きあげた。アーサーの体はこわばり、引いていくアナの悦びの波をとらえて絶頂を迎えると、大きく震えた。情熱に駆られた彼のありのままの表情は険しくて美しかった。

快感の炎が揺れてから消えたとき、アーサーがひとつになったままアナに体重を預けた。アナに聞こえるのは、ふたりの荒い息遣いと暴れる心臓の音だけだった。

アナは永遠にこうしていられたらいいのにと思ったものの、アーサーは転がってアナの上からおり、体を離した。

アナの汗でしっとりとした火照った体をひんやりとした空気がかすめ、鳥肌が立った。アナは裸でいることが気になったが、ぐったりとしていて動けずにいた。四肢がゼリーになったように感じる。それでも、恥ずかしがる理由はなかった。アーサーがアナのほうを見ていなかったからだ。

彼はまだ荒い呼吸をしながら天井を見あげていて、不気味なほど黙りこんでいる。何か言うのが普通なのではないだろうか。

アナは唇を嚙み、アーサーは何を考えているのだろうと不思議に思った。素敵な営みだったけれど、ひょっとして――アナの胸は痛んだ――彼をがっかりさせてしまったのか。

ようやくアーサーが横を向いてアナを見ると、手をあげてアナの顔から優しく髪を払った。アナの不安そうな表情を目にして微笑む。その少年を思わせるにやりとした笑みは、アナの心をとらえて離さなかった。この瞬間のアーサーの表情を忘れることはないだろう。

「済まない、なんと言えばいいのかわからなくて。あそこまで……あそこまで感じたのははじめてだったんだ」

アナは嬉しさを隠しきれずに微笑み返した。「本当に？　わたしは比べるものがないけれど、とてもすばらしかったと思うわ」

「ああ《アイ》、そうだな」アーサーはアナに唇を寄せて優しくキスをした。しかし、顔をあげてふたたびアナを見たとき、そのまなざしは曇っていた。「起きたことをおれが悔やむことは決してないが、アナ、きみにとってはこうならないほうがよかった」

アナはアーサーの口調から明らかな警告を聞きとり、かすかな不安を感じたが、それを押しやった。この瞬間を曇らせるような出来事を受け入れる気はなかった。

アナはとっさにアーサーの腕のなかへ身を寄せ、彼の肩に頭を乗せた。「わたしはよかったと思っているわ」

こうして結ばれた今、何もふたりを引き離すことはできない。

アーサーは腕のなかで身を寄せる一糸まとわぬ姿の華奢な女へ目をやり、心を揺さぶられた。たった今、ふたりで分かち合ったことは、過去に経験したことがないものだった。多くの女と関係を持ってきたが、女と寝るのは常に欲望を満たすためだった。女に悦びを与え、女にはそれを与え返してもらい、目指すところはひとつだったものだ——絶頂。それを達成すれば、営みは終わる。女のそばに長く留まりはしなかった。もちろん、相手を腕に抱きたいとも、いつまでもそうしていたいとも思わなかった。

アナとのあいだに起きたことと比べると、以前の営みは機械的だった——見返りを得るために動いていたかのように。

ところがアナが相手だと、経験そのものが見返りになった。彼女の体を探ることにも、何かを発見することにも、ちょっとしたことにも喜びがあった。愛撫に対するアナの反応にも——弓なりにした背中、腰を押しつけてきたこと、アナの唇のあいだから漏れる小さな声。アナのなかへすべりこんだときの彼女のまなざしも、絶頂に近づいたアナの頬に広がった赤みも、ようやくのぼり詰めたアナがのけぞり、唇を開く様子も、喜びだった。

アーサーは目を離せなかった。普段は人と目を合わせないようにするにもかかわらず、アナが相手だと、自分から目を合わせた。親密さを求めた。

アーサーはアナの頭のてっぺんに頬を預け、彼女の髪の絹さながらの柔らかさを楽しんだ。アナは本当に愛らしくて美しい。しかも、人を信じやすい。強い保護欲がアーサーの胸にわきあがった。ほかの感情も。それはあたたかくて優しくて力強い感情だった。自分がそれを感じるとは思ってもいなかった。

人とは違うと考えていた。誰のことも必要としていないと。ひとりでいるのが幸せだと。けれども、思い違いだった。ちっとも人と違いはしない。アナのことが必要だ。求めている。我ながら驚くほど激しくアナを愛している。

アナに立場を説明する方法が見つかるかもしれない。許しを請う方法が。希望はあるかもしれない……。

まいった。みぞおちにつかえたかたまりが、アーサーを現実へ引き戻した。誰を欺こうとしているのか。アナは許してくれはしない。自分はアナが大切にしているものすべてをぶち壊すためにここにいるのに、彼女が許してくれるはずがあるだろうか。

アナを愛しているとはいえ、それが何かを変えることはまったくない。これから起きる出来事が余計につらくなるだけだ。アーサーがここへ来た目的を遂げたあとは、ふたりの関係に望みはなさそうだった。

アナを愛していても、アーサーはブルースに忠誠を誓っている。ブルースだけではなく父のためにも、完了しなければならない任務がある。

別の時代だったら――戦争や抗争で複雑な事態が起きていない場所だったら――ふたりの関係には可能性があったかもしれない。だが、ここではだめだ。この時代では。

しかし、どれほど……。

ああ、事情が違っていたら、どれほどよかったことだろう。

アナがまつ毛越しにアーサーを見あげた。「初夜を迎える前に契《ちぎ》りを結んだ婚約者たちは、わたしたちが最初ではないはずよ」

アーサーの罪悪感が強まった。それが問題だ。初夜などないのだから。アナが真実を知ったあとは。自分は愚か者だ。卑劣な愚か者。いったい何を考えていたのか。

何を考えていたかは、正確にわかっていた。生まれてこの方、アナほどほしいと思うものはなかったということだ。それから、アナを手放さずにいるためにはなんでもするということ。無意識であろうとなかろうと、切っても切れないような方法で、アナを自分に結びつけておきたかった。欺きや裏切りによっても切れないような方法で。

やみくもで、身勝手で、間違った行動だった。アナに憎まれる理由を増やすだけなのだから。しかし過ぎたことは、たとえ望んでも変えられはしない。

「そうだな」アーサーは言った。「最初ではないだろう。だが、この状況下では待つべきだった」アナをぴったりと抱き寄せ、抱擁の力と同じくらい強い口調で言った。自分は身勝手なろくでなしかもしれないが、戦いが終わったらアナに選択肢を与えよう、とアーサーは心に誓った。彼女のために戦おう――ふたりのために――アナがそれを許してくれるならば。「きみのもとへ戻ってくる、アナ。おれを求めてくれているなら、戻ってくる」

アナはアーサーを見あげ、かわいらしい無邪気な微笑みを浮かべた。アーサーを信じて疑っていないようだった。「もちろん、求めているわ。何があっても、それは変わらない」

アーサーはアナの言葉を信じたかった。何よりも信じたかった。けれども、アナの言葉は近いうちに試されることになるだろう。

21

「どうしたのよ、アナ。今朝は珍しく静かじゃないの。よく眠れなかったの？」

アナはメアリーへすばやく目をやり、何か疑われただろうかと考えた。見分けるのは難しかった。メアリーは、日曜の朝の礼拝で聞いてきたばかりの説教に似つかわしい穏やかな表情を浮かべている。

アナは説教の内容をまったく覚えていなかった。ゆうべの出来事の一秒一秒を思い出していて、頭がいっぱいだったのだ。そんなことを礼拝堂で考えるのは恐ろしいほど罪深いことだと確信していたものの、アナはすでに償うべき罪が多すぎるほどあるから、魂の汚れが少し増えたくらいだろうと考えた。

記憶がよみがえり、アナは笑みを浮かべた。罪を犯して幸せな気分になるのはさらに罪深いに違いないけれど、実際、幸せだった。アーサーを愛していて、彼も愛してくれている。昨夜、それがわかった。

アナが姉と共有する部屋へ戻ったのは、かなり遅い時間になってからだった。あるいは、見方によっては朝早くということになる。遅くまでアーサーの腕のなかで丸くなっていたが、結局は部屋へ帰されたのだった。

彼の腕のなかで過ごした数時間は、人生のなかで最も充実したひとときだった。アーサーの抱擁という守られた安全な場所では、戦争も混沌も今の社会の不安も存在しなかった。

けれども現実に目を向けると、それらすべてが戻ってきた。

今日は八月十二日。休戦の終了まであと三日だ。

戦いのことが気になっているのよ、とアナはみずからに言い聞かせた。アーサーが珍しく悲しそうに見えたとしても、あるいは、彼の言葉に警告が含まれていたように思えたとしても、戦いのせいに違いない、と。あと数日のうちに何が起きるかを思えば、挙式前に純潔を失ったことなど、最もつまらない悩みになって当然だ。

だけど、なぜアーサーは、戻らない可能性をにおわせたのだろう。

もう考えるのはやめなければ。「なんでもないわ」アナはきっぱりと言った。「よく眠ったもの」実際、四時間ほど休んだけれど、死んだように眠った。

「相当おもしろい本を読んでいたんでしょうね」

今回はメアリーの乾いた口調がはっきりと聞きとれた。

「そうよ」アナは請け合うように言ったが、頬が熱くなったのはごまかせなかった。姉たちを起こさないよう、階段室の小部屋のどれかでよく本を読むことがあるものの、メアリーは真実を推測したようだった。

ふたりは今、家族から少しおくれをとって、礼拝堂から大広間へ行くのに中庭を横断しているところだ。このあと大広間で朝食をとることになっている。しかし、男たちのほとんどが、すでに中庭に出て訓練に参加していた。剣と剣がぶつかる音とがやがやした声が、アナたちが近づくにつれて大きくなっていく。アナは無意識のうちに鎖かたびらをまとった男たちへ目を走らせ……。

あそこだ。彼の姿が目に入り、アナの鼓動は乱れた。アーサーは厩舎の横にいて、アナに背を向けていた。的になる干し草のかたまりが立ててある場所に近いため、アナはアーサーが槍の稽古をしているに違いないと考えた。

ドゥガルドが近くに立っていた。しかし、ドゥガルドはアーサーとは違ってひとりではなかった。短めの槍をまわしながら空中へほうりあげてはとらえていて、使用人の美しい娘たち三人が魔法使いを見るような目をドゥガルドに向け、その一語一語に聞き入っている。

そのうちのひとりはドゥガルドの前に立っていた。彼はその娘に槍のとらえ方を教えようとしているが、娘の胸はやけに大きく、ドゥガルドの腕の邪魔になっていた。

アーサーとドゥガルドほど、違いが際立っている兄弟はいないはずだ。ドゥガルドはたいそうな自慢屋で、人に注目されてなるべく多くの女に囲まれていないと、機嫌が悪くなるような男だった。アーサーはもの静かで、落ち着いている。目立たない場所にいて満足する男だった。

メアリーはその光景にあきれてくるりと目をまわし、そっぽを向くと、大広間へつづく通路がある主塔の階段をのぼりはじめた。アナは早足でメアリーを追い、最後にもう一度うしろを振り返った。

ドゥガルドが、娘のひとりの言ったことに対して笑い声をあげた。彼の返事は聞こえなかったが、アナはドゥガルドが〝見てろ〟と言ったような気がしてならなかった。

ドゥガルドは槍を投げる構えを見せ、アーサーに向かって大声を出した。「アーサー、とれ！」

何が起きているのか、アナが理解する前に――悲鳴がのどから発せられる前に――槍は回転しながらアーサーめがけて飛んでいった。

ドゥガルドとアーサーの距離はごく近いから、アーサーがドゥガルドの声を聞いて振り向くか向かないかのうちに、槍が刺さりそうだった。最後の瞬間に、アーサーは片方の手で槍をつかみとった。流れるような動きでそれを腿に打ちつけてふたつに折ると、二本になった槍をドゥガルドに向かって投げた。怒りで顔をきつくしかめて。

ある記憶に引っかかった。

アナの肌を凍るほど冷たい風がかすめた。似たような光景を、前に一度だけ見たことがある。

顔から血の気が引いた。アナは手で口を覆い、入り口近くの壁に力なくもたれた。心臓がのどもとまでせりあがって脈打っている。

エアでの夜とまったく同じだった。アナがジョンのために銀貨を受けとりに遣わされ、罠にはまりかけた夜。助けてくれた騎士が、アーサーと同じことをした。

あの密偵。

まさか、とアナは心のなかで言いながらも、恐怖が背すじを這いのぼるのを感じた。そんなはずがない。きっと偶然の一致だ。

とはいえ、あのときの様々な記憶が頭のなかをめぐり、アナは混乱した。

あのときは暗かった。

密偵の顔は見ていない。

彼は本来の声をごまかすためか、低い声で話していた。

だけど、体格――背の高さ、体の大きさ――は同じだ。

いいえ、いいえ、あり得ない。アナは耳を塞ぎ、何も見たくなくて目を閉じた。あれがアーサーだったかもしれない理由をあれこれと考えたくはなかった。たとえば、アーサーの謎めいた警告。彼が何かを隠している気がすること。最初、彼がアナを避けようとしていたこと。おじのラクラン・マクルアリがアーサーを知っているような表情をしたこと。

アナの胃はきりきりと痛んだ。

あの傷痕。ああ、やめて。けれども、腕にある星形の印のような傷痕の場所は、アナを救った騎士が矢で負った傷の場所と一致していた。

アナののどに、苦いものがこみあげた。

メアリーはアナがついてきていないことに気づいたらしく、入り口へ駆け戻ってきた。アナはそこで、ぼろの人形よろしく壁にもたれていた。

「どうしたのよ、アニー。亡霊を見たみたいな顔をしているじゃないの」

実際に見た。ああ、まさに亡霊を。アナは信じたくなくてかぶりを振った。空間がまわり出す。「き、気分がよくないの」

アナはそれ以上何も言わず、自室を目指して階段を駆けのぼり、ベッドの下から洗面器を引き出すや、ほとんど残っていない胃のなかのものを吐き出した。心と一緒に。

アーサーは大広間へ目を走らせながら、その夜の作戦会議のためにローンの部屋へ向かった。アナの姿が見えないため、顔をしかめた。いったいどこにいるのだろう。今朝、彼女の姿を見かけなかったときに感じたかすかな懸念は、時間が経つにつれて大きくなっていった。

アランによれば、アナは気分が優れないという。腹痛らしい。しかし、昨夜の出来事を考えると、アーサーはそれを信じていいのかわからずにいた。

アナは動揺しているのだろうか。

起きたことを後悔しているのか。

アーサーは罪悪感にさいなまれた。自分は何かしてしまったのだろうか。

無理にアナのことを脳裡から追い出し、目下の任務へ意識を向けた。時間がなくなりつつあった。ブルースとその軍は、四日もしないうちに攻撃をしかける計画を立てている。それなのに、アーサーはまだ有益な情報を得ていなかった。

ドゥガルドのあとからローンの部屋へ入り――ドゥガルドは見たこともないほど機嫌が悪い――地位の高いほかの騎士やローンの護衛兵団の兵士らとテーブルのまわりに集まった。

みながそろったあとほどなく、ローンが部屋へ入ってきた。しかし、今回はひとりではなかった。ローンの父、病気で療養中のアーガイル卿アレクサンダー・マクドゥーガルが一緒にいた。

アーサーの脈は速まった。アーガイルがここにいるということは、重要な会議なのかもしれない。

アーガイルが、普段ローンがすわっている玉座を思わせる木の椅子に腰をおろしたので、ローンはそれより小さな椅子を引いてきてアーガイルのとなりにすわった。部屋が静かになったあと、ローンはスポーランから折りたたまれた羊皮紙をとり出し、テーブルに広げた。

アーサーはすぐに見覚えがあることに気づき、身を硬くした。罰あたりな言葉を噛み殺した。あの地図。厳密に言えば、アーサーの地図だった。ブルースのために描き、マクソーリーに託した地図だ。ブルースに届けられる前に奪われたに違いない。ちくしょう、前回ブルースに会ったときに、地図の話をしておけばよかった。

男たちはテーブルに身を寄せ、よく見ようとした。「それはなんですか？」誰かが尋ねた。

ローンが口をきつく引き結んだ。「ダンスタッフネイジ城周辺の地図だ」地図を裏返す。「それから、我々が用意している兵の数と物資の量」

それが何を意味するかを悟った者がいて、何人かが怒りを含んだつぶやきを漏らした。ドゥガルドが前に身を乗り出し、地図をじろじろと見たので、アーサーのうなじの毛が逆立った。

地図の作成者を特定する情報は載ってはいない。手書きの文字は最小限しかないうえ、地図についても……。ドゥガルドは昔からアーサーの〝落書き〟にさして注目してこず、笑いの種にするくらいだった。心配にはおよばない。とはいえ、アーサーは兄が地図に興味を示していることが不安だった。

「どこで手に入れたんですか？」ドゥガルドが訊いた。

「何週間か前に、部下がとらえた敵の使者から奪ったものだ」ローンが答える。「だが、書かれている数が正確だから、城のなかに裏切り者がいるのではないかと思う」

憤りと怒りの囁き声が部屋に広がり、アーサーもそれに加わった。

「残念ながら」ローンが言い足す。「その使者は、地図の作成者の素性を知らなかった」

「なぜ断言できるんですか、閣下」アーサーは尋ねた。

ローンはわけ知り顔で微笑んだ。「できるんだ」

つまり、使者は拷問を受けたということだ。

ローンは周囲の男たちの顔を見まわした――司令部の面々を。「変わったことがないか、目を光らせておいてくれ。この男を見つけ出したい」地図を手のひらで叩く。「だが、この地図が役立つことがわかった。ブルースが得意な方法であの玉座泥棒を打ち負かす計画がある」

アーサーは興奮を表に出さないよう、身じろぎをせずにいた。ひょっとしたら、ようやくブルースに報告する情報を手に入れられるかもしれない。

「どういう意味ですか？」アランが訊いた。

「つまり、あの男の戦術をあの男に対して使うということだ。ブルースは自分の有利なように戦って、はるかに人数が多い敵に勝ってきた——正しい場所と地形を選び、身を隠していたところから激しい奇襲をかけるという、我々の先祖が何世代にもわたって使ってきたのと同じ戦術を使っている。まさにハイランドの戦術だ。低地地方《ローランダー》の者に、わたしが使うような戦術で勝たせるものか」ローンが間を置くと、賛同の声があがった。「我々はここでぐずぐずして、ブルースが狙いどおりに包囲戦をしかけてくるのを待ちはしない。こちらから攻撃をしかける」

誰もが一斉に話しはじめた。アーサーは騒ぎに加わらないよう自制し、ローンの話のつづきを待った。それでも、これが大ごとだと——とてつもないことだとわかっていた。ローンは正しい。ブルースは攻撃されるとは思わないだろう。籠城《ろうじょう》できるダンスタッフネイジ城のような砦《とりで》があるときには。

ローンは手を振って部屋にいる者たちを静かにさせた。「残りを話すまで、質問は控えてくれ」地図を前へ押しやり、集まっている男たちが見やすいようにした。「ブルースとその軍は、タインドラムからの道を通って東から来る」ローンは地図の端を示した。アーサーは何か重要な話になると察し、鳥肌が立つのを感じた。ローンはその道沿いに指を動かし、ブランダー山道で止めた。アーサーの胃は不安で沈んだ。

「ダンスタッフネイジ城へ来るには、連中は山地を横断するのにこの道を使わねばならない。ブランダーの長く狭い山道を。我々はここで攻撃する。ここ、ここ、そしてここに兵を配置する」ローンは言い、曲がりくねった山道からはほとんど見えない高い尾根を三つ指で示した。

部屋のなかで歓声がはじけたとき、アーサーは悪態の言葉を嚙み殺した。奇襲をかけるには完璧な場所だ。マクドゥーガルの軍は上方からブルースの不意を突き、狭い山道を進むブルースの軍に襲いかかる。そこではブルースが兵の数で優っているという利点を活かせない。

「いつですか？」ドゥガルドが誰よりも大きな声で訊いた。

「報告によれば、ブルースは十四日の早い時間にブランダーを通る」

腹黒いろくでなしめ。

部屋が静かになった。「しかし、休戦期間は十五日にならないと終わりませんよね」アランが慎重に言った。

ローンが不愉快そうに目を細める。「戦争の掟を破るのを選んだのは、あの玉座泥棒であってわたしではない。ブルースは我々の土地を行軍している。休戦協定を破るのはブルースのほうだ」

虫のいい論理だ、そんなものがあればの話だが、とアーサーは考えた。しかし、誰も反論しようとしなかった。

「アラン」ローンはつづけた。「明日、軍の主要な隊を率いて出撃し、念のため日が暮れるまでに位置につくように」

アーサーはアランが指揮をとることになると聞いても驚かなかった。斜面が急な峡谷と動きにくい地形のせいで、比較的若い兵士でさえ移動には苦労するだろう。

「閣下が城を守られるんですか？」アーサーは訊いた。

ローンはアーサーをにらんだ。「父が城を守る」そう訂正した。「わたしは残りの兵を率いて船隊とともに動き、ここから指令を出す」オウ川がオウ湖へ流れこむところを指さした。「で、上から奇襲をかけたあと、前方からも攻撃するつもりだ」

ブルースを二方向から襲うわけか。

見事な作戦だった。攻撃をしかけるのに完璧な場所であるばかりか、先制攻撃をしかけることによって――しかも休戦の期間が終わる前に――ローンは相手の虚を突ける。その後、矢継ぎ早に質問が出たが、アーサーはすでに目の前の任務に意識を向けていた。計画が漏れたことをローンに気づかれないようにしながら、できるだけ早くブルースに警告しなければ。

今夜、危険を冒して伝言を送らなければならない。そのあと、攻撃の前の騒ぎと混沌に乗じて、ひそかに城を離れられるだろう。

永遠に。

腹にかたまりがつかえた。恐れていた瞬間、しかし避けられない瞬間が来た。別れを告げるときが来た。ふたたび闇のなかへすべりこみ、ひとことも言わずに姿を消すときが。いずれはしなければならないと、常に意識していたことだった。これほどつらいとは思っていなかっただけだ。

説明もせずに去るのは卑怯な気がした。アナにひとりで真実を探り出させるのは。アナに心の準備をさせたかった。愛している、傷つけるつもりはなかった、と伝えたかった。

済まないと思っている、それでもなお求めてくれるなら、自分はアナのものだ、と。しかし、そんなことは伝えられなかった。明日、馬に乗って出ていくときは、アナにいつものアーサーだと思わせて、つぎに城へ来るときは別の男として来ることになる。さぞ嫌われることだろう。

ふたりの関係に可能性があるとは思えないが、すべてが終わったらアナを探し出して説明してみよう、とアーサーは心に誓った。アナが耳を傾けてくれるなら。

事実のはずがない。あり得ない。アナは信じようとはしなかった。けれども、心に少しずつ入りこみ、いすわっている疑念を振り払うことができずにいた。具合が悪いと訴えたのは、芝居ではなかった。胸のなかで疑いが渦巻き、強まり、そのせいでアナはまいっていた。

一日じゅう静かな寝室にこもり、あり得ないと確信しようとした。アーサーがそんなふうにアナを騙すはずがないと。ところが、疑問に思うことがあまりに多かった。朝まで尋ねるのを待てない疑問が。明日になってからでは手遅れだ。メアリーとジュリアナはしばらく前に部屋へ戻ってきて、男たちが戦いの準備をしていると告げたところだった。

戦い。胸のなかで不安がとぐろを巻き、アナはアーサーを探し出したいという欲求に駆られた。

一日じゅう横になっていたせいで、ドレスにはスクワイアの毛がつき、しわが寄っていたものの、アナは着替えで時間を無駄にはしなかった。顔を軽く洗い、口をゆすぎ、もつれた髪を櫛で強引にとかし、スクワイアを見ておいてほしいと姉たちに頼んでから、ジョンの部屋へ向かった。

男たちが作戦会議で部屋にこもっているだろうと期待していたため、アナはドアがあいているのを見て落胆した。しかし、声が聞こえたのでなかへ入った。

ジョンがアランと並んで立ち、テーブルに広げられた羊皮紙を見おろしていた。アナが部屋へ入ると、ジョンは目をあげた。「ああ、アナ、気分はよくなったか?」

「ええ、お父様《アイ》、ずっとよくなったわ」アナは父と兄のふたりしかいないのに落胆したことを隠そうとした。アーサーは休むためにすでに兵舎へ引きあげたに違いない。どうすればいいのだろう。この遅い時間に彼のところへ行く言いわけは何があるのか。

「用事があったのか？」アランは心配そうな顔でアナを見つめている。アランはアナの手へ目を落とし、アナはスカートのひだのなかで組み合わせた両手をひねっていたことに気づいた。「悩んでいるようだが」

アランが知ってさえいれば。

ああどうしよう、アランは知っておかなければならない。疑念をふたりに打ち明けるべきだと気づき、アナの胃は沈んだ。

けれども、打ち明けられなかった。確信するまではだめだ。父が……。

アナはジョンが常に理にかなった怒り方をするわけではないと考えて胸を痛めた。ジョンが何をするかは、わかったものではない。

とはいえ、アナは何かしら答えなければならなかった。「戦いのせいよ。メアリーによれば、兵士たちが明日の出陣に向けて準備しているそうね」

「おまえが心配することはない、アナ。おまえも、お母様も、メアリーたちもここにいれば安全だ」

「アナはそれを心配しているわけではないと思いますよ、父上」アランがにやりとして言った。

そのとおりだった。アナはアーサーのところへ行きたくてあとずさりしはじめた。「邪魔をするつもりはなかったの」テーブルの上の羊皮紙へ目をやった。「とりこみ中みたいね、わたしは失礼する――」

アナは途中で驚いて息をのんだ。羊皮紙に目が釘づけになる。見覚えがあった。もっとも、完成した今は違って見える。もはやただのスケッチには見えず、地図に見えた。

地図。どういうことだろう。アーサーがジョンのために地図を描いていたなら、なぜ何も言わなかったのか。

あのとき、アーサーはその地図を隠そうとしていた。

アナはなんとも言えない恐怖で心臓が早鐘を打つのを感じながら、数歩前へ出た。声の震えを抑えて言った。「おもしろい地図ね」口のなかがからからで、声がかすれた。

「どこで手に入れたの？」

「うちの者が敵の使者から奪った」アランが答えた。ペンで描かれた繊細な線を指でたどる。「かなりいい出来だ。細かな部分がすばらしい」

アナに聞こえたのは、〝敵の使者〟という部分だけだった。最も恐れていたことが確実になったように思えて、顔から血の気が引くのがわかった。

アーサーは密偵だ。

「何か知っているのか、娘よ」

アナはすかさずジョンの目を見た。アーサーの罪を訴えようと口を開いたが、言葉はのどで凍った。

無理だ。できない。アーサーに説明する機会を与えてからでないと。

「何も」アナは口早に言い、ジョンとそれ以上目を合わせていられずにそむけた。

アランは妙な表情でアナを眺めている。「本当に大丈夫なのか、アニー。あまり気分がよさそうには見えないが」

実際によくはなかった。頭がくらくらした。部屋がまわっているような、あるいは足もとの床板がはずれたような気分だった。アナはふらつき、バランスをとり戻すために一歩足を踏み出した。「へ、部屋へ戻ったほうがいいみたい」

アランはさも心配そうな表情で前へ出た。「送っていこう」

「いいの」アナは激しく首を横に振った。熱い涙が目にしみた。「その必要はないわ。大丈夫よ。わたしが来る前にしていたことを終わらせてちょうだい」

アナはアランに止められる前に逃げ出した。

息が詰まりそうになるのを感じて、急いで中庭へ向かった。主塔のドアをあけて外へ出ると、涼しい夜気を感じてほっとした。深く息を吸って肺を満たし、荒い息をなだめようとした。命綱をつかむように、中庭へおりる階段の踊り場の木の手すりにつかまり、新鮮な空気と頭上に広がる星ひとつない漆黒の空に、速まった脈と呼吸と、何よりも頭の混乱を静めさせた。

中庭を囲む城壁の見まわりをしていた数人の兵士がアナを見ていたが、アナは動じているあまり彼らのことを気にしなかった。

動じている？　いいえ、呆然としている。打ちひしがれている。ぞっとしている。信じられない思いで、頭はまだ混乱していた。

アナは何をすべきかを決断しようとした。中庭を横切り、兵舎のドアを叩き、アーサーに会いたいと要求するべきなのかと考えていたとき――礼儀作法なんてどうだっていい――兵舎のドアがあき、完全武装した兵士の集団が出てきた。

そのなかにアーサーがいるのがわかり、アナの鼓動は乱れた。

彼らは厩へ向かっている。

アーサーが行ってしまう。行ってしまう。

アナは棘が手に食いこむほど強く手すりを握った。胸が焼けつきそうなほど痛むのを感じながら、アーサーを見つめた。心の片隅で、まだ事実を信じたくないと思っていた。

アーサーがアナの視線の熱さを感じとったかのように目をあげ、途中で足を止めた。

松明に照らされた薄闇のなかで、ふたりの目が合った。

アーサーはほかの兵士たちに何か言い、集団から離れると、アナのほうへ歩いてきた。

アナは震える息を深く吸い、階段をおりはじめ、下でアーサーと会った。

彼の顔を見たとき、アナは息をのんだ。

あれが事実だなんてあり得ない。アーサーがそんなふうに心配そうな表情で見つめておきながら、裏切ろうとしているはずがないでしょう?

「どうした?」アーサーが尋ねた。「今日、見かけなかったから心配していた」

彼は手を伸ばしたが、アナは身をひねってそれをよけた。触れさせるわけにはいかない。余計に混乱するだけだ。

「話があるの」

アナのこわばった口調に、アーサーは驚いたようだった。兵士たちが姿を消した厩のほうへ目をやった。「あまり時間がない。彼らが待っている」

「出かけるのね……さよならを言わずに?」

アーサーの顎の下がかすかに引きつり、彼の気持ちを表した。罪悪感。

「夜の巡回に過ぎない。数時間で戻る」

「本当に? 戻らないかもしれないって言ってなかった?」

アーサーがアナの顔を眺めまわし、何かが本当におかしいことに気づいたようだった。周囲で見まわりをしている兵士たちを警戒したらしく、アナの腕をとると、主塔から離れた人目につかない庭園へアナを連れていった。

アーサーはアナを自分のほうへ向かせ、険しい表情で見つめた。「いったいどういうことだ、アナ」

アナは昂然《こうぜん》と顎をあげた。だだをこねる子どもになったような気分にさせられたのがいやだった。「わたし、知ってるの」

「何を知ってるんだ？」

胸の奥から泣き声がこみあげたものの、アナはそれを抑えこんだ。言葉が矢継ぎ早に飛び出した。「本当のことを知ってるのよ。あなたがここにいる理由を。あなたがエアでわたしを助けた人だってこと。あなたが仕えてるのは、あの人たちだってことを」最後の言葉をとても普通に言えず、文字どおり吐き捨てるように言った。アーサーがアナたち一族の宿敵に仕えているなんて。

アーサーの表情は動かなかった——まったく。完全に無表情だった。

アナの心は沈んだ。すとんと落ち、地面に激突した。反応しないのは、否定するよりもうしろめたく思っている証拠のように見える。

「きみは神経が昂《たかぶ》っているんだ」アーサーは穏やかに言った。「自分が何を言っているかをわかっていない」

「いい加減にして！」アナは声を震わせた。胸のなかで燃えている感情が、怒りではじけた。「わたしに嘘をつかないでちょうだい。今朝、あなたが槍をつかんで腿のところで折るのを見たのよ。過去に一度だけ見たことがある。あの夜、わたしを助けたことを覚えているでしょう？　騎士のふりをしている反逆者の密偵だったわよね？　あなたはわたしを助けたせいで、肩に矢を受けた」アナはアーサーの鎖かたびらをはぎとり、否定させてみたかった。「傷痕がある場所とまったく同じところに」

アナはアーサーの否定を待って言葉を切り、説明されるのを半ば期待したが、ふたりのあいだで静止した空気を沈黙が満たした。

「地図を見たのよ、アーサー。あなたがわたしに絵だと思わせた地図を。敵の使者から奪ったんですって」アナは挑むようにアーサーを見た。「父を呼んで、どうするかを決めさせるべきかもしれないわ」

アーサーが唇を白くなるほど強く引き結んだ。アナの肘をつかんで引き寄せた。「声を落としてくれ」警告の口調で言う。「そんな非難をされたら、おれは殺されかねない」

アナは真顔になり、怒りが少し消えるのを感じた。彼が正しいとわかっていた。

アーサーは石のベンチへアナをいざない、そこへすわらせた。「ここを動かないでくれ」

アナは命令されていらだった。「どこへ行くつもり？」

アーサーは硬い表情でアナを見つめた。「遅れると彼らに知らせてくる」

22

考えろ。ちくしょう、考えるんだ！

アーサーは厩で時間をかけ、男たちにあとから行くと伝えながら、体を勢いよくめぐる血をなだめようとした。しかし、危険に反応して、あらゆる原始的な自衛本能が目覚めた。

最悪の事態になった。正体を知られたとは。アナが事実を推測した。

アーサーは槍を投げたドゥガルドを呪い――あの槍は、あと少しでアーサーの頭をきれいに貫くのに成功するところだった――地図のあつかいに不注意だった自分を呪った。

アーサーの任務はくず同然になりかけていて、うまく説明する方法を思いつかなければ、つぎの日の出を目にできない可能性が大いにある。この失敗がブルースにとって何を意味するのかについては、とても考えられなかった。アーサーがブルースたちに警告しなければ、彼らは罠にかかる。マクドゥーガル一族がひとつの戦いに勝つだけで、世の潮目がふたたび一変しかねない。

アーサーはとくに危険を察知したわけではなくても、厩を出るときに武器に手をかけていた。ローンの兵士が待ち伏せしているのではないか、とどこかで考えていたからだ。しかし、アナはローンのところへ行ってはいなかった。今のところは。彼女はアーサーがすわらせたときのまま、ベンチで待っていた。

アーサーは中庭を横切って戻ったとき、さっきよりも少しだけ楽に呼吸ができるようになったが、まだアナになんと言えばいいかわからずにいた。

危険にさらされているのは、アーサーの任務と命だけではない。ふたりの関係にわずかでも可能性があるのなら、アナに理解してもらう必要があった。

アナはアーサーが近づいても目を合わせようとせず、黙って闇を見つめていた。その青白い顔には苦悩がにじんでいた。

アーサーはアナのとなりにすわった。これほど無力に感じたことはない。彼女に腕をまわしてうまくいくと言いたかったが、そうならないことはわかっていた。アナを裏切ってしまった。仕方がなかったという事実は関係ない。

「きみが考えているようなことではないんだ」アーサーは静かに言った。

アナの声は感情でくぐもっていた。「わたしが何を考えているか、あなたには想像もつかないと思うわ」アナがアーサーのほうを向く。その大きな藍色の目は浮かんだ涙でうるんでいて、アーサーは鋭い胸の痛みを感じてひるんだ。「事実じゃないって言って、アーサー。すべて勘違いだって。あなたはわたしが考えているような人ではないって、言ってちょうだい」

そう言わなければならない。ここまで嘘を重ねてきたのだから、あとひとつ嘘をついたからといって、どうだというのか。否定してみてもいいはずだ。アナを説得できるかもしれない。とはいえ、アーサーは本気でそうは思わなかった。アナは事実を知っている。目を見ればわかった。今、嘘をつけば、理解してもらえる機会は二度と訪れないだろう。

ふたりの関係に可能性を持たせるためには、事実を告げなければならない。

アーサーはアナの目を見つめた。「きみを傷つけるつもりはいっさいなかった」

アナは手負いの動物——熊用の罠にかかった、ふわふわの仔猫——を思わせる、つらそうな声を漏らした。

アーサーは自制できなかった。アナに触れようと手を伸ばしたが、アナはよけた。

「なぜそんなことが言えるの？　わたしを利用しておきながら。大事なことはすべて、嘘をついていたんでしょう」アナの目の隅から涙があふれ、頬を流れ落ちた。「少しでも本当のことは含まれていたの？　それとも、わたしの気を引くことも、計画の一部だったの？」

「おれたちのあいだに起きたことは本物だ、アナ。きみが計画の一部だったことなどない。きみがかかわることは、想定外だった。きみには関係がないことなんだ」

「だったら、何に関係があるの？　ロバート・ブルース？　クラン同士の抗争？　あなたのお父様？」アーサーが歯を食いしばると、アナは息をのんだ。「お父様に関係があるのね。お父様が亡くなったのは、わたしの父のせいだと思っているのね」アナはアーサーから身を引いた。「すべて、復讐しようという恐ろしいゆがんだ試みなのね。あなたのお父様が戦死なさったからといって、わたしの家族を破滅させたいというわけね、そうなの？　あなたの計画は何？　亡くなったお父様の仇《かたき》を討つために、わたしの父を殺すの？」アナはぞっとした様子で背すじを伸ばした。「なんてこと、そうなのね」

アーサーは歯嚙みをした。アナはさもくだらない話のように言う。単純な話であるかのように。だが、まったく違う。アナは家族への愛のせいで分別を奪われ、まわりで起きている出来事という現実が見えずにいる。アーサーは彼女に目を覚まさせる役を果たすのはいやだったが、ほかに選択肢はなかった。

「きみのクランを滅ぼすのは、きみの父君になるだろう、アナ、おれではない。ロバート・ブルースは誰もできるとは思わなかったことをなし遂げた。スコットランドのためにイングランド軍から自由を勝ちとれる可能性が一番高いのは、ブルースだ。彼は人々の心を勝ちとった。だが、きみの父君は憎悪とプライドのせいで、それが見えずにいる。きみの父君は、イングランド軍の操り人形が玉座にすわるのを望んでいる。だが、マクドゥーガル一族は孤立無援状態だ、アナ――ロス伯でさえ、降伏するつもりでいる」

アナは背中をこわばらせた。「父は正しいと思うことをしているのよ」

「違う、きみの父君は、敗北を認めないためにあらゆる手を打っているんだ。これが何を意味するか、勘違いしないでくれ、アナ。きみの父君は敗北を受け入れるくらいなら、一族を破滅させるおつもりだ」

アナの頰が怒りで紅潮するのがわかった。「わたしの父のことなんて、何も知らないでしょう」

アナは立ちあがろうとしたが、アーサーは彼女の手首をつかんで引き止めた。「きみの父君のことは、知りすぎるほど知っている。きみの父君が、勝つためにどんなことをするのかを正確にわかっている」

アナは腕を振りほどこうとした。「放してちょうだい」

「すべてを聞くまではだめだ」アーサーは自分がアナを夢から目覚めさせる者でなければよかったと強く思った。とはいえ、これ以上事実からアナを守れはしないとわかっていた。「父が殺された日にこの目で見たものを、おれはすべてきみに伝えていない」

「聞きたく――」

「だが、聞くことになる」アーサーは遮って言った。「たとえ聞きたくなくても。おれはあの丘にいて、何もかもを見たんだ、アナ。父はきみの父君に剣先を突きつけていた。きみの父君を殺そうと思えば殺せたのに、慈悲を与えた。きみの父君は条件をのんだが

――降伏することに同意したが――そのあと、父が背を向けたとき、きみの父君は父を殺した」

アナはあえぎ、見開いた目に不信の念と恐怖を浮かべた。「あなたは間違っているわ。父はそんな卑劣なことを決してしないもの」

アーサーはアナを引き寄せ、目を合わさせた。「おれは現場にいたんだぞ、アナ。すべてをこの目で見て、この耳で聞いたが、止められなかった。父に警告しようとしたのに手遅れだったんだ。きみの父君はおれの声を聞いて、部下におれを追わせた。しかし、おれは一週間森に隠れた。森から出てきた頃には、きみの父君の話を変えることはできなかった。事実を言い張っても、誰にも信じてもらえなかっただろう」

アナが混乱しているのがわかった。彼女の心臓が暴れているのが胸から伝わってくる。アナが抱いていた父親についての幻想を保つために、わらにもすがろうとしているらしい。「その出来事をあなたが誤解しているに違いないわ。けっこう離れていたんでしょう」

「何も誤解はしていない、アナ。おれは一言一句を聞いた」

アーサーは間違っている。そのはずだ。違うのだろうか。ジョンは短気ではあるが、アナは父がどんな男であるかわかっていた。

アナは言った。「信じないわ」

アーサーの目に宿った哀れみを見て、ガラスで切られたよりも深く傷ついた。「父君に直接訊いてみればいい」

アナはアーサーの言葉を耳に入れるのを拒み、黙っていた。

「きみの父君は、勝つためには手段を選ばないんだ、アナ、絶対に。だいたい、自分の娘でさえ利用した」

アナは身をこわばらせた。アーサーの非難の言葉が胸に刺さる。「ロス伯との同盟は、わたしが提案したって言ったでしょう」

「おれはその話をしているんじゃない。きみを使者として利用したことを言っている」

アナは息をのんだ。アーサーはそのことを知っているの？　ああ、知らない間に彼に情報を与えていたのだろうか。「いつ？」囁き声で言った。「いつそれを知ったの？」

「何週間か前まで知らなかった――残念ながら」アーサーの顔が険しくなった。「くそっ、アナ、きみはどれほど大きな危険にさらされていたかをわかっているのか？」

「ええ《アイ》、だけど、危険のもとがどこにあるかは、知らなかったわ」〝あなたよ〟アナは心のなかで言い足した。彼は敵であり、アナを見張り、できるかぎりのことを……。

ふいにほかにも様々な恐ろしい影響があったことに思いあたり、アナはアーサーを凝視した。そして、ぞっとして背すじを伸ばした。そんな、あれは違う。お願い。胃がひっくり返った。「アーサー、どうして北部へ同伴すると言い張ったの？」

「きみを守るためだ」

「それからロス伯との同盟を阻止するため？」

アーサーはひるむことなくアナと目を合わせた。「ああ、必要《アイ》とあらば」

胸に強い痛みが走り、アナは泣き声をのどに詰まらせた。

「きみが考えているのとは違うんだ。あの部屋で起きたことは、計画にはなかった」

ふたたびアナの胸は痛んだ。心が擦りむけ――血を流しているような気がした。「わたしがそれを信じるとでも？」

アーサーは口もとをこわばらせた。「本当のことだ。あんなことが起きたのは、おれの頭が嫉妬でおかしくなりかけていたからだ。きみを失うと思って気が変になりそうだったんだ。自分のしたことを誇りに思ってはいないが、誓って言う、あれは計画したことではない」

「たまたま起きたというのね？ ゆうべのことはどうなの？ あれもたまたま？」胸のなかで暴れる感情のせいで、アナの声は震えた。「よくもそんなことができたわね、アーサー。いずれどうなるかを知っていたのに、あなたはわたしを大切に思っている、とわたしに信じさせた――結婚するつもりだと。だけど、どれも嘘だったのね」

裏切るつもりでいた男に身を捧げたなんて、どこまで愚かだったのか。一族全員を裏切るつもりだった男に。

「違う」アーサーが荒々しい声で言い、アナに目を合わさせた。「嘘ではなかった。どれも。おれは――」言葉が口に合わないかのように言いよどんだ。「愛しているんだ、アナ。きみとの結婚ほど、おれにとって幸せなことはない」

浅はかにも、その一瞬、アナは聞きたかった言葉を聞いて心が弾むのを感じた。すべてを完璧にしていたはずのその言葉のせいで、何もかもが余計に間違っているように思えた。

アーサーは残酷だ。アナが信じたくてたまらない言葉を言うなんて。密偵であることを報告されないよう、人を操ろうとしているだけかもしれない。

報告しなさい。ああ、どうすればいいのだろう。

アナには発見したことをジョンに伝える義務があった。けれども、そうしたら何が起きるかは疑問の余地がなかった。アーサーは死ぬ。報告しなければ、彼はマクドゥーガル一族の様子を探っているあいだに得た情報を敵に渡す。

とても選べない選択だが、アーサーがあれだけのことをしたとしても、アナはこの手で彼の首に縄をかけるようなことはできないとわかっていた。ひとりの男の力で、軍を倒せるはずがない。

「あなたがわたしを愛しているって、わたしが信じると本気で思っているの？」

アーサーは身を硬くしたが、目はそらさなかった。「ああ、信じている。信じる権利はないのだろうが、事実なんだ。おれはその言葉をきみ以外の誰にも言ったことはないし、言うことはないだろうと思ってきた。だが、きみと出会った瞬間に、おれは特別なものを感じた――きみも感じたはずだ――抗えないほど強く惹かれ合う気持ちを」

「あなたが感じたのは欲望でしょう」アナはアーサーの言葉を跳ねつけた。アーサーが唇を引き結ぶ。アナは彼を追い詰めていることはわかっていたが、傷心と怒りでどうでもよくなっていた。「あなたがわたしを愛しているだなんて、よくも信じてもらえると思っているわね。わたしとはじめて会ったときから嘘をついていたのに」

「きみはおれにどうふるまわせたかったんだ？　本当のことはとても言えなかった。こうなるのを望んでいたと思うのか？　ちくしょう、きみにだけは惚れたくなかった」

アナは顔をしかめた。アーサーはそう言えば、こちらの気持ちが楽になると思っているのだろうか。彼がアナへの愛情についてためらいを感じていることに、アナは傷ついたものの、彼の言葉には真実味があった。

「おれはきみに近づかないように努力していただろう」アーサーは指摘した。いらだちがつのってきたようだ。「だが、きみがそれを許してくれなかった」

「つまり、わたしが悪いということ？　そうなの？」

アーサーは息を吐き、髪をかきあげた。「いいや、もちろん違う。きみがおれを避けていたとしても、おれは遠くからきみを好きになっていただろう。ひと目見て、きみに惹かれたんだ。きみのあたたかさ。生き生きとしたところ。優しさ。きみはおれの人生に欠けているとは自覚していなかったものすべてを備えている――おれにとってはあり得なかったものばかりだ。きみに出会うまで、そんなふうに誰かと親密になりたいとは思っていなかった」

二度とアーサーには騙されないと思っていたにもかかわらず、アナはせつなくなった。アーサーがアナの顎を手で包み、顔を仰向かせた。「信じてもらうのを期待してはいけないとわかっている、アナ、だが、おれがあり得ない状況で最善を尽くしたことは、理解しようとしてもらえたらいいと思う。おれはきみに出会う前から、きみを裏切る運命にあった」

アナはアーサーの顔へくまなく目を走らせ、欺瞞の兆候を探したが、誠意しか見てとれなかった。信じたいけれど、アーサーが今後しようとしていることを思うと、どうすれば信じられるというのだろう。アナへの気持ちが本物だとしても、彼はまだ裏切ろうとしている。ふたりは敵と味方だ。アーサーはアナの父を殺したがっている。

アナは自分の弱さが怖くなり、無理に顔をそむけた。アーサーにそんな目で見つめられるときに考えられるのは、彼にキスをすることと、彼に腕をまわされて何もかもうまくいくと思いこめたら、どれほど心地がいいかということだけだった。

「わたしのことを大切に思ってくれているって、どうすれば信じられるというの？　あなたがここにいるのはわたしたちの様子を探るためで、あなたはわたしたちの一族を破滅させて、父に復讐か何かをしようとしているというのに。わたしを本気で愛しているのなら、そんなことはしないはずよ」

アーサーの目は闇のなかでぎらついていた。反論したいが、無駄だと思っているかのように。「おれにどうしろと？」

「復讐をするのをやめてもらいたいわ」アナはアーサーの目を見あげながら、不可能なことを頼んでいるのを自覚していた。けれども同時に、ふたりの関係に可能性を残すには、それしか道がないともわかっていた。「わたしを選んでほしい」

アーサーは身じろぎせずにいた。こんな目に遭わせるアナを心のなかで呪った。選ぶのを強要するとは。

アナはアーサーにはできない唯一のことを頼んだ。道義心と忠誠心を無視することはできない――アナのためであっても。

アーサーは表情が石さながらに硬くなるのを感じた。「おれは宣誓したんだ、アナ、ブルース様に忠誠の誓いを立てた」ハイランド・ガードにも。「それにそむくことは、良心と信念にそむくに等しい。きみがどう信じようとも、おれは道義心のある男だ」

義務感と忠誠心と道義心のおかげで、アーサーはここまで来られた。

「だけど、道義心だけの問題ではないでしょう？」アナは反論した。「復讐心もかかわっているじゃないの。あなたはわたしの父を破滅させたいと思っている」

アーサーは歯噛みをした。「おれは正義を望んでいる」

アナが大きな目でアーサーを見あげる。その目がうるみ、そこに懇願が宿っているのを見て、アーサーは良心の呵責を覚えた。アナが彼の腕に手をかけたが、アーサーは心をつかまれたような気分になった。「わたしの父なのよ、アーサー」

胸を締めつけられたような気がした。アナの静かな訴えは、まずいことにアーサーの心へ届いた。アナはどうやって人をこんな気持ちにさせるのか。彼女を喜ばせたいという衝動で混乱させるのか。

だが、無理だ。それだけはできない。

十四年間、アーサーはひとつのことを意識しつづけてきた。不正義を正すこと。ローンと戦場で直接対峙するのを長いこと待ってきた。アナへの気持ちを否定できないのと同じように、父のために正義をもたらすという誓いを否定することはできない。

「ローン卿がきみの父君であることを、おれが知らないと思っているのか？　おれがこの二カ月、そうでなければよかったと願いつづけてこなかったと思うか？　おれはこんな事態を望んではいない、くそっ」

アナの目が涙で光った。「あなたははっきりさせたわよね。わたしへの気持ちが不都合だということを」

アーサーはこぶしを握った。「そういうつもりではない」

「説明なんて必要ないわ。信じてちょうだい、わかっているから」辛辣な口調が、アナの気持ちを明確にしている。アナはベンチから立ちあがり、中庭のほうに向かって何歩か踏み出し、ぼんやりと闇を見つめた。「行ってちょうだい」アナは抑揚のない声で言った。「わたしの気が変わる前に出ていって」

アーサーは信じられなかった——アナは逃がしてくれるらしい。一瞬、アーサーはかすかな希望を感じた。アナはまだ愛してくれているに違いない。逃がすことで、アーサーを家族よりも重んじている。行かなければ。アーサーはこんなふうにアナのもとを離れたくはなかったが、ブルースに伝言を届けなければならなかった。

アーサーはアナの横に立ち、彼女の肘をつかみ、優しく顔を自分のほうへ向けさせた。月明かりのなか、アナの雪花石膏《アラバスター》を思わせる青白い卵型の顔は、あどけなくて儚《はかな》げに見えた。「戻れるようになったら、すぐに戻る」

アナは首を横に振り、ぼんやりと闇を見つめたまま言った。「あなたは選んだのよ。今、ここを離れるのなら、戻ってきてほしくないわ」ようやくアーサーを見て、目をそらさずに言った。「あなたには二度と会いたくないの」

その断固とした口調に、アーサーは刃物で切られたような痛みを覚えた。

「本気ではないだろう」本気のはずがない。アナは怒りにまかせてそう言っているだけだ。ところがアナの強情そうにこわばった顎を見て、アーサーは焦りが血とともに体をめぐるのを感じた。その表情なら知っている。アーサーは強くアナを抱き寄せた。道理をわきまえさせなければ。「あとで後悔するようなことは言うな」

アナは触れ合ったときに息をのんだ。「何をしているの？　放してちょうだい」アーサーの胸を小突き、抱擁から逃れようとした。

しかし、もがかれてアーサーの焦りは強まるばかりだった。理解させなければ。アナはなぜこれを否定できるのか。ふたりのあいだで活力がはじけているのがわからないのか？　この熱を感じないのか？　自分たちは一緒になる運命にあるというのに。

言葉も時間も尽きた。そこで、アーサーはアナの唇を唇でとらえてキスをし、無我夢中で彼女を強く抱きしめた。アナは動かなかった――もがいてはいないが、アーサーの腕のなかで力なく立っていた。

だめだ。ちくしょう、だめだ。

アナが反応しないので、アーサーは余計にせっぱ詰まった気分になった。より激しく深くキスをし、アナに唇を開かせ、手のひらからこぼれていきそうなものを探った。

アナの唇はあたたかくて柔らかく、蜂蜜の味がしたものの、違和感しかなかった。

〝アナがこれを求めていない〟

アーサーはキスをやめた。

〝おれはいったい何をしているんだ〟

アーサーは毒づいて抱擁を解き、ぞっとしてアナを見つめた。これまで、こんな経験をしたことがなかった。アナを失うかと思うと、気が変になりそうだった。

「ああ、アナ、済まなかった」荒い呼吸のせいでアーサーの声はかすれ、乱れていた。アナにそんな目で見られても、仕方がなかった——アナは靴の下のごみへ向けるような目でアーサーを見ている。「乱暴な人だと思ったことはなかったけれど、あの玉座の強奪者にとり立てられるだけのことはあるようね。ほしいものをただ奪うなんて——」

「アナ、おれは——」

「もう行って」アナは苦々しい口調で言った。「あなたができる最良のことは行くことよ。もう十分ひどいことをしたでしょう」アナは挑むような目でアーサーを見た。「今回のようなことをされて、わたしがあなたを許せるだなんて、本気で考えてはいないわよね？」

アーサーの最悪の不安が確実なものとなった。愚かだった。感情のせいで、現実をゆがめて見ていたのだ。アナを求めるあまり、ふたりに将来はあるかもしれないと信じていたとは。しかし、ふたりにとって可能性などなかった。アーサーが義務感と忠誠心と道義心によってとる行動を、アナが許すことはない。

アーサーはアナを見つめ返し、気弱になっているしるしはないかと探った。しかし、アーサーを見つめるアナの視線は冷たく揺るぎなかった。涙も怒りも感情も浮かんでいないのだから、間違いない。終わった。ああ、本当に終わってしまった。

アーサーはこの瞬間が来るかもしれない、と以前からわかっていたものの、これほどの無力感と絶望を味わうとは思ってもいなかった。これほど胸が痛むだろうとも。心を細かく引き裂かれ、どうすることもできずにいるような気分だった。

「愛している、アナ。これからもずっと。それは何があっても変わらない。おれにきみを傷つけるつもりがなかったことを、いつかわかってもらえることを望んでいる」

アーサーは自制できず、アナの頰にもう一度触れようと手を伸ばした。しかし、アナは彼が汚い者であるかのようによけたので、アーサーは力なく手をおろした。

「さようなら」アーサーは一生の思い出にせざるを得ないアナの顔を、最後にもう一度見ると、踵を返して歩み去った。

この瞬間のアナの姿を忘れることはないだろう。華奢な姿。寂しそうな姿。胸が痛むほど美しい姿で、長い金茶色の髪が輝く波となって肩を覆い、繊細な造りの顔が、月影のオパール色の輝きに照らされていた。

どこまでも儚げで、ガラスのように砕け散ってしまいそうだった。

それでも、決意は伝わってきた。痛いほど。

アーサーは胸が燃えているような気分だった。一歩進むごとにその感覚が強まっていく。業火のなかを歩いているようで、地面に足がつくことが苦痛そのものだった。アナをこんなふうに置いていくのは間違っているという感覚を静めることができなかった。今、何かしなければ、手遅れになるという感覚を。厩へ向かう途中で振り返った。

しかし、遅かった。アナの姿はすでになかった。

アーサーが主塔へつづく階段の上へ目をやると、アナの背後で金茶色の髪が旗さながらになびいているのが見えた。その後、アナはドアのうしろへ消えた。

ドアが閉まったとき、アーサーの心の一部も閉ざされたように思えた。永遠に。そもそも開くべきではなかった場所だった。

人とかかわったせいで、こんな事態を招いた。自分はひとりでいなければならない人間だ。それを忘れるべきではない。

アーサーは胸の痛みを引き起こしているむなしさを無視しようとした。アナのことを考えるのをやめなければ。目下の任務に意識を向ける必要がある。とはいえ、アナの顔が何度も脳裡に浮かんだ。アーサーを悩ませ、気もそぞろにさせた。

厩へ入り、手早く馬の準備をした。夜の巡回へ行くと申し出られたのは、二重に運がよかった——城を出る口実になるだけではなく、今、兵舎へ戻って時間を無駄にせずに済んだからだ。大事なものは身につけていた。鎖かたびらと武器。余分な服といくつかの私物は残していける。

アーサーの計画は変わった。これで城を永遠に去らねばならなくなった――たとえローンに奇襲の計画が漏れたと気づかれることになっても。アナが真実を知ったことで、選択の余地はなくなった。アナの気が変わるという危険を冒すことはできない。

アーサーは厩で五分も過ごさなかった。頭にあったのは、ここを出てアナと距離を置きたいということだけだった。そのほうがいい。以前はひとりで平気だった。またそうなるだろう。

アーサーは厩から出られなかった。五感は警戒を告げたが、間に合わなかった。またもや感情のせいで気が散っていた。もっとも、今回は間に合っていても、違いはなかっただろう。

厩の扉をあけると、アーサーはとり囲まれていた。ジョン・オブ・ローンとその横にいるアランのまわりには、少なくとも二十人の剣を抜いた護衛兵がいた。

アーサーは腹を刺されたような痛みを覚え、歯を食いしばった。信じられない。アナに密告されたとは。

予測して当然だったのだろうが、アーサーはアナにそれができるとは考えなかった。アナの父親に対する愛情を軽視し、アーサーに対する愛情を過信していた。

これほど裏切られた気分になるべきではない。

しかし、実際はそう感じた。

ローンが片方の眉をのんびりとあげた。「どこかへ行くのか、キャンベル」

「はい《アイ》」アーサーはこともなげに言った——武装した兵士の集団に囲まれてなどいないかのように。「夜の巡回をする隊に合流します」もの問いたげに周囲を見まわした。怒っているふりをするまでもなかった。「これはどういうことですか?」

ローンは微笑んだが、ちっとも愉快そうな表情ではなかった。「少しきみを引き止めねばならない。はっきりさせておきたいことがあってな」

アーサーは一歩前へ踏み出した。鎖かたびらが揺れて鳴る音が聞こえる。護衛兵たちがアーサーの動きを脅威と受けとって反応し、剣を掲げてアーサーとの距離を詰めた。もっとも、その必要はなかった。アーサーは逃げられない状態だった。首に剣を突きつけられていても、とり囲む二十人ほどの兵士と戦って逃げ道を作れたかもしれないが、城門が今夜はすでに閉ざされていたのだ。門から逃げる前に、城じゅうの者が目を覚ますだろう。

城から出る方法はない。

アーサーはアランへ目をやったが、助けてもらえそうになかった。アランの視線は父親の視線と同じく冷ややかで揺るぎない。とはいえ、ローンとは違って悪意で目を光らせてはいなかった。

本能という本能が、アーサーに戦えとうながした。鞘から剣を抜き、ローンの部下を何人かあの世へ一緒に連れていけ、と。しかし、無理に落ち着きを保った。愚かなことをしないよう自制した。任務が第一だ。逃げ出してブルースに警告する機会が少しでもあるなら、それを手にしなければならない。ひょっとしたら、言い逃れができるかもしれない。アナはどこまで喋ったのだろうか。

「待てませんか？」アーサーは言った。「兵士たちが待ってるのですが」

「残念ながらだめだ」ローンが手を振ると、護衛兵のなかで最も強い兵士がふたり進み出て、アーサーの両腕をとらえた。「番兵部屋へ連れていけ。この男を調べろ」

ああ、まずい。言い逃れをするのは無理だ。

アーサーは手紙のことを忘れていた。今夜、ブルースのために洞窟に残しておこうとしていた手紙だ。折りたたんでスポーランに入れてある、三語が書かれた小さな紙が、アーサーの運命を決めるだろう。〃攻撃、十四日、ブランダー〃

ただ、運命は二カ月前に決まっていたのかもしれない。ある娘を不運な攻撃から守り、彼女と出会ったときに。その娘はアーサーの仮面をはがすことに成功した。

アーサーは夜気を切り裂く荒々しい鬨の声をあげ、本能のままに動いた。〃バス・ローヴ・ギエル――降伏の前に死を〃アーサーは気が変になった男のように戦い、五人の命を奪ったあと、アラン・マクドゥーガルの剣の柄頭に打たれて倒れた。

暗闇に包まれる前、アーサーはこれで終わりではないことを知った。これから事態はますます悪くなろうとしている。

彼らはアーサーを生け捕りにしたがっていた。

23

胸が張り裂けそうな気分だなんて、おかしい。

アーサーに去ってほしかった。彼は嘘をつき、アナを裏切り、利用した。アナにとって大切なものすべてを壊したがっていた。ふたりの関係に可能性があるだなんて、アーサーはよくも考えられたものだ。

彼はふたりの情熱をアナにぶつけるようなこともした。キスでアーサーのしたことを忘れさせられるかのように。アナはその瞬間、アーサーが憎かった。美しくて純粋なものを汚したアーサーが。

これでいい、とアナは自分に言い聞かせた。ところが、アーサーが背を向けて歩み去ったとき、凍りついたアナの心がひび割れはじめた。

アーサーが行ってしまう。行ってしまう。

もう二度と会えない。

ああ。アナは身を硬くし、あえて動こうとはしなかったが、内心ではひどく動揺しはじめた。自分が薄いガラス板になり、感情の嵐に打ちのめされているような気分だ。表面上は強そうに見えても、実際にはもろかった。強い一撃を加えられれば、粉々に砕け散りそうだった。

アーサーにあんなことをされたのだから、こんなふうに感じるはずがなかった。これほど胸が痛むのはおかしい。痛み。焼けつくような感覚。絶望。心をちぎりとられるような感覚。これほど強い感情を抱くのは、弱い証拠であるように思えた。自分は強い人間だ。自尊心はどこにあるのか。マクドゥーガル一族の一員なのに。

とはいえ、アナは今、愛する男が永遠に去ってしまうのを見つめる娘の気持ちしか感じられなかった。

それ以上耐えられず――アーサーが振り返ったときにこの姿を見られるのがいやで――アナは走った。かつてないほど速く階段を駆けあがり、安全な自室へ逃げこんだ。そこで眠る姉たちを起こさないように気をつけながら、ベッドに倒れこみ、頭まで上がけをかぶった。そして、ぼろ人形のように体を丸めた。そうしてからようやく感情をあふれさせ、静かに泣いた。魂から絞り出されたような泣き声だった。

スクワイアがアナの嘆きを感じたらしく、アナの横で丸くなった。アナはスクワイアを――無条件に愛してくれる忠実であたたかい毛玉を――長い惨めな夜のあいだじゅう抱きしめていた。

〝愛している〟

アナはその言葉を脳裡から追い出せなかった。とても真摯《しんし》な口調だった。けれども、アーサーはあらゆる嘘をついてきたのだから、どうしたら信じられるというのか。たとえその言葉は本当だとしても関係ないはずだ。

アナは何度も何度も起きたことを頭のなかでよみがえらせ、アーサーの説明の、あるいは言いわけの――彼がどういうつもりで言ったにせよ――一言一句を思い返した。戦争で敵と味方同士であるだけでも十分に悪いのに、アナの一族を滅亡させなければならないことを、アーサーは本気でアナにわかってもらおうとしたのだろうか。父を――アナが誰よりも敬愛する人を――殺さなければならないことを？　それもすべて復讐か何かのために？

正義だとアーサーは言っていた。

アナはアーサーの説明も聞きたくなかったし、道理も理解したくはなかった。父にまつわる恐ろしい作り話を、一瞬たりとも信じたくなかった。父が人をそのような卑劣な方法で殺せるはずがない。

〝勝つためには手段を選ばないんだ〟アナは枕を両耳に押しつけ、羽毛でアーサーの声を遮ろうとした。

〝父君に直接訊いてみればいい〟アーサーは挑むように言っていた。訊くまでもないことだ。事実はわかっている。

とはいえ、アーサーは目にした出来事に揺るぎない確信を抱いていた……。

曙光が床に広がったとき、アナはベッドを抜け出した。朝の洗面を手早く済ませたあと、姉たちの横を静かに通って部屋を出た。

何をするつもりかは確かにわかっていた。アーサーが間違っていることを証明するのだ。そうすれば、この問題を乗り越え、この胸の惨めな痛みを止められるだろう。

アナがジョンの部屋へ急いだとき、大広間では架台式のテーブルは出されておらず、男たちの何人かが、まだ寝床から起き出しかけているところだった。日の出から一時間も経っていないものの、アナはジョンが起きていることはわかっていた。戦いの準備期間中、ジョンはほとんど眠らない。

入り口に近づくと、ジョンの声が聞こえた。「どれだけ長くかかろうと、かまわない。連中の名前を知りたい」

「あの男が、あとどれだけ耐えられるかわかりませ――」

アナが部屋へ入ったのを見て、アランがふいに言葉を切った。アナは兄の顔をひと目見たとたんに、何かがおかしいことを悟った。

ジョンはテーブルの前にすわり、ジョンの従者長であり護衛兵団の団長である男とアランがテーブルを挟んで立っていた。ジョンはアナを見て不愉快そうに目を細めた。ほかの男たちはアナから目をそらしたように見える。アナと目を合わせたくないかのようだった。

アナは邪魔をしたせいで父が怒っているのだと考え、慌てていとまを告げた。「ごめんなさい。お話が済んだらまた来るわ」

「だめだ」ジョンが言う。「おまえに話がある。こっちの話は終わっている」つぎにアランに向かって言った。「これ以上、言いわけはするな。わたしが望むものを持ってこい。どんな手を使ってもかまわない」

アランは唇を引き結んだが、うなずいた。兄がひとことも言わず、アナのほうを見もせずに部屋をあとにしたとき、アナはかすかな不安を覚えた。

アナはジョンの向かい側のベンチにすわり、腿の上で手を組み合わせた。ジョンの視線の強さに、どことなく居心地の悪さを感じた。父が怒っているのは邪魔が入ったからではなさそうだ。

「わたしに報告があるとしても、伝えるのが遅すぎるぞ」

アナの心は沈んだ。「ほ、報告?」

ジョンはスポーランから折りたたまれた紙をとり出し、アナの前、テーブルの上にほうった。アナはそれがあの地図であることに気づき、うなじに寒気が走るのを感じた。

「そうだ《アイ》」ジョンが言った。「これを以前、どこで見かけたのかという報告はどうだ」

恥辱の念でアナの頬は熱くなった。ジョンはどうやって探り出したのだろう。

ジョンがアナの代わりに答えた。「おまえの反応だ。それを見てすぐにあの男を探しにいったから、地図の出所がわかった」

あのときずっと、ジョンに見張られていたのだろうか。まさか、中庭にいた姿は見られていたかもしれないけれど、庭園にいたときは見られてはいないはずだ――大広間の建物からは見えないようになっている。それでも、ジョンは十分に目にしたようだった。

「おまえにはもっと期待していたのだが」

アナはジョンの失望に傷つき、頭《こうべ》を垂れた。弁解の余地がなかった。確信できなかったと言いたかったものの、確信はしていた。地図を目にしたとたんに、アーサーが密偵であることはわかった。「ごめんなさい、お父様。あの人には、説明をする機会を与えたかったの」

ジョンの声は鞭さながらにアナを叩いた。「それで、おまえの満足のいく〝説明〟はあったのか？」

アナはかぶりを振った。すべてをジョンに報告する義務があるのはわかっていたが、やはり言葉にするのは難しかった。アーサーは去ったのだ、と自分に思い出させた。「あの人はブルースに忠誠を誓っているわ」アナは言葉を切り、おずおずとジョンを見あげた。「ブルースは人々の心をつかんでいると言った。スコットランドのためにイングランド軍から自由を勝ちとれる可能性が一番高いのは、ブルースだって。わたしたちは負けることになるから、降伏すべきだそうよ」

ジョンの顔は怒りで真っ赤になった。「あの男の話を信じたのか？　アーサー・キャンベルはおまえの同情を得るためなら、なんだって言っただろう。この愚かな娘め、あいつは逃げるためにおまえを利用したんだ。我々が降伏することはないし、敗北もするものか」

アナはジョンの断固とした口調に驚いて唇を噛み、話をつづけるのをためらった。ジョンはアナに十分腹を立てている。とはいえ、アナもこの一件を終わりにしたかった。

「アーサーによれば、お父様が彼のお父様を殺したときに現場にいて、何もかもを見たんですって」

ジョンの視線がわずかに泳いだ理由は、なんであってもおかしくはなかったものの、アナは心臓が止まったような気がした。

「そんなばかな」ジョンはとり合わなかった。「あいつが何を見たのかは知らないが、コリン・モアとわたしは集団からいつのまにか離れていた。だから戦ったときはふたりきりだった。いずれにしろ、わたしが剣でコリン・モアを倒したことを、わたしは否定したことはない。わたしが我がクランに勝利をもたらしたせいで、キャンベル一族がオウ湖周辺の土地を失ったということも。アーサー・キャンベルがそのせいで復讐心を抱いているとしても、仕方がないことだ――だが、弁解にはならない」

アナはあえてジョンから目を離さずにいたが、アーサーが口にした非難の言葉を繰り返すのはつらかった。「アーサーの言い分はこうよ。彼のお父様がお父様に剣を突きつけて降伏するよう提案して、お父様は受け入れておきながら、彼のお父様が背を向けたときに襲って殺したって」

今回、ジョンの視線の揺らぎは誤解のしようがなかった。その顎がこわばったことも、口の両脇に白いしわが浮かんだことも。ジョンは怒っていた。

激怒してもおかしくはないはずが、そこまでではなかった。

アナは顔から血の気が引くのを感じた。ああ、どうしよう、事実なんだわ。

ジョンはアナのぎょっとした表情を気に入らないらしかった。「昔の話だ。わたしはしなければならないことをした。コリン・モアの勢力は広がりすぎていた。我々の領地に侵入していたんだ。あの男を止めなければならなかった」

アナは見慣れた他人を見ているような気分になった。はじめて本当の姿を目にしたかのようだ。アナにとって、いまだに愛する父ではあるが、もはや間違いを犯さない男ではなくなった。疑問を持たない相手ではなくなった。神ではなくなった。そう、恐ろしくなるほど人間味がある。欠点があり、あやまちを犯しかねない。大きなあやまちを。おぞましくなるようなあやまちを。

アーサーは正しかった。ジョンは勝つためにはなんだってする。クランの利益のために思いとどまることさえない。

「おまえに非難されるいわれはない、娘よ。クランに対する裏切り者を逃がすようなおまえには」ジョンの語気は荒くなり、声が震えるほどになった。「我々にどんな危害を与えかねなかったか、わかっているのか？」

ジョンの言うとおりだった。アナはクランに危害が加えられるかもしれないとわかっていながら、アーサーを逃がすことを選んだ。アーサーを死に至らしめるという考えに耐えられなかったからだ。「あの人をひどい目に遭わせたくはなかった。彼のことが……彼のことが好きだから」アナはそこでやめた。ふいにジョンが使った言葉の時制に気がついたからだ。心臓が早鐘を打った。「〝与えかねなかった〟？」アナは訊き返した。

ジョンは口を固く結んでいて、怒りでゆがんだ赤い顔のなかで、唇の血の気のなさが目立っていた。「わたしが大惨事を防ぐことができて、おまえは幸運だったな。昨夜、城を出ようとしたキャンベルを、部下たちがとり囲んだ。あの男は罪を証明する手紙を所持していた」ジョンが恐ろしいほど目をぎらつかせた。「何もかもを台無しにしていただろう手紙を」

アナは恐怖に襲われ、息ができなかった。不安が胸を包んで締めつけた。「アーサーをどうしたの？」

「おまえが心配することではない」

アナののどの奥は涙で焼けつくようだった。目も。強い焦りで息苦しかった。やっとのことでこう言った。「お願い、お父様、教えてちょうだい……彼は生きているの？」

ジョンはすぐには答えず、アナを値踏みするような冷ややかな目で眺めた。「今のところは」とジョン。「いくつか質問があるからな」

アナは目を閉じ、安堵の気持ちに圧倒されて息を吐いた。「あの人をどうするつもり？」

ジョンはいらだった様子でアナを見た。娘にあれこれ訊かれるのが気に入らないのは明らかだった。「それはあの男しだいだ」

「お願い、会わせてちょうだい」アナはアーサーが無事かどうかを確かめずにはいられなかった。

ジョンはその要求を聞いて激怒した。「またあいつを逃がせるようにか？　だめだ」怒った様子で歯噛みをする。「会っても無駄だ。あの男は危険で信用ならない」

「アーサーがわたしに危害を加えることはないわ」アナは考えることなく言い、それが事実であることに気づいた。アーサーは愛してくれている。心の奥底では、以前からそれをわかっていた。だからと言って今までは何も変わらなかったけれど、将来は変わるかもしれない。胸が苦しくなった。アーサーに将来があるならば。「お願い」

アナの懇願は聞き入れられなかった。ジョンは厳しく揺るぎのない視線を向けている。

「アーサー・キャンベルはもはやおまえには関係のない男だ。おまえはもう十分に我々に損害を与えただろう。おまえがあの男の手助けをしない、とわたしはどうすれば確信できる？」

反論の言葉は、アナののどもとで消えた。正直言って、アナは我ながら確信できなかった。拘束されたアーサーのことを考えたときに、心をとらえた恐怖を思うと、アナは彼への気持ちをそう簡単に捨てられないことに気づいた。

「おまえにこんなことをされるとは思わなかったぞ、アナ」ジョンの失望がにじんだ声は、アナの骨身にこたえた。それよりもつらいのは、失望されても仕方がないと自覚していることだった。追い詰められた気分だった――アナは愛する男ふたりのあいだで板挟みになっていた。ジョンが激しく手を振り、アナに退出をうながした。「一時間以内に出発できるようにしなさい」

アナは息をのんだ。「出発？　だけど、行き先は？」

「ユーウェンが、兵士の一団を率いて我が軍に先駆けて出発し、イニス・ホネル城の守りを強化しにいく。おまえも一緒に行くんだ。我々がフッド王を悪魔のもとへ送ったあと、おまえはリズモアにいるわたしのいとこのアーガイル司教を訪ねなさい。そこでなら、自分の行動を反省する時間があるだろう――おまえの忠誠心の所在についても」

アナはうなずいた。涙がさっきよりも勢いよくあふれ出た。ジョンは見るからに娘を信用しておらず、城を留守にするあいだ、アナに出かけていてもらいたがっている。

罰が軽いことはわかっていた。ジョンに、はるかに厳しい罰を与えられていても、おかしくはない。しかし、アーサーがこの先どうなるかわからないのに、彼のそばを離れるという考えには耐えられなかった。

「お願い、お父様がおっしゃることはなんでもします。わたしが留守のあいだにあの人を殺さないということだけは、約束して」アナは涙で声を詰まらせた。「愛しているの」

「いい加減にしろ！　おまえはわたしの忍耐の限界を試そうとしている、アナ。あの男に対する情けのせいで、おまえは義務を忘れたではないか。あの男を見張るよう頼んだわたしにも責任があるかもしれないと考えているからこそ、これ以上の罰を与えないことにしたんだ。アーサー・キャンベルは密偵だぞ。あの男は我々を裏切ったときにどんな危険があるのかは承知していた。あいつはあいつにふさわしいあつかいを受ける」

アーサーはもはや何も感じなかった。何時間も前に痛みは通り越している。殴られ、鞭で打たれ、指を締める拷問具で片方の手すべての指の骨を折られた。それでも、血の味は感じられた。気分が悪くなるような鉄くささが、口と鼻に広がっている。まるでそれに溺れているような感覚だった。

アーサーの頭は前に垂れていて、髪のせいで――血と汗で濡れ、ところどころ固まっている――周囲の兵士たちからはアーサーの目は見えないようになっていた。夜間、アーサーを従わせるために、十数人の兵士がいたときもあった。番兵部屋の細い矢狭間《やざま》から日の光が射しこんでいる今は、三人しかいない。

アーサーは椅子に鎖でつながれていたが、拘束具は必要なかった。もはや誰にとってもなんの脅威でもない。右腕を強くひねりあげられたせいで、肩が脱臼《だっきゅう》していた。指をすべて一本ずつ耐えがたいほどゆっくりと折られた左手は、力なく脇に垂れている。

最初にその指の締め具を見て笑ったとは。小さな鋼の万力は、ちっとも恐ろしく見えなかった——連中が聞きたがっていることをアーサーに言わせる威力はまったくなさそうだった。

しかしアーサーは、そのような単純な器具がぞっとするほどの痛みをもたらすことをすぐに学んだ。想像さえしたことがない痛みだった。あともう少し締められていたら、連中の知りたいことをすべて口にしていたところだ。それを止めるためなら、なんでも話していただろう。

「ちくしょう、キャンベル、父たちの知りたいことをさっさと言ってしまえ」

アーサーは湿って固まった髪のベール越しに、アラン・マクドゥーガルへ目をやった。アランは立ち去るのが待ちきれないかのようにドア付近に立っていて、その顔はこわばり、血の気がなかった。まるで拷問を受けている者のように見える。ローンの跡継ぎのくせに、こうしたことは好きではないらしい。

ところが、ローンの従者長は好きらしかった。この残忍なろくでなしは、何日もこうしたことをつづけられそうだった。

アーサーはすでに口が利けなかったが、かすれた声を漏らし、わずかに首を横に振った。いいや。まだだ。まだ話すものか。とはいえ、今は、絶対に話すものかとは言えなかった。

従者長に鎖を巻いたこぶしでふたたび殴られ、アーサーは頭をのけぞらせた。

「彼らの名前だ」従者長が強い口調で言う。「秘密戦士団で戦っている者たちは誰だ」

アーサーはもはや知らないふりはしなかった。知らないと言っても、信じてはもらえなかったのだ。アナは無意識のうちにアーサーを破滅へと導いたわけだ。一年ほど前にアーサーがアナを救ったときのエアでの出来事と、最近の奇襲のせいで、ローンはアーサーが悪名高い〝亡霊〟戦士団の団員を少なくともひとり知っていると確信していた。

それについて、アナを責められなかった。また、どうやらアナが、アーサーが密偵であることを父親に報告したわけではなさそうだった。昨夜、殴られてから鞭打たれるまでのあいだに浴びせられた質問の内容から、アーサーは自分の推測が間違っていたらしいことに気づいた。たとえアナがアーサーを裏切ったとしても、たいした情報を伝えなかったようだ。

アーサーは従者長がふたたびこぶしを引くのを察知した――意識の片隅の黒い部分で。

とっさに一撃に対して心の準備をしたが、効果はないとわかっていた。この男の体の大きさと、こぶしの威力からして、先祖は代々鍛冶屋だった可能性がある。

ところが、ドアのノックが、アーサーに束《つか》の間の猶予《ゆうよ》を与えた。従者長が呼ばれて出ていったのだ。

アーサーは椅子に力なくすわり、水が入っているように思える肺にどうにか空気をとりこもうとした。少なくとも肋骨は一本折れている。一本どころではないかもしれない。

「話さないと、殺されるぞ」アランが言った。

アーサーが答えるまでに間があった。答える力をかき集めようとしていたのだ。「いずれにしろ殺される」かすれ声で言った。

アランは目をそらさなかったが、顔をしかめたことから、アーサーは感じているとおりに顔が損なわれているらしいことを知った。「ああ《アイ》、だが、そのほうが痛みははるかにましだろう」

それにすぐに死ねる。

とはいえアーサーは、すでにあらゆる失敗をしていたから、この呪われた任務を、できるだけましな形で終わらせようと決意していた。仲間の名前を明かさずに死ねれば、表面上は名誉の死を遂げられる。

もっとも、これほど悲惨な失敗をしているのだから、よく言っても、犠牲のほうが大きい小さな勝利に過ぎない。何もかもを失ってしまった。アナ。ローンを破滅させ、父に正義をもたらす機会。それから、ブルースに脅威を警告する機会。ブルースとその軍が、待ち伏せという罠にまっすぐに足を踏み入れることになるのに、それを警告できないとは。

彼らの期待を裏切った。父の期待も。

血まみれになるまで殴られ、死の一歩手前というところまで鞭打たれ、一本ずつ指の骨を折られたおかげで、アーサーの心は、この牢獄の四方の石壁を越えてさまよわずに済んだ。しかし、ささやかな休息のあいだ、アーサーはこうして拘束されたことによるもうひとつの結果を恐れた。

ローンは娘を愛している。アナを傷つけはしない。そう思っても、訊かずにはいられなかった。「アナは?」

アランは真顔でアーサーを見た。「行ってしまった《ゴーン》」

アーサーの胃は沈んだ。

アーサーの愕然とした顔を見て、アランが慌てて言い足した。「死んだ《ゴーン》わけではない。アナが城を離れていたほうが安全だと父が判断した。戻るのは――」

アランが言いよどんだ。〝おれが死んでからだ〟アーサーは心のなかで言葉を引きとった。

空気がふたたびアーサーの肺を満たした。アナは遠くへ行かされているだけだった。しかし、アーサーは状況を思い出した。「安全では……ない」どうにかそう言った。戦いが近づいている今、ブルースは兵士たちを送りこみ、城の四方から攻めさせるだろう。アランが口をゆがめたことから、アーサーに同意していないわけではないことがわかった。とはいえアーサーと同じく、アランにはそれを止める力はもうない。

「おれの兄たちは?」アーサーは尋ねた。ドゥガルドとギレスピーは、戦場では敵かもしれないが、アーサーが選んだ道のせいで苦しんでいてもらいたくなかった。

「父にとって、彼らが関与していると考える理由はなかったようだ」ふたりとも短い尋問は受けたが、我々と同じように驚いているように見えた」アランは話すのをやめ、当惑した目を向けた。「なぜわたしの命を救った？　その必要はなかっただろう」

アーサーは頭を振って髪を顔から払いのけ、アランと目を合わせた。「いや、あった」

アランは理解したらしくうなずいた。「本気でアナを愛しているんだな」

アーサーは黙っていた。言うことがあるだろうか。もう何を言っても意味はない。

ドアがあき、ローンの従者長が狭い部屋へ戻ってきた。ロープを持っている。

アーサーの鼓動は跳ねあがった。危険に対する本能的な反応だ。

「もう行かねばならない」従者長が言う。「兵士たちの行軍の準備が整った」

アーサーは人生が終わることを悟り、覚悟をした。勝った。連中は今からアーサーを殺す。悲惨な失敗の海のなかの、小さな勝利だ。

「つまり、しばり首にされるのか？」アランが尋ねた。

従者長はにやりとした。灰色のひげで覆われたこの醜い男の顔に、はじめて浮かんだ感情だ。「まだです。ロープは地下牢へ入れるためです」

アーサーは安堵の気持ちに包まれた。ということは、思っていたほど死ぬ覚悟はできていなかったということだ。これほどの苦難を経験したあとでは、地下牢という湿った穴を楽園さながらに感じるだろう。

「ネズミがこいつの口を軽くしてくれるかもしれませんので」従者長は笑った。

楽園というより、生き地獄か。

恐怖がアーサーの体を駆け抜け、自然に力がわいた。鎖をゆるめようと気が変になった男のように暴れた。ネズミに体を覆われる感覚を思い浮かべると、痣がある傷だらけの皮膚に鳥肌が立った。

逃げなければ。

とはいえ、逃げられなかった。鎖で拘束され、怪我をしているとあって、アーサーを番兵部屋から隣接する部屋へ引きずっていった番兵たちにはとてもかなわなかった。結局、彼らはアーサーをロープで縛る手間をかけずに、地下牢へほうりこんだ。

闇。

甲高い鳴き声。
落下。底。
骨が砕けるかと思うような強い衝撃。
そして――幸せなことに――完全な漆黒。

24

「ユーウェンお兄様、どうしてもひとりきりで済ませたいことがあるの」アナは用を足したいとほのめかし、さも恥ずかしそうな顔をした。

「またか？」ユーウェンは五歳児を見るような目をアナに向けた。一行は森の奥深く、古い埋葬用の石塚の近くにいて、ダンスタッフネイジ城から二キロも離れていない。「出発前に、なぜ行っておかなかった？」

アナはユーウェンをにらみ、母親のような話し方をするのはいただけないと目で伝えた。「だって、そのときは行きたくなかったんだもの」

ユーウェンは顔をしかめた。「オーバンへ着いたら休もう。もうあと二キロほどだ」

アナは首を横に振った。「そんなに長く待てないわ。お願い……」うわずった声で懇願し、切迫していることを強調するために鞍の上で身をよじった。

ユーウェンは悪態をつき、馬首をめぐらすと、イニス・ホネル城までの五十キロ程度の旅の供をする二十人の護衛兵たちを止めた――船を使えばはるかに速いが、ジョンが船隊を率いて城を出発する前に、船旅は危険が大きいと判断したのだった。

「だったら急いでくれ」ユーウェンがいらだった様子で言う。「護衛兵にひとり、供をさせ――」

「その必要はないわ」アナは慌てて遮った。そんなことをされれば、すべてが台無しになる。「わたし……」恥ずかしそうなふりをするまでもなく、頬が熱くなった。「今朝、どうも体に合わないものを食べたみたいなの。しばらくかかるかもしれないから」

口にされるべきではない、あまりに個人的な情報を伝えられ、当然ユーウェンは気まずそうな顔をした。アナは嘘つきであるうえに嘘がうまいことに我ながらあきれたものの、逃げるのにできるだけ長い時間が必要だった。

ダンスタッフネイジ城へ戻らなければならなかった。どういうわけか、今朝ジョンの部屋を出てからいやな予感に圧倒され、それを振り払うことができずにいる。ジョンが言ったことがきっかけだったのかもしれないが、何かがおかしいとわかっていた――ひどくおかしいと。その感覚は、背後で城が陽光のなかへ消えていくにつれて強まるばかりだった。何をするつもりかは自分でもわからなかった。手を打たなければならないということだけがはっきりしていた。

ふたりに将来がなくても、アナはアーサーを死なせたくはなかった。

アナたちが出発したあと、ジョンも城を離れているから、絶好の機会だった。

アナはなけなしの威厳をかき集めて――用を足しにいくのを二十人ほどの男たちに見

つめられて恥をかいているだけに――ユーウェンの従者の手を借りて馬からすべりおりると、その従者に手綱を渡し、葉を生い茂らせた木々と蕨《わらび》の奥へ堂々と入っていった。そして、彼らから見えなくなったとたんに、アナはスカートの裾を持ちあげて走りはじめた。

城へ駆け戻るには、十五分はかかる。捕虜が監禁される番兵部屋へうまく入れてもらうのに、どれほど時間がかかるのかはわからなかった。アナはいなくなったことを兄に気づかれるまでに、そこへたどり着くことを願った。妹がどこへ行ったのかをユーウェンが推測するのに、長くはかからないだろう。そのうえ、ユーウェンは馬を使う。

アナは道と平行に、しかし道からは見えないようにしながら、できるだけ静かに木々のあいだを走った。けれども乾いた落ち葉と小枝が地面に散らばっているため、音を立てずにいるのは不可能だった。

背後から音が聞こえ、アナは怒りの声をあげたくなった。いったいなぜ、行方をくらましたのがこれほど早くわかったのだろう。身を隠せないかと考え、大きな岩のうしろでかがんだが、背後から抱きあげられた。

「放して」アナは自由になろうともがいた。ユーウェンかその部下のひとりだろうと思っていたので、振り返ったとき、鼻まであるかぶとをかぶった野蛮そうな戦士の冷ややかな目と目が合い、全身から血の気が引くのを感じた。驚いて悲鳴をあげたが、男の手で口を塞がれて声がくぐもった。

「静かに、ラス。きみに怪我をさせたくはないんでね」

戦士の恐ろしげな容貌のせいで、アナはその言葉をとても信じられなかった。山かと思うような体つきで、顔はその体にぴったりの、いかつい荒削りな雰囲気だった。

アナは動かないよう我慢し、戦士の言葉を信じたふりをすると、彼の体の力が抜けたとたんに、長靴《ちょうか》のかかとの角で思いきり戦士を蹴った。それと同時に、革に包まれた彼の胸に勢いよく肘鉄を食らわせたが、肘が鋲にあたって顔をしかめた。

戦士は不意を突かれてうめいたものの、腕の力はほとんどゆるめなかったので、アナは逃げられなかった。

アナはいらだってもう一度戦士を見た。そして、身を凍りつかせた――今回は本当に。なんとなく戦士に見覚えがあった。いいえ、戦士にではなくて、格好に見覚えがある。アナは息をのんだ。暗色のかぶと、鋲がちりばめられた黒い革の鎧下、不思議なまとい方のプレード……。

エアにいたハンサムな戦士と、ラクラン・マクルアリと同じいでたちだった。この戦士はブルースの秘密戦士団の一員だ。

ほどなく、そのとおりだと確認できた。「おれの元姪は、信じてないと思うぞ、セイント」

アナはマクルアリがもうひとり別の戦士とともに木立のなかから現れるのを、驚きとともに見つめた。

「セイント、テンプラー」マクルアリがアナのほうを手で示す。「こちらはレディ・アナ・マクドゥーガル」アナを押さえている戦士を払いのけるように手を動かした。「解放していい。彼女は兄たちが殺されるのを見たいのでなければ、悲鳴をあげはしない」

アナは自由になるや、唇をこすり、麻痺した感覚をとり戻そうとした。周囲を見まわした。「あなたたち、三人しかいないわね」

男たちはアナの言葉を純粋におもしろがっているようだった。「必要な人数よりふたり多い」三番目の男が言う。その男は、ほかのふたりよりも身丈がやや小さく――アナは筋肉に覆われた巨人であることが、ブルースの秘密戦士団に入る条件ではないかと考えかけていたところだった――鼻までのかぶとの下からのぞく笑みは、朗らかで親しみが感じられた。

テンプラー、とマクルアリは呼んだ。なんて奇妙な名前だろう。若そうだから、テンプル騎士団の一員として異教徒と戦ったはずはない。最後の十字軍の遠征は、三十五年以上前だった。

それからマクルアリは、アナを拘束していた男をセイントと呼んだ。ノム・デ・ゲール――暗号名――に違いない。

レンジャー。エアの森のなかであのハンサムな戦士がアーサーをそう呼んだ。それがアーサーの暗号名なのだろうか。

「おじ様、ここで何をなさっているの？」十歳ほどしか年上ではない者を〝おじ〟と呼ぶのは妙な気分だった。マクルアリは三十三、四歳のはずだけれど、アーサーよりはるかに年上であるようには見えない。

「きみにも同じ質問をすべきかもしれない。なぜ兄君とその部下たちのもとから逃げ出したんだ？」

　アナはマクルアリが質問に答えなかったことには驚かなかった。付近の斥候をしていたか、ダンスタッフネイジ城の様子をうかがっていたのだろう。ここは海岸にとても近いため、アナはマクルアリが船で来たのではないかと考えた。ラクラン・マクルアリは根っからの海賊だ。

「ブルースがわたしの父を攻撃するのを、おじ様は海から支援しているんでしょう」アナはマクルアリの目的を推測して言った。

　マクルアリは肩をすくめてはぐらかした。「さあ、教えてくれ、レディ・アナ、なぜきみは森のなかを走っていた？」

「お城に戻らなきゃいけないからよ」

「なぜだ」

アナは唇を嚙み、なんと言えばいいのかを考えた。とはいえ、あまり時間がないことはわかっていた。すでに十分な足止めを食らっている。ユーウェンに追いつかれる前に城へ戻るのは難しそうだ。この男たちに馬に乗せてもらえるだろうか。

「近くに馬はいる？」アナは訊いた。

マクルアリが顔をしかめた。「ああ《アイ》」

アナは息を吐いた。「よかった。お城へ戻るのに、力を貸してもらわなければならないもの。アーサーが無事かどうかを確かめる必要があるの」誰も反応しなかった。反応してはいけないのだろう、とアナは考えた。アナが真実を知っているかどうかを、彼らは知らない。「レンジャーと呼んでいるんでしょう」

マクルアリが毒づいた。「あいつから聞いたのか？」

アナはかぶりを振った。「話せば長くなるの。自分で事実を推測したのよ。残念ながら、そうしたのはわたしだけじゃないわ。父も知っている」

マクルアリがふたたび毒づく。その罵《のの》り言葉は、アナの父さえ滅多に使わない汚さだった。「だったら、あいつは死んでいる」

「いいえ」アナはマクルアリの激しい口調に驚きつつ言った。「囚われの身よ。父が尋問をさせているの」

マクルアリは吐き捨てるように言った。暗い顔にあからさまな憎悪が浮かんでいる。

「ならば、死を願うだろうさ」

　どういう意味だろう。

　マクルアリはアナが当惑しているのを見て言った。「きみの父君の〝尋問〟を受けたことがある。父君は情報を訊き出す説得力と独創性に富んだ方法をご存知だ。レンジャーがすでに死んでいないとしても、近いうちに死ぬ」

　マクルアリがほのめかしたことを聞いて、アナは胃がひっくり返ったような気分になった。「父はそんなことはしな――」

　アナが反論を途中でやめたのは、マクルアリの険しい顔のせいではなく、ジョンの部屋へ入ったときに聞いた、男たちの会話の一部を思い出したからだった。今になって、その会話の意味がわかった。〝わたしが望むものを持ってこい。どんな手を使ってもかまわない〟

　ああ、どうしよう。アナは具合が悪くなったような気がして、くずおれそうになった。ジョンはアーサーを拷問している。拷問が行われることがあるのは当然知っていたとはいえ、それは戦争の醜い面であって、アナが考えたいことではなかった。父親がそうした残酷な行為にかかわっているとも考えたくはなかった。

「助けなきゃ」アナは必死になって言った。涙で目がちくちくした。

　そう遠くない場所から大声が聞こえたとき、アナの心臓は跳ねあがった。「アナ！」

アナは慌てて三人を見た。「兄たちが呼んでいるわ——わたしたち、今行かなきゃ」

マクルアリが首を横に振った。「きみまで来る必要はない。おれたちが、どうにかする」

「だけど——」

マクルアリはアナの抗議を遮った。「きみが一緒に来れば、彼らはついてくる。こっちとしては、彼らが何も怪しまずにいるほうがレンジャーを救いやすい。兄君のところへ戻って、旅をつづけるんだ」

「だけど、わたしの助けが必要になるかもしれないでしょう」それに、アナはアーサーに会いたかった。「お城へはどうやって侵入するの？　どうやってあの人を見つけるつもり？」

マクルアリの口角がさがった。「レンジャーがどこにいるかは、わかっている」アナは身を震わせた。マクルアリの口調から、彼自身もそこにいたことがあったのがわかったからだ。もっとも、アナの血が凍ったのは、マクルアリのとりつかれたような目のせいだった。

ああ、父はマクルアリに何をしたのだろう。それに、アーサーには何をしているのか。

「きみは十分に役に立ってくれた」マクルアリが言う。「レンジャーがもし生きているのなら、きみに礼を言わねばならないだろう」

もし生きているのなら。アナはマクルアリたちが正しいと考え、涙をこらえてうなずいた。アーサーを助ける最善の方法は、彼らだけで行かせることだ。それでも、三人が木立のあいだへ消えるのを見ているのは、たやすいことではなかった。本当は一緒に行きたかった。

アーサーは生きているわ、と自分に言い聞かせた。生きているに違いない。死んでいるのなら、それを感じるはずだ。アナの心の一部も死んでいただろう。

三人の姿が見えなくなるや、アナは来た方向へ駆け出した。小川に近づいたとき、兄の呼びかけに答えた。言いわけをしなければならなかったものの、話題が話題だけに、アナはユーウェンがあまりしつこく質問をしたがらないだろうと考えた。

今アナにできるのは、奇跡を祈ることだけだった。侵入しがたいダンスタッフネイジ城から手遅れになる前にアーサーを救出するには、奇跡が必要だからだ。

アーサーはネズミの動く音や鳴き声に対して感覚を研ぎ澄まし、十分に引き寄せてから片方の手でつかまえると、腿に押しあててその首をどうにかへし折った。手は片方しか使えないため、それができて運がよかった。不運なのは、使えるのが肩を脱臼している側の手だったことで、動かすたびにひどく痛んだ。アーサーは自分で脱臼を治そうと試みたが、力もなければ腕を戻すのに利用できそうなものもなかった。

飢えたネズミに生きたまま食われる死に方は望ましくはないものの、どれほど長く連中の攻撃をかわせるかはわからなかった。気を失うたびに、ネズミにかじられて目を覚ました。しかし、アーサーは多量の血を失っていたから、時間が経つにつれて力はなくなり、意識が鈍くなっていった。目が覚めなくなるのもすぐだろう。

胸が悪くなるような小動物を五十匹は殺したに違いないが、それらは地下牢に何百といる。アーサーは身震いをした。兵士らがアーサーをこの穴に突き落とすのに松明を掲げたとき、底全体がネズミだらけだった。

入り口が閉まっているため、地下牢は真っ暗だ。アーサーは視力以外の五感に頼っているものの、その感覚も少しずつ弱っていた。

まぶたがおりてきた。くたくただ、少しでも休みたい……。

「うっ！」アーサーは鋭い歯が足首に沈むのを感じて目が覚めた。そして、そのネズミをどこかへ蹴った。

ここまで生きのびているのは、ドゥガルドのおかげだと思うべきなのだろう。ドゥガルドに入れられた、離れの暗い倉庫で過ごすあいだに、アーサーは多くを学んだ。どんな音に耳を澄まし、ネズミの動き方をどう予測すればいいのかを知っている。

とはいえ、反応は鈍くなっていった。アーサーの手から逃れるネズミも増え、手を噛まれることも多くなった。長くは持ちそうにないとわかっていた。

戦いが終わるまで、連中がアーサーをここから出すことはない。何時間も前に、時間の感覚はなくなっていたから、それがいつになるかはわからなかった。

ちくしょう。気が変になりそうなのは、おびただしい数のネズミのせいだけではなく、仲間が罠のなかへ足を踏み入れるのに、彼らを助けられないとわかっているせいでもあった。

失敗した。失敗したとは。アーサーは苦い現実を遮断したくて目を閉じた。その重みに圧倒された。無意識の暗闇という至福へ引っぱる力に抗いづらくなってきた。もう、くたくただ。

今回、アーサーの目は閉じられたままだった。

何もアーサーの目をあけられなかった。ネズミも、大きな音の轟《とどろ》きも。その音がした数分後に、番兵たちが城門へ駆けていった。

誰かがアーサーを揺すっていた。

「レンジャー！　レンジャー！　くそっ、目を覚ませ！　あまり時間がない」

レンジャーとは誰のことだろう。

アーサーははっとして目をあけたが、松明の明かりが短剣さながらに脳天を貫き、ふたたび目を閉じた。

この自分がレンジャーだ。

だが、いったい……？

もう一度目をあけた。今回は目が光に慣れるよう、ゆっくりとあけた。

マクルアリ。

その顔に安堵の色が浮かぶのが見えた。「生きているかどうかわからなかった」

アーサーの頭はぼんやりとしていて働かなかった。「おれもだ」

マクルアリが身震いをする。松明の明るい光のなかでさえ、アーサーはマクルアリの顔色が悪いのがわかった。その顔は青白く、目は不安そうに泳いでいる。うろたえているようにも見えた。「ここを出よう。歩けるか？」

アーサーはうなずき、半身を起こしてすわろうとした。下へ目をやらないように気をつけた。松明のおかげで、今のところネズミはやってこない。「多分」

「よかった。きみを担いでここから出るのが、楽しいとは思えなかったんでね」

マクルアリは手を差し伸べたが、アーサーはそれを振り払い、苦労して立ちあがった。

「ひとりか？」

マクルアリがアーサーに目を走らせ、怪我の程度をすばやく見極めた。手を借りるのをアーサーが断った理由に気づいたらしく、マクルアリは口もとをこわばらせた。「いいや。セイントとテンプラーが一緒だ。ホークも来たがったが、誰かが船に残らねばならなかった。爆発音は聞こえなかったか？」

アーサーはかぶりを振った。「爆破して侵入したのか?」

マクルアリはロープをアーサーの腰と脚のあいだに巻いて固定した。アーサーの脚は生まれたての仔馬よろしく震えているが、どうにか立っていられた。

「いや、だが、敵の気をそらす効果がある」マクルアリが別のロープをつかんで、すばやく穴をのぼる。それからさっきのロープでアーサーを引きあげようとしたが、端に結びつけられたアーサーが重いうえにほとんど動けないため、簡単にはいかなかった。しかし、マクルアリは蛇さながらにずる賢いだけでなく、牡牛さながらに力も強い。

地獄のような穴を出たときの安堵感は、アーサーを圧倒するほど大きかった。赤ん坊のように大声で泣きたい気分だった。マクルアリが身につけていたブレードをはずし、アーサーに渡した。アーサーは裸だということを忘れていた。ありがたくそれを受けとり、指が折れた手でどうにか腰と肩に巻いて留めた。

「ネズミの糞のにおいは、いずれは消える」

アーサーはマクルアリの目にかすかな同情が浮かんでいるのを見て驚いた。ふいに、マクルアリが穴の底であれほどうろたえていた理由がわかった。地下牢にいるのがどんなものかを知っているのだろう。似たような経験をしたことがあるに違いない。「で、においのほかは?」アーサーは尋ねた。

マクルアリは冷たい鎧下の鋲が気になったかのように、急に目をそらした。「治るのには時間がかかる」

あるいは治ることがないかだ。アーサーは語られなかった言葉を聞いた。

「おれをどうやって見つけた？」

「きみがつかまっている、とあの娘が言ったんだ。あとは推測した」

あの娘……。

「アナか？」アーサーは尋ねた。信じられない思いで口調が鋭くなった。

「ああ、彼女《アイ》を見かけたのは運がよかった」マクルアリはこの付近を調べていたことや、森のなかの埋葬用の石塚にアーサーの伝言が残されていないかを確かめたときに、馬に乗った者たちが集団で近くを通ったことを説明した。マクルアリたちはアナの姿を見かけ、尾行したところ、アナは兄とその部下たちから逃げようとしたという。

アーサーは唖然とした。「逃げようとしただと？」

「きみが無事かどうかを確かめたかったらしい」

アーサーは毒づいた。アナが探しにきたのでなくて助かった。ローンがアーサーに何をしたのかを、アナには絶対に知られたくない。あまりにも現実的だ。アナには幻想もいくらか抱《いだ》きつづけてもらいたかった。

それでも、アナがアーサーを気にかけて探そうとしてくれたことには、大きな意味があった。大きいどころではない。アナは命の恩人だ。そのことは、アーサーに希望をも与えた。

「ふん」マクルアリがさもいやそうに言う。「そのばかげた目つき、マクソーリーと同じだな。こんなことをしている時間はない。残りはあとで話す」マクルアリはアーサーの腰に片方の腕をまわし、負傷した肩には触れないよう気をつけながら、ドアまで歩かせた。すばやく二度ノックしたあと、ゆっくりと一度ノックした。ドアがあいた。

「おいおい、ヴァイパー、きみを追いかけて入るところだったぞ」マグナス・〝セイント〟・マッカイがアーサーをひと目見て顔をしかめた。「大丈夫か、レンジャー」

アーサーは微笑もうとしたが、痛みを感じてひるんだ。「一時期よりましだが、会えて本当に嬉しい。いったい――」

と、大きな音が炸裂し、夜気を伝わってきて、アーサーの質問を遮った。夜気。ああ、攻撃！「今、何時だ？」

「真夜中を少し過ぎたところだ」マッカイが言った。

「ブルース様のお耳に入れなければならない情報がある――」

「あとだ」マクルアリが言う。「時間がない。今の音は敵の注意をそらすためだ。ここを出たいのなら急がねば」

マッカイとマクルアリはアーサーを両脇から挟むようにして、小部屋から番兵部屋へ移動した。アーサーは床へ目を走らせ、番兵の運命を知った。三つの死体はどれも、アーサーを拷問した従者長のものではなかった。ローンとともに出陣したのだろう。

これで今回の戦いに間に合うよう戦場に行く理由がひとつ増えた――借りを返す件数も。

アーサーたちは番兵部屋がある塔から、包みこむような闇のなかへ出た。中庭には人気《ひとけ》はないが、城門のほうから騒がしい音が聞こえてきた。しかし、マクルアリとマッカイはそちらへ向かわず、城壁の上の通路へとのぼりはじめた。

アーサーはマクルアリの計画に気づいた。城門から最も離れていて、入り江が見渡せる城壁の上の通路で、マクルアリとマッカイは長い三本のロープを狭間胸壁《はざまきょうへき》（城壁の上の通路などに設けられた、おうとつのある胸の高さの防御壁）に結びつけた。普段なら、番兵がこの付近を歩きまわっているが、爆発音のせいで番兵は城門へ行っているようだった。

アーサーは闇を見おろして顔をしかめた。

「まずはきみの肩を治さなければ」マクルアリが言った。アーサーに背を向けさせ、片方の腕のつけねをつかんだ。そして、アーサーの短剣を渡した。「いいか？」

アーサーは短剣の木の柄を噛んでうなずいた。激痛が走ったが、すぐに終わった。ほどなく、肩を自由にまわせるようになった。「脱臼を治したことがあるのか？」

「いいや」マクルアリが珍しく笑みを浮かべた。「だが、人が治すのを見たことがある。おれが学ぶのが速くて、きみは幸運だったな」

　アーサーは腕がもとに戻ったので、ふたりの助けを借りてロープを伝いおりることができた。無事に地面に着いたとき、マクルアリは外城壁の暗がりへふたりを連れていった。アーサーは下へ目をやり、城壁の石がいくつかとり去られ、穴があいていることに気づいた。ふたりは這って侵入してきたらしい。

「この部分の城壁は古い」マクルアリが説明する。「石が崩れそうになっている」

　マクルアリは以前にもこうして出入りしたことがあるに違いない、とアーサーは考えた。ウィリアム・〝テンプラー〟・ゴードンが城壁の向こう側で待っていた。

「なぜこんなに時間がかかったん――」ゴードンはアーサーへ目をやり、言葉を切った。

「おいおい、レンジャー、くそみたいに見えるぞ」

「そうだろうな」アーサーは乾いた口調で言った。

　ふたたび利用する必要が出たときのために、時間をかけて城壁をもとどおりにしたあと、四人は海岸沿いに走っていた。城から半キロほどのところに、マクルアリが洞窟に隠した小舟があった。

「おれをブルース様のところへ連れていってくれ。できるだけ早く」アーサーは言った。すでに曙光が東の地平線のところで夜空の色を和らげているのがわかる。ブランダーへの航路はローンの船隊に塞がれているから、馬で行かなければならなかった。「間に合うといいのだが」

「どうした？」マッカイが言う。アーサーの焦りを感じたらしい。「何がわかったんだ」

小舟が、エティーヴ湖と海とが出合うローン湾に浮かぶ船のバリケードのあいだをすり抜けて西へ向かうあいだ、アーサーはローンの卑怯な計画を口早に説明した――奇襲の詳細と、休戦が終わる前の攻撃を計画していることも。

ゴードンが悪態をついた。「腹黒いならず者め」

マッカイがはるかに派手な言葉で同じ気持ちを表し、こう言い足した。「ブルース様は予期なさらないだろう」

「ああ《アイ》」アーサーはつづけた。「ローンは場所をうまく選んだ」狭い山道のことや、クルアハン山の谷側が急な崖になっていることを説明した。

「その場所なら知っている」マクルアリは言い足した。「斥候は連中をなかなか見つけられないだろう」

「だからこそ、おれたちが警告しなければ」アーサーは言った。

マクルアリが厳しい表情でかぶりを振った。「ブルース様たちは曙光に進軍を開始する。たとえ最も狭い山道に差しかかる前に我々がそこへ行けたとしても、三千人の軍に向きを変えさせるのは簡単ではないだろう。あの地域全体が危険だ」

「方向を変える必要はない」アーサーは言った。「計画がある」

三人の仲間が視線を交わした。

「なんだ？」アーサーは尋ねた。

三人そろって考えていたことをアーサーに伝えたのは、ゴードンだった。「きみは戦える状態にはない。我々がブルース様に伝言を届けよう」

アーサーは歯噛みをした。「おれは行く」誰も自分が戦うのを思いとどまらせることはできない。ローンと戦場で対峙する機会が少しでもあるのなら、その機会を手にしてやる。

「足手まといになる」マクルアリが歯に衣着《きぬ》せずに言う。「ラバにさえ乗れる体力もなさそうなのだから、当然我々のペースに合わせられないだろう。だいたい、その手でどうやって手綱を握るつもりだ？」

アーサーはきつい目つきでマクルアリをにらんだ。「それはおれが心配する話だ」

マクルアリがアーサーと目を合わせ、やがてうなずいた。「きみが戦うときに着る服を見つけたほうがよさそうだな」

一行は間に合い、アーサーが落馬することはなかった――恥ずかしいほどそれに近いことはあったが。

マクドゥーガルの兵士たちはすでに配置についていて、アーサーたちは彼らを避けて南側から迂回しなければならなかった。ブルースに会えたのは、ブランダー山道から一・五キロも離れていないところだ。

ブルースは滅多に激昂《げきこう》しないが、アーサーがローンの計画を伝えたときには珍しく激怒した。

悪態をつき、ローンをありとあらゆる下品な言葉で呪った。「なんということだ、なぜわからなかったんだ？」ブルースは誰にともなく強い口調で言ったが、戦士それぞれが、大惨事になりかねなかった事態に責任を感じていた――ブルースも含めて。敵が騎士の掟を守るだろうと信じるほど、ブルースは愚かではなかった。

「敵は山の急斜面の高いところで、岩に隠れています」アーサーは言った。「意識して探さないと、簡単に見過ごすでしょう」

トール・マクラウドが斥候たちに向けた目つきからして――仕方がないと思うにせよ思わないにせよ――あとで大変なことになりそうだった。

「計画があると言ったな？」ブルースは訊いた。

「はい《アイ》」アーサーはひざまずき、棒で地面に地図を描いた。「ローン自身の作戦でローンに勝てるでしょう。数百人の兵士がここに配置されています」アーサーは山の急斜面の中腹にしるしをつけた。「残りの兵士らは、ブルース様の軍が逃走しようとしたときに、山道の入り口付近で攻撃をしかけてきます――つまり、あなたを上と下から挟み撃ちするつもりです」アーサーはローンの兵士たちが配置されている場所より、少し上を指した。「隊を連中の上方へ送りこめば、ローンの兵士たちは身動きがとれなくなる。奇襲に失敗したとなると、ローンは途方に暮れるでしょう」

ブルースは顔をしかめた。「そんな上へ兵を送りこめると思うんだな？　きみの説明によれば、そのあたりの斜面は急で危険なのではないか。位置に着く前に、敵に気づかれたら効果はないだろう」

「わたしの部下のハイランダーたちならできます」ニールは言った。「この辺を知っていますから」

「本当か？」ブルースは訊いた。

「ええ《アイ》」とニール。「彼らは獅子のように戦いますが、猫のように動きます」

「おれが彼らの指揮をとります」アーサーは言った。「このあたりはよく知っていますので」ニールはいまだに王国で一、二を争うほど恐ろしい戦士だが、五十歳の今、昔ほど足が速くはない。

ブルースがアーサーに目を走らせる。アーサーにはブルースが不安になっているのがわかった。アーサーは血と汚れをほとんど洗い流してから借り物の戦闘用の衣服を身につけ、手と手首に包帯を巻き、食事をとり、ウイスキーをたっぷり飲んで顔の血色をとり戻した。それでも、地獄から来た獰猛《どうもう》な生き物に嚙み砕かれ、吐き出されたように見えるのはわかっていた。

アーサーはブルースに提案を却下される前に言い足した。「おれにまかせてください、陛下。見かけよりも元気です」

それは嘘だったが、たいした嘘ではなかった。ローンと決着をつけるときが近づいたとわかり、活力がわいていたからだ。

「きみには指揮をとる権利がある、サー・アーサー」ブルースは言った。「きみの情報なしでは、大惨事になっていた可能性があるからな」二年ほど前のダル・リーの戦いで、ローンに負けて命からがら逃げたことが、今もブルースの記憶に生々しく残っているのだろう。ブルースは部下の騎士のうち、最年少だが最も信頼しているサー・ジェームズ・ダグラスを前へ呼んだ。ダグラスの最大の敵であり、ブルースの甥でもありブルースを裏切った男でもあるサー・トマス・ランドルフは、マクソーリーとともに西部にいて、必要になったときのために海からの攻撃の準備をしている。「ダグラス、サー・アーサーについていってくれ」ブルースは別の戦士に手招きをした。ハイランド・ガードでもともとアーサーの相棒だったグレガー・〝アロウ〟・マグレガーが前へ進み出た。ブルースはマグレガーに言った。「アロウ、射手たちの指揮をとってくれ」そして、アーサーにはこう命じた。「必要なだけ兵士を連れていくように」

「マグレガー一族の者を交ぜろよ、レンジャー」マグレガーが言う。ブルースはニールとマクラウドのほうを向いて何やら相談しはじめた。「キャンベル一族に名誉を独占させるわけにはいかない」

アーサーはにやりとした。ああ、戻ってこられてよかった。マグレガー一族とキャンベル一族が一時期激しく敵対する原因となった、古いクラン同士の抗争について冗談を言えるというのはいいものだ。「まさにマグレガーの者だな、キャンベル一族が努力して得た手柄を、横取りしたがるとは」

「娘たちの気を引けるものが必要なんだ」

アーサーは笑った。マグレガーには娘たちの気を引くものなどちっとも必要ではない。マグレガーの顔が、その役割を果たしている——彼の顔はまた、マグレガーをからかう材料をいくつも人に与えていた。「そのきれいな顔をどうにかしたいのなら、こんなことをした男のところへ送りこんでやるぞ」アーサーは自分の顔を指さした。

マグレガーは顔をしかめた。「そのろくでなしは完璧主義者だな、それは褒めてやる」「あの男に今度会ったら、きみの賛辞の言葉は必ず伝えておく」アーサーは乾いた口調で言った。ふたりともそれが長い会話にはならないことをわかっていた。

ニールがブルースとの話を終え、兵士らに準備をさせようとしていたアーサーを脇へ引っぱった。「アーサー、本当に大丈夫なのか？　無理だと感じても、みなが理解してくれるぞ。おまえはもう十分な仕事をした」

〝わたしは理解するぞ〟とニールは言いたいのだろう。アーサーは兄の顔を見てそれを悟った。しかし、どちらもこれで終わるわけではないとわかっていた。「大丈夫だ」アーサーは請け合うように言った。「これが終われば元気になる」

25

アーサーの計画は成功した。アーサーは、ダグラスとマグレガーとニールの部下たちから成る少人数の隊を率いてクルアハン山の斜面の、マクドゥーガル一族が待ち伏せをしている場所からさらに上方へのぼった。ブルースの軍が眼下の細い山道へ入ってきたとき、マクドゥーガルの兵士らは〝何も疑わずにいる〟ブルースの軍に矢の雨を降らせ、岩を転がして落とした。

ところが、〝奇襲〟をかけたマクドゥーガル軍は、別の奇襲をかけられた。彼らがそっとして山の上方を見あげるなか、アーサーとその隊の兵は矢の雨を降らせ、亡霊さながらに上から彼らに襲いかかった。

奇襲という要素と、作戦上大切な、敵よりも高い位置を失ったマクドゥーガル軍の待ち伏せは大失敗だった。上と下から挟み撃ちに遭い、彼らは打ちのめされた。ローンが山道の入り口で、混乱に陥った軍に対する攻撃ではなく正面攻撃を開始したとき、ブルースの強力な軍が全力をあげて応戦することになった。

アーサーは急斜面を駆けおりて戦闘に加わり、入り乱れて戦う兵士たちのあいだを、剣を振りまわしながらただひとつの目的を胸に突き進んだ。ローンを見つけること。山の中腹の離れたところに、部下たちを集めて勇敢にも攻撃をしかけ直そうとしているアラン・マクドゥーガルがいた。しかし、勇ましいだけでは足りない状況だ。アーサーはアナのために、アランが手遅れになる前にそれに気づくことを願った。

じょうごのように先が狭《せば》まる山道のせいで、数で勝るというブルース軍の強みの効果は弱まったが、ローンの攻撃が崩れるまで長くはかからなかった。アーサーが前線に着いたのは、マクドゥーガル軍の先陣がばらけはじめた頃だった。

ブルースは軍の先頭で側近の騎士とハイランド・ガードの団員たちとともに戦いながら、敗走した敵兵を追撃するよう命じた。マクドゥーガルの兵士は必死でダンスタッフネイジ城まで退却しようと試みたが、その多くが、オウ川の橋を渡ろうとしたときに切り殺されたり溺れたりした。

ブルースの軍が勝った！　マクドゥーガルの軍はブルースを打ち負かすのに失敗し、ブルースはダル・リーの戦いの復讐を果たせた。ハイランド一有力なクランの支配を打ち崩した。

勝利の味は甘くても、アーサーにとってはローンを見つけるまで戦いは終わらなかった。

退却の混乱のなか、アーサーは逃げるマクドゥーガルの者たちへ目を走らせ、ローンを探した。そして、アラン・マクドゥーガルが自分の隊を安全な場所へ導いているのを見てほっとした。

橋のそばにマクルアリがいるのが見え、アーサーはそこへおりていった。

「あいつはどこなんだ」アーサーは名前を言う必要はなかった。

マクルアリが唾を吐き、南方のオウ湖の出口を示した。「漕ぎ船から一度もおりてない――あの臆病者は水上から戦いの指揮をとった。兵士たちが退却しはじめたとたんに、湖のほうへ逃げた」

アーサーは悪態をついた。ここまで来たというのに、最後の最後に正義をもたらす機会を逸したことを信じたくなかった。「どれくらい前に？」

「五分、それ以上は経っていない」

ならば、まだ機会はある。とはいえローンに追いつくには、マクルアリの船乗りとしての腕が必要だ。ローンはオウ湖に三つの城を所有していて、最も新しくて堅固《けんご》な城は、かつてキャンベル一族の牙城だったイニス・ホネル城だ。ローンはそこへ行くだろう。

アーサーはまっすぐにマクルアリを見た。「競争したくないか？」

海で恐れられている、威圧的な海賊として有名な男が微笑んだ――少なくとも、微笑んでいるつもりのようだった。「仲間を集めよう、きみは船を見つけてくれ」

アーサーはすでに川の土手を駆けおり、波止場へ向かっていた。この競争にだけは負けるつもりはない。今回はジョン・オブ・ローンに運命から逃れさせるものか。

アナは待つことしかできなかった。イニス・ホネル城の分厚い石壁の向こうで何が起きているのかもわからずにいるのは、拷問そのものだ。

アナの胸は痛んだ。いいえ、こんなの拷問ではない。アーサーはこれどころではない経験をしている。アナはそれについて考えるのには耐えられなかったが、ほかのことは手につかなかった。アーサーの身に起きていることを想像して……。彼が生きているのか死んでいるのかと不安になって……。

ああ、気が変になりそうだ。マクルアリはどうやってダンスタッフネイジ城に侵入するつもりだったのだろう。ましてや、どうやってアーサーを救うつもりだったのか。

一緒に行くべきだった。そうしていれば、少なくともそれらのことはわかっていた。けれど、マクルアリの言ったとおりだ。一緒に行っていれば、ユーウェンを城へ導くことになるだけだっただろう。

時間はゆっくりとすぎた。小さな礼拝堂でひざまずいて祈っていないとき以外は、アナは忙しくするようにしていた。

ジョンの兵士のほとんどが戦場へ呼ばれたため、イニス・ホネル城は護衛兵の小隊――二十人くらいだろう――に守らせている。昨夜、一行がこの城に到着したあと、アナは護衛兵を仕切って寝室の準備と、大広間の掃除と、備蓄品の確認をさせた。

イニス・ホネル城はダンスタッフネイジ城と同じ頃に建てられた。ダンスタッフネイジ城ほど大きくはないが、構造は似ている。四角い形のこの要塞は、島の南西の端の岩の上に立っている。高くて厚い城壁が、こぢんまりとした中庭を囲っている。四角い二本の塔が城壁の隅に組みこまれるように建てられ、そのうち大きいほうが主塔として使われ、別の塔が番兵小屋として使われている。そのあいだに、大広間の建物があった。そのほか、兵舎と武器庫と厩と厨房の小さな木造の建物は、城壁沿いに建てられている。

これがアーサーの家だったと考えるのは、不思議なものだった。アナはジョンとこの城を訪れるのを、昔から楽しんできたのに、今は奇妙な感じだ。まるで自分がここにいてはいけないように思える。侵入者であるかのような気がした。

ばかげていることはわかっていた。戦時下では、城の所有者はしょっちゅう代わる。それでも、アーサーから聞いた話を考えると……。

アナはふたつに引き裂かれたような気分だった。もう理想化はしていないが、いまだに愛している父と、憎むべきなのに憎めない男とのあいだで。

アーサーがなぜあんな行動をとったのかを理解したくはなかったけれど、理解していた。アーサーを駆り立てる忠誠心はよくわかった。それがアナをも駆り立てているからだ。王と国への忠誠心。クランと家族への忠誠心。

そう、とくにそれは理解できる。

アーサーはハイランダーだ。血には血を、がハイランドの流儀だ。アーサーなら、父親の死の報復をするのは義務だと感じるはずだ。けれどもアナは、報復だけが理由ではないこともわかっていた。アーサーには、いまだにあのとき父親が死ぬのを見た少年の心が残っていて、自分が父親の死を防げたはずだと信じているのだろう。正義。復讐。償いでもある。

とはいえ、理解できたからといって、疑問への答えは出なかった。ふたりのうちひとりを愛することが、もうひとりを失うことになるとき、どうすればいいのか。

アナは眠れぬ夜を過ごしたあと、到着から二日目を一日目と同じように過ごした——祈りを捧げ、厚い壁の向こうで起きていることを考えなくて済むよう、忙しくしていた。アーサーの運命のことや、戦争のことなど、心配の種はいくらでもあった。

今知っている世界が、すぐに終わりかねない。愛する男たちが死んでいるか、怪我をして倒れている可能性もあるのに、ここ、オウ湖の孤島にある守られたイニス・ホネル城のなかでは、すべてが普段どおりに見えた。いまだにまぶしい日の光は優しく揺れる湖面に反射してきらめき、鳥が飛び、中庭を歩きまわるアナの髪を湿った風がそよがせている。

ユーウェンが四角い主塔から出てくるのが見えた。「知らせは？」アナは答えがわかっているのに尋ねた。誰かが城に近づいていたなら、警告の声が聞こえていただろう。

ユーウェンはかぶりを振った。「いや、まだだ」

アナは兄にとっても、待つのがつらいことはわかっていた。とはいえ、その理由はアナとは違う。ユーウェンは戦いたいのだ。ただ、ユーウェンが戦いの最中にイニス・ホネル城へ追い払われているのをアナのせいにしているとしても、それを表情に出すことはなかった。

アナは下唇を噛んだ。「何が起きているのかがわかればいいのに」

ユーウェンが微笑む。「そうだな。だが、知らせるべきことがあれば、すぐに――」

「サー、船が近づいてきます！」高い塔にいる番兵のひとりが呼びかけた。

アナは城壁の上の通路へ向かって階段をのぼるユーウェンを追った。四角い帆の船が三隻、北のほうから近づいてくるのが、どうにか見えた。勢いよく近づいてくる。

「父上だ」ユーウェンが落胆した声で言った。

不吉な寒気がアナの背を駆けおりた。「なんなの？　何がいけないの？」

ユーウェンは事実をアナから隠そうとはしなかった。「父上がここへ来るのは、必要に迫られた場合だけだ」

必要に迫られた。アナの心が沈んだ。つまり、ジョンが退却する場合ということだ。

マクドゥーガルが負けた。

アナは脚が急にゼリーになったような気がしてよろめいた。胸壁の石の角につかまって体を支え、近づく船を見ながら、別の理由があることを祈った。ブルースが勝ったという理由以外ならなんでもよかった。

アナが陽光のなかで目を細めると、別のものも見えた。「あれは何？」近づいてくる何隻かの船のすぐ向こうにあるものを指し示した。「船の向こうの」

しかしユーウェンはすでに大声で指示を出していた。「攻撃だ！　位置につけ！」

兵士たちがすぐさま行動するなか、アナは目をそらせずに愕然としながら、近づく船を見つめていた。ジョンの部下たちは追尾されていることに気づいていないように見える。

「うしろ！」アナは警告しようと声を張りあげた。しかし、声は風にさらわれた。

ユーウェンがアナに向かって怒鳴る。「アナ、そこから離れるんだ。危ないぞ。塔へ戻ってドアに閂《かんぬき》をかけろ」

アナは黙ってうなずき、言われたとおりにした。塔へ入ると、上階の部屋へ駆けあがり、小さな窓から外を見た。主塔は城の南の角にあるため、船着き場に近づくまで船は見えなかった。

のどから心臓が飛び出そうになるのを感じながら、眼下ではじまった戦闘を見つめた。

マクドゥーガルの兵士たちの奥に、ジョンの姿が見えた。ジョンが大声で命令を出すなか、船に乗った敵兵が――。

アナははっとした。心臓が音を立てて跳ねあがる。思わずまばたきをした。いいえ、夢じゃない。安堵の気持ちがふくれあがり、アナの胸は締めつけられた。

アーサーが生きている。

彼は見たことがない戦闘服を着ていた。髪と顔は鼻までのかぶとに覆われていて、表面上は仲間の戦士たちと見分けがつかない。けれども、アナにはそれがアーサーだとわかった。

神様、感謝します。

そのとき、突然アーサーがここにいることの重大さにはっきりと気づいた。アナは恐怖に包まれ、その冷たい抱擁に身を縮めた。アーサーがここにいるということは、理由はひとつしかない。

アナは何かしなければならないと考え、ドアへと走った。アーサーを止めなければ。父を殺させるわけにはいかない。

アーサーにとって、待ちに待った瞬間が来た。イニス・ホネルの小さな島で、アーサーの家だったことがある城の大きな影のなかで最後の報復が行われるのは、ふさわしいことのように思えた。

船の競争は接戦だったが、結局はラクラン・マクルアリの評判が高いのは当然だと証明された。マクルアリは逆光で相手から見えないようにして船を進め、退却するローンの船三隻に乗った者たちに気づかれることなく迫り、船着き場に近づいたときに追いついたのだった。

そのときになってはじめて、アーサーは、何も疑っていないマクドゥーガル軍に矢を浴びせはじめた。

マクルアリは彼のクランの海賊を四十人集めていた。マクドゥーガルの兵士がそのおよそ三倍いることを考えると、不公平な戦いになってもおかしくはなかった。しかし、マクルアリ一族の者たちは、難題に挑む気力であふれていた。盗賊と人殺しと無法者の――だいたいのところはそれで描写できる――マクルアリ一族は、海上一の厄難として悪名高い。

しかし、彼らは陸でも海上と同じように猛々しく戦った。

船着き場で、ラクラン・マクルアリが盗んだ船をマクドゥーガルの船のすぐうしろにつけたときには、マクルアリの戦士たちはすでに船から飛びおりていた――剣を掲げて〝獅子のために〟と叫びながら。アーサーは彼らのそばで指揮をとった。

ローンは上陸しようとするマクルアリの戦士たちを簡単に切り倒せると期待して、桟橋の先端に兵を配置していた。

　ところがマクドゥーガル一族は、親戚のマクルアリ一族のすさまじい猛攻にはとてもかなわなかった。どちらのクランも、サマーレッド――百五十年以上前に諸島を支配したバイキングの王――の息子たちの子孫だが、何世代にもわたって支配権争いをしてきた。ラーグスの戦いのあと、マクドゥーガル一族はスコットランド王に引き立てられて優勢になったものの、スコットランドに適応するにつれてバイキングらしさを失っていった。マクルアリ一族の者は野蛮人さながらに戦う――彼らのさほど遠くはない先祖は野蛮人そのものだったが、いまだに彼らをそう呼ぶ人々は多いかもしれない。

　マクルアリの者たちがマクドゥーガルの兵士という壁をたやすく突破し、島の岩だらけの海岸で戦いはじめた。

　アーサーは体が弱っていることは言うまでもなく、腕を片方しか使えないため不利だった。しかし、普段の戦いの腕をまったく発揮できなくても、引けをとらずに戦った。決然とマクドゥーガルの兵士たちを倒しながら進み、そのあいだじゅうローンの姿を視界に入れていた。

　ローンは戦闘の場の奥のほうにいて、部下たちに囲まれ守られている。そのひとりが従者長だった。

　アーサーの血は期待で沸《わ》いた。

　マクドゥーガルの兵士たちは押され気味で、ほどなく、数で勝《まさ》っていても戦いには勝てないことが明らかになった。

アーサーがマクドゥーガルの兵士のひとりと剣で熾烈《しれつ》な戦いをしていたとき——あいにく知っている男だった——マクドゥーガルの退却の呼び声が聞こえた。

アーサーは毒づいた。ローンといまいましい従者長が城門のなかという安全な場所にたどり着く前に止めなければ。

ここまで近くに来たのに、復讐の好機を奪われてたまるか。

アーサーはあらたな活力をみなぎらせ、敵の剣をかわすと、その勢いで下から剣を振りあげて死の一撃をもたらした。

ローンはまだ従者長に守られながら、城門まで十五メートルほどのところを走っている。

今回は逃すものか。

アーサーはマクルアリの戦士数名の注意を引き、指示を出した。アーサーはローンに向かって戦いながら進み、マクルアリの者たちがそのあとを追った。アーサーと彼らがローンを守る兵士の輪に穴をあけ、ローンと従者長とをその輪から引き離した。アーサーが戦いながらマクドゥーガルの兵士の集団の向こうへ行ったあと、マクルアリの者たちが横に広がり、アーサーの背後で壁を作った。

ローンが城壁のなかという安全な場所まであと七、八メートルのところにいなければ、アーサーは従者長の死をもっと楽しんでいただろう。けれども、状況が状況だけに、彼を急いで始末しなければならなかった。従者長は虐待の腕はよかったにもかかわらず、戦いではアーサーの力――片方の腕のみでも――には到底およばなかった。

アーサーはついにローンへ意識を向け、城門から三メートルも離れていないところで追いついた。ローンの部下は自衛に忙しく、誰も主人を助けには来られなかった。

剣を掲げるローンの目に強い怒りが浮かんでいるのが見えた。「どうやって逃げた」

ローンは信じられないと言わんばかりの口調で語気を荒らげた。

「おれの姿を見て驚いたか？」

ローンの目が殺意で光る。「殺しておくべきだった」

「ああ《アイ》、そうだな」

「おまえがこの大惨事の原因だ。わたしの計画をあの卑劣な人殺しに漏らしおって」

「ロバート王だ」アーサーはうながし、獲物を狙うようにローンの周囲をまわった。

「そう呼ぶのに慣れろと言いたいところだが、おまえがそれまで生きることはない」

そう言ったあと、剣を振った。

ローンは構えていて、その一撃をかわした――全身を震わせ、かろうじてかわした。

かつてハイランドで最も恐れられていたジョン・オブ・ローンは、もはや脅威ではなかった。老いと病がローンの体に堪《こた》えていた。湖上に、戦場の後方にいたのは、臆病だからではなく病気だからだろう。プライドのせいで、具合が悪いことを認められなかったらしい。

アーサーのつぎの一撃で、ローンは地面に膝をついた。アーサーは剣先をローンの首に突きつけた。その鋭い刃はローンがかぶっているかぶとの下の鎖頭巾をものともしないだろう。

ローンのかぶとに陽光が反射した——十四年前のあの日と同じように。あの日、父がこの男の首に剣先を突きつけて、慈悲を与えると言ったのを、アーサーは離れたところから見ていた。

待ちつづけた瞬間だ。期待が血とともに体をめぐるはずだった。勝利の味は甘いはずだった。剣を突き出そうと筋肉が張り詰めるはずだった。

ところが実際には、アーサーはそれらのことを感じなかった。

頭に浮かぶのは、アナのことばかりだったのだ。

剣を突き出した場合、アナにとって自分は、自分にとってのローンのような存在になってしまう——父を殺した男に。

アナの許しを望む権利はすでにないのかもしれないが、これでローンを殺せば、許しを得る可能性が残っていたとしても、それを完全に潰すことになる。

病のために戦えない男を殺すことに、どんな名誉があるというのか。ローンは裁きを受けている。ローンの望みは絶たれている。ブルースを阻止するという希望を抱いていたとしても、ブランダーで破れたときについえた。

アナは正しかった。今、ローンを殺すことに復讐以上の意味はない。アーサーはローンを殺すことによって得るひとときの満足感よりも、アナを求めていた。

ひとときではないかもしれないが、それよりもアナを求めているのは確かだった。

ローンは鋼のかぶとの目庇の下から焼けつくような視線でアーサーを見た。「何を待っている？　殺せ！」

慈悲。父が与えた最後の教訓。しかし、アーサーは今までそれを忘れていた。

「ロバート王に降伏しろ、それならば生かしてやる」

ローンの顔が怒りでゆがんだ。「死んだほうがましだ」

「そうしたら家族はどうなる？　クランは？　彼らをも死なせるのか？」

ローンがあからさまな憎悪で目をぎらつかせた。「人殺しに降伏するよりはいい」

「ばかげたプライドのために、令嬢たちが死んでもいいと？」アーサーは憤りがわきあがるのを感じた。アナのことはわかっている。彼女なら父親に逆らいはしない。アナにとっては、家族がすべてだ。「アナに祝福を。おれが彼女を守る。おまえの望みが絶たれたことは、互いにわかっているだろう。だが、おまえのクランはおれとアナの子どもたちのなかに生きつづけられる――おまえの孫たちのなかに」

ローンは激怒した。こめかみの血管が浮きあがり、目が激しい怒りでぎらつき、顔が真っ赤になる。口角から唾を飛ばしながら、罰あたりな言葉をひとしきり吐いた。「おまえにアナはやらん。そんなことをするくらいなら、あの娘には死んでもらう！」

「お父様！」

苦悩のにじんだ大声が、背後から聞こえた。アナ。アーサーは思わず振り向いた。ローンに背を向けて。アーサーの父がローンの前でしたように。

26

アナが中庭に着いたとき、アーサーの一撃でジョンが膝をついたところだった。

ああ、遅かった。

アナはより速く走った。

ユーウェンとほかの兵士は城を守ろうと外城壁の胸壁の矢狭間から狙いを定めて弓を引き、ジョンとその部下たちがなかへ駆けこんだらすぐに城門をおろせるようにしている。

城門にいる番兵が目の前で起きている出来事に気をとられている隙に、アナはそっと城門を通った。

「マイレディ！」兵士のひとりがアナを呼んだ。「いけません――」

アナは聞いていなかった。城門から何歩か出たが、それ以上遠くへは行けなかった。敵兵が横一列に並び、アーサーとジョンを、戦う兵士たちから孤立させていた。アナが敵兵のあいだをすり抜けようとしたとき、そのうちのひとりがアナをとらえた。

「おい！」その男は言い、アナを持ちあげた。「どこへ行くつもりだ、ラス」

アナは口をあけ、その恐ろしげな容貌のならず者に向かい、放してと叫ぼうとした。そのときアーサーの声が聞こえ、アナは敵兵の腕のなかで身を凍りつかせた。

そして、耳を疑った。

アーサーはジョンの首に剣先を突きつけて、今まさにアーサーを駆り立ててきた復讐と償いを遂げようとしているところだったのに、慈悲を与えると言ったのだった。クラン全員を救う機会を与えようと言った。あれだけのことをしたジョンには、与えられる資格がない機会。未来へつながる機会。

アーサーは自分を愛してくれている、とアナは悟った。愛しているから、復讐を求めずにいるのだ。

ところが、彼の言葉がアナの心を満たしたとしても、ジョンの言葉はアナを切り裂いた。

〝そんなことをするくらいなら、あの娘には死んでもらう〟

アナは背をそらし、とらえていた男の手を振り払った。衝撃と恐怖で思わず悲鳴をあげた。

父は本気ではないはずだ。

けれども、本気だとわかっていた。ジョンは敵と結婚させるくらいなら、娘を死なせるほうを選ぶ。たとえアナがアーサーを愛していても。ジョンがアーサーの提案を容赦なく拒絶したことが、アナのなかに残っていた父親に対する幻想を打ち砕いた。

とはいえ、金切り声を出したのは間違いだった。想像がつかないほど恐ろしい間違いだった。

アナの声は戦いの喧騒にかき消されればよかったのだ。誰もアナの声を聞くべきではなかった。ところが、アーサーは聞いた。彼がアナの声を聞いて振り向いた瞬間、世界が静止したように見えた。

なんてひどい。アナはかぶとの下からのぞく、アーサーの腫れあがった痛ましい顔を見て、胃を締めつけられ、苦いものがのどの奥へこみあげるのを感じた。

ところが、もっと恐ろしいことが起きた。アナの目の片隅に、ジョンの剣が光るのが見えた。

「だめ！」アナは一歩前へ出たが、さっきの男にとらえられ、それ以上進めなかった。

「気をつけて！」大声で言った。

弱点。自分はアーサーの弱点なのだ。だけど、そのために彼を死なせるわけにはいかない。

アーサーが身を翻しながら剣を振り、ジョンの死の一撃をかわすと、その勢いでジョンの剣は空《くう》へ飛んだ。

アーサーが剣を振りかぶった。

アナは顔をそむけ、今から訪れる恐怖を見まいと目を覆った。父はアーサーに殺される。けれども、父が今したことを思うと、アーサーを責められない。

アナは気分が悪くなりそうな死の音を待った。

しかし、静寂がいつまでもつづいた。あまりにも静かなので、アナはまわりで起きていた戦闘もやんだことに気づいた。

「行け」アーサーの声が聞こえてきた。「五分やるから、部下と令嬢を城から連れ出すんだ」

アナはすかさずジョンへ目をやった——まだ生きている。アーサーは剣をおろしてジョンから離れた。ジョンは怒りでゆがんだ傲慢そうな表情で立ちあがった。「愚か者め」

「幸運だったな、おれにとって、おまえの汚れた命よりも令嬢のほうが大切で。だが、請け合おう、ロバート王はそうは思わないだろう。みずから去らないのなら、鎖でつないで去ってもらう。おれはどちらでもかまわないが、おまえは去ることになる」

アーサーのその言葉を強調するかのように、上方から大声が聞こえた。「船です、閣下、六隻がこちらへ向かっています」

ブルースだ。

ジョンはためらわなかった。兵士を集めると、城を明け渡し、運べるだけの武器を運ぶようユーウェンに命じた。

アナをとらえていた男が手を離した。アナは前へ走っていったが、アーサーはすでに歩き出していた。

アーサーとブルースの戦士たちは――その集団のなかにおじのマクルアリがいるのがわかった――脇へどき、マクドゥーガルの者たちを通した。

マクルアリはアーサーの決めたことが気に食わないようだったが、ふたりは短いが激しい口調で口論したあと、黙って立っていた。

アーサーはアナのほうを見ようとはしなかった。

なぜ見ないのだろう。アナは彼のところへ行きたかったが、アーサーはよそよそしかった。冷ややかだった。

アナは疑念で胸を締めつけられたように感じた。

以前から、アーサーのほうから離れていくと思っていた。けれども、彼は歩哨《ほしょう》さながらに身を硬くし、断固たる忠実な態度で立っている。頼もしい男。竜を倒し、業火のなかを這って進むだろう男。

「さあ、アナ。行くぞ」ユーウェンがアナの背後へやってきて、肘をつかんで連れていこうとした。

「わたし……」アナはためらった。何か言ってもらうのを期待しているかのように、視線がひとりでにアーサーのほうへ行った。

ユーウェンは困ったような顔をして、部下たちと離れていった。

ジョンはそのやりとりを目にしたに違いない。「やめるんだ、娘よ。考えることさえやめろ」

アナはジョンを見つめた。生まれてこの方、愛してきた男を。思っていたよりもはるかに複雑な男を。愛情深い父と、今日ここで見た男が同一人物だとはとても思えなかったものの、間違いなく同じ男だとわかっていた。

一瞬、アナは父の膝にすわり、神を見るような目で彼を見あげていた少女に戻りたくなった。様々なことが単純だった頃に。

これまでにアナがアーサーの愛を疑ったことがあったとしても、今はもう疑ってはいなかった。彼がこれだけのことをしてくれた以上は。

「アーサーを愛しているのよ、お父様。お願い」

ジョンの目を傷心がよぎったかと思うと、まなざしが冷ややかになった。「もう聞きたくはない。選べ。だが、勘違いしないように。あの男のところへ行くなら、わたしは二度とおまえには会わない。おまえは死んだと思うことにする」

アナの目に涙が浮かび、のどの奥が焼けつくような感覚がした。「本気ではないでしょう」

しかし、ジョンは本気だった。「選ぶんだ」語気荒く言った。

アナは涙を流しながら、ユーウェンが待つ船まで歩いていった。

アーサーはアナが去るのを見ていられずに背を向けた。

アナとローンのつらい会話は一言一句耳にした。アナをこんな目に遭わせるとは、ローンめ、呪われてしまえ。どちらかを選ばせるとは。そんなやり方でなくてもいいはずだ。解決策を与えようとしたのに、それを受け入れようとしないとは。

アーサーはローンを殺しておけばよかったと考えそうになった。もう少しで。しかし、アナがアーサーを愛していると言ったとき、アーサーは自分が正しいことをしたとわかった。それが、彼女を行かせることを意味するとしても。

不運なことに、別れの痛みは二度目でも軽くはならなかった。胸が燃えるようだった。体じゅうの筋肉が、鋭い刃を押しあてられているように緊張して張り詰め、震えていた。

アーサーはアナがその船に乗るのを阻止したかった。アナの居場所は自分のそばだと言いたかった。愛していると。

自分を選んでくれと頼みたかった。

とはいえ、すでにアナにとってつらい状況を、余計につらくするつもりはなかった。

これ以上、彼女の胸を引き裂くようなことはしない。ローンに最後通牒《さいごつうちょう》を突きつけられたときの、アナの愕然とした顔をひと目見て、アーサーは彼女がどれほどつらい思いをしているかを十分に理解した。

「ごめんなさい、ユーウェンお兄様。お母様に伝えてちょうだい――」アナが泣き声でつづけた。「ごめんなさいって。だけど、わたしの居場所はアーサーのそばなの」

アーサーは身をこわばらせ、耳を澄ました。今聞こえたことが信じられなかった。ゆっくりとアナのほうを向くと、アナはユーウェンを抱擁していた。

別れの抱擁。

アーサーは息ができなかった。

アナはユーウェンの腕のなかから身を引いて振り向き、思いきった様子でアーサーのほうを見た。不安そうなアナの目を見て、アーサーの胸は激しくうずき、自制の糸がぷつりと切れた。

アーサーは大きな数歩でアナのそばへ行った。胸にわきあがる感情を抑えようとして、声がかすれた。「本当にいいのか？　こんなことをする必要はないんだぞ。きみときみの家族を守るために、おれは最善を尽くすつもりでいる。たとえきみが行ってしまっても」

アナは目に涙を浮かべて微笑んだ。「あなたが確実にそうしてくれると思っているから、本当に迷いがないの。愛しているわ。まだわたしを求めていてくれるなら、わたしはあなたのものよ」

ああ、求めているとも。アーサーは体にこびりついた土や汚れと、戦場にいたせいで体についた悪臭のことを忘れてアナを抱き寄せると、心の奥底から安堵の息を吐いた。そこはアーサーが二度と開くことがないと思っていた場所だった。アナの頭のてっぺんに頬を預け、金茶色の髪のあたたかみがある絹さながらの感触とかぐわしさに浸り、彼女を強く抱きしめた。感動のあまり口が利けなかった。

もっとも、何も言う必要はなかった。アナが腕をまわし返し、鎧下に頬を押しつけたことがすべてを物語っている。

アナが選んでくれた。アーサーは信じられない思いだった。このような感覚を味わうときが来るとは思ってもいなかった。こうした幸せがこの身に訪れるとは。

しかし、アナにとってつらい状況に違いないと思うと、喜んでばかりはいられなかった。

アーサーは渋々抱擁を解いた。アナがアーサーを見あげる。太陽の柔らかい金色の光が彼女の美しい顔を愛撫した。その光は抱擁のぬくもりさながらにアーサーの体に広がった。アーサーの胸はいっぱいになった。自分は幸運な男だ。

アーサーはアナにまだ返事をしていないことに気づき、唇の片端をあげた。「わからなかったのなら言うが、イエスということだ」

アナの微笑みを見て、アーサーの胸は高鳴った。

アーサーはひとりで生きる運命にあると思っていたが、今になってみると、アナを待っていただけだとわかった。この先の人生でどんな難題や障害が降りかかっても、ふたりでともに立ち向かおう。

ローンという難題も含めて。アーサーはアナを体の脇で抱き、ローンが桟橋を歩き、部下のところへ向かうのを見つめた。

ローンがアーサーたちの横をアナに目をやることなく通ったとき、アーサーは彼女がよろめくのを感じた。

アナをこの状況から守りたくてさらに抱き寄せた。ろくでもないローンは、アナの胸を引き裂いている。

「お父様」アナが涙声で弱々しく言った。

ローンはアナのほうを向き、冷ややかな目でにらんだ。しかし、望んでいるほど影響を受けないわけではないらしかった。ローンの目には真の痛みが宿っている。「これ以上、言うことはない。おまえは選択をしたのだから」

アナは首を横に振った。「わたしはどちらをも愛することを選んだのよ。だけど、わたしの未来はアーサーとともにあるの」

ローンが長々とアナを見つめる。アーサーは一瞬、ローンが態度を軟化させるのではないかと考えた。しかしローンは唇を結び、ひとことも言わずに踵を返して去り、またもやプライドに負けた。アナとこんなふうに縁を切るのは、みずからを傷つけることにしかならない。アナは光であり、まわりの者たちをつなぎとめる膠《にかわ》のような存在だ。アナがいなければ、みなの人生は今よりも暗くなるだろう。アーサーはもちろんそれを知っている――経験したからだ。

アーサーはアナを苦しみから救うか、それを自分で背負いたかったが、アナの父とクランの者たちが船で去っていったときに、アーサーにできたのは彼女のそばにいてやることだけだった。

彼らが曲がりくねった湖の角の向こうへ消えたとき、アーサーはアナの顎をあげ、目をのぞきこんだ。「きみがこれを後悔しないようにすると誓う」

アナは目を涙で光らせ、唇を震わせながら微笑んだ。「後悔なんてしない。この決断のほかは考えられなかったもの。愛しているわ」

アーサーはアナに顔を寄せて優しくキスをした。彼女の唇は、記憶にあるよりも甘くて柔らかかった。「おれも愛している」

言いたいことはもっとあったものの、あとは待たなければならなかった。増援部隊がいつ到着してもおかしくはない。「きみの部屋はどれだ？」

アナは恥ずかしそうに頬を染めた。「湖を見渡せる最上階のお部屋よ」

アーサーにとって、察しがつきそうなものだった。「そこはおれの部屋だった」

アナは目を見開き、慌てて言った。「わたしはほかの部屋へ移る――」

アーサーはかぶりを振り、アナの言葉を遮った。「そこにいてくれ、どこへ行けばきみに会えるかがわかるから」自分の部屋にアナがいるところを想像して嬉しくなった。

アーサーが背後へ目をやると、船が何隻か近づいてくるのが見えた。「さあ行くんだ。おれは片づけなければならないことがいくつかある。終わったら、きみのところへ行く」

アナは背伸びをしてアーサーの顔を手で包んだ。「かわいそうな顔」

アーサーは顔をしかめた。「ひどい顔なのはわかっている」

アナがひどくうしろめたそうな目をした。「ああ、アーサー、ごめんなさい」

アーサーは首を横に振った。「謝らなくていい、ラス。終わったことだ。過去に起きたことは変えられない。できるのは、今日を生きて未来を計画することだけだ」

ほんのしばらく前は陰鬱《いんうつ》に見えた未来が、今は希望であふれていた。

アーサーはアナのうしろ姿を見送り、あと少しでアナを失うところだったことを思った。とはいえ、彼女を手に入れた今、二度と放さないと心に誓った。

アーサーはアナを長くは待たせなかった。ブルースの船が去ってからほんの三十分が経つか経たないかのうちに、アナはドアを軽くノックする音を聞いた。

ブルースの兵士たちは長くは留まらなかった。それでも、中庭が敵兵でいっぱいになるのを塔の窓から眺めるのは奇妙なものだった。

いいえ、敵兵ではない。アナはアーサーを選んだことによって、ブルースを選んだことになる。それがどういうことかを正確に理解するまでには、時間がかかるだろうけれど。当面は、いつ家族と再会できるのかわからない、あるいは再会できるのかどうかもわからないという考えに、慣れようとしなければならない。

ブルースに降伏することを拒否したジョン・オブ・ローンは、何カ月も前にイングランドへ行ったバカン伯ジョン・カミンと同じ道を通るしかないだろう。アナの母と兄と姉たちも、すぐに父のあとを追うことになりそうだ。

ともかく、どれほど難しかったにせよ、アナは正しい決断をしたという自信があった。父に抱いていたやみくもな愛情は、子どもの愛だった――父親が間違ったことをするはずがないと考える子どもの愛。けれども、アーサーへの愛情は女の愛だ。人は――それが愛する人であっても――あやまちを犯すものだと理解している女の愛。許すことは愛することの一部だ。

アナはドアをあけた。そこに彼が立っているのを見ただけで、心臓が跳ねあがった。アーサーの大きな体が入り口を塞いでいて、彼は頭をさげて部屋へ入らなければならなかった。

こぢんまりとした部屋が、急にとても狭い部屋のように思えてきた——あたたかい部屋のようにも。石鹸の爽やかな香りが空気を満たしている。アーサーは水浴びをし、鎧を脱いで清潔なシャツとチュニックとタイツを身につけていた。ここを去ったマクドゥーガル一族の者の服を拝借したのだろう。

彼の腕に飛びこみ、その広くあたたかい胸に顔をうずめたのは、アーサーだとわかって思わずそうしたのではなく、彼の顔に少年を思わせる不安そうな表情が浮かんでいたからだ。

アーサーは安心したように大きく息を吐き、アナに腕をまわして抱きしめた。

「大丈夫か？」アーサーは尋ねた。

アナはうなずき、アーサーの胸に顎をつけて彼を見あげた。「心配してくれたの？」

湿った髪がひとすじ、アーサーの額に垂れた。「ああ《アイ》、あんなに心配したくはなかったというのに」

「わたしが自分で決めたことよ、アーサー。あれは本気で言ったの。常にうまくいくとはかぎらないでしょうけれど、後悔はしないわ」

アランは正しかった。同じくらい強く愛してくれる男が、アナにはふさわしい。アナを守るためならば竜を倒し、業火のなかを這って進む男。そうしてくれたアーサーを、アナは二度と放すつもりはなかった。

アナはしばらく黙りこみ、彼の腕のなかでわずかに身を引いた。「あなたがしてくれたことに、感謝しているわ。きっと――」声が詰まった。「きっと大変だったでしょう」

アーサーの顔は曇ったが、一瞬のことだった。「後悔はしない」アナに同じ言葉を返してにやりとした。「見返りに得た幸せを思えば、きみの父君を生かしておいたことなど、小さな犠牲だ」

アナは唇を噛んだ。「だけど、ブルース様は？　あなたがわたしの父を逃がしたことを怒らないかしら？」

アーサーは顔をしかめた。「きみのおじだったマクルアリの反応が参考になるならば、ブルース様はお怒りになるだろう。だが、ブルース様はおれにいくつか借りがある。相殺《そうさい》できたのではないかと思う。きみの父君がスコットランドを離れるかぎり、ブルース様は恐らく理解してくださる」

恐らく。アナはふいに、背中に添えられているのが片方の手だけであることに気づいた。アーサーの腕のなかから出て下を見ると、彼の左手には包帯が分厚く巻かれていた。それまで気づかなかったのは、さっきアーサーは籠手《こて》をつけていたからだ。

「手をどうしたの？」

「骨が折れている」アーサーは淡々と言った。

ふたりの目が合い、アーサーは語られなかった質問に答えた。腫れあがった顔を見さえすれば、骨折の理由は明らかだった。アナは心をえぐられたように感じた。「ほかには？」

アーサーが肩をすくめる。「肋骨が二、三本。痣と切り傷がいくつか。治らない怪我ではない」アーサーの目は、そうではないと語っているように思えた。「きみにした仕打ちを思えば、自業自得だった」

「やめて」アナは強く首を横に振った。「そんなことを言わないで。あなたはひどいことをしたけれど、わたしならそんな罰を絶対に与えなかったわ」アナの目に涙が浮かんだ。「わたしたち、けっこう苦労しているわよね、そう思わない？」

アーサーはアナの顎を手で包んでうなずいた。「そうだな、愛しいきみ、だがその状況は変わると約束する。もう嘘はつかないし、秘密も持たない」にんまりと笑う。「いずれにしろ、きみは最も危険な秘密を知っているからな」

アーサーがブルースの秘密戦士団の団員だという秘密のことだ。「なぜレンジャーと呼ばれているの？」

アーサーが部屋へ目を走らせ、すわる場所がベッドしかないことがわかったとき、気まずい瞬間が訪れた。しかし、アーサーはベッドの端に腰をおろし、横にすわるようアナに手振りで示した。彼が説明しながらも、慎重にふたりのあいだに数センチの距離を置いていることにアナは気づいた。

アーサーは密偵になるために、ほかの団員よりも早く、戦士団の訓練の場から去らなければならなかったらしい。アーサーがいないあいだに、暗号名を使うことが決まった。暗号名には、仲間内の冗談にちなんでつけられたものもあれば、アーサーの暗号名のようにその戦士の得意技にちなんでつけられたものもあるという。アーサーは情報収集をする、さすらいの戦士《レンジャー》というわけだ。

「わたしの思ったとおりだったのね」アナは満面の笑みを浮かべた。「あなたが斥候にうってつけだと思ったのよ」

アーサーは笑った。「ああ《アイ》、おれはきみがそう思ったことを嬉しいとは思わなかったが。おれは能力を隠そうとしていたのに、きみは別のことを考えていた」

アナは今も別のことを考えはじめていた。アーサーに少し身を寄せ、胸で彼の腕をかすめた。「これから何が起きるの？」

アーサーはあえて身を硬くしているように見える。「今、おれは部屋を出たほうがいい。きみとこんなふうにふたりきりでここにいてはいけない。神父なしでは」

アナは笑い、アーサーの腿に手を置いた。手の下で、アーサーの分厚い筋肉が張り詰める。「わたしは神父様にここにいてほしくはないわ」

アーサーが顎をこわばらせた――それどころか、彼の全身の筋肉がこわばっているようだった。「結婚してからのつもりでいる」

「今さら形式張っても、手遅れだと思うわ、そうでしょう？」

「おれがここに来たのは――」アーサーは言葉を切った。「くそっ、アナ、やめろ」彼が手でアナの手を覆う。アナは探るように彼の腿の内側へ手を這わせていたのだった。

「おれは正しくことを進めようとしている」

「前のときは、正しい方法ではなかったということ？」アナはわざとらしく無邪気にまばたきをした。

アーサーはたしなめるようにアナを見た。「そういう意味で言ったわけではないと、わかっているだろう。あのときはまったく完璧だった」

もうからかうのはなしだ。アナはつぎにアーサーを見あげたとき、ありったけの愛をこめて彼を見た。「お願い、アーサー、またあんなふうに感じたいの」

あのときのような親密な感触が必要だった。つながりが。すべてはうまくいくと実感する必要があった。

アナははっとして目を見開いた。「無理ならいいのよ。忘れていたわ――」

アーサーが熱いキスで言葉を遮る。アナの魂に響くキスだった。「無理じゃない、ちくしょう」

それからアーサーは、どこまでできるのかを、骨を折りながらもこと細かに身をもって示した。ゆっくりと、深く、優しく、ありったけの愛をこめて。最後の歓喜の震えがアナの体から消えたとき、そしてアーサーがアナの裸身を痣や傷だらけの体に抱き寄せたとき、アナはこの強くて頼りがいのある戦士の腕のなかで、ついに平和を見つけたことを知った。

エピローグ

一三〇八年十月十日
ダンスタッフネイジ城

平和はすばらしかった――スコットランドにとっても、アナにとっても。ブランダーでジョン・オブ・ローンが敗北を喫したあと二カ月も経たないうちに、ロバート・ブルースはスコットランド貴族のための戦いに勝利した。アナの祖父、アレクサンダー・マクドゥーガルは、ダンスタッフネイジ城の包囲戦がはじまったあと、ほどなくブルースに降伏し、ロス伯は数日前に降伏した。

ブルースの妻と娘と妹とイザベラ・マクダフがとらえられ、投獄されたのはロス伯のせいだったが、ブルースがそのロス伯を生かしておき、罰を与えなかったことは、スコットランドとその貴族たちを統一したいと強く望んでいる証拠だ。

〝スコットランドのために〟アナはブルースの信条に感服したことを認めざるを得なかった。ブルース自身には……。

そう、アナは広い心を持とうと努力しているところだった。何年ものあいだ抱いていた忠誠心の対象は、数週間程度では変わらないものだ。けれども、ブルースが今日のために計画していたことが実現すれば、アナは考えを変えることになりそうだった。アナはそれがアーサーにとって、どれほど意味のあることかわかっていた。

アナは大広間のなかへ、祝杯をあげる大勢のクランの者たちへ目を走らせた。知った顔もあるが、たいていは見たことがない顔だった。時間がかかるとわかっていたものの、すべての者たちと知り合うつもりだった。

ここがアナの家になる。アーサーはブルースへの忠誠心と貢献の見返りとして、ダンスタッフネイジ城の管理をまかされた。つぎの任務のためにも、アーサーはこの城の近くにいることになる。彼はこの先の数カ月で、ローンとアーガイルの全域を調べ、地図を作成することになった。

アーサーはアナの手に手を重ね、優しく握った。「愛しいアナ、幸せか？」

アナは目をあげ、高座で横にすわっているアーサーを、今朝夫になったばかりの男を見つめた。喜びの涙を浮かべながら、彼のハンサムな顔を眺めた。その顔には、苦難の痕がかすかに残っているだけだ。「ええ《アイ》、不幸せなはずがないでしょう？　あなたのおかげで、ようやくわたしはこそこそせずに済むようになって、ギルバート神父の目を見られるようになったんですもの」

アーサーは笑った。低くて太い声、今ははるかに屈託のない声が、アナの全身をぬくもりのさざ波で包んだ。「だからおれは部屋を出るべきだって言ったんだ」

アナは唇を尖らせた。「寒かったんだもの」

「行く前に、毛布をもう一枚かけようかと言っただろう」

「毛布なんていらなかったのよ」アナは言い張った。そもそも厄介事に巻きこまれたのは、この強情さが原因だ。けれども、アーサーのことがほしかったのだ。

イニス・ホネル城で彼のとなりで眠ることに慣れていたため、ダンスタッフネイジ城へ戻ったあとの一カ月はつらかった。人目を盗んでアーサーと会っても、イニス・ホネル城にいたときのように、あたたかく居心地よく過ごせなかったのだ。当然、人目を盗んで会うことの最大の問題は、誰かに見つかる可能性があることだった——まさに先週そんなことがあって、アーサーはアナの部屋を出るときにギルバート神父に見つかった。

アーサーは熱いまなざしでアナを長々と見つめた。「今夜、きみが毛布を必要とすることはない」

この二カ月間、アナは純潔を失ってから何度も彼と体を重ね、様々なことを学んだにもかかわらず、頬が熱くなるのを感じた。

アーサーが顔を寄せる。「今、ふたりで出ていったら気づかれると思うか?」

囁き声とともに耳に彼の息が優しくかかり、アナは身を震わせた。けれども、脚のあいだが熱を帯びて脈打ったのは、アーサーが所有を主張するように決然と、アナの腿の内側へ手を這わせたからだった。

その指の感触は、彼の舌の感触を思い出させた。舌のことを思い出すと、アナは彼の口の感触をも思い出さずにはいられなくなるだろう。そうなると、今朝、アーサーにどんなふうに起こされて——婚礼の日なのに、不道徳な悪党——悦びの声をあげたことを思い出さずにはいられなくなる。

そうなるとさらに、アナは彼のいたずらに仕返しをしようとして、舌で彼をさいなんだことを思い出さざるを得なくなる。彼の塩気が混ざった甘美な味。ベルベットのような感触の熱い彼自身がアナの口の奥へ奥へとすべりこんだこと。アナが彼を口で激しく愛し、吸い、ふっくらとした太い先端に舌を丸く這わせていると、やがてアーサーがいかせてくれと懇願したこと。しまいに彼が自制心を失い、アナの頭を押さえて彼女の口の奥深くで震え、胸の底から解放の低い声をあげたこと。その声がアナの耳のなかで鳴り響いたこと。

アナは甘美な興奮で体があたたかくなり、とろけるのを感じた。ふと自分たちがどこにいるのかを思い出してはっとした。

アナはアーサーの手を叩いてどけ、誰にも見られてなかったことを願った。困ったことに、まぶたを半分閉じかけていた。彼の気を散らさなければならないのに、自分が気を散らしていてはいけない。「出ていくなんてだめよ。せめて――」アナは余計なことを言いそうになったことに気づいて口をつぐんだ。「主役はわたしたちなんだから」

アーサーはテーブルの向こう端に二、三空席があることに目を留めて眉根を寄せた。どうしよう。焦りでアナの脈は速まった。アーサーに気づかれた。気づいてもおかしくはない。観察眼の鋭いアーサーは、なんでも気づく。

アナは彼の手をつかんだ。「さあ、踊りましょう」

アーサーは顔をしかめ、動こうとしなかった。「アナ、どうかしたのか？　妙なふるまいをしているぞ」

アナは目を見開いた。「そんなはずないわ。踊りたいだけなのに」

アーサーがいつものように、にやりとした。「何分か時間をもらわないと無理だ」

「どうして……？」アナは彼の腿へ目を落とし、彼自身が大きくなっているのを見て頬を火照らせた。どうやら、様々なことを思い出していたのはアナだけではなさそうだ。

アナはテーブルの反対側、グレガー・マグレガーがすわっているほうへ目をやった。マグレガーがかすかに首を横に振ったので、アナは夫へ視線を戻した。

アーサーはまたもや眉をひそめている。「本当になんでもないのか……？　きみが家族を恋しがっていることはわかっている」

アナは悲しみの混ざった笑みを浮かべた。「そうだけれど、幸せじゃないってわけではないのよ。だいたい、おじい様が来ているし」

アナはマクドゥーガルの族長アレクサンダー・マクドゥーガルのほうを目で示した。アレクサンダーはブルースの席――ブルースがほんの少し前まですわっていた席――から数席目にすわっている。

ダンスタッフネイジ城が陥落したあと、アナの母と姉と兄たちはジョンを追って国外へ逃亡することを許されたが、ブルースはアレクサンダーには支援を求めた。アナは年老いたアレクサンダーがブルースの役に立ったのかどうかは知らなかったものの、婚礼の日にひとりは家族がここにいることを嬉しく思った。

もちろん、スクワイアもいる。ある日、アナは敵軍に包囲された城から、どうやってスクワイアを連れ出せたのかをアーサーに訊いたことがあった。アナはスクワイアと再会したとき、たがはずれたように泣きじゃくり、困惑したアーサーに嬉し泣きだと説明しなければならなかった。アーサーは彼に夢中なスクワイアにあとをつけまわされるから、連れてきたことを毎日後悔していると言ったことがあるが、見かけの半分も迷惑がっていないのを、アナはわかっていた。アーサーにとって、愛情を受け入れること――違う、愛情を信じること――は、以前よりも簡単になっているようだ。

アーサーがアナを幸せにしようとそこまで尽力してくれたことに、アナは言葉にできないほど感動した。

城が陥落し、家族がイングランドへ逃亡する前日にも、アーサーはアランに関してアナのために骨を折ってくれ、アナはこのうえなく嬉しかった。アランに会えたこと、この兄がジョンの決断に賛成できず、アナと完全に縁を切るつもりがないとわかったことは、それ以上望めないほどの出来事だったのだ。アランは父親に忠実ではあるが、だからと言って、妹への愛を犠牲にするつもりはなかった。

そう、アナには結婚したばかりの夫に感謝することがいろいろとあった。

「あなたはどうなのよ、アーサー。仲間の戦士が全員ここへ来られたわけではなくて、さぞがっかりしているでしょう」

アナはブルースの精鋭戦士団の詳細については聞いていないし、秘密がアーサーの身を守るとわかっているので、質問もしていない。けれども、彼らがスコットランド屈指の精鋭戦士だということ——戦いのあらゆる分野で、一流中の一流の技の持ち主だということ——は知っている。アーサーに特別な才能があることは以前からわかっていたけれど、どれほど特別なのかは想像したことがなかった。

アナは団員の何人かの素性の見当もつけていた。おじだったマクルアリ。アーサーを救出するマクルアリに手を貸したゴードンとマッカイ。ばからしくなるほどハンサムなグレガー・マグレガーは、一年以上前のエアでの襲撃にかかわっていた——彼の顔はなかなか忘れられない顔だ。また、トール・マクラウドという厳《いか》つい容貌のアイランダーと、茶目っ気のある魅力的なバイキングを思わせるエリク・マクソーリーが団員らしいと推測したのも正しかったようだ。ふたりとも妻と一緒にブルースのそばにすわっていたが、今は妻たちだけが残っている。

詳細は知らなくても、アナには彼らがアーサーにとっていかに大切な者たちかを理解する程度の知識はあった。

たとえアーサー本人が理解していなくても、彼はこれから理解することになる。

アーサーはどうでもいいと言わんばかりに肩をすくめた。「北部は平和だが、国境沿いはまだ不安定な状態だ。彼らは来られていたのなら来ていたはずだ。ゴードンは近いうちに結婚する。そのときにでも、全員に会えるだろう」しばらくののちにつづけた。「来春、陛下が一回目の議会を開く前に、しなければならないことがたくさんあるんだ」

アーサーは高座のすぐ下のテーブルへ目をやった。「兄たちが来られてよかった。我々兄弟がひとつの部屋に集まるのは数年ぶりだ」

ドゥガルドとギレスピーはアナの祖父やロス伯とともにブルースに降伏したのだった。驚いたことに、彼らはアーサーに対して敵意をほとんど持っていないように見えた。とはいえ、ニールと口論したときのドゥガルドの表情から、彼が兄のニールに対して敵意を抱いていないとは言えないことがわかった。

「あの様子を見るかぎり、あと数年待ってもよかったかもしれないわね」

アーサーは小さく笑った。「あのふたりは、昔からああだった。子どもの頃から競争意識をむき出しにしていた。だからドゥガルドは、長いあいだイングランド側についていたんだと思う――ニールの命令に従わなくて済むように。仲直りするさ。そのうちに」

またもやアーサーが部屋を見まわしはじめるのが、アナには見えた。「踊る気になった？」アナは心配になって言った。

彼が片方の眉をあげる。「ベッドへ行く気はある」

アナは無意識のうちに、またもやグレガー・マグレガーへ目をやった。ほっとしたことに、今回マグレガーはうなずいた。

アナがアーサーのほうへ視線を戻したとき、アーサーは訝しげに目を細めていた。「なぜおれがベッドの話をするたびに、マグレガーを見るのかを教えてくれないか」

アナの頬は熱くなった。

「どういうことか、説明する気はあるのか？」アーサーが声を荒らげた。「何か企んでいるだろう――違うと言うなよ、おれにはわかる」

アナはアーサーの鋭さにいらだって顎をあげた。「わたしがあなたの弱点《ブラインドスポット》なら、目《ブラインド》をつぶってくれたっていいじゃない」

「そうだが」アーサーは払いのけるように手を振った。「あいつは違う」

微妙な違いや、細かいことや、まわりのことすべてに気づく者を驚かせようとするのは容易ではない。アーサーはアナ自身が気づく前に、アナの体の変化に気づきさえした――彼は婚礼の日を早めないと、婚礼より二カ月早くみごもっただけだとしても、赤ん坊はずいぶん大きくなってしまうとアナに知らせたのだった。

アナは澄まし顔で夫を見た。「嫉妬してるのね」テーブルの向かい側へ視線を戻し、考えこむように長々とマグレガーを眺めた。「本当にハンサムね、あなたのお友だち」

アーサーのしかめ面は険しくなる一方だった。「きみがそんなふうに見つめつづけるのなら、あいつの顔はそうハンサムではなくなるぞ。だいたい、きみはおれの質問をはぐらかしている」

アナはあきらめ、憤慨して息を吐いた。「わかったわよ、だけど、あなたを驚かせたかったの」

「なんで驚かせたかったんだ?」

城門からしばらく歩いたあと、アーサーはアナが質問をはぐらかしていた理由を知った。空き地にぽつんとある立石の前には、夕日のオレンジ色の光を背に、王として盛装したロバート・ブルースが立っていた。その左右には、黒っぽい鼻までのかぶとで顔を隠したブルースの秘密精鋭戦士団の団員十名が、鉄壁さながらに広がって立っていた。

アーサーは途中で足を止め、信じられないと言わんばかりの表情でアナを一瞥した。

「きみがこれにかかわったのか？」

アナはかぶりを振った。「フッド王が――」アナはアーサーの表情を見てやめた。「ロバート王が思いつかれたの」そう言い直したが、まだ言い慣れなかった。「わたしの任務は、あなたの気をそらすことだったのよ」アナは顔をしかめた。「どうやら失敗に終わったけれど」

アーサーはアナを抱き寄せてキスをした。「見事に成功したと思うぞ」

アナはにっこりと笑った。「行って。みなさんがお待ちよ」

アーサーは参加できなかった儀式にようやく参加できることになった。密偵という役割のために、前回は行けなかったのだ。アナがそうであるように、彼らはアーサーの一部だ。アナは腹の上で手を重ねた。そして近いうちに、ふたりの赤ん坊もそうなる。

アーサーはもう一度アナにキスをした。「すぐに戻る」

「待ってるわ」いつも。アーサーがいつもアナのところへ戻ってくるのと同じように。かつて、去りたそうにドアを見ていた男が、自分の居場所を見つけた。そしてアナは、平和がガラスのかけらのように壊れやすい世界で、よりどころとなる岩を見つけた。

アナは仲間に向かって歩いていくアーサーを見つめながら、強い誇りと幸せな気分が胸を満たすのを感じた。彼が仲間のもとへ着いたとき、アナはそこから離れはじめた。

木立に入ってほんの一メートルほど進んだところで、ふたりの女がアナを止めた。

「どこへ行くの？」トール・マクラウドの妻クリスティーナが、押し殺した声で尋ねた。

アナはクリスティーナの美しさに気圧《けお》されないようにしたが、とても無理だった。クリスティーナは妖精の王女かと思うほど優美で洗練されている――彼女の恐ろしげな容貌の夫と比べると、とくにそうだった。マクラウドは古代スカンジナビアの神話の本から飛び出してきたかのように見える。「わ……わたし、見てはいけないのかと思って」

二番目の女が微笑んだ。向こう見ずな船乗りエリク・マクソーリーの妻エリンは、クリスティーナほどの美女の仲間には入らないものの、穏やかで感じのよい女だった。エリンがイングランド王と親しいアルスター伯の令嬢だと知ったとき、アナは衝撃を受けたものだ。けれどもエリンは、とらえられたブルースの妻エリザベスの妹でもある。ここにも引き裂かれた家族がいるようだった。

「そうよ」エリンが言った。「だけど、だからってわたしは見るのをやめないわよ。夫の儀式を見ることができなかったんですもの。これは絶対に見たいわ」

「怒らないかしら」アナは訊いた。

クリスティーナはいたずらっぽく微笑んだ。「怒りはそのうち冷めるわよ。だいたい、サー・アーサーにどんな刺青をほどこすのかを知りたいもの」

アナは当惑顔でクリスティーナを見た。「もうあるわ。うしろ脚で立つ獅子の柄のが。みんな同じかと思っていたけれど」

「そうよ」クリスティーナが答える。「でも、陛下が洞窟で蜘蛛《くも》をお見かけになったあと、模様を足すことにしたの。その話は聞いた？」

アナはうなずいた。ブルースと洞窟の蜘蛛の話はすでに伝説になっている。

「あの出来事に敬意を表して、エリクはトーク（古代ブリトン人やゴール人が使った腕輪などのこと）のような柄を腕にぐるりと彫って足すことにしたのよ」エリンが言う。「蜘蛛の巣みたいに見えるの。エリクは船乗りだから、漕ぎ船の柄も入っているわ」微笑んでつづけた。「ほかの仲間がそれを見て、全員で彫り足すことにしたわけ」エリンは笑い、〝男ときたら〟と言わんばかりに目をくるりとまわした。

「さあ」クリスティーナはアナの手をつかみ、木立のなかを引き戻すように進んだ。

「はじまったわ」

三人の女は木陰から一緒に、アーサーが仲間の団員であり友である男たちのあいだというふさわしい場所で、ブルースの前にひざまずく様子を見守った。

ブルースがアーサーに与えた剣には、〝忠実〟という言葉が刻まれている。アナは心の底から同意した。

作者あとがき

ブランダー山道の戦いは、スコットランド独立戦争の一連の戦いのなかでも、鍵となる戦いでした。ブルースの戦術が変化した例（奇襲をかける敵に奇襲をかけ返す）であるばかりか、マクドゥーガル一族の運が急激に悪化し、マクドゥーガル一族と同じくサマーレッドの子孫であるマクドナルド一族と、マクドゥーガルの勢力の衰えから利を得たキャンベル一族が、ハイランド西部で力を持つようになるきっかけとなった戦いでもあるのです。

ブルースのアーガイルでの戦い（このとき、ジョン・オブ・ローンがスコットランドへ逃走）と、ダンスタッフネイジ城陥落については、歴史学者の説は一致していません。わたしは一三〇八年にこの戦いがあったという従来の説を採用しましたが、最終的なアーガイルの降伏は一三〇九年まで起きなかったと反論する学者もいます。

わたしはこの戦いをフィクションとして語りつつも、様々な史実を織りこみました。たとえば、前年の休戦を余儀なくさせた病が治りきっていないと思われるときに、ジョン・オブ・ローンが湖に浮かんだ漕ぎ船から部下に命令をくだしたことです。攻撃が失敗に終わり、ローンは自分の城に、湖を経由して逃れたと言われています。

けれども、戦いにまつわる事実のなかで、とりわけ本書の着想を得るきっかけになった出来事がありました。ある斥候がブルースに奇襲を警告し、それによって危機から救ったという話を読んだのです。我がハイランド・ガードの斥候の達人、アーサー・キャンベルにうってつけの任務に思えました。

本書に登場するアーサー・キャンベルは、ニール・キャンベルの兄弟（いとこだった可能性もあります）〝ダンスタッフネイジ城のアーサー〟という人物を少しヒントにしています。呼び名が示すように、アーサーは戦争のあと、ダンスタッフネイジ城を守るよう任命されました。この事実は、本書のヒロインがマクドゥーガル一族出身であることに好都合です――もっともアナは架空の人物で、アーサーの実際の妻（妻がいたとするなら）の名は後世まで残っていません。しかし興味深いことに、アーサーと諸島のクリスティーナ（マクルアリ）が婚約していたのは事実ですが、結婚することはなかったようです。

アーサーが、彼のもうひとりの兄のドゥガルドと、一時期イングランド軍に協力し、その後ブルースのもとへ来たと言われていることも、本書へのおさまりがいい事実です。

〝ダンスタッフネイジのアーサー〟は、クラン・マッカーサーの初代の族長アーサーと同一人物ではなさそうです。初代の族長のアーサーは、キャンベル一族の違う（そして恐らく世代が前の）分家、ストラチャーのキャンベル一族の出身である可能性が高いでしょう。もっとも、マッカーサー一族の家系に関しては混乱が多く、アーサー王の直系子孫であるなどの様々な説があります。ハイランドの古いことわざには、〝ネヴィス山とマッカーサーと悪魔より古いものはない〟というものがあるのです。

ニール・キャンベルは、ロバート・ブルースのこのうえなく重要で忠実な支持者でした。実際、のちにロバートの妹のメアリーが、ロクスバラ城で空中に吊るされた檻かごから解放されたとき、ニールは彼女と結婚することになります（一三一〇年頃）。夫や妻を亡くした者が多い時代に一般的だったように、メアリーはニールが他界したあと再婚します。ハイランド・ガード・シリーズ第一巻『ハイランドの戦士に愛の微笑みを』をお読みの方は興味を持たれるかもしれませんが、メアリーの二番目の夫は、同書のヒロインであるクリスティーナの弟のアレクサンダー・フレイザーでした。

ニールについての興味深い逸話を聞けば、この時代が少し色鮮やかになるでしょう。ニールの最初の妻は、アンドルー・クロフォードの娘だと言われていました。ニールと弟のドナルドは、クロフォードの娘ふたりの後見人に任命され、彼女たちを妻にすることにしたそうです――まさに拉致《らち》して。

ジョン・オブ・ローンは、ジョン・バカフ（〝脚が悪いジョン〟の意）、またはジョン・

オブ・アーガイルとしても知られていますが、ハイランド西部で重要な人物でした。レッド・フォードの戦い（十三世紀末のクラン・キャンベルとクラン・マクドゥーガルの戦い）でキャンベルの氏族長コリン・モア・キャンベルを死に至らしめただけでなく、親戚であるアイラ島の領主アレクサンダー・マクドナルド（アンガス・オグの兄）をも死に追いやりました。

ジョン・オブ・ローンは結婚によりカミン一族と同盟を結んだのち、カミン一族への忠誠心とブルースへの憎悪に大いに悩まされました――ブルースがレッド・カミンを殺害したことを思えば、無理もないことでしょう。

ローンが女性を使者として利用したというのはわたしの創作ですが、使者に託した手紙が何度か行方不明になってローンが憤慨したのは、作り話ではありません。当時の手紙は何通も残っていて、なかには最近になって解読された、バンフの長官からエドワード二世への親書もあり、そこには使者たちが殺されたという愚痴が書かれています。

同じように、ひとりでブルースに対処しなければならず、地元の諸侯からの支持を得られないという困難に見舞われたローンの憤りは、エドワード二世へのローンの親書に基づいて描かれています。ローンはその親書で、病のためブルースとの休戦を余儀なくされたこと、〝アーガイルの諸侯たちが協力してくれない〟ことを訴えています（G・W・S・バロウ『Robert Bruce』二三一ページ、エジンバラ・ユニバーシティ・プレス）。

ローンがどんな病に伏せっていたかの情報は、後世まで残っていません。心臓発作を起こし、その後も心臓の具合が悪かったというのはわたしの創作で、ローンの短気な性格にたまたま合う話でした。同様に、一三〇七年の冬にブルースがなんの病で衰弱したのかは、はっきりとはわかっていません。ハンセン病ではないかという言い伝えはありましたが、最新の説によれば、壊血病《かいけつびょう》だったのではないかとのことです。なんの病であれ、新王ブルースは深刻な打撃を受けました――命を落とすところだったと言われています。インヴェルーリーの戦いへは、部下に担がれて向かったと考えられています。

レッド・フォードの戦いのはじまりは、わたしが描いたのとは違っています。奇襲ではなく、コリン・モアとジョン・オブ・ローンはストレンジ湖へ注ぎこむ川（のちに出会いの川という意味のアルト・ア・ホラ・ハイと呼ばれる川）のほとりで出会いました。話し合いが口論となり、戦いになったのです。マクドゥーガル一族の人数のほうが少なく、岩のうしろから射手が放った矢にコリン・モアが射殺されるまでは、マクドゥーガル一族が敗北を喫するように見えたそうです。

独立戦争以前のオウ湖周辺でのキャンベル一族の勢力がどれほどだったのかは知られていませんが、コリン・モアが一二九六年頃にオウ湖の行政官に任命されていますので、弱くはなかったでしょう。イニス・ホネル城は一三〇八年にマクドゥーガルが所有していたとされ、その前にキャンベル一族の城だったと考えられていますが、歴史学者たちはそれを確信してはいません。もっとも、本書の時代にはマクドゥーガルの城でした。エドワード王への親書のなかで、ローンはオウ湖にある三つの自分の城について言及しています。

ブルースはマクドゥーガル一族を憎んでいましたが、マクドゥーガル一族の親戚であるカミン一族をも同じくらい憎悪していました。本書の冒頭で描かれている一三〇八年五月二十三日のインヴェルルーリー（ヒル・オブ・バラ）の戦いのあとで、ブルースはバカン伯カミンの領地へ侵攻し、珍しく復讐心を抑えなかったようです。破壊の威力がすさまじかったために復興に何年もかかり、このことは何世代にもわたって語り継がれたとされています。

一方、ブルースはロス伯ウィリアム（ウィリアム二世）の降伏は受け入れ、ロス伯がブルースの家族や親戚の女たち（妻、娘、妹、イザベラ・マクダフ）の身柄拘束――とその後の投獄――にひと役買ったことに対して報復をしませんでした。ロス伯の降伏後、ロス伯の息子ヒューは、ブルースの妹マチルダと結婚しています。

アーガイル卿アレクサンダー・マクドゥーガルは、老いと衰弱のためにブランダーでは戦えなかったと言われています。ダンスタッフネイジ城の包囲戦のあとブルースに降伏し、一三〇九年三月にアードキャッタンで開かれた、ロバート・ブルース王のはじめての議会に出席しました。しかし、その後、息子を追って国外へ亡命し、一三一〇年に死亡しています。

いつものように、本書に出てくる城のなかには、違う名で知られている城もあります。オールダーン城の別名はオールド・エレン、グラッサリー城の別名はフィンチャーンです。

中世のネズミを使った拷問は、わたしが描いたのよりもずっとむごたらしいものでした。下部にネズミを入れたかごを犠牲者の腹の上に置き、かごの上から熱します。ネズミは外へ逃れようとして被害者の腹に少しずつ穴をあけていくのです。なんて魅力的なんでしょう（その時代の〝色〟が出すぎているかもしれませんね）！

最後に、拙作のキャンベル・トリロジーの三巻『Highland Scoundrel』を読んだ方は、アーサーの剣とダンカンの剣に関連があることに気づいたでしょうか。〝忠実〟と刻まれ、ブルースの時代より何世代も受け継がれていった剣です。それはわたしの創作ですが、剣に文字を刻み、つぎの世代へ受け継ぐのが慣習だったのは確かです。

まだ足りない？　わたしのウェブサイト（www.monicamccarty.com）で、ほかの情報や拙作に出てくる場所の〝画像集〟をチェックしてみてくださいね。

訳者あとがき

〈NYタイムズ〉のベストセラー作家、モニカ・マッカーティによるヒストリカル・ロマンス『ハイランドの仇《かたき》に心盗まれて』（原題〝The Ranger〟）をお届けします。おもな舞台は十四世紀スコットランドの高地地方《ハイランド》です。ヒーローは精悍《せいかん》なハイランダー戦士、ヒロインはハイランドの領主の娘。ふたりが別の氏族《クラン》出身で、クラン同士が父親の世代まで強く敵対していたという、どこか『ロミオとジュリエット』を思わせる設定の物語です。

本書はベルベット文庫より好評発売中の「ハイランド・ガード」シリーズ『ハイランドの戦士に愛の微笑みを』と『ハイランドの鷹にさらわれた乙女』の続編（第三巻）にあたりますが、単独でもお楽しみいただけますので、既刊作品をお読みでない方もぜひお手にとってみてください。本書も右の二作品と同じく、〈NYタイムズ〉のベストセラー入りを果たしている大人気作で、ハイランダーが登場するダイアナ・ガバルドンやジュリー・ガーウッドの作品と同じく、大変評価が高い作品です。

はじめに、著者の既刊作品を読んだことがない方のために、シリーズの概要を簡単に紹介させてください。

ハイランド・ガードとは、十四世紀のスコットランド王ロバート・ブルース（実在した人物）が王になる前――スコットランドがイングランドの支配下にあった時代――に結成したという設定の、架空の精鋭戦士団《せいえいせんしだん》です。祖国の独立を目指すブルースは、正攻法では太刀打ちできないイングランド軍にゲリラ戦法で対抗するために、ハイランドの隅々から団員となる戦士を集めました。当然、屈強で体の大きなハイランダーが中心です。それぞれが剣や弓などの得意分野を持ち、ときには人間離れした活躍をし、危険も顧《かえり》みずにブルースに仕えます。本シリーズの作品には、彼らが順番にヒーローとして登場します。

つぎに、本書の主人公たちとあらすじを少しだけ紹介しましょう。ヒーローはアーサー・キャンベルという、槍《やり》のあつかいに長《た》け、諜報活動《ちょうほうかつどう》が得意なハイランダー。ハイランド・ガードの団員は、敵から素性を守るために暗号名で呼び合いますが、アーサーは団から離れてあちこちで情報収集をする役割にちなんで、「レンジャー」（さすらいの戦士、のような意）と呼ばれています。これは本書の原題にもなっています。

アーサーはブルースに命じられ、イングランドの支持者のふりをして、ハイランドの領主マクドゥーガルの城へもぐりこみ、諜報活動をすることになりました。マクドゥーガルがイングランドの支持者だからです。ブルースはすでに戴冠《たいかん》して玉座にはついていますが、スコットランドを独立させるためには、この一族を倒さなければなりません。アーサーは、父親の宿敵だったマクドゥーガルに復讐もしたいと考えて城へ潜入します。城では、任務のためにできるだけ目立たないようにふるまおうとするのですが、マクドゥーガル家の令嬢のアナにどういうわけかつきまとわれ、人々に注目されてしまい……。

ヒロインのアナ・マクドゥーガルは、金髪碧眼《きんぱつへきがん》で明るい性格の美女。ヒーローは人と距離を置きたがる、どこか影のある人物として、光を思わせるヒロインとは対照的に描かれています。ふたりとも早い段階から強く惹かれ合うのですが、彼は任務のこともあって、その気持ちを否定してはアナに冷たい態度をとるというツンデレヒーローです。コミカルな部分がある前半に対して、後半は涙なしでは読めない部分もあり、硬軟のバランスがいい物語にしあがっています。

この著者は史実を物語に織りこむのが上手ですが、今回は〝ブランダー山道の戦い〟という、実際に起きた戦いが出てきます。本書の巻頭には、原作にはない地図が添えられていますので、参考にご覧ください。

著者のモニカ・マッカーティは、サンフランシスコ在住。弁護士としてキャリアをスタートさせましたが、プロ野球選手だった夫の生活に合わせるために、作家に転身したとのこと。公式ウェブサイト（http://monicamccarty.com）にあるSPECIAL FEATURES内のBooks In Picturesというページの The Ranger のところには、著者がスコットランドへ行って撮影した、ダンスタッフネイジ城などの本書の舞台の画像が載っています。ご興味がある方は、のぞいてみてください。

最後に続編について。「ハイランド・ガード」シリーズの原作は、中編二冊を除き、現在第十二巻まで出版されています。本書の続編は第四巻の〝The Viper〟です。毒蛇《ヴァイパー》ことラクラン・マクルアリが主人公で、彼らしいとてもダークな作品。一般に、続編の刊行は皆様の応援しだいですので、どうぞよろしくお願いいたします。また、これまでご愛読、お友だちへの推薦、SNSやネット書店でのレビューなどによって本シリーズを応援してくださった皆様に、この場を借りて心からお礼申しあげます。本書もお楽しみいただけますように！

二〇一七年二月

芦原夕貴

ベルベット文庫

THE RANGER by Monica McCarty

This translation is published by arrangement with
Ballantine Books, an imprint of Random House,
a division of Penguin Random House LLC.
through Japan UNI Agency, Inc., Tokyo

ハイランドの仇《かたき》に心《こころ》盗《ぬす》まれて　ハイランド・ガード3

2017年4月25日　第1刷

著　者　モニカ・マッカーティ
訳　者　芦原《あしはら》夕《ゆ》貴《き》
発行者　加藤　潤
発行所　株式会社 集英社クリエイティブ
東京都千代田区神田神保町2-23-1　〒101-0051
電話 03-3239-3811
発売所　株式会社 集英社
東京都千代田区一ツ橋2-5-10　〒101-8050
電話【読者係】03-3230-6080
【販売部】03-3230-6393(書店専用)
印　刷　大日本印刷株式会社
製　本　大日本印刷株式会社

ロゴマーク・フォーマットデザイン　大路浩実

ISBN978-4-420-32044-3 C0197